Walter Kempowski, geboren am 29. April 1929 in Rostock, starb am 5. Oktober 2007 in Rotenburg an der Wümme. Er gehört zu den bedeutendsten deutschsprachigen Autoren der Nachkriegszeit. Einem breiten Publikum bekannt wurde er durch seinen Roman »Tadellöser & Wolff«, der Kultstatus erreichte und auch verfilmt wurde. Seine monumentale Collage »Das Echolot« war 1993 eine literarische Sensation und fand zwölf Jahre später mit der Veröffentlichung des zehnten Bandes, der die Bestsellerliste stürmte, ihren krönenden Abschluss. Der letzte zu Lebzeiten des Autors veröffentlichte Roman »Alles umsonst« brachte Walter Kempowski auch internationale Anerkennung. Das Werk von Walter Kempowski umfasst zahlreiche Romane, Erzählungen, mehrere Tagebücher und Befragungsbücher. Eine Übersicht befindet sich am Ende des vorliegenden Romans. Weitere Informationen zu Leben und Werk von Walter Kempowski sind zu finden unter www.kempowski.de

»Walter Kempowski misst sein Freiheitsverständnis an der leidvollen Erfahrung des eigenen totalen Freiheitsverlustes.«
FAZ

»Wie Walter Kempowski die verschiedenen Stimmen führt und gegeneinander ausspielt, wie er seinen Erinnerungsstoff schneidet und montiert, das zeigt den Schriftsteller auf der Höhe seines Handwerks.«
Der Spiegel

Walter Kempowski

Ein Kapitel für sich

Roman

PENGUIN VERLAG

Der Roman erschien erstmals 1975,
eine neu durchgesehene Ausgabe 1978

FSC
www.fsc.org
MIX
Papier | Fördert gute Waldnutzung
FSC® C014496

Penguin Random House Verlagsgruppe FSC® N001967

2. Auflage

Neumarkter Straße 28, 81673 München
produktsicherheit@penguinrandomhouse.de
(Vorstehende Angaben sind zugleich
Pflichtinformationen nach GPSR)

Covergestaltung: www.buerosued.de
Covermotiv: GettyImages/Luis Diaz Devesa
Druck und Bindung: GGP Media GmbH, Pößneck
Printed in Germany
ISBN 978-3-328-10358-5
www.penguin-verlag.de

Für Karl-Heinz Walter und Hans-Joachim Mund

Wie der Hirsch schreit nach frischem Wasser,
so schreit meine Seele, Gott, zu dir.

I. Teil

Ich hatte einen Fotoapparat in der Hand und stand genau vor dem Schild: FOTOGRAFIEREN VERBOTEN! – Auf dem Polizeirevier wurde ich nur kurz verhört, und dann wurde ich in Handschellen zum Russen gebracht. Wie in einem Rausch erlebte ich das, von der Wirklichkeit total abgeschnitten und nur noch automatisch funktionierend ... J. S.

Ich bin in der Schule verhaftet worden, mitten in der Mathe-Stunde: mechanischer Ablauf: Mappe liegenlassen. »Jetzt mußt du mitgehen«, dachte man. Aus, fertig, Schluß ... K. Sch.

Sie kamen vorne rein, ich hinten durch die Milchküche raus und von da aus auf die Weide. Die Russen kriegten mich am Zaun. Was mir noch erinnerlich ist: die Dolmetscherin kniete auf dem Schreibtisch, als ich wieder reingebracht wurde ... H. A.

Ich hab in Potsdam Panzer fotografiert, zwanzig, dreißig Stück; sie kamen gerade aus einer Kaserne heraus. Plötzlich springt einer vom Panzer und ruft: »Spion! Spion!« – Ich hätte mir fast in die Hose gemacht, das prickelte schon. »Jetzt bist du weg vom Fenster«, dachte ich ... R. D.

Sie klopften und bummerten, aber ich hab erst mal abgewartet. »Eigentlich können sie dir ja gar nichts nachweisen«, hab ich gedacht.
Sie klopften immer stärker, und da hab ich dann gedacht: »Hätt'st du doch den Rucksack gepackt, so wie du's immer vorgehabt hast.« – Dann hab ich mir'n Lodenmantel übers Nachthemd gezogen und hab geöffnet. Meine Mutter nebenan im Bett, die stöhnte: »Das hast du nun davon!« ...
W. B.

Die Russen bummerten an die Tür, meine Mutter hat ihnen aufgemacht. Ich war wie erschossen oder wie gelähmt. Mich überfiel eine gewisse Gelassenheit und Starrheit. Ich stand neben mir und sah mir zu ... E. P.

1 Die Mutter

Ich bin Margarethe Kempowski und berichte hier von den Ereignissen des Jahres 1948 und danach.
Am Morgen des 8. März, so gegen halb sechs, wurde furchtbar an die Tür geklopft. Die Hauswartsfrau stand mit drei Männern draußen und sagte, ich solle schnell machen, es wär Paßkontrolle, die Herren wollten unsere Ausweise sehen.
Mir war das nicht verdächtig, denn von nächtlichen Ausweiskontrollen hatte ich schon öfter gehört. Wenige Tage vorher war zum Beispiel eine solche Kontrolle bei Frau Kapellmeister Reichwein in der Ludwigstraße gewesen, und im Grünen Weg war bei demselben Ereignis ein Mann am Herzschlag gestorben.
Ich sagte: »Bitte. Treten Sie näher«, und ließ sie herein.
Nun standen sie auf dem Vorplatz, zwei sehr unterirdische Typen und ein Dolmetscher. Der Dolmetscher sah aus wie ein kleiner Franzose, schmales Gesicht, schmächtig, dunkel; gut gekleidet. Die andern beiden waren wie so zwei Arbeiter, die bekuckten sich die Stiche von Rostock, die an der Wand hingen, und grinsten.
»Wer wohnt alles in Ihrer Wohnung?« fragte der Dolmetscher.
»Vorn ein junges Ehepaar«, antwortete ich, »*dies* ist unser Wohnzimmer, *hier* schlafe ich und *dort* mein ältester Sohn.«
»Wo ist der?«
»Der ist nicht da, der schläft heut bei Bekannten.«
(Robert hatte eine kleine Freundin in Warnemünde – das ist dann ja auch in die Brüche gegangen.)
»Ist das wahr?«
»Ja. Er muß jeden Moment zurückkommen; er geht dann gleich ins Büro.«

Und dann war ja Walter aus Wiesbaden da, der gute Junge. Wir hatten uns so auf ihn gefreut. Es sollte nicht zu unserm Segen sein!
Wir gingen nach hinten, und ich sagte zu Walter: »Mein Junge, du mußt eben mal deinen Ausweis zeigen.«
Walter fuhr auf und wurde ganz blaß. Er gab dem Dolmetscher seinen Interzonenpaß.
Die andern beiden Russen kuckten unterdessen in den Kleiderschrank und auf den Nachttisch, wo allerlei Bücher lagen.
Dann sagte der Dolmetscher zu Walter: »Ziehen Sie sich an, Sie müssen eben mal mitkommen.«
Walter war sehr aufgeregt. Er mag schon gewußt haben, was ihm drohte: diese Frachtbriefgeschichte... Jede Kupferplatte, die in den Osten ging, hat er gemeldet und jeden Zentner Kartoffeln. »Wenn ein Friedensvertrag kommt, dann müssen wir womöglich alles noch einmal bezahlen«, sagte er immer. (Es war ja auch'n bißchen doll, was die Russen alles rausschafften aus der ausgepowerten Ostzone.)
Walter zog sich an – zwei Pullover übereinander und den dicken Pelzmantel meines Mannes, das war wie so ein siebter Sinn – und dann gingen sie weg mit ihm. Ich seh ihn noch die Treppe hinuntergehn, er blickte sich nicht mehr um.
Der kleine schwarzhaarige Dolmetscher blieb bei mir. Er setzte sich aufs Sofa und sagte: »Ihre Söhne haben etwas aufgeschrieben, ich verlange, daß Sie mir das geben.«
»Ich wüßte nicht, was das sein sollte . . .«
»Wenn Sie mir das nicht geben, kommt eine Haussuchung. Was das bedeutet, können Sie sich denken.«
Darauf sagte ich: »Ich weiß, daß meine Söhne da solche Papiere hatten. *Was* das war, hab ich nicht gesehen. Dort auf der Notenetagere liegen diese Zettel.«
Er kam hinter dem Tisch vor, stieß dabei noch die Blumenvase um und nahm die Zettel an sich; war dann aber sehr enttäuscht und sagte: »Das ist alles?«
»Ja«, sagte ich, »das ist alles.«

Nun war er sehr unruhig, stand alle Augenblick auf, ging ans Fenster und kuckte auf die Straße, vorsichtig, hinter der Gardine.
»Es ist kalt hier bei Ihnen«, sagte er, »eisig kalt.«
»Ja«, sagte ich, »wir haben keine Feuerung. Soll ich Ihnen eine Tasse Tee machen?«
»Nein«, sagte er, »danke.«
»Aber Sie gestatten wohl, daß ich mir rasch was Ordentliches überziehe?« Ich war ja noch im Morgenrock und so wie ich aus dem Bett gestiegen war.
»Bitte«, sagte er, »ziehen Sie sich was an.«
Mit einemmal klopft es an die Tür – die Glocke ging ja nicht – er wutschte raus.
»Auf Ihren ältesten Sohn brauchen Sie nicht mehr zu warten«, sagte er, als er wieder reinkam, »der kommt nicht wieder.« Den hatten sie also unterwegs abgefaßt.
Dann fragte er, ob ich noch Briefe von Walter hätte. Ich suchte sie heraus, sie waren ganz belanglos: wie er Fuß gefaßt hatte in Wiesbaden, und diese Geschichten aus dem amerikanischen Lebensmittellager, in dem er da gearbeitet hat. Zum Teil ganz drollig.
Auch sonst schnüffelte er noch herum. In der Schreibmaschine steckte ein Brief, den Walter an Fritz Legeune hatte schreiben wollen, seinen Freund. »Lieber Fritz«, stand da drauf.
»Aha!« sagte der Russe. »Fritz Legeune in Wiesbaden.« Der wußte ganz genau Bescheid.
Schließlich kam ein Offizier mit einem deutschen Kriminalbeamten. Der Offizier nahm ein Blatt Papier und schrieb was drauf.
»Hier steht, daß wir Sie in keiner Weise belästigt haben, keine Haussuchung durchführten und anständig waren zu Ihnen. Bitte unterschreiben Sie das.«
Der deutsche Kriminalbeamte, der doch vorher gar nicht dabeigewesen war, mußte das auch unterschreiben. Ich las seinen Namen, er hieß Schneider oder Schröder.
Dann gingen sie alle weg.

2

In der Nacht brachten sie mich nach Schwerin.

Merci, mon ami, es war wunderschön,
tausend Worte möcht ich dir noch sagen ...

Eine dunkle Toreinfahrt in weißbeworfener Wand. Auf der Mauer zerbrochenes Glas, dahinter erleuchtete Zellen. Durch eine Seitenpforte ging's hinein, an einem Hund vorbei, der mich ankuckte, und an einem Bottich mit schmutziger Wäsche.

(Bilder aus deutscher Geschichte. Von der Trenck: Sogar um den Hals hat er ein Eisen, und die Hände kann er nicht zusammenkriegen, weil eine Stange dazwischen ist.)

Ich wurde an die Wand gestellt, unter die große elektrische Uhr. Einer knöpfte mir die Jacke auf, der wollte wissen, ob ich Waffen bei mir hätte.

Er öffnete das Gitter, die Uhr klickte, und trieb mich durch Gänge, treppauf, treppab: hundert Zellen links und rechts.

»Soll ich laufen?« fragte ich.

Die Nummer 54 schloß er auf. (»Dies Zimmer nehme ich.«) Hier mal eine Bronzetafel anbringen, eines Tages, wenn alles vorüber ist:

Zum Gedenken an Walter Kempowski
8. März 1948 bis ...

Ja wann: bis.

Ein eisernes Bett, ein Krug mit Wasser und in der Ecke der Kübel. Das Fenster mit Brettern vernagelt.

Ich stellte mich an die Heizung und wärmte mir die Füße.

Irgendwo klopfte es.

In den Wasserkrug hatte man hineingespuckt.

Der Untersuchungsrichter trug einen eleganten Vorkriegsanzug. Er ließ sein Kreuzworträtsel im Stich, nahm die

Brille ab und kam hinter dem Tisch hervor. Klein, »drahtig«, den Kopf papageienhaft gereckt: Witebsk, Charkow und Smolensk: Tausende von Panzern, ein einziger gewaltiger Schlag: »Das ist also der Kempowski.«
Gardinen und Übergardinen; Deckenlampen wie umgedrehte Puddingschüsseln: mein Stuhl stand, wie kein Stuhl in der Welt, am äußersten Rand des Zimmers.
Er schritt über die Ankerteppiche, auf und ab, die Hände auf dem Rücken. (»Wieder so ein junger Mensch, der sich gegen die Sowjetunion vergangen hat, oh, was sind das bloß für Zeiten.«) Dann blieb er vor mir stehen und sah mir in die Augen: der Vaterländische Krieg, die glorreiche Sowjetunion! Jede kleine Hütte haben die Deutschen angezündet und jeden Telegrafenmast gesprengt.
Wollte er mich schlagen? Nein, er lächelte, er holte ein Zigarettenetui aus der Tasche und klopfte seine Papyrossa fest. Dann kniffte er sie und setzte sich an den Schreibtisch: Brille auf und das Papier richtig hinlegen. Hat man noch was vergessen? Den Federhalter eintunken – lila Tinte – dreimal neu anfangen: Kempowski sagt aus: wann geboren, wo, und die Frachtbriefgeschichte. Alles der Reihe nach, immer wieder von vorn, von Kindesbeinen an. Die Kastanien im Feuer, der Schinken im Salz, Gesellschaft, Kameradschaft, Freundschaft. Der Genosse Petrow sitzt im Klub und hört Radio. Seite um Seite.
(Eine sonderbare Schrift – kyrillisch: ab und zu ein richtiger Buchstabe dazwischen.)

Am dritten Tag fragte er mich nach meiner Mutter. Ob sie davon gewußt hat, daß wir Frachtbriefe mit Angaben über Demontagegüter in den Westen geschafft haben. Das wollte er wissen. Das interessierte ihn.
Brille wieder abnehmen, aufstehen, Zigarette ausdrücken, aus dem Nebenzimmer welche reinholen.
»Nun wollen wir mal über deine Mutter sprechen. – Schwöre, daß deine Mutter nichts von der spionischen Tätigkeit gewußt hat.«

Das sei mir zum Schwören zu nichtig, sagte ich nach zu langem Zögern.
Da lachten sie und kuckten sich an: »Willst *du* oder soll *ich?*« Und dann alle gleichzeitig.

Ich besaß es doch einmal,
was so köstlich ist,
was man doch zu seiner Qual
nimmermehr vergißt.

Am Haar zog mich einer vom Stuhl und stellte sich auf mein Gesicht, daß es krachte.
»Wir hören, wenn du sprechen willst ...«

Dann wurde der Karzer aufgeschlossen, im Keller, eine Zelle mit besonders dicken, schalldichten Mauern. Ja, sie hatten die Genehmigung dazu. Brille aufsetzen, nochmal draufkucken auf den Wisch, ja, ein Stempel ist vorhanden. Alles rechtens. Slawnaja sowjetzkaja armia.
»Halt! Doch noch ein letztes Mal fragen, ob seine Mutter davon gewußt hat. – Nein? Nicht gewußt? – Na, dann los.«
In der Karzerzelle war noch eine zweite Tür, eine Gittertür, die teilte den Raum in zwei Hälften. Ich mußte mich ausziehen und wurde da hineingesteckt.
Fenster öffnen und Wasser auf den Fußboden gießen.
Dnepropetrowsk.
Ich griff in die Stäbe und sagte, mir fielen grade eben noch 'ne Menge Agenten ein, lauter ganz gefährliche Leute! Schlüssel auf die Finger hauen: »Schon gut, schon gut. – Hat Mutter gewußt, oder hat sie nicht gewußt?«
Minsk, Kursk und das Donezbecken.

Wein nicht, mein Kind,
die Tränen, sie sind vergebens ...

Alles haben die Deutschen angezündet und verwüstet. Keinen Stein haben sie auf dem andern gelassen, und unsere Väter und Mütter haben sie getötet.

Sie gingen fort, und ich stand im Wasser allein. Wenn wenigstens das Fenster zu gewesen wäre. Kein Schemel und

nicht einmal ein Kübel, auf den man sich hätte setzen können.
»Schöne Geschichte, was?« sagte der Posten, der vor dem Gitter stand.
Pling-plong! Die Gitterstäbe: verschieden gestimmt, plöng! der dahinten noch wieder anders.
Er hockte sich hin, nahm die Arme um die Knie und sagte: »So mußt du das machen, Dummkopf.« – Wärmehaushalt: und sich selbst anhauchen.

In der Zellenhalle klingelte es zur Nachtruhe. Da fielen jetzt die vielen Braven, die dem guten Untersuchungsrichter keine Schwierigkeit gemacht hatten, in einen tiefen warmen Schlaf: wir haben uns zwar schwer vergangen, aber wir haben alles zugegeben und den Sowjetmenschen ihre Arbeit sehr erleichtert.
Ich hockte im Wasser, hauchte mich an und besah mir den Kot, der da wie Kork um mich herumschwamm.
Die Mutter war gewiß schon längst in Hamburg. Spätestens nach einer Woche haut man doch ab. In Wandsbek bei Onkel Richard und bei Onkel Karl.
Sonderbares Wort: Gänsehaut.
In Wandsbek, in der Bärenstraße, wo Großvater auf der Veranda gesessen hatte, mit seinen Zebrafischen und Karauschen. Bei den Gubbis nehmen die Mütter ihre Jungen ins Maul, wenn es gefährlich wird.
Dreihundert Päckchen mit Wäsche nach Hamburg geschafft und das ganze Silber. Aber die Uhr noch beim Uhrmacher, und die Stiefel beim Schuster. Das nicht vergessen. Und das letzte Gehalt beim Ami.

In der zweiten Nacht übergossen sie mich mit Wasser und ließen die Hoftür offen, damit's tüchtig zieht: der will hier seine Mutter decken, das ist ja unerhört.
In der dritten Nacht bewachte mich ein alter Bauer. Der lernte Deutsch aus einem dicken Buch: »Die Blumen blü-

hen in dem Garten.« Ob das richtig ist, fragte er mich. Er hatte sich den Mantel umgehängt.

Als ich wieder in der warmen Zelle saß, schnürte ich mir einen Finger ab: Tod durch Leichengift.
Aber am Abend machte ich die Schnur wieder ab. Den Brotkanten, am nächsten Tag, den duftenden, süßen, den mußte man doch noch mitnehmen.

Dann wurde ich nicht mehr geholt.
Stunde um Stunde marschierte ich auf und ab, fünfzehn Kilometer pro Tag.

> Ich hab es getragen sieben Jahr,
> und ich kann es nicht tragen mehr ...

Wer war Erasmus von Rotterdam? Wer Hieronymus im Gehäus?
Sechsundachtzig mal zweihundertundzehn.
Immer auf und ab. Von der Tür zum Fenster und vom Fenster zur Tür. Auch mit geschlossenen Augen. Vielleicht wird man ja mal blind: auf- und abgehen, das kann man dann schon.

> Deux petits garçons trouvent une noix.

Hin und wieder einen Schluck aus der Kanne, gegen den Hunger. Erdig schmeckendes Wasser.

Nach der Entlassung sofort in den Westen gehn, keine Minute zögern. Nach Wiesbaden, unter die Platanen und ins Café Blum. Milde Luft und Dampf aus allen Gullis. Warm baden im »Pariser Hof«.
Wahrscheinlich würden die Amerikaner in Wiesbaden sofort eine Pressekonferenz einberufen, wenn man da wieder auftauchte. Wahrscheinlich doch. Sicher. Als Propaganda gegen die Sowjetunion? Das ließen sie sich doch bestimmt nicht entgehen: Ein Original-Gefangener aus einem sowjetischen GPU-Keller. Jetzt schon trainieren, daß man dann nicht dasteht wie ein Dummer.

Meine sehr verehrten Damen und Herren!

Die wundern sich, daß man noch so flüssig spricht, nach vier Wochen Haft!
»Erzählen Sie uns bitte alles ganz genau.« (»Dieser Mensch sieht doch eigentlich ganz manierlich aus? Daß man so etwas nun einsperrt ...«)

Immer auf und ab. Inschriften an den gekalkten Wänden:

ZUM TODE VERURTEILT!
GRÜSST MEINE FRAU!

Und überall Kalender, die verschiedensten Systeme.
Einer mit 170 Strichen. 170 Tage! Beinah ein halbes Jahr. Saß man denn hier so lange?
Ich legte mir gleich drei Kalender an: überm Bett einen, wenn man aufwacht, an der Tür einen und einen großen unter dem Fenster, mit Symbolen für die Verhör-Tage – daß man da mal ein System rein kriegt – und für verschiedene Wachtposten, gute und böse.
Die Striche machte ich für eine Woche im voraus, so lange würde ich ja doch noch sitzen. (Mit einem Mittwoch begann meine Zeit: *das* war die Erschaffung der Welt.)

Und wie er winkt mit dem Finger,
auftut sich der weite Zwinger,
und hinein mit bedächtigem Schritt
ein Löwe tritt ...

Zum Waschen und Essen nur die linke Hand benutzen, fit halten, was mitbringen, wenns nach Hause geht.
»Hat man Sie sehr geschlagen?«
Oder mit dem Handfeger jonglieren: »Das hab ich im Knast gelernt.« Auf einem Bein stehen dabei, die linke Hand in der Tasche.
»Sie kommen erstmal in ein Sanatorium.«

Beim Kübelngehen, auf dem Gang, sorgsam alles registrieren: ein alter Koffer, feuchte Flecken (Blut?). Aber kaum den Kopf drehen, nur die Augen: »Dieser Gefangene verhält sich mustergültig, den können wir bald entlassen, der wird uns draußen zur Ehre gereichen.«

Aus den Zellen die Geräusche: halblaute Worte, Murmeln, Gurgeln, Schlurfen.
Husten. In einer Zelle, ganz hinten, kurz vorm Treppenhaus, wurde gehustet und auf wohlbekannte Weise geschnurkst. »Die Uhr aufziehen«, hatten wir das genannt: es war mein Bruder, der da saß, der alte Übelmann. Den hatten sie also auch.
»Was? Und Ihr Herr Bruder hat auch gesessen?«
Nun war man nicht mehr so allein.
Einmal begegnete mir eine gefangene Frau. Roter Pullover, schwarzer Rock. In den Händen hielt sie eine Kaffeekanne.

Mutter, mater, mother, mor, mere.
Matj.
Job twaju matj.

Sie lächelte mich an.
In *der* Nacht schrie ich auf. Der Posten deckte mich zu und sagte: »Ruhig, Waltera.«

Der lang-lange Tag.
Wie schnell fahren Schiffe? Kann man zu Fuß nebenhergehen? Keine Möglichkeit, das zu erfahren. Einen Brockhaus auf jede Zelle als Akt der Barmherzigkeit.

Frachter, Tanker, Fähre, Prahm, Schute ...

»Frachter« hatten wir nicht sagen dürfen und nicht »Käpt'n« oder »Pott«. Zu einem Haus sage man ja auch nicht »Bude« oder »Schuppen«, so hatte es geheißen. »Pott«, so sagten nur die Kriegsberichterstatter von der Propaganda-Kompagnie.

Yacht, Jacht, Jagd.

Mit Bedauern nebigen Betreffs.
Immer was zum Denken haben. Die verschiedenen Kriegsschiffe auch mal alle aufzählen, jetzt noch nicht, erst später, wenn man nicht mehr weiß, an was man denken soll.
Die Kreuzer »Karlsruhe« und »Leipzig« und »Nürnberg«.

Das Meer, das ist das Tor zur Welt,
ein Narr, der sich's nicht offenhält.

Wiking-Modelle. Die »Rostock« und die »Wiesbaden«, die hatte es doch auch gegeben, im Weltkrieg, als man noch Netze gegen Torpedos ausspannte; vorn, am Bug, einen Rammsporn ... 14/18, als Schiffe noch Orden bekamen. Das Eiserne Kreuz dafür, daß sie sich mit letzter Kraft in den Hafen geschleppt hatten.

Der letzte Mann der »Köln«. Wie der da in den schmutziggrauen Fluten treibt, an einen Balken gekrampft, stundenlang. Und als ein Engländer kommt, ein Minensucher oder was weiß ich, sich duckt! Nur nicht in englische Gefangenschaft geraten! – Diese rührende Geschichte.

(Hätte *ich* nicht gemacht, mich da geduckt. Aber die Tränen kommen einem doch, wenn man's liest.)

Ring-ring! Beide Maschinen volle Kraft voraus!

»Denen werden wir's zeigen ...«: Vater mit seinen hängenden Hosen. Kaiser Borax und Sparta Creme. »Der Säbel wird dann angeschliffen, mein Junge.« – Und die Mutter dreht sich nochmal um im Bett, die Kissenzipfel wie bei Wilhelm Busch, und die Schlafträne rollen die Backen hinunter.

»Ach Gott, mein Junge, und ich wollte doch so recht noch etwas schlafen.«

Unter der Pritsche – von hier bis hier – ein Schapp anbringen für Zwieback und Dauerwurst. Und unter das Fenster einen Sessel stellen, eine Wärmflasche auf dem Bauch und lesen. (Is dat noog?)

»Wenn man uns wenigstens ein Buch gegeben hätte, meine sehr verehrten Damen und Herrn, oder Papier und Bleistift, daß man hätte aufschreiben können, was einem so alles durch den Kopf geht ...«

Die Zelle mit Mahagoni täfeln und Pfeife rauchen. Preßtabak: ein Eckchen abschneiden, zwischen den Händen rubbeln, bis er wolkig aufblüht.

Wie schnell sie wohl fahren, die Schiffe. 20 Knoten vielleicht? Aber wieviel ist ein Knoten? – Gleichgültig, ob schnell oder langsam, Hauptsache vorwärts, der Nase entlang, bis nach New York, bis ans Ende der Welt.

Vielleicht hätte man bei Kriegsende doch lieber »flüchten« sollen? Dann säße man jetzt in Dänemark, hielte einen kleinen Handel ingang, ganz bescheiden, in irgendeinem Keller: Brötchen, Milch und Käse?
»Hier wird gefragt, Herr Kempowski, ob Ihre dänische Schwester etwas für Sie unternommen hat? Hat sie sich gewendet an die dänische Botschaft in der Sowjetunion?«
Das konnte man doch nicht riskieren. Da hätte man ja dem Bruder Schwierigkeiten gemacht ... Wenn man an die Botschaft einen Brief schreibt, dann wird er womöglich verprügelt? (»Was? Der Kerl hat Verwandte im Ausland? Und wir, wir Dussel, wir wollten ihn rauslassen!?«)

Drei-drei-drei, bei Issos Keilerei. Schiffe hatte man gehabt, aber kein Auto. Das alte Fahrrad mit Dorn zum Hintenaufsteigen: »Nehmen Sie mich mit, Herr Kempowski!«
Vor Ypern trommelt der Tod.

Eine plattdeutsche Grammatik entwerfen. Ob es die schon gab? Auf dem Titelblatt: »Plattdeutsche Grammatik von Walter Kempowski« und eine ländliche Vignette. Ich bün, du büst, he/se/dat is ... Vielleicht bekäme man dann den Doktor ehrenhalber?
»Dr. Kempowski«, das wär doch auch nicht schlecht?
Lieber keine Vignette. Keinerlei schmückendes Beiwerk. Ohne Zierat sieht's seriöser aus.
Die Reihe der plattdeutschen Publikationen am besten mit Erlebnisberichten beginnen.

> In Rostock kloppten se an een Morgen ganz gewaltig an de Dör ...

Immer was zum Denken haben. Vormittags die Schiffssachen – Windjammer stirbt! – und nachmittags die Verhaftungsgeschichte auf Platt.

Wie Länder auf der Landkarte aussehen. Dänemark: die alte Frau mit Holz auf dem Rücken. Und Italien: ein Stulpenstiefel mit Fußball. Im Hacken die Stadt Tarent. Tarent? Gab es da nicht eine Münze? Talent oder wie? So und so viele Talente?

Man ist galant, man macht Präsente.

Länder und deren Physiognomie. – Südamerika: wie ein Faustkeil, und Griechenland wie eine schlaff herunter hängende Hand. Grönland: gehört das zu Europa?

Immer auf und ab.

Als Polarforscher im Ewigen Eis. Wissen, daß man nicht mehr weiterkann. Mit schwarzgefrorenen Fingern, letzte Zeilen schreiben. Seine eigene Frau mit »Witwe« anreden. »Liebe *Witwe*« statt »liebe Frau«.

Liebe Mutter.

Immer auf und ab. Und an der Wand sich umdrehen wie die Bären das im Zwinger tun.

Die Kreissäge auf dem Hof. Mit der konnte man zweistimmig singen. Zum schrillen Sägeton die kleine oder die große Sekunde: dicht rangehen und wieder lösen. Wenn sich das so reibt.

Klosterquinten. Der Brunnen im Hof des Kreuzganges. Mit dem Klosterbruder auf und ab, Gebete murmeln. Jahrelange Exerzitien. Ein Opferleben führen, stellvertretend leiden. Im kostbar geschnitzten Gestühl: knien! Und die Pfeiler, die so aussehen, als kämen sie von oben herab. Frühling, Sommer, Herbst und Winter: den Kreuzgang immer auf und ab. Die Mandelbäumchen, wenn sie wie ein Strauß im Garten stehn, stramm, und auch die schneebedeckten Tannen. Krächzend läßt ein Wintervogel sich drauf nieder.

Die vollständige Lebensgeschichte mal vor sich hinsprechen, wie alles so gekommen ist: »Mein Vater hatte eine kleine Reederei...« Damit ging's ja eigentlich schon los. Pingel-Topp. Sonntags das Schließfach leeren, das Schließfach Nr. 210. Courtage, Tons und Dividenden.

Über den Wall gehen, an den Kanonen der Fischerbastion vorüber und zum Hafen hinunter, ob noch Schiffe eingetroffen sind. Den »befreundeten« einen kurzen Besuch ab-

statten, die »feindlichen« nur eben flüchtig mustern (die clarierten bei verhaßten Konkurrenten).
Brennevin und Bu-re-au.

Auf und abgehn. Die Hände in den Taschen oder auf dem Rücken. »Wie so'n Alter.« (»Was hat er nur für einen schönen Kopf.«) Prinz Walther von Aquitanien. Unter dem Fenster tief einatmen, das bißchen frische Luft, das durch die Ritzen dringt. Wie kleine gläserne Kugeln im Blut, kleine Bläschen im staatl. Fachinger, auf weißem Gartentisch, Kies, und der Ober im Eingang des weißen Hotels: er wartet, bis man in Ruhe gewählt hat. Ihm ist bekannt, wie lange das dauert, keine Sekunde zu früh tritt er an den Tisch.
»Sehen Sie nicht, daß wir noch lange nicht fertig sind?«
Alles braucht seine Zeit.

Dwa malinkij maltschika naidut arech . . .*

An der Zellentür durch den kleinen Spalt schielen, den da einer eingekratzt hat, einer der vielen Vorgänger, vielleicht schon in der Nazizeit: huschende Schatten, ein alter Mann, den sie stoßen. – Oder eine Frau?
Harmlos tun, wenn sie dich entlassen wollen, und natürlich alles unterschreiben. Daß du im Westen nur Gutes sagen willst über diese wunderbare Sowjetunion und deren ausgeprägten Sinn für Gerechtigkeit. Dies edle Menschenpotential. Und daß du nie wieder was gegen sie unternehmen willst, aus Überzeugung nicht und sowieso. Und dann sofort nach Wiesbaden, zu den Amerikanern, ohne jeden Umweg. Und die Presse wartet schon. »Gedulden Sie sich bitte noch ein wenig, unser Mann ist außerordentlich erschöpft.« (Fleischbrühe flößen sie dir ein, weil sie denken, du kannst es nicht vertragen, das überquellend-raffinierte West-Essen: Steaks und resche Pasteten.)
Oder nach New York zur UNO-Vollversammlung? Ja. Lieber gleich nach New York.

* Russ.: Zwei kleine Knaben finden eine Nuß.

Und in New York eine Rede halten, die sich gewaschen hat: Behutsam und leise beginnen – (erstmal Ruhe einkehren lassen und das Mikrophon runterbiegen, sich's gemütlich machen am Rednerpult: es sind ja alles nur Menschen). Behutsam und leise ein einzelnes Wort fallen lassen von äußerstem Gewicht, dann noch ein Wort, größer und größer werden, höher hinauf!
Immer drücken sich noch Delegierte von draußen herein: »Was ist los? Spricht da einer über erschütternde Dinge?« Sie sitzen starr und können's kaum fassen.
Der sowjetische Delegierte telegrafiert dann blitzfernschreibend nach Moskau: »Ich glaube, wir müssen diese Leute nun entlassen.«
Die Rede für New York schon jetzt ausarbeiten.

> My father was a shipsowner and my
> mother was always friendly ...

Etwas Privates mit einflechten, dann hören sie besser zu:

> ... in the evening she stood at the
> Fußende of my bed and said: ›And now
> put your nose into the pillow‹ ...

Schlicht, so daß sie schon denken: Was soll das? – Dann eine Definition des Leides geben, die sich gewaschen hat, und auch eine des Glücks: daß das Glück mit dem norwegischen »lukka« verwandt ist und mit »Gelingen« was zu tun hat: Jeder ist seines Glückes Schmied. Klar, einfach und ohne weiteres einleuchtend. (Die Definition des Leides fällt einem dann schon ein.) Und dann langsam Zunder geben, von unten herauf, schneidend...
Vielleicht werden aufgrund dieser Rede dann sämtliche Gefangenen der ganzen Welt nach Hause geschickt. Auf einen Schlag! »Wem haben wir das zu verdanken?« fragen sie und kommen und wollen einem die Hand drücken. – Längst ist man dann fortgegangen, liegt in einer Dachkammer, den Blick zur Decke gewandt, weitab vom Getriebe der Welt oder steht am Fenster und sieht: »Über die winkligen Dächer der Stadt in den sinkenden Abend hinein.«

Oder: Begnadigt zu lebenslanger Ehrenhaft, abzumachen auf einer Festung. Den Wallgraben auf und ab schreiten als Walther von Aquitanien mit einem ergebenen Freund, dem »Grafen von Einem« vielleicht, dem letzten der Freunde, dem einzigen, der treu geblieben ist. Den Mantel hat man umgenommen, und der Blick schweift ins weite Land. Auf jeglichen Luxus verzichten, einfach und schlicht gekleidet, auf einem Feldbett schlafen. Kartoffelsuppe essen mit angebratenem Speck. Schnittlauch darin und zerfaserndes Rindfleisch.
Oder: Auf einem Gut! Ehrenhaft, abzumachen auf einem Gut.
Das weiße Schloß: Auffahrt und Freitreppe; Säulen am Portal. (»Liebe Mutter, ein richtiges Schloß ...«) Alte Bäume und ein achteckiger Pavillon.
Nach Tisch – vielleicht gebratene Leber mit gedünsteten Mohrrüben und Kartoffelmus – die weitgeschwungene Treppe hinunterschlendern, ein Buch zwischen den Fingern, eingebunden in rotes Saffian. Sich auf die weiße Parkbank setzen (umgestürzte Putten!) unter dem bewegten Blätterberg der riesigen Blutbuche: Wind spielt im Haar.

Was wirst du tun, Gott, wenn ich sterbe?

Eine Schale mit Obst neben sich, wächserne Äpfel, grießige Birnen. Und Trauben, deren Schale man ausspuckt.
Von der Tochter des Gutsbesitzers wird man beobachtet. »Der arme Mensch hat lebenslänglich«, sagt sie und zeigt mit dem Knauf der Reitgerte herüber (ihr guter Brauner): »Bewunderungswürdig, wie der sein Schicksal trägt.«

Stampfkartoffeln oder Quetschkartoffeln? Wo liegt da der Unterschied; Brühkartoffeln.
Mal aufzählen, was man mit Kartoffeln alles machen kann. The House of Potatoes. Ein Gasthaus eröffnen, in dem es nur Kartoffeln gibt. »Erdäpfel« (die Kartoffeln »Erdäpfel« nennen, dann schmecken sie besser...). Die mehligen: weißlich zerfallend und die kleinen, strammen, speckigen.

Bilder an die Wände hängen von der Entdeckung der neuen Welt. Francis Drake, wie der da grade die ersten Kartoffeln an Bord tragen läßt. Sir Francis Drake oder Sir Walter Raleigh, wer das nun gewesen ist, je nachdem. Mit der linken Hand weist er auf den Union Jack und mit der rechten auf den von einem Priester geleiteten Matrosen, der das zarte Pflänzchen in den groben Händen hält. (Ein Kartoffel-*Pflänzchen* statt einer Knolle, aus heraldischen Gründen.)
Und Friedrich der Große, auch ein Bild von dem, wie er den friedlichen Bauern das Kartoffelpflanzen erklärt und daß man nicht die Früchte ißt, sondern das, was unter der Erde sich ansammelt, die Knollen, daß da die Stärke sitzt.

Gesellschaft, Kameradschaft, Freundschaft.
Liebe.
Die Tochter des Gutsbesitzers mit dem sowjetischen Botschafter am Kamin. Sie starren in die Flammen. Jaja, die Deutschen. Wie haben sie gehaust in Mütterchen Rußland. »Aber der Kempowski, das ist ein ganz besonderer Mensch, ein Idealist vom Scheitel bis zur Sohle, besessen von patriotischer Liebe zu seinem Heimatland. Der meinte das nicht bös.« (»Fügte sie hinzu.«)
Aber, weil sie »Rußland« statt »Sowjetunion« sagt, wendet sich der Botschafter brüsk ab. Die Begnadigung wird um Jahre hinausgeschoben!
Und sie? Sie wirft sich auf das Bett und schluchzt. Alles hat sie verpatzt. Und in der Nacht sitzt sie am Fluß, das weiße Kleid schimmert durch die Dunkelheit und: »Nachtvögel streichen krächzend über sie hin.«

Die Uhr beim Uhrmacher. Nach 20 Jahren hingehen und sagen: »Ich möchte meine Uhr abholen. Ich bin der und der.« Der Uhrmacher ist dann schon weißhaarig und fast erblindet: »All die Jahre hab ich sie verwahrt«, sagt er und wischt sich Tränen aus den Augen, »ich wußte es, Sie kommen wieder.« Er nimmt die Uhr aus dem Schrank,

in dem sie so lange schon gelegen hat, und zögert einen Augenblick.
»Ich gebe Ihnen Ihre Zeit zurück«, sagt er (um ihn herum das Ticken und das Tacken). »Hier, nehmen Sie«, und die Uhr schlägt wie ein Herz in meiner Hand. –
Der Uhrmacher stirbt, sein Leben ist erfüllt. Man steht am Grab und ist vielleicht der einzige, der die Treue dieses als wunderlich oder ungut verschrienen Menschen kennt. Man drückt sich den Hut in die Stirn: »Und geht durch den Nebel davon ...«

Nachts Gitterschatten an der Wand. Immer auf und ab. Als Billardkugel sich schräg von einer Wand zur andern stoßen, schwerelos, und erst nach langem Hin und Her exakt in der Tür zur Ruhe kommen.
Horchen: Das Aufschließen der Zellen, das Wegziehen der Riegel: »Rass-Rass!« Das Klappern der Gittertüren.
»Man lauscht, meine Damen und Herrn, und denkt: kommen sie zu dir?«
Schritte der Posten und Schritte der Gefangenen. Grobe Schuhe, weiche Schuhe. Mann oder Frau?

Wie hab ich das gefühlt, was Abschied heißt!

Der Posten in Pantoffeln, leise, leise, damit man das Anschleichen nicht hört. Wenn er den Spion zur Seite schiebt (dies feine, quietschende Geräusch!), sich auf die Pritsche setzen und so tun, als brütete man vor sich hin.
»An Mutter denken?«
Ja.

Auch mal über Effekthascherei nachdenken: mit einer Harfe Wasserfall nachahmen und mit den Geigen Sturm.
»Erwachen heiterer Gefühle bei Ankunft auf dem Lande«.
Gefühle mischen, mal so und mal so. Mal säuseln wie ein Kräuselwind am Boden und sich dann steigern: Auftürmen die Klänge, strahlen. Wenn endlich ruhige Gewißheit Platz greift, emporgedrungen aus verwirrender Vielfalt, dann sitzen sie da, die Zuhörer, im Parkett und auf dem

Rang, und sie können es nicht fassen, dieses Schöne. Die Tränen schießen ihnen in die Augen, und sie begreifen, daß es noch was anderes gibt als tägliches Einerlei.

(Die Fingernägel wachsen lassen wie ein Chinese. Auch die Haare. Die Zelle bis zum Bersten mit Körper anfüllen: Samson zwischen den Säulen.)

Der Globus: Fünf Hände Wasser und vier Hände Land, und daß Deutschland eigentlich verdammt klein ist: Was soll einem einfallen, wenn man alles durchhat?
Italien als Stiefel und Afrika als Totenkopf. Und die Ostsee: eine betende Frau. Der russische Bär und die betende Frau.
Mal alles beiseite lassen, mal probeweise an nichts denken. Sich einen schwarzen Sack vorstellen oder einen Vorhang, der geschlossen ist.
Oder das Weltall.
Den Hohlraum durchqueren, bis in das unerforschte Reich. Da sieht man schon den Berg, den Turm zu Babel, mit seinen tausend Kammern, die man aufschließen und betrachten kann.
Nur ja die letzte Kammer nicht! Da laß den Schlüssel stekken. Da steht das einzige Geheimnis, du bist geblendet von dem Glanz.
Und dann das Grauen, das da hängt, das geht noch in dich ein: zerhackt und ausgeweidet, viele Mütter, *alle* Mütter.
Der Schlüssel fällt, wird blutig, und das Blut, das willst du abwischen, aber das geht nicht, soviel du auch wischst und wischst.

Ich saß in meiner leeren Bude und war wie gebannt. Gegen Mittag raffte ich mich endlich auf, lief zum Polizeirevier und fragte nach dem Polizeibeamten Schneider oder Schröder, oder wie er hieß.

»Is'n Mord passiert?«

»Nein«, sagte ich, »einen Mord will ich nicht anmelden. Meine Söhne sind heute morgen abgeholt worden, und ich möchte den Kriminalbeamten sprechen, der dabei war.«

»Der kommt erst dann und dann zurück, der ist überhaupt noch nicht wieder da.«

So, sagte ich zu mir: Jetzt läufst du zu Cornelli und erzählst ihm alles.

Cornelli war rührend. »Nun setzen Sie sich erstmal«, sagte er und flößte mir eine Tasse guten echten Bohnenkaffee ein, dieser rührende Mann, selbst zittrig und elend und einsam, aber immer zur Stelle, wenn man ihn brauchte. (Er wohnte ja in einem winzigen Zimmer, püttcherte da herum und kochte sich seine kümmerlichen paar Kartoffeln.)

Cornelli erzählte mir dann, daß auch die Freunde der beiden Jungen »abgeholt« worden seien, eine richtige Verhaftungswelle: Subjella und auch der Sohn von Bahnrat Ewers, dieser nette Bengel, Schulkamerad von Walter.

»Das Rad dreht sich«, sagte Cornelli, »die Jungen sind gewiß, eh Sie sich's versehen, wieder da.« Eine solche Verhaftungswelle mache viel zu viel Aufhebens, das zahle sich für den Russen absolut nicht aus, der wär ja auch drauf angewiesen, sich die Deutschen zu Freunden zu machen. »Ich meine, wenn Ihre Söhne Schwerverbrecher wären, dann könnt ich das schon eher verstehen.«

Und dann lenkte er mich ab von der ganzen Geschichte und kam auf früher zu sprechen, auf die Hausmusikabende bei Kröhls, die schöne Zeit und die Wanderungen mit dem ganzen Kreis, Picknick und die Dampferfahrten. Und dann sagte er, wir müßten nun ordentlich zusammenhalten und diese schlimmen Erfahrungen als eine Gnade betrachten, die, wenn man sie nur annehme, auch Lehren in sich berge.

Am Abend ging ich zu dem Kriminalbeamten Schneider oder Schröder. Als der mich sah, sackte er direkt zusammen. Ich sagte: »Erkennen Sie mich wieder?«
»Ja«, sagte er, »bitte – gehn Sie. Ich stehe mit einem Fuß genau da, wo Ihre Söhne jetzt sind. Ich *darf* Ihnen nichts sagen, und ich *kann* Ihnen nichts sagen, so leid wie's mir tut. – Tun Sie mir den einzigen Gefallen, ich habe Frau und Kind.«
»Ich weiß Bescheid«, sagte ich. »Wo mögen sie denn sein?«
»Ich *darf* Ihnen *nichts* sagen.«

Am nächsten Tag ging ich zum Kriminalamt.
»Was wollen Sie denn hier?« sagte der Beamte, ein widerlicher Kerl, schwarze Haare und unrasiert und schrecklich, so'n richtiger Schubjack.
»Ich möchte eine Vermißtenmeldung abgeben«, sagte ich, »meine beiden Söhne sind verschwunden.«
»Das gibt's ja gar nicht. In der Sowjetischen Besatzungszone verschwindet kein Mensch.«
Da hab ich auf'n Tisch geschlagen und hab gesagt: »Nun wird's Tag! Ich bin doch nicht blind! Ich war doch selbst dabei, wie sie weggeholt wurden! – Ich gehe hier nicht eher wieder weg, als bis ich weiß, wo meine Söhne sind.«
Richtig fünsch bin ich geworden. Dieser ekelhafte Kerl. Und dann hab ich mich da auf die Treppe gesetzt, und zwar auf die Haupttreppe, wo der ganze Verkehr durchgeht. Und jeden Tag bin ich wieder hingegangen, hab mir'n Stück Brot mitgenommen und hab da gesessen und gewartet, und alle Leute, die was erledigen wollten, mußten an mir vorbei. Die sahen mich da sitzen.

Am dritten Tag kam der Beamte und sagte: »Sie sitzen ja immer noch hier.« (Das war ihm wohl peinlich.) »... will Ihnen mal sagen, Ihre Söhne sind beim Russen.«
Ich sag: »Das ist doch keine Art und Weise. Ich sitz hier wie Pik sieben ... konnten Sie mir das nicht schon viel eher sagen? Das ist ja unerhört!«
Ich ging also zur John-Brinckmann-Straße, da war das GPU-Gefängnis, und sagte zu dem Posten: »Ich möchte einen Dolmetscher sprechen.«
(Das Haus, in dem das Gefängnis war, gehörte früher mal Prof. Woltersen, diesem Wagner-Enthusiasten. Oft sind wir bei ihm gewesen, in unserer jungen Ehe. Der hatte die herrlichsten Platten, die spielte er uns vor und dirigierte dabei wie doll und verrückt.)
Der Posten ging in sein Schilderhäuschen und telefonierte. Kurz darauf öffnete sich oben in der Villa ein Fenster (das war das Zimmer von Erich gewesen), und da kuckte einer raus. Der Posten rief ihm auf Russisch was zu, der andere rief was zurück, der Schlagbaum ging hoch, ich durfte passieren. – Dann stand ein Kerl vor mir, ich dachte, das ist so einer, der die Jungen prügelt. Ein widerlicher Kerl.
»Kempowski ist mein Name«, sagte ich, »meine Söhne sind abgeholt worden. Ich wollte nur mal fragen, ob ich ihnen Decken bringen darf oder was zu essen. Sie haben doch nichts mitgenommen.«
Der Kerl kuckte mich an ... also, ich dachte: jetzt schlägt er dir eine runter.
»Wenn Ihre Söhne was brauchen – dann wir holen! Rrraus!«
O Himmel! Ich ging richtig mit hohlem Rücken weg. Widerlich! Ohne jedes Herz. Aber ich wußte doch nun wenigstens, wo die Jungen sind, und, so komisch es klingt: das beruhigte mich. Wenn mir die Phantasie auch natürlich keine Ruhe ließ – man stellt sich dann ja alles mögliche vor –, aber ich war bedeutend ruhiger, wie abgeklärt.

Nach etwa zwei Monaten kam dann ein deutscher Polizist

mit einer Liste, auf der stand, was die Jungen an Sachen haben wollten, ich sollte das zusammenpacken. (Ich hab noch auf das Papier gekuckt, ob das wohl die Handschrift der Jungen wär, aber sie war es nicht.) Warme Sachen sollten es hauptsächlich sein. Ich nahm zwei große Decken und tat alles mögliche hinein. In einen Strumpf steckte ich einen Zettel: »Kuß, Mutti.«

4

Mitte April bekam ich ein Bündel Wäsche von Zuhause. Ein herrliches Kopfkissen, Taschentücher, die noch etwas nach Bügeleisen rochen, den Pullover, den wir immer das »Rebhuhn« genannt hatten, ein Stück gute Seife und sogar eine Zahnbürste.

Die Sachen waren in das italienische Plaid gewickelt, in das Plaid meines Großvaters, 1936, damals, als die Geschäfte mit den Italienern losgingen und Hitler noch auf dem Wörther See herumfuhr. (»Ein fabelhafter Mann.«)

Ich wusch mich mit der parfümierten Seife, putzte meine vermehlten Zähne und zog frische Wäsche an. Tief durchatmen: so würde man es noch 'ne Zeitlang aushalten können. (Nun vielleicht noch was zu lesen oder ab und zu ein Paket mit Brot und Wurst und Schmalz und Zucker. Vielleicht auch mit Liliput-Wörterbüchern, die nehmen ja nicht viel Platz weg, und dann wundern sich die Leute später, woher man die verrücktesten Wörter auf englisch oder auf französisch kennt.)

Aber – warum ging die Mutter nicht nach Hamburg? Das wurde doch allmählich Zeit?

Eine Woche später wurde ich verlegt. Der Posten brachte mich auf die andere Seite, kuckte auf den Zettel und schloß eine Tür auf: »Los, rein da.«

Ich quetschte mein Riesenbündel durch die Tür und prallte zurück.

Das war ein Schlag,
der ging durch alle Glieder.

Ein Mann hockte da in seinem Gestank: Mensch, Maschine, Puppe oder Automat, als Elendssilhouette gegen die Sonne, zerlumpt, mit grinsendem KZ-Gesicht, 22 Jahre alt, ein Greis.

Er hatte sich seinen Mantel umgelegt (weiß war der von der Wand) und betrachtete mich gelassen. Nickte: Komm man rein. Der kannte das, der wußte, daß irgendwann einmal die Einzelhaft zu Ende ist und daß man dann wieder unter Menschen gelassen wird.
Ich packte meine Sachen aus, die langen Unterhosen und die Bleyleweste meines Großvaters, und Manfred, so hieß der Mensch, kuckte zu, was ich da so alles hab.
Mein Pelzmantel machte Eindruck: »Mein lieber Scholli!«
Zitternd öffnete er seinen Mantel und zeigte mir seine Brust, knochig und kaum verhüllt durch ein russisches, mit Bändchen zusammengetütertes Leinenhemd: hier, ich sollt mal kucken, *er* habe so gut wie *nichts*. Er sei kein so'n Jüngelchen, dem's die Eltern hinten und vorne reinsteckten.
Seine Eltern wären geschieden, der Vater irgendwo in Mexiko und die Mutter in Bremen.
Er sei auch drüben gewesen, gleich nach Kriegsende, habe leider dummerweise ... »Aber was geht dich das an.«

Zwei Jahre Untersuchungshaft: er wollte wissen, was es Neues gäb. Zeitung, Radio.
Nichts?
Es müsse doch was Neues geben, zum Teufel nochmal, ich müßte doch noch irgendwas wissen, von der hohen Politik, ob die Außenminister sich wieder mal getroffen haben, Molotow, dieser Neinsager, oder Bidault, das Schwein. Und wann die Amis endlich kämen und uns rausholten – irgendeine Kleinigkeit!
»Spricht man über uns?«
Daß Indien selbständig ist, davon hatte er schon gehört, das habe so einen Bart. – Nylon, ob das im Vormarschieren wär, *das* interessierte ihn, und was die Aufstände in Griechenland machten, die kommunistischen, ob der Westen sich das bieten läßt.
Und was ich draußen für die politischen Häftlinge unternommen hätte, auch das wollte er wissen. Er sah mich höh-

nisch an: all die Jahre hätt' ich wohl im Bett gelegen und die Zimmerdecke angekuckt, was?
Er nahm den Mantel wieder fester um und lehnte sich an die Wand. Im Grunde ja auch ganz egal. So oder so kaputt. Aber: dann müßte ich mich auch nicht wundern, wenn wir hier noch ewig säßen. Ewig und drei Tage.
Als ich ihm dann erzählte, was ich für ein Held gewesen sei, daß ich all die »Reparations«-Lieferungen in den Westen gemeldet hätte, damit die Amerikaner das mal stoppen oder aufschreiben für einen späteren Friedensvertrag, hörte er gar nicht mehr richtig zu. Er lächelte ein wenig und sagte, *den* Rat gäb er mir, *das* auf keinen Fall noch einmal irgendjemandem in irgendeiner Zelle zu erzählen.
»Wenn ich nun ein Spitzel bin?«

Am Abend kam noch ein Dritter zu uns, Günther Pagels, ein blasses Armeleutekind mit ungesunder Gesichtsfarbe, Drogistenlehrling, 16 Jahre alt.

Wenn bei Capri die Rote Flotte im Meer versinkt ...

hatte er gesungen, das war sein Vergehen gewesen.
Manfred wollte auch von ihm wissen, was es Neues gibt. Und als da absolut nichts kam: woraus man Lakritze herstellt, ob er ihm das sagen könne, als »Dro*sch*istenlehrling« müsse er das doch wissen. »Aus Ochsenblut? Oder aus Süßholz?«
Dann sank er zurück: es hat ja alles keinen Zweck. Dumm geboren, nichts dazugelernt.
»Ihr werd't schon sehen, was ihr davon habt.«
Als junger Mensch müsse man immer fragen, fragen, fragen. Wie so ein Fragezeichen müsse man herumlaufen, wißbegierig wie ein ausgedörrter Boden. Warum ich zum Beispiel noch nicht auf die Idee gekommen wär, ihn über das Gefängnis auszuquetschen, das wundere ihn, wer hier so alles sitzt und was die Posten für Menschen sind, daß ich das noch nicht gefragt hätte, das wundere ihn *sehr*. Er könnte ja Stunden um Stunden erzählen.
Als im Keller noch erschossen wurde (eine Zelle mit Bret-

terwänden, damit die Geschosse nicht in der Gegend rumfliegen, und Sägemehl auf dem Fußboden für das Blut), als nachts die Leute aus den Zellen geholt wurden (»Mit Handtuch und Seife!«) und nie wieder erschienen ... Das seien noch Zeiten gewesen.
Er schreibe bestimmt nochmal ein Buch darüber, das habe er sich fest vorgenommen. Diese Verbrechen müsse die Welt doch mal erfahren! Sein gutes Fränzchen – kümmerlich verreckt, an Tbc. Hier auf der Pritsche, *hier* auf *dieser* Pritsche. Er sehe ihn noch vor sich. Der Posten, nachts, der habe die Zelle ganz vorsichtig aufgeschlossen, ob's zu Ende geht.
Was hier für Leute saßen, darüber war er wirklich sehr genau im Bilde, ganz oben zum Beispiel der Fall Kramer, sechs Mann und eine Frau. Waffenbesitz. Die waren auf Jagd gegangen, um den Küchenzettel etwas aufzubessern, mit Pistole und Karabiner 98. Die Frau war in schwangerem Zustand verhaftet worden und hatte ihr Kind hier drinnen zur Welt gebracht.
»Seid mal still, vielleicht können wir es hören ...«
Wir sollten ihn bloß nicht fragen, wie das ablaufe, wenn hier eine Frau ein Kind bekommt.

In die Wand waren Uhrzeitstriche eingeritzt. Man konnte die Sonnenstrahlen verfolgen, wie sie von Strich zu Strich glitten. Morgens langsam, mittags schnell. Der dicke Strich neben der Tür bedeutete Mittagsuppe, der »roch« nach Kohl und Kartoffeln. Wenn der erreicht war, hörten wir unten den Kübel aufschlagen. Dann erhoben wir uns und stellten uns in die Tür und horchten, wie sie ihn von Zelle zu Zelle schleiften.
»Ihr wascht eure Schüsseln doch nicht etwa aus?«, sagte Manfred. »Jede einzelne Kalorie ist kostbar.« Die Posten draußen, die schöpften sich erstmal das Fett von der Suppe und tränken das als Brühe, das schöne gelbe Fett.
»Diese Schweine.«
Das möcht er auch mal tun.
Schweine seien das, aber – wer weiß? – vielleicht seien es

grade die größten Schweine, die alle Verbrechen, alles Unrecht, das uns hier zugefügt wird, haarklein nach drüben meldeten. Schikanierten uns hier nur zur Tarnung?
Denen mal zuzwinkern irgendwie?
Je schlechter es uns gehe, desto besser eigentlich: »Dann *haben* die jedenfalls was zu melden.« Der Ami drüben, der sammle gewiß jedes Schicksal einzeln auf einer Karteikarte und werte das aus.
»Wehe uns passiert was!«
Das brächten die dann sofort vor die UNO, und das wär dem Russen dann bestimmt sehr peinlich.

Nach dem Essen sackte Manfred zusammen. Er besabberte seinen Mantel.
Nicht mal zu wissen, woraus Lakritze gemacht wird! »Und sowas will nun Droschist sein ...«
Der Kopf knickte herunter, und das grinsende Hungergesicht zuckte. Der kleine Günther stieß mich an: Kuck mal, furchtbar, nicht? Dies Knochengerippe?
Da fuhr er auf »Was ist?« rief er. So wär das ja nun nicht, wir sollten nicht denken, daß er hier schlappmacht. Zwei Jahre rumgekriegt, Prügel, Karzer und Hungerei, nun schaffe er den Rest bestimmt auch noch. Das sollten wir bloß nicht denken, daß er hier vor die Hunde geht!
Und fahrig griff er in das Mantelfutter und holte kleine bestickte Lappen heraus und warf sie uns hin wie Geldscheine. Sowas hätten wir bestimmt noch nie gesehen, was? Rosa Rosen, lila-gelbe Stiefmütterchen und ein blaues Vergißmeinnicht, mit Draht gestickt, so akkurat wie früher die Blumen in den Zigarettenschachteln.
»Da staunt ihr, was?«
Wir sollten bloß nicht denken, daß er hier am Ende wär! (Des Menschen Hoheit und des Menschen Elend.) Er wär noch lange nicht am Ende. Er halte noch Jahre um Jahre aus, oder ob wir dächten, er täte denen den Gefallen und verrecke hier? Nee! Alles still und ohne sich zu mucksen aushalten, was uns die Banditen hier zufügen, und sich

rausheucheln und draußen dann dem Westen ins Ohr schreien: Ihr seid wohl blöd! Ihr seid wohl blind! Merkt ihr denn gar nicht, was das hier für Verbrechergesindel ist?
Und um uns zu beweisen, was noch für Spannkraft in ihm steckt und was er alles weiß und was wir für Greenhörner sind, schabte er Schlemmkreide von der Wand, machte einen Brei davon und schmierte den auf den Schüsselboden.
»Hier, kuckt mal! Darauf kann man schreiben!«
Das hätten wir wohl nicht gedacht, was? *Noch* wär er nicht im Eimer, *noch* nicht. Dieses Schreibenkönnen hätt' ihm so ziemlich das Leben gerettet. Immer, wenn er gedacht habe: es geht nicht mehr weiter, dann habe er sich die Schüssel eingeweißt und irgendwas darauf geschrieben. Zum Beispiel Sätze, die man auch von hinten lesen kann, sogenannte Palindrome:
»Ein Neger mit Gazelle zagt im Regen nie.« Oder: »Leg in eine so helle Hose nie'n Igel.« (Den hätte er noch von seinem guten Fränzchen.)
Mit »Rentner« müsse doch was Ähnliches zu machen sein, denke er immer. »Ein Rentner nie.« Aber was: nie, das wäre hier die Frage . . .
Ich sagte: »Reliefpfeiler«, das wär auch so ein Wort, das könne man auch von hinten lesen. Das stamme von Lessing oder von Schopenhauer. Und: »Otto tenet mappam madidam madidam mappam tenet Otto.«
Da ließ er seine Schüssel sinken und lehnte sich zurück.
Die Blumen ins Mantelfutter stecken: die Rosen, das Vergißmeinnicht.

Gemäht sind die Felder,
der Stoppelwind weht.

»Daß man auf sowas nicht kommt . . .« und raffte seinen Mantel und verstummte.

Mitte Mai hatte er endlich Tribunal. Er freute sich. Zwei Jahre Untersuchungshaft! Im Lager gäb's auf jeden Fall besseres Essen. Dächt' er. Ob wir das nicht auch dächten?

Was? Fischsuppe vielleicht?
»Was meint ihr?«
Mit satt Kartoffeln ...
Na, wie dem auch sei, erstmal raus aus diesem Schuppen hier.
Er wusch sich die Ohren und band die Leinen-Schleifen seines Hemdes neu: Endlich raus aus diesem Schuppen. Mal wieder spazierengehen, unter hohen Bäumen, tief durchatmen: die schöne frische Luft. Er glaube, im Lager komme man schnell wieder hoch.
Er stand eine Weile an der Tür herum, dann setzte er sich und wartete, daß man ihn holt. Franz Röder, sein gutes Fränzchen, den Namen sollten wir uns merken, und wer zuerst rauskommt, meldet das, daß der hier abgenippelt ist. Franz Röder aus Parchim, Hagenweg 3, Vater Tierarzt. Elend verreckt ...
»Und wenn wir uns im Lager treffen, dann helfen wir uns gegenseitig, nicht? Einer zieht den andern nach. Wie so eine Loge. Wie ein Bund.«
Er arbeite dann vielleicht in der Gärtnerei – da gäb's sicher eine Gärtnerei: frischen Salat und Radieschen – und hole uns dann nach. Darauf könnten wir uns felsenfest verlassen. In einer Ecke des Treibhauses, oder wo man dann da arbeitet, sich einen kleinen Kanonenofen aufstellen und dann Kartoffeln braten. Einer steht Schmiere. Und das Fett besorgt man sich irgendwo. In einem Lager kann man sowas regeln, in einem Lager wird immer gehandelt und getauscht. Bratkartoffeln, wenn er nur noch ein einziges Mal Bratkartoffeln essen könnte ...
»Ich besorg euch Arbeit, das ist so klar wie Kloßbrühe. Ich besorg euch was.« Und wenn wir den ganzen Tag Laub karren müßten – immer noch besser als nichts. (Er werde dann ein Auge zudrücken und *elf* Karren aufschreiben statt zehn.)
Eines noch, das hätt er doch beinah vergessen: wenn einer rauskommt, durch irgendeinen Zufall: alles melden, die ganze Scheiße hier, haarklein. Daß die da aufwachen im

Westen, diese Schlafmützen. Und: Franz Röder, Parchim, Sohn des Tierarztes. Nicht vergessen. Elend verreckt.
Da schloß der Posten die Tür auf: »Dawei!« Manfred fuhr auf und schlug gegen den Türrahmen: »Bye, bye!« mit seinen schlaksigen Gliedern.
Alles Gute und auf Wiedersehn. (Hinscheiden, dieses schöne deutsche Wort.)
»Und wenn ihr in das Lager kommt, dann besorg ich euch Arbeit, drauf könnt ihr euch verlassen.« (Kopf noch gestoßen, so'ne Scheiße.)
»Und immer schön die Fresse halten.«

5 Die Mutter

Nachdem nun die Jungen fort waren, lief ich in den Straßen umher, alles war mir so unheimlich – ich mochte nicht in meine Wohnung.
»Wie so eine Falle«, dachte ich immer, »wie 'ne Mausefalle.«
Ich hätte weglaufen mögen, Augen und Ohren zuhalten. Aber man kommt ja doch um nichts herum, und alles muß durchgestanden sein.
Schließlich wurde ich ziemlich elend und konnte überhaupt nichts mehr essen. Wie zugeschnürt war mir die Kehle. Im Monat hab ich noch nicht einmal ein Brot gegessen. Meine ganzen Marken hab ich verschenkt. Frau Geheimrat Öhlschläger, die ich bei Max Müller traf, schlug die Hände überm Kopf zusammen: »O Gott, Frau Kempowski, wie sehen Sie bloß aus?«
Sonst hat sich ja keiner sehen lassen, man war ja wie verratzt. Daß nun mal *einer* gekommen wär und hätte sich erkundigt, nee, da luer up ... Hatten alle eine Heidenangst, daß sie mit hineingezogen werden würden, mehr Schiß als Vaterlandsliebe.

Ende Juli kam ein Russe, der ging durch die Stuben und sah sich alles ganz genau an. Dann setzte er sich an den Tisch und notierte: Flügel, Sofa, Sessel, Bücherschrank, 1 Teppich, 2 Ölgemälde und 1 Bett. – Das wär beschlagnahmt, ich dürfte nichts davon verkaufen oder auch nur von der Stelle rücken. Wenn die Jungen vor ein Tribunal kämen und verurteilt würden, dann würden diese Sachen abgeholt werden. Andernfalls könne ich sie behalten.
Also schön. Da saß man dann in seinem eigenen Haus auf Pump und lauerte, was werden soll.
In meiner Naivität hab ich noch versucht, den Flügel zu

retten, indem ich ihn dem Konservatorium anbot. Frl. Schnabel nämlich, die traf ich auf der Straße, und die sagte: »Ach – und wir haben nur so wenig Instrumente, könnten Sie da nicht mal mit den Russen sprechen ...?«
Ich bin also zur Kommandantur gegangen und hab gesagt, das wär doch wundervoll, wenn das Konservatorium den Flügel kriegte, dann würde der doch benutzt und stände nicht herum. Vom Herumstehen würde er ja auch nicht besser ...
Da lief ich aber auf! Wie ich dazu käm, hier solche Vorschläge zu machen, ich hätte gefälligst den Mund zu halten.
Ich kriegte gehörig was auf'n Deckel.

Eines Tages klopfte es – Lander saß wieder mal bei mir, ein Bekannter von Robert – und ein junger Mann stand vor der Tür. Er hatte einen Trenchcoat an und trug eine Brille mit Metallgestell. Sein Name wär Katzberger, ob er mich mal sprechen könnte.
Ich sagte: »Bitteschön.«
Er komme aus Wiesbaden, sagte der Mann – es war ein Amerikaner, man konnte es hören – und er habe den Auftrag, nachzufragen, was mit meinen beiden Söhnen wär. Sie hätten doch Nachrichten über die Plündereien der Russen liefern wollen, und nun habe man nichts mehr von ihnen gehört? – Die Amerikaner wären sehr interessiert zu erfahren, was die Russen alles rausschaffen aus der Ostzone, das wär nämlich gegen die Abmachungen.
Ich erzählte, was passiert war, und er hörte sich das an. Und dann sagte er: die da in Wiesbaden, die täten sicher alles, um meine beiden Jungen zu retten. Die hätten ja ganz andere Mittel, auf höchster Ebene. Eines Tages wären beide wieder da, Robert und Walter, ich sollt mal sehen.
All sowas hat er gesagt und dann: er müßt jetzt machen, daß er wegkommt.
Hat sich dann noch Brot von mir geben lassen und verschwand. Eine ganz mysteriöse Sache. Ich meine, wenn er

wirklich vom amerikanischen Geheimdienst gewesen ist, wie er sagte, dann verstehe ich nicht, daß er dies Gespräch in Gegenwart eines Dritten geführt hat. Er kannte diesen Lander doch gar nicht.
Wenn er den Mund gehalten hätte – wer weiß, dann wär mir später sicher vieles erspart geblieben, denn Lander war ein sehr zwielichtiges Subjekt, der, wie ich später erfuhr, nur darauf lauerte, daß man sich verplappert.

Dieser Lander war wie eine Klette. Der klebte richtig, der kam schließlich jeden Tag. Ab und zu mit seiner »Gila«, einem an sich sehr netten Mädchen, das gar nicht zu ihm paßte. Wie die es bei ihm ausgehalten hat, ist mir ein Rätsel. Gisela Schomaker, Vater Wäschereibesitzer in der Altstadt. Walter mochte sie wohl mal ganz gern.
Dieser Lander fragte dauernd, ob er nicht unser Geschäft fortführen könnte. Der war vom Stamme Nimm. Er sei Roberts Freund...
Geschäft? Da war ja gar nichts mehr zu führen. Seine Spiköks wollte er da treiben, sonst nichts. Schwarzhandel und Durchstechereien. Ich bin gar nicht darauf eingegangen. Das war doch ein Schieber, wie er im Buche steht. Manchmal hatte er die ganze Tasche voll Geld, und dann wieder pumpte er mich an, mich mit meinen paar Kröten! Unten am Hafen wohnte er, Werftgegend, in einer Garage, einem finsteren Loch.
»Gila« hat mir eigentlich leid getan. Die hätte einen ganz anderen verdient gehabt. Hatte sich von ihren Eltern losgesagt, nur um bei diesem Kerl zu bleiben.

Und dann war Lander auf einmal verschwunden. Verhaftet, wie ich erfuhr, und zwar zusammen mit »Gila«, diesem armen Mädchen. *Da* wurde es mir aber mulmig!
Ich ging zu Cornelli und fragte ihn, ob er meinte, daß der mich wegen dieses Amerikaners anzeigt.
»Eh ein Mensch sowas macht«, sagte Cornelli, »da muß er tief gesunken sein.« Das traute er niemandem zu. »Seien

Sie ganz ruhig, Frau Kempowski, ich stehe Ihnen bei.« Das sagte dieser rührende Mann.
Ich ging dann häufiger zu ihm, und wir hatten die schönsten Gespräche. Daß man sich zu wenig Zeit nimmt, um weiterzukommen, und daß man das Schöne, das es auf der Welt gibt, fast übersieht bei all den Sorgen. Man sollte doch versuchen, sich zu vervollkommnen, der Sonne entgegenzustreben, um einmal, vollendet, sich aufzulösen.
Manchmal haben wir auch über Gedichte gesprochen:

Solang du nach dem Glücke jagst,
bist du nicht reif zum Glücklichsein ...

Ich hab nachher noch so oft daran denken müssen. Stunde um Stunde saßen wir beisammen, in seiner kleinen düsteren Stube, der gute Mann. Es ging so etwas Abgeklärtes von ihm aus. Er hatte es ja selbst nicht leicht: die Frau gestorben, die Kinder im Westen. Und sein Geschäft doch auch erledigt. – Einmal wanderten wir bei schönstem Wetter drei Stunden durch die Rostocker Heide, den alten Weg, den ich mit meinem Mann und den Kindern so oft gegangen war. Die Ostsee hörte man rauschen, und das Rauschen der Wellen mischte sich in das Rauschen der Bäume.
Wir saßen dann in den Dünen und kuckten über das Wasser. Es war mir recht wehmütig: da drüben irgendwo Ulla zu wissen und keine Möglichkeit, zu ihr zu kommen ...
»Sie müssen ganz fest an Ihre Tochter denken«, sagte Cornelli, das wär dann eine Kraft, die ihr zugute käm. Die Christen nennten das Segen. Sowas übertrüge sich. Aber nicht gleichzeitig an die Tochter und an die Jungen denken, dann sei das wirkungslos. Abends, wenn alles still ist, ganz fest an den geliebten Menschen denken ...
Schließlich bot er mir an, er wolle zu mir ziehen, damit ich nicht so einsam wär. Das wär auch sehr schön zu machen gewesen, hinten das große Zimmer, das war ja jetzt frei. Aber wenn die Jungen nun wiedergekommen wären, wo hätten sie wohnen sollen?
Ich sagte: »Erstmal nicht. Erstmal sehn.« Und das war sehr zu seinem Glück, wie sich bald herausstellte.

6

Walter

In der Nacht ging ein starkes Gewitter nieder. Der Wind rüttelte an den Blenden, und die Blitze warfen die Striche des Gitters an die Wand.

Die Posten schlichen von einer Tür zur andern. Kalt Blut und warm Untergewand! Sie riefen sich unverständliche Worte zu, und einer, im Keller, sang klagend.

Bei so einem Wetter nach Hause kommen, wie das ist, das malten wir uns aus: die Mutter sitzt auf dem Sofa und stopft Strümpfe (rechts die kaputten, links die heilen) und kuckt dann so über die Brille: ob man sich die Schuhe auch abgestrichen hat. Die Klöppeldecke und das Herbstbild mit den kleinen Fehlern.

Kalte Luft bringt man mit herein.

Sie legt den Strumpf, den sie da gerade stopft, beiseite und sagt: »Ich wußte, daß du kommst. Ich habe es geahnt.«

Sie geht in die Küche und macht das Essen warm: Bratkartoffeln mit Brechbohnen und ein Stückchen Gurke. Und sie ruft: »Wie isses gewesen, mein Junge? War's schlimm?« Und stellt das Essen auf den Tisch, und man erzält, erzählt.

(Vorher natürlich die Umarmung, ganz am Anfang, da liegt dann schon alles drin, die erste Umarmung nach so langer Zeit: Der Augenblick, wo sie die Tür aufmacht.)

»Iß, mein Junge, iß tüchtig.«

(Äpfel, einmal wieder Äpfel essen.)

Und dann durch alle Zimmer gehn. »Aha! Der Schreibtisch steht jetzt hier ...« Der Bücherschrank: die Tür mal so aufquietschen lassen: Ibsen, Storm und Keller. Nie gelesen. Und Grillparzer: »Des Meeres und der Liebe Wellen«, schon der Titel so schön.

Die Stores, wie das Licht da so durchflutet: Rondo für Klavier und Orchester! – (Aber falsch! Das sieht man ja gar nicht, das sonnenflutende Licht, die Sonnenstrahlen sieht man ja erst am nächsten Tag, wenn man erquickend geschlafen hat oder, richtiger noch: wachgelegen und den schlimmen Tagen nachgegrübelt, die dann ja Gott sei Dank vorüber sind.)

Wenn man nach Hause kommt, muß Abend sein. Da läßt die Tischlampe alles im Dunkeln, das alt gewordene Gesicht, das graue Haar ...

Also nochmal ganz von vorn: Man kommt die Straße entlang: Schlachter Timm und Drogerie Kotelmann. Seifenheimchen schließt das Fenster. Man kostet aus, wie das ist, wenn man da so entlang geht und die alten Häuser wiedersieht, verrußt und abgebröckelt, und die Nachbarn: Mancher lebt noch, und so mancher ist gestorben ...

Der dunkle Torweg, und: klick, das Minutenlicht.

Auf der Treppe möglichst nicht gesehen werden (Vorsicht! Die Hauswartsfrau!), sonst ist die Überraschung hin. Sich langsam die Stufen hinaufziehen, weil man so geschwächt ist vom Hunger und von all den Entbehrungen, stöhnend und ächzend: Immer diese Wassersuppe und so wenig Brot ... Und erst am nächsten Tag die Nachbarn kommen lassen, Blumen bringen sie: »Wie schön, daß Ihr Junge endlich wieder da ist.«

Auf dem langen Weg über die Landstraßen oder auf den Schwellen der Bahnschienen, immer schon dran denken und sich darauf einstellen, bei jedem Schritt, wie das ist, wenn die Tür aufgeht: »Junge! Bist du endlich da?«

Und darauf gefaßt sein, daß dann eine fremde Frau in der Tür steht, die gar nicht weiß, ob sie einen reinlassen soll ... »Ihre Mutter? Die ist doch längst in Hamburg ...«

Günther schrak zusammen, wenn der Donner immer wieder einbrach und wenn der Wind die Blenden schüttelte. Ob die Blitze wohl durch diese Gitter gingen, das fragte er mich. Kugelblitze, von denen habe er schon viel gehört ...

Wie's bei *ihm* sei, wenn er dann nach Hause komme? –

Gott im Himmel! Er habe leider am Tag zuvor seiner Mutter Geld aus dem Küchen-Büffet genommen, und da würd's dann wohl erst 'ne Abrechnung geben, glaube er.

Um Mitternacht stand plötzlich ein Neuer in der Zelle. (»Von Blitzen grell beschienen.«)
»Bist du ein Geist?«, fragte ich ihn.
Er legte sein Bündel hin und sagte, nein, kein Geist. Er heiße Fritz Schwaan, sei Medizinstudent und komme aus Greifswald. Wenn ihm das einer prophezeit hätte, noch vor vier Wochen, daß er mal in einer Zelle lande, also, den hätt er ja ohne weiteres für verrückt erklärt.
»Wenn ich bloß was gemacht hätte!«
Zufällig habe er bei seiner Tante gesessen, als die Russen sie verhafteten. (»Eine alte Frau, was sie bloß von der wollen!«) Ihn hatten sie gleich mitgenommen.
»Mein schöner Sommermantel! Der Stolz Greifswalds! Den hängen zu lassen ...«
Und daß er sich nichts vom Topfkuchen eingesteckt hatte, das konnte er sich auch nicht verzeihen. Im Garten gesessen und Kaffee getrunken und den ganzen Topfkuchen stehenlassen.

Am nächsten Tag war es sehr warm.
»Sonderbar, einen Tag'n mords Unwetter, und 'n andern Tag Sonne auf Deubel komm raus.« Für Meteorologie würd er sich bestimmt noch mal erwärmen, glaube er, wie das so kommt mit den Hochs und Tiefs. »Beim Hoch wird's entweder besonders kalt oder besonders warm.«
Das später mal nachlesen. Vielleicht gäb's sogar 'ne Querverbindung von der Meteorologie zur Medizin, und gänzlich unerforscht. Und ihm falle das dann wie eine reife Frucht in den Schoß.
Er meinte: niemand könne doch wissen, wozu dieser Knast gut sei. Und so abrupt wie Verhaftung komme, so gänzlich unerwartet könne auch Erkenntnis einbrechen ins Gehirn.

Er jedenfalls glaube an eine höhere Gerechtigkeit. Oder, besser gesagt: an übergreifende Zusammenhänge.
Daß Günther immer so herumstand, das monierte er, die ganze Gemütlichkeit gehe ja zum Teufel. Haushalten mit den Kräften.
Auch das Hin- und Herlaufen wär ganz falsch (damit meinte er mich): Kalorien sparen. Möglichst unbeweglich dasitzen, nur eben atmen, und zwar *frische* Luft. Die Klappe müsse selbstverständlich dauernd offenstehn.

Er machte sich genauso einen Strohsacksessel wie ich, stellte den Wasserpott zwischen uns und deckte ein Handtuch darüber. Eine Vase mit Blumen hätte noch gefehlt: Fremdenzimmer mit Vollpension, alles inklusive.
Draußen vor dem Gefängnis spielten Kinder Brummkreisel und Murmeln. (Mit'm Hacken ein Loch bohren, glatt klopfen, und die Erde riecht und klebt an den Fingern.) Man konnte es hören: »Das gildet nicht!«
Messerstich, ob ich das kennte, fragte mich Fritz: dem andern in sein Land reinkatschen, daß es immer kleiner wird, Stücke absäbeln, so groß wie möglich.
»Hau-mi-blau«* das hatten *wir* immer gespielt. In der alten Wohnung noch. Kleine Jungs zum Kaufmann schikken und für 5 Pfennig Hau-mi-blau holen lassen. Und die wissen dann gar nicht, warum sie'n paar hinten drauf kriegen von der Krämersfrau. Denken, »Hau-mi-blau«, das sind Veilchenpastillen oder irgendwelche Lakritzbonbons.

Abo, Bibo,
Cettellecker, Dodenkopp . . .

Blumenraten oder »Hexe-übern-Graben«.
Wenn man mal wieder frei ist: Kinder beobachten. Sich das jetzt schon vornehmen. Hinter der Gardine stehen oder runtergehen und sich zu ihnen setzen und mit ihnen sprechen. Klein-Winzigerode: Märklin-Fernlaster mit weißer Rautenleiste an der Ladefläche und aufsetzbarer Leinen-

* Platt: Hau mich blau

plane. Im Sandkasten kleine Straßen bauen und mit den Fernlastern drauf rumfahren, daß sie richtige Spuren hinterlassen. Täuschend ähnlich. Aus Pappkartons eine Stadt basteln, und das Rathaus muß einen Turm haben mit einem Wecker drin.
Aber lieber nicht, sonst rufen die Mütter aus den Küchenfenstern: »Kommt da weg von dem Mann!«

Das schöne frische Brot. »Schmeckt es nicht wie Kuchen?« sagte Fritz. Durch den Speichel verwandle es sich in Zucker. Besonders die Rinde: Malzzucker oder Stärke, irgendwie.
Er könne jetzt seinen Onkel verstehen. Der habe immer gesagt: »Brot ist der Kern des Seins.«
Draußen werde er sich mal ein ganzes Schwarzbrot kaufen, der Länge nach durchschneiden und mit Butter bestreichen. Sich in eine Ecke setzen und das in aller Ruhe verdrücken. Mit beiden Händen nachfassen und einschieben.
Weißbrot, Schwarzbrot und *ganz* schwarzes Brot, wie Pumpernickel so schwarz, fast nur Kruste: Mal alle Brotsorten aufzählen und die Mischbrote nicht vergessen: Feingemengtes, Grobgemengtes.
Sein Onkel habe die Butter immer so abgestrichen am Brot, früher, im Krieg, als es noch alles gab. So rangestrichen an die Bißstelle, wie Speiseeis. Und nach jedem Biß wieder neu rangestrichen oder »hoch«-gestrichen, so müsse man wohl besser sagen.
Das könne er jetzt verstehen, das würde er jetzt auch so machen.
Und: »Hasenbrot.« Altes Schulbrot, hochgebogenes, weil's schon so lange im Ranzen liegt. Das würd er jetzt auch gern essen. Oder das Brot, was man den Pferden gibt ...

Was er dächte, fragte Günther, ob's im Arbeitslager auch mal dicke Nudeln gäb? Oder Grieß mit ausgelassener Butter?
»Gott, warum nicht, nich? Wenn wir für sie arbeiten sollen,

dann müssen sie uns doch auch was Ordentliches zu essen geben.«
Sicher sei, daß wir bei dieser Verpflegung mit bleibenden Schäden zu rechnen hätten. Ihm sei ein Rätsel, woher wir allein die täglichen 7 g Fett für die Augen nähmen.
Ein Wunderwerk, der menschliche Körper: Der Magen sei wie ein hölzerner Ofen, in dem man Holz verbrennt.
»Ungeheuerlich, wie das die Natur hinkriegt.«
Und diese Harmonie im Verdauungsvorgang! Eigentlich beginne die Verdauung ja schon im Mund. Die Fermente des Speichels. – (Alle Nahrungsmittel könne man übrigens auch von hinten zu sich nehmen.)
Er ließ Günther die Länge des Dünndarms raten.
»Falsch!«
Und Ludwig XIV. habe sogar noch 2 Meter mehr gehabt, sagte ich. Wenn die Höflinge bereits fertig gewesen wären mit dem Essen, dann habe er sich noch jede Menge vorlegen lassen: Wachteln, Krebse und Forellen: »Schmeckt's euch nicht?« So halb zum Tode verurteilt die ganzen Leute, weil das 'ne Beleidigung ist, wenn man bei Hof nicht richtig zulangt.
Es freute ihn, daß ich das wußte. Naja, höhere Schule, irgendwie merke man das eben doch. Obwohl ihm die Geschichte ein bißchen unwahrscheinlich vorkomme, nicht?

Willkürliche und unwillkürliche Muskeln. Die Augenlider. »Nun stellt euch bloß mal vor, man müßte sich dauernd vornehmen, mit den Wimpern zu klimpern.« Oder jeden Herzschlag einzeln: »Ich will jetzt, in diesem Moment, daß mein Herz schlägt.« Nicht auszudenken, daß man dann auch wollen könnte, daß das Herz *nicht* mehr schlägt.
Und Instinkt. (Er fuhr mir mit der Faust unter die Augen, daß ich zurückzuckte:) »Siehst du? Das ist eine instinktive Abwehrreaktion.«
Daß es eine Blume gibt, die nur einen einzigen Tag blüht, und zwar zwischen Fünf und Sechs, und daß es einen Schmetterling gibt, der ausgerechnet an diesem einen Tag

fliegt und sich einzig und allein von dieser Blume nährt oder in ihr fortpflanzt oder was weiß ich. Woher der das weiß?
Medizin und Philosophie – auch so eine Querverbindung. Auch noch nicht durchdacht. Die Blutgefäße eines einzigen Menschen, wie Drops aneinandergereiht, gehen 12mal um den Erdball herum. Oder dreimal, so genau wisse er das nicht mehr. Das sei doch zum Wahnsinnigwerden, wenn man darüber nachdenkt.
Er stelle sich Gott vor als die unfaßbare Mannigfaltigkeit. Daß man ihn nicht fassen kann. – Oder als das unvorstellbar Einzigartige. Zwei Millionen Blätter auf einem Lindenbaum, und doch kein einziges dem andern kongruent. Zum Wahnsinnigwerden.
Oder der Schluckauf. Auch so sonderbar. Fast lächerlich, wenn man sagt: ich hab'n Schluckauf. – Wir ahnten ja gar nicht, was beim Schluckauf oder – volkstümlich – »Hickser« in unserm Corpus alles vor sich geht.
»Da sind so ziemlich sämtliche Muskeln daran beteiligt. Und zwar krampfhaft. Laßt euch das bloß nie erklären!«
Am Schluckauf könne man auch sterben. Soundsoviele Päpste seien schon daran gestorben. Luft anhalten, bis Drei zählen, oder Zuckerwasser trinken, diese volkstümlichen Rezepte: das sei alles Quatsch.
Medizin und Geschichte. Wieder so ein Kapitel, auch ein noch ungehobener Schatz. Paganini zum Beispiel, daß der seine Geliebte ermordet und aus ihren Sehnen Geigen-Saiten fabriziert hat.
Da könne man ja Bücher schreiben noch und nöcher!
Er ließ Günther Kopfstehen und dabei Wasser trinken.
»Komisch, daß das Wasser nicht wieder rausläuft, nicht?«
Er solle mal 'n Augenblick so stehenbleiben: in die Nase Salzwasser gießen, damit hätten die Jugoslawen gefangene deutsche Landser gequält. Und uns schöben sie das jetzt in die Schuhe!
Oder die »Bastonade«, auch so eine Balkansache, bei Karl May.

»Wie gut, daß die Russen auf sowas nicht kommen.«
Die Russen seien irgendwie plumper. Das wär ihnen viel zu umständlich. Dann hauten sie einem lieber gleich mit'm Knüppel auf'n Kopf. Dabei käm dasselbe heraus.
(Eigentlich sympathisch.)

*An*geschobenes Brot und *frei*geschobenes Brot. Tropenbrot in Büchsen, wie die Landser es gehabt hatten in der Cyrenaika. Und: wie man einen Backofen heizt, daß das Feuer in dasselbe Loch reinkommt wie nachher die Brotlaiber.

Zieh mich raus, zieh mich raus!
ich bin schon lange braun.

Und wenn die Brote herausgezogen werden, dann duftet das ganze Dorf.
In Westfalen, da backten sie ja ganze Schinken ins Brot hinein, und vorm Anschneiden machten sie drei Kreuze mit'm Messer.

Selbstmord durch Abbinden eines Fingers? Gar nicht so dumm.
»Hast du das von dir?«
Zumindest: schmerzfrei, dächte er. Aber, wenn überhaupt, dann empfehle er den fünften Finger, also den kleinen. Falls es nämlich nicht klappt mit dem Selbstmord, wenn der Finger womöglich amputiert werden muß, dann könne man den fünften noch am ehesten entbehren.
»Bloß nicht den Daumen! Ohne Daumen bist du aufgeschmissen. Vier Finger wiegen einen Daumen nicht auf.«
Vielleicht sei die ganze menschliche Kultur darauf zurückzuführen, daß der Daumen »gegen«-steht. Die »Daumenkultur«, so könne man direkt formulieren.
Man könne übrigens auch mit Salz Selbstmord machen. »Anderthalb Kilo Salz essen, dann wird das Blut so dick, daß es nicht mehr durch das Herz hindurch geht.«
Aber wer schaffe das schon: Anderthalb Kilo Salz, das kriege man ja gar nicht runter. Mit Zucker wär das schon

was anderes. Aber ob das mit Zucker auch *klappt*, das wär 'ne andere Frage.
Auf keinen Fall den Daumen abbinden. Jeden andern Finger, bloß nicht den Daumen. »Der hält gegen.«
Mal aufzählen, mit was man Selbstmord machen kann. (Wenn man nur wüßte, was noch alles kommt!) Zwei von uns müßten einen von uns totschlagen, meinetwegen ihn, dann wär er erlöst ... Die beiden andern würden dann der deutschen Justiz überstellt und sagten dann aus, daß *sie* das getan hätten, den totgeschlagen, weil der den Knast nicht mehr habe ertragen können: Tötung auf Verlangen. Dann lasse die deutsche Justiz die beiden frei, denn Tötung auf Verlangen, das sei ehrenhaft und bleibe vermutlich straffrei. Und bis der Russe die dann wieder aufgegriffen hat, ist man doch längst über alle Berge.
Euthanasie. Ob wir den Film »Ich klage an« gesehen hätten? – Auch so ein Problem. Eigenartig, daß man immer was zum Nachdenken hat. Von daher halte er es noch Jahre um Jahre aus. Wenn man die Medizin durchhat, dann fängt man mit der Philosophie an: »Ich denke, daher bin ich.« – Alles aus sich selbst heraus.
In der Anatomie hätte er mal eine dicke Frau seziert. Das Fett sei gar nicht wieder abgegangen. Hier auf der Brust werde der erste Schnitt angesetzt, ein Kreuzschnitt. Und so – müsse man sich hinterher waschen.
Das Fett, wie gesagt, das sei gar nicht wieder abgegangen.
Das Händewaschen lerne man im Studium so ziemlich als erstes. Semelweiß, der habe das erfunden. Zuerst hätten sie den alle ausgelacht: Händewaschen! (im Hörspiel, er habe mal ein Hörspiel über den gehört). Im Hintergrund das Sterbeglöckchen, weil wieder eine Frau am Kindbettfieber gestorben ist, und im Vordergrund Semelweiß, wie der sich da die Hände wäscht. Und in dem Moment fällt bei ihm der Groschen: ›Mein Gott! *Wir* sind es ja, die die Mütter vergiften! Mit unseren eigenen Händen! Wir, die Söhne unserer eigenen Mütter, und nur weil wir uns nicht ordentlich die Hände waschen!‹

Im Krieg, die Hingerichteten, das habe ihm einer erzählt, wenn die zum Sezieren gebracht worden seien, denen hätte der Kopf zwischen den Beinen gelegen.
Komischer Name: Semelweiß.
In der Anatomie: die kleinen mickrigen Studenten, in feinen Chirurgen-Kitteln, hinten zum Zubinden! – Und der Professor? Der kommt in einem schäbigen, geflickten Friseurdings. – Das sei typisch. – International berühmt und doch unscheinbarer als der Pförtner: »Ach, *Sie* sind der Professor?«
So möchte er das auch mal machen, später. Wie'n Dussel aussehen und doch die größte Koryphäe sein.
»Mehr sein als scheinen, nicht?«
In einer Gesellschaft fröhlich mittrinken ... oder: besser noch: still im Sessel sitzen. – Zuerst denken sie: Was ist denn bloß mit dem da los? Und dann flüstern sie sich zu: Mensch, der hat ja vier Monate beim Russen gesessen.
Dann einfach aufstehen und durch sie hindurchgehn, so daß sie hinter einem hergelaufen kommen und sagen: So war das nicht gemeint.

Über Manfreds Schreiberfindung staunte er. Da habe er bisher ja wie im Mittelalter gelebt! Auf dem Schüsselboden schreiben – darauf hätte man doch selber kommen müssen. Das sei ein schwerer Schlag gegen sein Selbstwertgefühl, daß er da nicht selbst drauf gekommen sei. Aber auch ermutigend, denn, wenn man auf eine so naheliegende Sache nicht kommt, dann könne man doch annehmen, daß es noch andere naheliegende Erfindungen gebe, die direkt vor unserer Nase schwebten! Das sei ja fast ein Trost.
Er rieb die Schüssel sorgfältig ein, daß auch nicht das kleinste Fleckchen unbedeckt blieb. Dann saß er davor und überlegte, was er nun schreiben soll. Das sei nicht, weil er nichts wisse, sagte er, das sei eher, weil das Wissen in seinem Kopf nicht erlöst sei. Außerdem hafte einer weißen Fläche der Zauber der Unberührtheit an, den man ungern mit einem Stift durchstoße.

Ich verbrachte ganze Tage damit, »Kempowski« zu schreiben. Mal so rum und mal so rum, mal in Sütterlin und mal gedruckt. Auch mal mit einem andern Vornamen, Karl-Hermann Kempowski oder Friedrich-Wilhelm.
Eigentlich ganz schön, einen sonderbaren Namen zu haben. Karl-Friedrich Kempowski, das ist doch zum Beispiel *sehr* imponierend. »Walter« weniger gut.
Manchmal zeichnete ich Orgeln oder die Silhouette von Rostock, wie sie auf den Etiketten von Dr. Krauses Sonnenbrause zu finden gewesen war. Die große Marienkirche mit dem viel zu kleinen und die Petri-Kirche mit dem viel zu großen Turm. – Nie in der Jakobi-Kirche gewesen, das wurmte mich denn doch.
Hin und wieder spielte ich mit Günther »Schiffe versenken«.
»A 4 – Treffer auf Flugzeugmutterschiff.«
»In Wirklichkeit können die Leute ja auch nicht sehen, wohin sie schießen.«
20 Mark seien es gewesen, sagte Günther, die er seiner Mutter aus dem Büffett herausgenommen habe. Am liebsten ginge er gar nicht erst wieder nach Hause, am liebsten, er ginge gleich in'n Westen.

In der Nacht, wenn wir beim kümmerlichen Schein der 15-Watt-Birne aufs Klingeln warteten, erzählten wir uns Geschichten.
Günther erzählte immer wieder, wie sie einem betrunkenen Russen die Schuhe ausgezogen hatten, mit »Erwin«, »der wo mein Kumpel war«. Wie der da ausgestreckt gelegen hatte, der Russe, und der eisige Wind um die Ecke fegte, das erzählte er.
Und Fritz erzählte, wie er es mit seiner Kusine getrieben habe, im letzten Sommer: klein-krisseliges Schwarzhaar und Gliedmaßen, deren Strammheit unterm flauschigen Rock nicht zu vermuten gewesen war.
(Zwischendurch am Fenster lauschen, in die Dunkelheit hinein, ob nicht endlich der Nachtzug tutet. Wenn er sich

dann hören ließ – von sehr weit her –, dann dauerte es nur noch eine Stunde bis zum Schlafengehn.)

Es war einmal – eine Liebe . . .

Fritz konnte besonders gut erzählen. Er habe sich noch so richtig ausgetobt mit seiner Kusine. (Auskitzeln und aus dem Balgen heraus ins Tappschen hinübergleiten . . .) Er würde sich ja ewig ärgern, wenn er sich draußen nicht noch so richtig ausgetobt hätte, im Ruderboot, und das Boot ins Schilf geschoben. Oh! Er denke noch daran. Von oben die Sonne so runtergeknallt und das raschelnde Schilf, geheimnisvoll, herbduftend und der Wassergeruch dazu . . . Hinter dem Haus seiner Tante sei nämlich ein See gewesen: Morgens früh, so wie Gott dich geschaffen hat, seien sie in den spiegelglatten, schwarzen See hineingesprungen. – Wie gesagt: *Er* habe sich draußen noch so richtig ausgetobt.

Je später es war, desto wortkarger wurde man, und mit der Zeit verstummten die Gespräche ganz. »Hat der Zug eigentlich schon getutet?« Man hatte zu tun, daß man nicht einnickte. (Immer schön mit dem Fuß wippen, wenn der Posten reinkuckt, sonst denkt er vielleicht, man schläft.)

Fritz konnte sich nur schwer wachhalten. Das sei seine Gesundheit, daß er immer so müde ist. »Was?« sagte er manchmal unvermittelt, dann wußte ich, daß er schlief. Einmal erwischte ihn der Posten. Da mußte er eine Stunde knien, die Nase an der Wand.

»Wenn man bloß wüßte, wann die Stunde um ist!«

Wie kann man wissen, wann die Zeit rum ist.

Eine Woche später kam ich auf die Zelle 27 in der 3. Etage: da fand ich einen alten Mann vor, der wie Sigismund Rüstig aussah. Ob es mir was ausmachte, wenn *er* jeden Tag die Zelle schrubbte? fragte er mich. Beim Kübeln hielt er nach Kippen Ausschau, die er dann auskaute.

Zu Hause habe er sich einen Geheimgang angelegt, erzählte er mir, mit Waffen und mit Lebensmitteln. *Noch-*

mal kriegten sie ihn nicht, das könnte ich ihm glauben. Im Stiefelschaft stets eine Sieben-Komma-Sowieso. Erdaufschüttungen bis unters Dach. Schießscharten und einen Ausschlupf in Richtung Wald.
Aber psst! Seine Söhne dürften von der Pistole nichts wissen. Die hätten sich an ihrem Vater versündigt. Psst! Ja nichts den Söhnen sagen! Hätten ihm aufgelauert und ihn verprügelt. Die eigenen Söhne!
Er nahm mich beim Arm und flüsterte: seine Zahl sei die Dreizehn. In den Glühfäden der Birne, in den Schmutzflecken des Strohsacks – überall die Dreizehn. Das müsse doch eigentlich Glück bringen, was? daß die in den Glühfäden der Birne zu sehen sei? die Dreizehn? – Dann lief er, undeutlich vor sich hinsingend und händereibend auf und ab, so, als ob er sich über irgendetwas diebisch freute.
Nach dem Essen erbrach er die Suppe in den Mund, ein menschlicher Wiederkäuer. Alles zweimal essen, dann wird es besser verdaut. Aber aufpassen, daß einem der Speisebrei dabei nicht aus dem Mund fällt.
Erst wiederkäuen und dann schnell nochmal die Zelle schrubben.

Wie macht man eine Mehlschwitze? Woher kommt der Name Bechamel-Kartoffel? – Im Mantelsaum verwahrte er einen Bleistiftstummel und Kochrezepte, die wollte er seiner Frau mitbringen, wenn er wieder rauskommt. Die habe immer nur Suppe gekocht, Suppe, Suppe, Suppe.
Seine Frau, das sei auch so ein Kapitel für sich. Immer viel Besuch. Russen! Jawoll! Und: »Geh doch mal eben raus ...« Immer: »Geh doch mal eben raus«, und hinterher Mahorka auf dem Tisch, dieser russische Krümeltabak, und die Couch zerwühlt. Jetzt dächte ich wohl schlecht von ihm? Daß er tatsächlich immer rausgegangen sei und daß hinterher Mahorka auf dem Tisch gelegen hat?
»Kuck mich mal an! Was glaubst du, wer mich reingebracht hat in den Knast?« So sei das eben, wenn man sehr viel älter ist als seine Frau. – Frauen seien oft viel böser

als Männer. Bei Männern wisse man jedenfalls, woran man ist. –
Er leckte seinen Bleistift und fragte, was es bei uns gewöhnlich zu Mittag gegeben habe, Kartoffelpuffer oder grünen Hering? »Was? Birnen, Bohnen und Speck? Ja, schmeckt denn das?« Na, auf alle Fälle erst mal aufschreiben; Birnen, Bohnen und Speck, das sei ja ganz was Kurioses . . .
Da wurde es plötzlich an der Tür lebendig. Das Schloß ratschte, der Riegel flog zurück, ein Posten sprang herein: »Was du da machen?« Ein Bleistift in der Zelle! Das war ja nicht zu fassen!
Der Alte wich in die Ecke und schoß zu seiner Rettung Wortsalven ab und schlug sich an die Brust. (Ich stand wie ein Musterknabe daneben.)
Der Posten zerrte ihn auf den Gang – ein illegaler Bleistift! Sowas kam nicht alle Tage vor! – Dir werden wir's zeigen!
Ich hörte, wie er den Alten klatschend schlug: »Laß mich doch!« rief er. »Laß mich doch!«
Nach drei Tagen kam er schlotternd zurück. In mein Plaid gewickelt lief er auf und ab. Wie das ist, wenn man im Karzer sitzt, erzählte er mir, daß da ein Gitter die Zelle teilt und daß man mit Wasser übergossen wird.
Diese Nässe! Diese Nässe! – Das habe er nun alles seiner Frau zu verdanken.
Er kam dicht an mich ran und riß seinen stinkenden Mund auf: zwei Zähne hatten sie ihm ausgeschlagen, ich sollte mir die blutigen Löcher ansehen.
(Sonderbarerweise habe das gar nicht wehgetan.)

Dann kriegten wir Zuwachs. Einen jungen Mann mit Hämorrhoiden. Für die Klagen des Alten hatte er nichts übrig. Er schlug seinen Mantel auseinander und zog die Hose runter. Wir sollten uns mal ansehen, was er da für Dinger habe. Dann ließ er den Vorhang fallen und klemmte sich den Handfeger zwischen die Beine.
Mittags sammelte er sich aus der Suppe die paar Speck-

stückchen heraus, um sich später damit einzusalben. Als er mal zum Verhör mußte, stahl ihm der Alte zwei davon und aß sie auf. Ich sah es, und er sah, daß ich's sah.

Ein junger Familienvater kam noch dazu, in Pantoffeln. Der rechnete den ganzen Tag an der Ludolfschen Zahl herum. Drei Komma eins vier ... Es wäre doch ein Jux, wenn er hier drinnen plötzlich rauskriegte, daß das *doch* aufgeht. Er würde aufschreien! Zehn Jahre sitzen und daran herumrechnen und dann plötzlich herauskriegen, daß das aufgeht.

An einem Sonntag morgen hatte er nur eben schnell mal einen Brief einstecken wollen, vom Kaffeetisch weg und in Pantoffeln. – Was seine Frau wohl gesagt habe, als er überhaupt nicht wiederkam. Die denke doch bestimmt, er habe sie im Stich gelassen, sei auf und davon, im Westen oder ausgewandert.

Und die Kinder, anderthalb und drei. Was würde sie denen erzählen? Wenn sie denen nun was Falsches erzählte, wie könne man das später korrigieren! »Daß man nicht mal schreiben darf, nach Hause, unerhört ...«

Ingenieur war er, und den Unterschied zwischen Siemens-Halske und Siemens-Schuckert erklärte er uns.

Immer wieder wurde ich verlegt. Wenige Stunden war ich sogar mit Lander zusammen. Lander aus Rostock, dieser Erzschieber. Etwas ramponiert stand er in einer Ecke. Die Vorderzähne hatten sie ihm ausgeschlagen, linkes Auge blau.

Symphony of love ...

Wir kuckten uns an, als könnten wir's nicht glauben. Dann umarmten wir uns, obwohl er mir damals für das gute Nachtglas von Frau Kröhl nur sechs, und zwar falsche Hundertmarkscheine gegeben hatte.

Die Wilhelmsburg, wie wir da immer gefeiert hatten, das repetierten wir: Mit Dick Ewers, Subjella und den andern. Immer allemann.

Lander hatte ganze Biergläser voll Schnaps ausgetrunken, Lander hatte Geld gehabt. Lander und die Schomaker, »Gila«, die immer so phantastisch küßte.

It's only a Papermoon ...

Eine Zunge wie ein Kistenheber.

Was unsere Verhaftung für Wellen geschlagen habe, das erzählte er auch.
»Wär ich damals bloß gleich getürmt!«
Die Kempowskis seien nach Sibirien gekommen, habe es geheißen. Man habe uns angeblich sogar gesehen, auf einem Lastwagen, den Mühlendamm hinunter.
»Robert ist auch hier, das weißt du doch wohl schon? Diese ulkige Nudel? – Daß die sowas nun auch einsperren ... immer so lustig und kauzig.« Er wisse noch, wie Robert in der Wilhelmsburg, in diesem sonderbaren Bierschuppen, die Tische umgeschmissen habe, einen nach dem andern, ganz systematisch.
Subjella säße auch und Dick Ewers und Lerche, dieses Tränentier. – Meine Mutter nicht, die wär noch zu Haus. Eine prächtige Frau. Die sei noch frei. »Wußtest du das nicht?« Er habe sie öfters besucht, jawoll! Gemütlich bei ihr gesessen und Tee getrunken. Die erfreue sich noch bester Freiheit. Da könnte ich ganz ruhig sein.
Sie sei sogar nach West-Berlin gereist, extra unseretwegen, zu einem Rechtsanwalt, uns freizuboxen.
»Der holt dich bestimmt hier raus! Ein toller Mann – Kurfürstendamm – der hat doch ganz andere Drähte.«
Er könne sich vorstellen, wenn man ein paar tausend Mark springen ließe, dann ließen die Russen mit sich reden.
Und dann erzählte er flüsternd von einem Amerikaner, der bei meiner Mutter gewesen sei. Der und der Rechtsanwalt, wenn die das nicht schafften, uns hier rauszuholen, dann möcht er nicht Lander heißen. Vielleicht würden gerade jetzt in diesem Augenblick die Entlassungsscheine für mich und meinen Bruder unterfertigt.

Wenn *er* bloß jemanden hätte, der *ihn* hier rausholt. Er hätte keinen Menschen. Gila, das Mädel, wenn er daran denke, dann werde ihm ganz heiß und kalt. Sie habe immer zu ihm gesagt: »Nochmal! Es war so schön ...«
Ich müßt mir vorstellen, seine Garage da, die sei wie so eine Höhle gewesen, ganz voll Kissen und Matratzen und Teppichen ...
Und er erzählte mir ganz genau, was sie jedesmal gesagt habe, vor- und hinterher.
»Hörig«, ob ich wisse, was »hörig« sei?
... So wie die gebaut wär, die hätten die Russen – bei *der* Figur – doch bestimmt erstmal durchgezogen, allemann. Davon sei er überzeugt. Frauen –? die Russen nähmen doch, was sie kriegen könnten – Mensch, wenn er daran noch denke!
Aber warum sei sie nur so dämlich gewesen und habe die Kurve nicht gekratzt? Sich aufs Fahrrad zu setzen und andere warnen zu wollen ... Wenn man sowas macht, dann müsse man sich nicht beklagen, wenn die Russen einen hopp nehmen.
(Ich wär ja 'n ziemliches Kubikarschloch, daß ich wieder zurückgekommen wär aus Wiesbaden. »Da drüben ging's dir doch gut!?«)
Dann stritten wir, ob neben Café Drude ein Blumengeschäft oder eine Zigarrenhandlung gewesen sei und ob es »furzen« oder »forzen« heißt.
Und dann wurden wir auch schon wieder getrennt.

7

Es wurde mir immer unheimlicher zumute. Um mich etwas abzulenken, machte ich mir was zu tun. Erstmal setzte ich das Päckchenschicken fort. Das hatten wir ja schon seit Monaten getan, Tisch- und Bettwäsche, Bücher und alles, was nicht niet- und nagelfest war. Sogar das Mikroskop von Walter, mit dem er immer so niedlich experimentiert hatte, Flöhe angekuckt, und jeder mußte sich'n Haar ausreißen.

Mit den Päckchen ging ich jedesmal auf ein anderes Postamt, damit es nicht so auffiel. Bis nach Warnemünde bin ich gefahren, und kein einziges ist verlorengegangen. Warum ich das eigentlich gemacht habe, dieses Päckchenschicken, ich weiß es auch nicht – das war wie so ein siebter Sinn. Zum Schluß trennte ich sogar die Steppdecken auseinander und schickte sie nach Hamburg.

Daß das keiner gemerkt hat!

Nach der Währungsreform wurde das Geld dann knapp. Ich mußte ziemlich jonglieren, aber mit den Mieten aus dem Haus kam ich einigermaßen zurecht. Zusätzlich strickte ich Strümpfe, die Wolle wurde geliefert (was sich so »Wolle« nannte). 8 Mark gab es für jedes Paar.

Eine Zeit ging ich jeden Tag zu einer Frau, die Magenkrebs hatte. Jammervoll!

»Wie schön, daß Sie bei mir sind«, sagte sie immer und kuckte mich so an. »Da ist man doch nicht so allein.«

Eine feine Frau war das, nun ganz zusammengefallen und spitz. Ich saß neben ihr und hab ihr erzählt von früheren Jahren, wie das immer nett war mit Vati und dem Musikkreis. Und von Wandsbek, wo die Diebe das ganze Silber klauten.

Wenn sie schlief, machte ich mir so meine Gedanken. Hin geht die Zeit – her kommt der Tod. Nun, wo mein

Mann tot war – was hatte man eigentlich noch zu erwarten?
Für die Pflege kriegte ich von der Gemeinde 60 Mark. Das Geld sparte ich, damit sich die Jungen was kaufen könnten, wenn sie wiederkämen.
Zeitweilig holte ich mir auch Schreibarbeit von einer Versicherung, Quittungen schreiben, das Stück für 5 Pfg. In 10 Tagen verdiente ich damit mal 82 Mark! – Oft saß ich bis weit nach Mitternacht und schrieb.

Im August 1948 fuhr ich nach Berlin zu meiner Schwester Hertha. Dort versuchte ich über die dänische Militärmission eine Besuchsreise nach Kopenhagen zu bekommen. (Die Grenzen waren ja noch gesperrt, die ließen keinen rein.) Das war auch so ein Fehlschlag. Diese Dänen saßen da warm und bequem und erklärten mir des langen und des breiten, was die Deutschen in ihrem Land alles angerichtet haben, und Bilder haben sie mir gezeigt, die hatten sie griffbereit im Schreibtisch, wohl zum Abwimmeln, schreckliche Bilder aus den Konzentrationslagern. Und dann haben sie gesagt, wir müßten nun büßen dafür. Die Deutschen wären groß im Klagen und bemitleideten sich gern selbst. Das kennten sie schon.
Mir lag es auf der Zunge zu sagen: Hören Sie mal, ich selbst habe eigenhändig meinen Schwiegersohn vor der Gestapo gerettet, damals, als er diese Dummheit gemacht hatte mit dem Stadtplan. (Das war ja auch wirklich eine Kinderei gewesen, die ausgebrannten Häuser in den Plan einzutragen! Aber die Nazis ließen eben nicht mit sich spaßen.) Doch ich hab den Schnabel gehalten. So wie die Dinge lagen, war da nichts zu machen, und diese Herren da hatten sicher auch ihre Bestimmungen.
Ich war dann bei einem Rechtsanwalt am Kurfürstendamm. Die Adresse hatte mir dieser Lander noch verschafft. Es hieß, der habe schon so manchen freigekauft. Ich gab ihm 1000 Mark, blutenden Herzens! Das war alles, was ich hatte. Und er kam hinter seinem Schreibtisch vor und

sagte: »Das machen wir schon, gnädige Frau, darauf können Sie sich verlassen.« Und dann hat er das Geld eingesteckt und sich die Hände gerieben.
Ich war also 10 Tage bei Hertha, und als ich da wieder wegfahren wollte, kriegte ich das heulende Elend. Ich sagte: »Ich mag nicht wieder nach Hause fahren, es ist mir so unheimlich. Ich mag nicht wieder nach Haus.«
Hätte die nun nicht sagen können: bleib hier!? Das wär doch eine Kleinigkeit gewesen. Aber nein.

Kaum war ich wieder in Rostock: Prost Mahlzeit! Da kam mir schon die kleine Studentin, die bei mir zur Untermiete wohnte, entgegen: »Frau Kempowski, Frau Kempowski! Die Russen sind hiergewesen und haben gesagt, Ihre Möbel werden abgeholt ...«
Das hieß also: Die Jungen waren verurteilt worden. Es war, als ob mir die Beine zu Bleiklumpen würden. Nun waren sie also erledigt. Verurteilt! Wer weiß zu wieviel Jahren. Die würde ich wohl nie wiedersehen.
Das junge Mädchen hat dann zu mir gesagt: »Kommen Sie, wir trinken erstmal eine Tasse Tee« und hat dann, um mich abzulenken, alles mögliche erzählt.
Am nächsten Morgen kamen dann die Leute tatsächlich und holten die Möbel ab. Den ganzen Bücherschrank leerräumen, den Teppich zusammenrollen, alles *selbst* zusammenlegen, die Bilder, die ich zur Hochzeit bekommen hatte, *selbst* abnehmen von der Wand – das ist mir schwer geworden.
Ich hab im leeren Zimmer gesessen und geheult.
Den Flügel holten sie auch. Die Beine abgeschraubt und runtergewuchtet das Ding. Ich dachte: wenn sie ihn man in Klump schmeißen! – Die Hauswartsfrau stand daneben und sagte: »Gott sei Dank. Nun hört endlich das Geklimper auf.«
Das Komische war: Cornelli entdeckte in der Zeitung eine Annonce:

Auktion der Möbel von Kempowski.

Das war ein Versehen, unser Name sollte eigentlich nicht erwähnt werden. Und ohne mir etwas zu sagen, ging er hin und kaufte das Schiffsbild, das von Konsul Discher, das mit dem breiten goldenen Rahmen, das wir zur Hochzeit gekriegt hatten. Er hängte es bei sich auf und sagte: »Wenn sich alles wieder beruhigt hat, Frau Kempowski, dann schenke ich es Ihnen.« Ich weiß nicht, manchmal frage ich mich, ob man selbst das auch getan hätte, für einen fremden Menschen ...
Merkwürdig war auch, das fällt mir grade ein, daß ich ein Vierteljahr überhaupt keine Post gekriegt hatte. Und als ich aus Berlin kam, lag diese ganze Post, ein großer Haufen, auf dem Küchentisch: alles durcheinander, die Umschläge geöffnet und plump wieder zugeklebt. Zum Teil alles verkehrt wieder reingesteckt.

Ich hab mir dann die Couch ins Zimmer gestellt, einen Tisch davor, den großen Sessel dazu und das Nähtischchen zum Patiencen legen. Das war auch ganz gemütlich. Vor die Waschgeschichte kamen lauter Bücherborde und aufs Fensterbrett Familienfotos: mein Mann in jeder Größe, Ulla, Robert und Walter, der kleine Peterpump. Und wenn ich dann auf der Couch lag, hatte ich die Bilder immer vor Augen.

8

Robert

Mein Name ist Robert Kempowski. Auch ich möchte dem Elaborate meines Bruders in aller Bescheidenheit ein paar Bemerkungen hinzufügen.
Ich bin an sich ein zufriedener Mensch, und wenn ich meine fröhlichen Tage habe, dann halte ich das Leben für durchaus annehmbar. Aber die Ereignisse des Jahres 48 waren doch ein bißchen happig.
Die Verhaftung, das war schon ein komisches Erlebnis: Ich komme morgens nach Hause und überlege, ob ich gleich ins Geschäft gehe oder ob ich ganz beschaulich noch 'ne Tasse Kaffee trinken soll. Ich entscheide mich für den gemütlicheren Teil, nämlich für die Tasse Kaffee, biege in den Torweg ein und will die Haustür öffnen, da höre ich hinter mir ein hastiges Laufen. Ich dreh mich um und seh zwei Untermenschen, und schon kriegen die mich an den Kanthaken: Ich soll mitkommen.
»Ich muß ins Geschäft«, hab ich gesagt.
Nein, nein. Das – nein. Ich soll mitkommen.
Was tun, spricht Ze-us? Es nützte alles nichts, ich mußte mit: Ture mi nak, zick-zack!
Auf der gegenüberliegenden Straßenseite stand ein Opel, in den wurde ich verfrachtet. Und jetzt kam ganz was Komisches: Der erste greifbare Gedanke, den ich hatte, als ich da in diesem Opel saß, der war: »Jetzt bist du für 'ne ganze Zeit verschwunden.«
Ab ging's in Richtung Schillerplatz, eine sehr schöne Villa, und dann da in den Keller.
Im Keller wurde Taschenvisitation gemacht. Die dicke goldene Uhr von Großvater Kempowski! Als sie die kassierten, da haben sie aber gekuckt.
Und die holländischen Gulden, die ich in der Brieftasche hatte. Wo ich die herhätte, wollten sie wissen. Das war

auch noch so'n Gerangel. Ein rechter Eiertanz.
Dann kam ich in einen karg möblierten Kellerraum, und da war Schluß.
Ich weiß nicht, wann sie mich zum ersten Mal nach oben geholt haben. Jedenfalls empfingen mich da drei oder vier sehr gesund aussehende Russen. In der Ecke ein Stuhl, ich mußte mich hinsetzen, und einer dieser Russen stellte seinen Fuß mit auf diesen Stuhl und sagte: Ich müßte jetzt viel erzählen, nicht wahr? sonst – und dann folgte eine Handbewegung – sonst würd ich aufgehängt werden.
Ich habe daraufhin gesagt: *fragen* sollten sie mich, ich wüßte ja gar nicht, was sie von mir wissen wollten.
Aber darauf gingen sie nicht ein. Ich hätte zu *reden*, damit wär's schon gut.
Was macht man in so einer Situation? Ich konnte mir an den fünf Fingern ausrechnen, worum es nun eigentlich ging, um die Frachtbriefe nämlich, die Walter und ich da abgekupfert hatten. Und da hab ich also den bequemeren Teil gewählt, und das, was die Leute zweifellos erfahren würden, das hab ich dann gesagt.
Ich wurde wieder in ein Auto gesetzt, in einen sehr schönen Mercedes mit drei Russen drin. Der eine war der Chauffeur, der hatte so'n Bratzkopf, und die beiden andern waren Uniformierte. – *Ich* saß natürlich *hinten*.
Interessant war, daß sie für diesen Wagen keinerlei Schlüssel hatten, sie schlossen die Drähte irgendwie kurz: Kleinigkeiten, die einem eingebrannt sind. Ich seh noch den Daumen von dem Zivilrussen, wie der die Drähte da zusammendrückt, um den Wagen zu starten.
Quer durch Rostock ging's, und ich hab rausgekuckt, und der einzige Bekannte, den ich entdecken konnte, war Günther Schenk, ein Blinder. Ausgerechnet ein Blinder! Das werd ich nie vergessen.
Wir fuhren in Richtung ... ja, wohin? Ich wußte ja nicht wohin. Jedenfalls fand ich mich nach einigen Stunden in Schwerin wieder. – Wir hielten auf einem Gefängnishof, und wie ich diesen Gefängnishof sah, da hab ich gedacht:

»Hier gibt es Prügel.« Der Eindruck dieses Gebäudes, dieser Zellen mit den Blenden vor den Fenstern, der war so widerwärtig, daß ich spontan dachte: »Hier wird geschlagen.«
Durch eine Hinterpforte kam ich in den Aufnahmeraum. Die Begleitmannschaft verabschiedete sich – natürlich nicht von mir! – sie hatte mich abgeliefert, und damit war ihre Tätigkeit erledigt.
Nachdem die »Aufnahme« vorüber war – die grabbelten einem in alle Taschen, und ausziehen mußte man sich auch –, ging es einen Gang entlang mit allerlei Gittern, bis wir in dem nachher ja sattsam bekannten Zellenflügel standen. Und da wurde ich in eine Zelle gesperrt. »Dies Zimmer nehme ich.« Das ist zum ersten Mal eine richtige reguläre Zelle gewesen, mit einer sehr festen, dicken Tür, innen blechbeschlagen. Terrazzofußboden, kahle weiße Wände, Eisenpritsche. – Alles Dinge, die man vorher nie gesehen hatte.
Also: »Neue Eindrücke«, würde ich sagen.
Übrigens kein Tisch, kein Stuhl, nicht mal eine sogenannte »Schamwand«, geschweige denn ein richtiges Klosett, wie das heute hier in Westdeutschland ja gang und gäbe ist. Eine kleine Vase hatte ich für meine Notdurft, eine Vase mit engem Hals.
Nach einer halben Stunde kamen zwei Soldaten und holten mich raus, einen Gang entlang, Treppen runter und dann in den Keller. Sie machten kein Licht an, schrien und schubsten: los weitergehn!
Ich taperte die Wand entlang und landete in einem spärlich beleuchteten Duschraum: Los da, an die Wand stellen! Ausziehen! – Und da dachte ich also wirklich: Naja, typisch: jetzt erschießen sie dich. »Vom Zarenadler zur Roten Fahne«, das hatte man doch gelesen. – Aber plötzlich kam Wasser aus den Brausen, und sie bedeuteten mir: ich sollt mich abduschen.
Dann ging es wieder zurück auf die Zelle, und in dieser Zelle hab ich dann auf Eis gelegen, monatelang. Allein.

Nichts. Kein Buch, kein Brief, kein Rechtsanwalt. Morgens die Tür auf zum Kaffee, mittags und abends zur Suppe. Und einmal im Monat zum »Kahlschlag«, also zum Glatzescheren. (Ein merkwürdiges Gefühl, so plötzlich ohne Federn zu sein. Da fragt man sich denn doch: warum?)

Wenn man plötzlich so allein und von allem abgeschlossen ist, versucht man den Tag irgendwie auszufüllen, und da man keine Bücher hat, kein nichts, kein gar nichts, kann man das natürlicher Wiese nur mit Hilfe seines Kopfes machen. Alles andere erstirbt.
Ich hab also viel an Zuhause gedacht, an dieses und jenes, hab Platten vor mich hingesummt und mir vorgestellt, was ich machen würde, wenn ich eines Tages rauskäme. Aber das erschöpfte sich bald, und man wurde immer stiller. Häufig hab ich an der Heizung gestanden, und die Posten haben gekuckt, ob ich noch da bin.
Totenstill.
Ich habe von drinnen nach draußen gelauscht, und die haben von draußen nach drinnen gelauscht.
Einmal hab ich gedacht: ›Nun geht's nicht weiter.‹ Da hab ich die Fahne geworfen. Gleich platzt du, hab ich gedacht. Da hat mir der Posten eine Zigarette gegeben. Der hatte wohl Verständnis für eine solche Lage. Wer weiß, vielleicht hatte er ja selbst was Ähnliches erlebt.
Mit den Posten hab ich nie Schwierigkeiten gehabt. Ich habe sie in Ruhe gelassen, und sie haben mich in Ruhe gelassen, aber das ist wohl trivial.
Es war einem übrigens nicht egal, in welcher Zelle man saß. Obwohl sie ja alle gleich sind, merkt man doch Nuancen. Es gibt zum Beispiel die angenehme Seite, die freundlich ist und licht, und die unangenehme, in der sich das Leben im Schatten abspielt.
Was mich gestört hat: laufende Motoren, zeitweilig Kreissägen, mit denen Holz gesägt wurde. Das war wirklich störend, denn in so einem Haus hat man Ruhe nötig. Vielleicht sollten die Kreissägen eine Geräuschkulisse bilden,

gegen Schreie und Ausbrüche. Denn es hat natürlich doch Schläge gegeben, und das wollte man vor der Außenwelt wohl tunlichst verbergen.
Übel waren die Vernehmungen. Man wurde zeitweilig sogar während der ohnehin knapp bemessenen Schlafenszeit geholt. Übel und unangenehm. Gegen Quittung ausgeliefert und gegen Quittung wieder eingeliefert. Auf- und zuschließen, und dies berühmte Klingeln mit den Schlüsseln am Geländer, damit man niemandem begegnet. Ein ausgeklügeltes System. – Die Leute hier im Westen sind ja Waisenknaben gegen diese primitiven, aber wirkungsvollen Maßnahmen. Ich glaub, das haben die Russen noch aus der Zarenzeit. Solche Methoden kann man nicht in ein, zwei Jahren lernen.
Dann saß man dem Vernehmungsmenschen gegenüber. – Mein Dolmetscher hieß Schäfer, eine kleine dunkelhaarige Tralltype – der war mit dem Übersetzen von Denunziantenbriefen beschäftigt. Einmal schrie er mich an, alles sei »Luge!«
Ich mußte erstmal überlegen, was es mit diesem Wort nun auf sich hätte, bis ich dahinterkam, daß er »Lüge« meinte. – Dagegen hab ich natürlich protestiert und hab gesagt: »Warum soll ich lügen?« Denn Lügen hat ja keinen Zweck. Lügen – das ist unsinnig.
Etwas anderes ist es, daß man bei den Vernehmungen instinktiv eine Rolle annimmt. »Was hast du dann und dann gesagt? Und was mußt du folglich jetzt sagen? Wie gibst du dem Untersuchungsrichter etwas Material, damit er sich als erfolgreicher Menschenjäger ausweisen kann, dich selbst aber nicht belastest und auch keinen dritten?«
Ich weiß noch, wie man mal versuchte, noch mehr aus mir herauszuquetschen, nachdem alles x-mal durchgekaut worden war. – Ich bin immer bei der Linie geblieben, bin nicht vom Wege abgewichen. Sie ließen mich dann ungefähr zwei Stunden auf dem Stuhl sitzen, und es erfolgte von deren Seite nichts, und von mir erfolgte auch nichts. Und da hab ich zum Schluß fast unbeweglich auf diesem Stuhl

da gesessen, mit vollkommen starren Augen, wie scheintot, ohne mich zu rühren. Die verstohlenen Blicke, die man mir zuwarf, hab ich wohl registriert, aber ich hab's mir nicht anmerken lassen.
Ein andermal hab ich gesagt, mein Kopf sei kein Karteikasten, aus dem ich die Karten beliebig herausziehen könnte. Das müßten sie schon entschuldigen.
Das war der Mut der Dummheit, würde ich heute sagen. Und das hat auch seine Früchte getragen in Gestalt von Anschreien.
(Daß ich im Krieg Russen bewacht habe, das haben sie gottlob nicht erfahren, die kleinen Landesschützen sind größtenteils übel behandelt worden.)
Im übrigen war es nachher sehr warm. Es muß ein herrlicher Sommer gewesen sein, 1948. Draußen hörte man Kinder spielen: »Ich fahr noch einmal um'n Block!«
An einem dieser schönen Sommertage durfte ich mit ans Fenster treten, und der Vernehmungsoffizier zeigte mir den Garten. Warm und freundlich.
»Bruder Walter jetzt draußen«, sagte er.
Irgendwie wollte mich dieser Tölpel durch Sentimentalität zu einem Zusammenbruch bringen. Aber das ging nicht. Wahrscheinlich bin ich dazu viel zu kalt gewesen oder abgestorben oder was weiß ich.
Außerdem wußte ich ja längst, daß Walter auch saß. Wir hatten uns durch Husten ausgemacht.
»Bruder Walter jetzt draußen...« Mit so einer Masche haben sie mich nicht gekriegt. Mich nicht.
Als Mitbewohner habe ich nur ein einziges Mal jemand gehabt, und zwar einen Menschen namens Engel, ein Mann mit Facialis-Lähmung, und den auch nur für kurze Zeit. Ausgerechnet »Engel«. Das war der rechte Himmelsbote. Dieses Bündel Mensch! – Als ich zurückkam von irgendeiner Pro-Forma-Vernehmung, lag er in meiner Zelle. Hatte sich's bequem gemacht auf meiner Pritsche. Ein Widerling, gelb im Gesicht, lederartige Haut, spitzes Kinn, völlig abgefallen.

Dieser Mann hat mir soviel Übelkeit angetan, wie man es gar nicht schildern kann. Wenn ich zur Vernehmung geholt wurde, ist er anschließend auch geholt worden, und vor mir war er wieder drin. Wie will man das wissen? Manchmal war es mir, als ob er nach Tabak roch, aber beweis das mal! Das sind Praktiken, die man im nachhinein erkennt, aber nie vorher.
Aus der Art der Fragen, die einem der Vernehmungsmensch nun stellte, wurde man plötzlich mit Dingen konfrontiert, die nur von einem stammen konnten, und zwar von diesem Engel.
Als die Vernehmungsleute merkten, daß ich hinter den Braten gekommen war, da schafften sie den Mann sofort weg. Ich hätt' ihn totgeschlagen! Wenn man in so einem Hause ist, glaubt man immer, man hat Gleichgesinnte vor sich. Man sitzt in *einer* Zelle, man hat also das *gleiche* Schicksal. Aber weit gefehlt.
Ich bin derartig reingefallen, wie ich noch nie in meinem Leben reingefallen bin.
Totgeschlagen hätt' ich ihn.

Im April bekam ich dann Sachen von zu Hause, eine Decke, voll mit Unterzeug und allen möglichen Kleinigkeiten. Es war ein unvorstellbarer Reichtum, nachdem man solange überhaupt nichts besessen hatte. Man wußte gar nicht, wohin mit all den Sachen, es war alles völlig voll. Angenehme Wäsche, ein »Pulver«, wie wir immer sagten, 'ne Zahnbürste und ein schönes Stück Seife. Man fühlte sich als Krösus: Reichtum in veränderter Form.

Im August war dann Gerichtsverhandlung. Da sah ich Walter wieder. Ich hatte mir das schon so schön ausgemalt, hatte mir vorgestellt, wie Walter wohl mit Glatze aussähe, wo er früher doch immer so wallendes Haar gehabt hatte. Die Sache lief aber ganz undramatisch über die Bühne. Ich stand, glaube ich, an der Zelle, und er wurde an mich herangeführt: Da! Begrüßt euch! – Er sah recht grau und abgefallen aus. ›Gott, das ist nun dein Bruder‹, dachte ich, und: ›Hein, wie hest du di verännert.‹ *

Von mir hat er später gesagt, ich sei im Gesicht direkt unästhetisch dick gewesen. – Das kann ich nicht beurteilen, das zu sagen, muß ich ihm überlassen. (An sich ja unverständlich, denn wir hatten sehr wenig zu essen. Es wird wohl »Wasser« gewesen sein.)

Dann ging es in das Kabinett mit der roten Fahne, in dem die Gerichtsverhandlung stattfinden sollte. Ich seh noch den Protokoll-Offizier, Grabowski hieß er, wie der sich immer seine Finger knetete, als ob er nun weiß Gott was da zu tun hätte.

Und dann die Beisitzer! Damit es demokratisch zuginge, so wurde gesagt, sei auch ein Mannschaftsdienstgrad dabei: ein Gefreiter mit einfältigem Gesicht.

Der Dolmetscher las uns die Vernehmungsprotokolle vor, und zwar *alle*. Das war vielleicht ein Gebrabbel! Stunde um Stunde. – Walter, der ja immer recht naiv ist, meldete sich ab und zu und sagte: »So ist das gar nicht gewesen! Das stimmt ja alles gar nicht!«

»Was will er?« fragte der Richter. »Sag ihm, er soll sein Maul halten.«

Der Dolmetscher las und las, und wir saßen auf der harten Bank. Ich als der Ältere rechts und er als der Jüngere links. Und während für uns, wie wir dann später sahen, fast das Leben auf dem Spiel stand, unterhielten sich die Beisitzer und machten sogar Witze! Sie lachten und schlugen sich auf die Schenkel.

Wenn sie zu laut wurden, gab der Vorsitzende ein Zeichen: Also Leute, mäßigt euch, macht's nicht zu doll.

Beweismittel unserer Untaten waren die Frachtbriefe der »Reparations«güter, die wir, wie gesagt, gemeinsam abgekupfert hatten. – Über ein anderes »Beweismittel« hab ich insgeheim sehr lachen müssen. Bei den Reparationslieferungen waren immer allerlei Papiere dabeigewesen,

* Plattdt.: Heinrich, wie hast du dich verändert.

für jedes Paar Schuhe ein Lieferschein, wunderschönes seidiges Papier. Von diesem Papier hatte ich mir einen ganzen Karton voll mit nach Hause genommen: Klopapier. Und dieses Klopapier war es nun, was als wichtiges Beweismittel einer angeblichen Spionagetätigkeit auf dem Richtertisch lag, jedes Blatt einzeln numeriert.

Interessant an dieser ganzen Verhandlung und geradezu überraschend war, daß dabei der Besuch dieses Amerikaners bei Mutter herauskam. Da horchte man auf! Man sagte sich: wenn die da drüben sogar einen ihrer Agenten zu uns schicken (ins Feuer sozusagen), wer weiß, vielleicht haben sie auch Mittel und Wege, uns gänzlich aus den Fängen dieser Leute hier zu reißen. (Für die Russen war das übrigens auch eine kleine Sensation: endlich mal ein richtiger Agent. Wie die sich wohl nach all ihren Lügenfällen nach was Definitivem gesehnt haben!)

Ja und dann das letzte Wort. Ich hatte es mir in Gestalt einer Zigarette erbeten. Walter hat noch eine lange Rede gehalten, wie das so seine Art ist. Seiner Eloquenz läßt er ja gerne freien Lauf. Von Objektivität kam was darin vor, und auf seine Jugend hat er hingewiesen. Er war ja man grade erst achtzehn.

Das hat aber alles nichts genützt, das war völlig sinnlos, das Strafmaß stand längst fest.

Und wie das Urteil dann verkündet wurde – vorher gingen sie alle nochmal raus, »einen heben« wahrscheinlich –, da fing der Vorsitzende an was von »tri let« zu sagen. »Drei Jahre« also. Verstohlene Blicke mit Walter gewechselt: drei Jahre? Das war nicht undumm. Die würden schließlich und letztlich auch noch rumgehn.

Aber, das böse Erwachen ließ nicht lange auf sich warten. Die drei Jahre, von denen die Rede gewesen war, bezogen sich auf »ewiges Lugen«, die gab's noch obendrauf. »Dwatzet pjad let«, die berühmten 25 Jahre, die bekamen wir.

Draußen fragte uns der Posten: »Nun wieviel?«

»Fünfundzwanzig.«

»Karascho! *Sehr* gut«, sagte er da – dieser Kerl.
Ein anderer wollte sich ausschütten vor Lachen. Der tröstete uns: so schlimm wird's nicht werden. Ihr kommt nach Rußland, da gibt's Arbeit und genug Schmeißrein, und nach fünf bis zehn Jahren geht's wieder nach Haus.
Ein schöner Trost. Heute frage ich mich manchmal, wie sie wohl ausgerechnet auf die Zahl 25 kamen. Es hätten doch auch 24 oder 26 Jahre sein können. Eine Großzügigkeit, die der Russe in andern Punkten vermissen läßt.

Wir kamen dann auf eine Doppelzelle. Da saßen schon zehn, zwölf Leute drin, zum Teil Bekannte aus Rostock darunter, aus der Schule und vom Schwoof: Dick Ewers und Subjella. Die schrien alle: *»Wieviel?«* Und als wir *»fünfundzwanzig«* sagten, klatschten sie Beifall. Ungewohnt und verblüffend. Die hatten nämlich auch alle durch die Bank ihre fünfundzwanzig Jahre, das Viertelmaß, wie es genannt wird.
Wir rechneten natürlich aus, wie alt wir sind, wenn wir wieder rauskommen. 1973, so rechnete ich, da wär ich rausgekommen, und da wär ich dann knapp fünfzig gewesen. Immerhinque, das sagte ich mir. Immerhin.

II. Teil

Der Transport ins Zuchthaus? Das war so ungefähr das schlimmste, was ich je erlebt habe. Das war nun wirklich echtes KZ … E. P.

Wir wurden 1946 ganz öffentlich über die Straße geführt, in Handschellen. Die Bevölkerung kuckte nicht schlecht … W. R.

Ich ging im Mai 1947 auf Transport. Über der Straße hingen noch die Transparente vom »Tag der Arbeit«: FREIHEIT GLEICHHEIT BRÜDERLICHKEIT! und VÖLKER HÖRT DIE SIGNALE! – Zu was für'm Gefecht? fragte man sich. Und: Menschenrecht? … K. P.

Wir lagen in so Viehwaggons, da konnte man sich absolut nicht rühren. In den vier Tagen bekam jeder genau 2 Scheiben Brot zu essen …
L. P.

Vorher gaben sie uns einen Salzhering und jeder kriegte satt zu trinken. Dann wurden wir im Bus nach Bautzen gefahren und keiner durfte austreten. Mein Nachbar hat sich in die Hose geschifft. Ich glaubte: das geht nicht, das kann man doch nicht machen. – An sich ja unheimlich geschickt: wer ans Pinkeln denkt, denkt nicht ans Auskneifen ... K. B.

Ich wurde allein mit dem Auto nach Bautzen gefahren. Unterwegs, in einem Wald, hielten sie an: ob ich mal austreten will? Ich verstand aber nicht, was sie von mir wollten und mußte unwillkürlich an zwei Partisanen denken, die ich erschießen mußte, 1944. »Da, geht in'n Wald!« wurde zu denen gesagt, und dann: rumms! – An diese Szene mußte ich nun denken, »ach, sie wollen dich jetzt umlegen«, dachte ich, aber es war ganz harmlos ... J. L.

Als wir in Bautzen ankamen, sagte man sich: hier gibt's sicher Möglichkeiten, hier lernst du einen Beruf. – Und dann passierte es: wir kamen auf eine Zelle und saßen dann da fest und zwar jahrelang ... K. G.

9

Mit unserer Ankunft in Bautzen hatten wir eine große Verlegung ausgelöst. Aus allen Löchern quollen mürrische Gefangene, hohlwangig, Bündel mit Habseligkeiten vorm Bauch.
Eisenbahner, Förster und Briefträger; Schüler; zittrig und abgerissen und mit grotesken Käppchen auf dem Kahlkopf: »Grüß mir die Heimat« war da draufgestickt oder einfach »Amen«.
»Wir sind Brüder«, sagte Robert und hielt sich dicht an mir.

Wir wurden in die Zellenhalle geschoben, die schmalen Eisentreppen hinauf. Von den Balustraden kuckten die Häftlinge herunter, von den Tribünen und Treppen. »Schnöll! schnöll!« riefen die Russen, und die Kalfaktoren riefen: »Dawei!«
Ab und zu schnitten sie den sich langsam vorschiebenden Menschenstrom ab und lenkten ihn in eine andere Richtung. »Noch 20 Mann!«
Im vierten Stock wurden wir endlich in einen Fächer offenstehender Türen getrieben.
»Ein Mann!« wurde gerufen, und schon hatten sie mich von Robert getrennt und in eine Zelle geschoben. Nebenan, mein Bruder, der warf sofort die Fahne*. »Wir sind Brüder!« hörte ich ihn rufen.
»Später!« rief der Kalfaktor und schob die Fahne rein, »meld dich später wieder.«
Der Lärm ebbte ab, wir vier sahen uns an und stellten fest, daß keiner mit einem queren Gesicht dabei war.
»Ich heiße Helm«, sagte der eine. Narvik und El Alamein.

* Vorrichtung zum Herbeirufen des Postens.

Er drückte mir die Hand: »Helm Feghelm.« Schön, daß ich Mecklenburger sei: »Mecklenburg, das Land, das als letztes dem Rheinbund beigetreten ist.«
Die beiden andern kamen aus Berlin und hießen Senkblei und Grieber. Hermann Senkblei war Taxifahrer und Paule Grieber war Arbeiter gewesen, Grieber hatte darüber hinaus – Mangold und Schnittsalat – einen Schrebergarten besessen.
Links das eiserne Klappbett, von Feghelm belegt, und rechts drei Karnickelstallpritschen übereinander für Senkblei, Grieber und mich. Ich hatte die oberste, da war die Luft zwar zum Schneiden, aber immer warm. Eine wohnliche Zelle mit kleinem Tisch unter dem Fenster und ausgekehlten Schemeln.
Die Wände rostfarben gestrichen.

Wir richteten uns häuslich ein. Paul untersuchte mit spitzen Fingern die verschiedenen Lappen, die in der Ecke lagen, roch daran und sagte: »Alles da, nur kein Papa.« Er warf sie in den Kübel, in dem schwamm alter Kot.
Während er die Zelle unter Wasser setzte, zog ich ein frisches Laken über den dreckigen Strohsack.
Helm ging an den Kübel und ließ mit einem Plumps Urin hineinfallen: »Siebenundvierzig hatten wir bloß blanke Bretter«, sagte er.
Hermann lag in der Pritsche und studierte das Klopapier. Drei Seiten eines zerrissenen Lexikons. »Orden: eine Gemeinschaft von Personen, die sich einer weltanschaulich begründeten Lebensform unterworfen haben.« – Auf der Rückseite Mönchskutten verschiedenster Machart.

Die nächsten Tage wurden wir fortwährend besichtigt und aufgeschrieben. Helm deutete jedesmal auf mich und sagte mit ernster Stimme, daß mein leiblicher Bruder nebenan säße, ob wir nicht zusammengelegt werden könnten?

Wir sind zwar warm und brüderlich,
doch warme Brüder sind wir nicht ...

Das sagten dann die Kalfaktoren, bestenfalls.

Helm schob beim Auf- und Abgehn die Hüften vor, mal nach links und mal nach rechts, je nachdem.
Er war Fallschirmjäger gewesen, »Paraschütist«, wie er sagte. Weiche Springerschuhe hatte er gehabt und ein Kapp-Messer im Hosenbein. (Wer nicht rausspringen wollte aus der Ju 52, der kriegte einen Tritt in den Hintern.)
Erster Einsatz auf Kreta: Fallschirme wie Blasen im Krater des Vulkans. Aber viele tot angekommen, unten: die von Blüchers und die von Bismarcks und wie sie alle hießen. Ein ganz schöner Aderlaß: Ritterkreuz.
Dann Finnland. Die finnischen Scharfschützen hatten sich für jeden Abschuß eine Kerbe in den Kolben geschnitzt: Das Kreuz der Weißen Rose. (Unerhört harte Burschen.)
In Rußland hatte zerfetztes Gehirn im Baum gehangen: Eichenlaub. Und in Italien hatte er Läuse unterm Gips gehabt, da war er bald verrückt geworden.
170 000 Russen gefangennehmen, das war so gut wie nichts gewesen. Aber 20 Engländer!
»Manche rennen noch weiter, wenn sie ins Herz getroffen sind. Andere fallen sofort um. Das hängt mit dem Pulsschlag zusammen.«
Einer von diesen Russen habe im Knüppeldamm gelegen, ein Toter, zwischen zwei Stämmen. Und jedesmal, wenn ein Laster drübergefahren sei, dann habe der die Arme bewegt. Als ob man mit den Achseln zuckt: Ich kann ja auch nichts dafür, daß ich tot bin.
Hast du im Himmel viel Englein bei dir? Das konnte Helm auf feinste Art pfeifen.

Zwei Jahre hatte Helm schon rum: bloß nicht vergreisen, das war seine einzige Sorge. Jeden Morgen Freiübungen machen: Smolensk, Witebsk, Dnjepopetrowsk. Dabei systematisch vorgehen. Zuerst kommen die Fußspitzen an die Reihe, mit den Fußspitzen so tun, als ob man

das Badewasser prüfen will, ob's heiß ist. Dann Kniebeugen, jeden Tag eine mehr (dann kommt man womöglich noch bei hundert an).
Dann das bauchtanzartige Beckenrollen, besonders wichtig für die Durchblutung. »Sonst kriegen wir hier Hämorrhoiden – wo wir doch den ganzen Tag *sitzen* . . .« – und ausgiebiges Schattenboxen: Max Schmeling mit seinen 7 Zentnern hinter jedem Schlag. Das war ja 'ne Enttäuschung gewesen, wie der da 1938 schon in der ersten Runde auf die Bretter ging. (Extra lange aufgeblieben, am Radio.) Übrigens auch Fallschirmjäger gewesen, dies berühmte Foto.
Zum Schluß Grimassen schneiden: Angst vor maskenhaftem Aussehen: »Was sollen die Leute draußen von uns denken, wenn sie uns sehen (einmal kommt ja auch für uns der Tag), die erschrecken sich ja!«
Beim Grimassenschneiden mußte sich einer vor das Guckloch stellen, die Fratzen hätten vom kontrollierenden Posten leicht mißverstanden werden können.
Helm Feghelm aus Fehlingsfehn.
»Aus Fehlingsfehn?« Mir fiel ein, daß ich da ja eine Tante wohnen hatte, Hedi wurde die genannt.
»Die Frau von dem verrückten Pastor? Der haben wir doch immer die Äppel geklaut als Jungen . . .«
Wir schlugen uns auf die Schultern und sagten uns erst jetzt richtig guten Tag. Nun konnte uns nichts mehr passieren. Nun kannten wir uns ja von draußen.

Helm war vorher in Hohenschönhausen gewesen. Mit fünf Russen hatte er auf der Zelle gelegen, und die Suppe für alle war in einer Waschschüssel gebracht worden.
»Da frage nicht nach Sonnenschein!«
Wie gut, daß er schon immer sehr heiß habe essen können. Beim Suppenempfang: Hechtsprung und Boxhiebe verteilen, nach allen Seiten.
»Wenn ich vorher nicht so sportlich gewesen wäre, jeden Tag Waldlauf und das viele Schwimmen – ich wär eingegangen wie 'ne Primel.«

Und dann ohne Löffel essen, das müsse man sich mal vorstellen.
Von Hohenschönhausen wußte er überhaupt so manches zu berichten: Karzer in Röhrenform. Die Häftlinge seien da hineingeschoben worden wie in einen Backofen. – Zellen mit schrägem Boden, grell bemalt. – Geräuschzellen.
Ob es da auch Zellen gegeben habe, in denen man sich nicht aufrichten konnte, fragte ich ihn.
»Was? – Nein.« Sowas war ihm nicht bekannt.

Die Kalfaktoren hatten es immer furchtbar eilig. Der Chef hieß Müller, ganz in Weiß. Pferdemüller. »Die Leute glauben gar nicht, daß ich so intelligent bin«, sagte er. Der war Pferdeknecht gewesen. Helm gab sich ein festes Auftreten, wenn er mit ihm sprach. Deshalb knallte der aber doch die Tür.
Der Klo-Minister war erst Russisch-Dolmetscher beim Engländer, dann Englisch-Dolmetscher beim Russen gewesen. Er hatte es auf mein amerikanisches Hemd abgesehen. Um endlich Ruhe zu haben, tauschte ich es gegen drei Portionen Brot. Eine für mich, eine für meinen Bruder, eine für die Zelle.
Mit meinem Bruder die Sache, das schaukle er schon, sagte der Klo-Minister.

Morgens gab es Makkaroni-Wasser. Wir aßen mit Holzlöffeln, sogenannten »Stalinkellen«. Die rissen einem den Mund auf. Hermann hatte ein Holz, mit dem rieb er die Kelle glatt, ein Löffelholz. Was die Löffel beträfe: Holz sei besser als Metall, sagte er, Holz erhitze sich nicht und schmecke neutral. Sein Lebtag wolle er draußen nur noch mit Holzlöffeln essen. Er lutschte die Makkaronis ab, zog sie auf Fäden und hängte sie zum Trocknen unter das Fenster. Ausgewählte Exemplare legte er zum Rösten auf die Lampe.
Als Arbeitsloser war er zur SS gekommen. Auf dem Arbeitsamt hatten sie antreten müssen, und jeder erste

war zur Post, jeder zweite zur SS geschickt worden. Im Krieg war er dann Fahrer eines Untersturmbannführers gewesen, und zwar in Polen.
Der Reichsheini habe ihn enttäuscht.
Großes Gesprächsthema: Die Dienstränge von der SS. »Rottenführer«, »Gruppenführer«; und keinen mit »Herr« anreden. »Bitte Untersturmführer, vorbeitreten zu dürfen.« Anders als beim Heer.
Die Ausbildung sei unwahrscheinlich hart gewesen, sagte Senkblei, und er zuckte jetzt noch mit den Brauen. In Stacheldraht hineinspringen und über Beton robben. Ein Streichholz auf einer schweren Tischplatte übern Hof tragen.
»Sowas schweißt zusammen«, sagte Helm. »Und außerdem: Elite. Was glaubt ihr denn, wie Friedrich der Große seine Leute geschunden hat.« Die Franzosen würden heute noch mit schweren Tornistern geschliffen. Draht anstelle von Riemen.
»Aber jeden Tag 'n Pfund Schokolade, das gehört da zur Ration.« (Fremdenlegion – das wär auch noch 'ne Sache, die man sich mal überlegen müsse.)
Als ich ihn mal fragte, ob die Schlesischen Kriege nicht Raubkriege reinsten Wassers gewesen seien, kuckte er mich an, als ob er nicht richtig hört. So sollt ich man weitermachen, das würd' ihm schon schmecken, immer in das Horn der Kommunisten reintuten. Er habe einen Österreicher gekannt, der habe ihm gesagt, die eigentliche Entwicklung der schlesischen Lande habe erst unter der eisernen Knute des preußischen Beamtenstaates eingesetzt. Es sei übrigens sehr die Frage, ob die Österreicher nach 1918 überhaupt die Kraft gehabt hätten, Schlesien gegen Polen zu behaupten. Damals hätten sie ja so ziemlich alles verloren, was zu verlieren gewesen war.
Nein, sowas dürfe ich nicht sagen. Das passe doch gar nicht zu mir. So ein grader, anständiger, deutscher Junge.

Grundlage der Mittagssuppe war Sauerkraut. Obendrauf

schwammen Pansen- und Euterfetzen. Die Kalfaktoren gaben sie mit Konservendosenkellen aus. Sie stellten sich dabei linkisch an, damit sie trotz sorgfältigen Acht-Schlagens das Dicke für sich behielten.

Der Essenausgeber hatte eine ärgerliche Art zu betrügen. Er zog die Kelle zu früh zurück. Dadurch nahm er immer zwei, drei Löffel Suppe mit. Wenn man sich beschwert hätte, dann hätte er gesagt: Aber was, glaubst du etwa, ich hätte das *absichtlich* getan? Und in der Nacht hätte er einem die Russen auf den Hals gehetzt.

Nach jeder Essenausgabe stellten wir unsere Schüsseln nebeneinander auf den Tisch. Mit schiefgelegtem Kopf prüfte Helm den Pegel. Gerechtigkeit: kleine Unterschiede glich er aus.

Hermann füllte seine Schüssel mit Wasser auf, er würde dann satter, meinte er. Das Dünne schöpfte er vorher ab und genoß es separat als Brühe. Aus sortierten Fleischfasern, Gemüse- und Kartoffelteilchen verfertigte er regelrecht Pasteten.

»Junge, Junge«, sagte Helm.

Wieso? Warum nicht? Der eine schlinge alles wie ein Hund in sich hinein, der andere habe eben einen feineren Geschmack.

Abends gab es eine Art Landbrot, feucht und unbequem zu teilen. Wir kippten es über die Tischkante und ritzten es unten an. Helm zersägte es dann mit Draht und wog die Portionen mit der Hand aus. Dabei berücksichtigte er, daß der linke Arm schwächer als der rechte sei.

Er rupfte seine Portion in der Luft auseinander und verschlang sie ohne Umstände. – Auf seinem Brottuch stand: WESTFALEN.

Paul schlug sein Brot in ein rotes Arbeitertaschentuch und sang erst mal ein Lied:

Die Schwalben ziehn dahin, daher,
sie ziehn wohl übers Meer ...

Dann aß er es mit Seelenruhe. – Diese Taschentücher habe es früher als laufende Meter gegeben, im Kaufhaus,

erzählte er, zum selbst Auseinanderschneiden. Manche auch in Form einer Zeitung, da habe dann immer dasselbe draufgestanden.
Seinen Zucker hatte er in einem verkrusteten Beutel. Wie aus einer Pulle nahm er hin und wieder einen Schluck. Wenn er bloß mal eine Zwiebel hätte, jammerte er. Soviel Zwiebeln immer im Garten gehabt! Seine Gelenke schrien nach Zwiebeln, und die Nieren auch.
SS-Mann Senkblei hatte sein Brottuch kunstvoll bestickt. Betende Hände und: »Unser täglich Brot gib uns heute.« Er knetete sein Brot zu Kitt und formte Hörnchen daraus, die er dann mit Zucker füllte. Wenn da was raustriefte, leckte er es ab.
»Mal dicken russischen Kascha kriegen«, sagte Helm, »wo der Löffel drin steht.« Er meine, wenn man schon die Nachteile des russischen Systems erdulden müsse, dann wär's doch schön, wenn man auch von den Vorteilen was abbekäme. – Oder Erbsensuppe, so wie früher, aus der Feldküche, mit fingerlangen Speckstücken drin. – Ganz egal was, Hauptsache satt, daß man nicht immer Kohldampf schiebt. Der einzelne Russe, er wolle mal so sagen, der sei an sich nicht verkehrt. Arme Kerle, die wollten selbst ja auch nach Haus. – Aber das System! *Viererlei Küche*, und das wollten Kommunisten sein! Das wär in der Wehrmacht doch völlig undenkbar gewesen, daß der Unteroffizier was anderes ißt als der einfache Landser.
Und dann wurde von Panzerangriffen im Mittelabschnitt erzählt, wie die da ankamen, die Russen, über den ganzen Horizont: ein Panzer neben dem andern. Draufgehalten, abgeknipst, einen *nach* dem andern. – Daß die immer noch welche gehabt hatten, das war verwunderlich gewesen, bei den Verlusten ...? drei-, vierhundert Stück?

In der Abenddämmerung, wenn Helm zum Fenster aufsah, das fahle Licht auf seinem ausgemergelten Gesicht: er trug es immer noch, das Ritterkreuz, unsichtbar hing es an seinem Hals.

Das moralische Gesetz in mir,
der gestirnte Himmel über mir
und WESTFALEN.

Das war sein Wahlspruch. – Er sei ein Mensch, der Wildlederschuhe zum Frack trage und eine Armbanduhr. Ob wir verstünden, was er damit sagen will?

»Reiten, reiten, reiten, und schon so müde geworden . . .«

Beim Vorstürmen sei er manchmal derartig besessen gewesen, daß er direkt einen deutschen Adler über sich gesehen habe in den Wolken, riesig. Das sei ihm ein unwahrscheinlicher Halt gewesen, heute kaum mehr zu verstehen. Den Heldentod zu sterben, das wär ihm damals wie ein Fest gewesen.

Eigentlich schade, daß es mit dem Rittergut nicht mehr geklappt hat. Den Halsträgern seien ja Rittergüter versprochen worden von der Führung, im Osten. Erst erobern, dann befrieden, dann was abkriegen. Beim Vormarsch habe er immer schon gekuckt, welche Gegend ihm gefallen täte: Ein Sonnenblumenfeld bis an den Horizont, das wäre seine Sehnsucht gewesen. – Ein Rittergut: wenn man erst weiß, wohin man kommt, dann den Einzug richtig vorbereiten. Am Dorfeingang wird man empfangen, vom Popen und von jungen Mädchen, in schmucker Landestracht, mit Brot und Salz – einfache Menschen, die im Grunde genommen froh sind, daß einer kommt, der Tatkraft, Wissen und Kultur in sich vereinigt und ihr Land zur Blüte führt.

(Oh! Er hätte sich das nicht leichtgemacht!)

Sie geleiten einen dann zum Schloß, das auf einem Hügel steht mit weitem Ausblick auf das Land, oder besser: sie zeigen einem die vorläufige Unterkunft, denn ein Herrenhaus würde man sich wohl erst noch bauen müssen. (Vielleicht hätte man ein solches Haus reichsdeutscher Baukunst angeglichen, eine Kombination märkisch-klassischen Bauens mit bayerischem Einschlag! Synthese zwischen Nord und Süd?)

Eine Entfremdung zwischen diesen halbkolonialen Wehrsiedlungen, die dann da entstanden wären, und dem Mutterland – in der Geschichte gäb's Beispiele en masse –, einen Dünkel oder Hochmut gleich welcher Art, gar nicht erst aufkommen lassen. Im Keim ersticken. Dem ersten, der sowas sagt, gleich was auf die Rübe geben oder ihn derartig ankucken, daß er vor Scham in den Boden versinkt. – Sich nicht absetzen von der Heimat in dummem Kolonialstolz, sondern die besten Traditionen dort bewahren helfen, so daß sie eines Tages kommen und sagen: Dies ist das reinere Deutschland. (Die schönsten griechischen Tempel hätten bekanntlich auf Sizilien gestanden.)

Heimat, deine Sterne,
die leuchten mir am Firmament ...

Am liebsten wäre er ganz weit im Osten gelandet, so weit weg wie möglich, damit man gar nicht erst in Versuchung kommt, jedes Wochenende nach Berlin zu fahren und da sein Geld zu verjuxen. Zu Hause bleiben und abends sein Pferd hinaustreiben auf den Hügel, beim Abendsonnenschein, und hinüberblicken zum fernen Heimatland. – Er glaubte, daß die Ostmenschen für solch ein Tun Verständnis gehabt hätten. Die hätten dann am Fuße des Hügels gestanden, die Kappen in der Hand, und in seiner Selbstüberwindung ein Beispiel gesehen für Kraft, die aus dem Gefühl erwächst.

Paul war im Krieg Furier gewesen, in der deutschen Wehrmacht und sogar in russischer Gefangenschaft. Höhepunkt seiner Erzählungen: wie er sich aus Rindfleisch unter Zusatz von viel Zwiebeln Hackepeter gemacht und wie er sich dadurch einen Bandwurm angefressen hatte.

Vor dem Schlafengehen befestigte er Bindfäden an seiner Decke und leitete sie uns zu.

»Wenn ick schnarche, denn zieht eenfach an die Strippe!«

Seine Devise:

Auf, auf! sprach der Fuchs zum Hasen,
hörst du nicht die Hasen blasen?

Ein Mensch mit Gemüt, der seine Ruhe liebte.

Jeden Morgen war auf dem Hof »Reichsparteitag«, der Spaziergang aller Häftlinge. In Achterreihen wankten sie als eine Art »Gewalthaufen« an der Mauer vorbei, Runde um Runde, aber eingehakt, so, als müßten sie sich stützen.

A la mi presente al vostra signori.

(An der Küche jedesmal tief durchatmen: Sauerkraut oder rote Rüben? Das war wieder mal die Frage.)
Der Posten nahm die Parade ab. Ein Russe für 1000 Mann. Den nicht ankucken, sonst holte er einen heraus, ob man vielleicht »Faschiest« ist oder »Kapitaliest«. So vor sich hintrotteln, grau, und mit unbewegtem Gesicht und dem Nachbarn die allerneusten Parolen zuflüstern.

Meistens ging ich mit meinem Bruder Robert zusammen. Wenn ich aus der Zelle trat, stellte er sich immer sofort neben mich.
Er habe Pferdemüller sein zweites Paar Schuhe überlassen. Spätestens nächste Woche würden wir zusammengelegt. Das habe der ihm in die Hand versprochen. Brüder zu trennen, das sei doch direkt widersinnig.
»Spätestens nächste Woche, Walter, freu dich man schon drauf!«
Wenn man den ganzen Tag mit Nonsens-Leuten zusammen sei, dann genieße man den Spaziergang mit seinem Bruder doppelt und dreifach, das sage er mir ganz offen und ehrlich.
Krampfartig hielt er meinen Arm gepackt: O diese Zellenleute.
»Was würdest du zum Beispiel sagen, Walter, zu einem, der sich höheren Kreisen zurechnet, Rechtsanwalt oder, was weiß ich, gewesen sein will und der den ganzen Tag in einer Ecke sitzt und döst? Erloschen? Total iben? Und nachts, wenn jeder normale Mensch schläft, Herzanfälle kriegt? – Ich bitte dich ...«
Und er drückte meinen Arm im Takt des Sprechens, und in der Hosentasche fummelte er an einem Stückchen Brot

herum, das er für mich aufgespart hatte und mir noch übergeben würde, später, wenn die Zeit dafür gekommen wär.
Ein obskurer Rechtsanwalt.
»Und auf Deubel komm raus nicht zu erfahren, weshalb der eigentlich sitzt?«
Dieser Mann habe ja einen derartigen Kehrdichannichts, daß das nicht zu sagen sei. Anstatt nun mal die Socken zu stopfen oder einen kleinen Plausch loszulassen, irgendwelche Döntjes aus der Studentenzeit oder einen Schnack beliebigster Art. »Mein Herr, Sie haben meine Dame fixiert.« Nein.
Man habe seinen Zellengenossen gegenüber doch eine gewisse Verpflichtung, besonders als gebildeter Mensch. Immer dies verbissene Schweigen ...
Wenn er bloß wüßte, wie er den kriegen könnte. »Den krieg ich noch, Walter, da verlaß dich drauf.«

»Eigentlich schade, daß Vater gefallen ist.« – ›Junge, willst du jetzt was rauchen?‹ habe der »eines Weihnachtens« zu ihm gesagt. »Ich bitte dich, Walter, wie alt mag ich damals gewesen sein? Vierzehn? Fünfzehn? Laß mich fünfzehn gewesen sein, bestenfalls fünfzehn.«
»Ist das nicht ein bißchen früh?« habe Mutter gefragt. – »Wieso, einmal muß er ja anfangen«, habe Vater da gesagt.
»Das war Vater: ›Einmal muß er ja anfangen.‹ Und: ›Aber *nur* Zigarren, mein Junge, *nur* Zigarren.‹«
Radtouren zum Lüsewitzer Krug: »Junge, pump dein Rad gut auf.« Ein Landgasthaus im Wald, Rührei mit Schinken und ein Glas kalte Milch.
»Mensch, Walter, wenn ich an das Rührei denke! Und an das Wurstbrot mit Schleppe: 9 Scheiben Wurst für sage und schreibe 30 Pfenninge. Da würden wir uns jetzt doch eine ganze Woche lang dran festhalten.«
Die Dielen mit Sand bestreut und Geweihe an den Wänden. Über der Tür sogar der Kopf eines Ebers.

Und in Warnemünde kandierte Nüsse am Stiel.

Wer Strandkörbe mit Ölen und Fetten beschmutzt, wird für den hierdurch entstehenden Schaden haftbar gemacht.

Leute mit Bauchladen: was für Existenzen! Von Strandkorb zu Strandkorb zu waten, durch den heißen Sand, in Phantasie-Uniformen, mit Goldrand an der Mütze.

»Mensch, Walter, wann kommt das mal wieder?«

Mit der Firma wär's ja nun nichts mehr: Kempowski & Co., er in Rostock, ich in Lübeck und Sven in Kopenhagen, so wie man sich das in früheren Jahren mal ausgemalt habe. – Er für seine Person sei schon froh, wenn er eines Tages, schön beschaulich, einen Zigarrenladen aufzäumen könnte.

Seid verwöhnt, raucht Welp-Zigarren!

Gute Zigarren, und Zigaretten in Blechpackung, mit Silberpapier. Diese flachen Orientdinger. Ganz beschaulich das verkaufen. Warum nicht, fragte er sich ganz im Ernst.

Zeitweilig ging Robert mit einem jungen Menschen namens Jonny. Der sah aus wie ein kleines Äffchen. Ich müsse es ihm nicht übelnehmen, sagte Robert, daß er mir mal untreu werde, aber dieser Jonny verfüge als Sohn eines Hoteliers über nicht zu entbehrende Kenntnisse hinsichtlich des Großeinkaufs. Ihm widerstrebe es, seine Zukunft auf leerem Stroh zu gründen. Wer ins Blaue hineinplane – er meine den Tabakladen –, der müsse sich nachher nicht wundern, wenn er auf die Nase fällt.

Ich ging dann mit einem verkrachten Ingenieur. Der trug eine Fliegerkappe, deren Bänder herunterhingen. »Kommen Sie nicht wieder ohne ein Diplom«, hatte der englische Offizier in Lübeck gesagt, bei dem er sich als Techniker bewarb. Daraufhin war er nach Merseburg gegangen und wegen Spionage verhaftet worden.

»Eine Eisenstange von drei Metern Länge, und ich bin frei!« sagte er immer wieder. Mit dieser Eisenstange wollte er wie ein Stabhochspringer die Mauer überwinden.

(Oder in eine Kartoffelmiete kriechen und warten bis die Amis kommen.) WASSAGRYNN sei unser Kennwort, das schärfte er mir ein. Das werde draußen das Kennwort aller Häftlinge sein. WASSAGRYNN halblaut murmeln, und irgendeine Beziehung ergebe sich von selbst, vielleicht eine Bescheinigung oder ein Ausweis, den man dringend braucht oder eine Stellung, irgendwas.

Ich wär gern mal mit Subjella gegangen oder mit Dick Ewers, die lagen drei Zellen weiter, Rostock, das war doch was Verbindendes – aber es klappte nie, die kuckten immer in die andere Richtung, wenn man sich ihnen schon lächelnd näherte.

Einmal kam ich mit einem Mann in Postuniform ins Gespräch. Er habe nur ein paar Fotos gemacht, sagte der, und zwar von Leuten, die in jüdischen Geschäften gekauft hätten. Und für sowas sitze man nun »lebenslänglich«.

Beim Reingehen riefen die Posten »Dawei!« – Dann sagte Pferdemüller jedesmal: »Der Natschalnik will, daß ihr schneller geht.«

Beim Verabschieden, oben, vor der Zellentür, hielt Robert meine Hand gern länger als nötig. Und erst im letzten Moment kramte er das Brotstück aus der Tasche, an dem dann kleine Hosenfäden hingen.

Feuchte Augen: »Da, mein Walter. Alter Übelmann.«

(Es war mal größer und mal kleiner.)

10

Im September, kurz nachdem die Möbel abgeholt worden waren, klopfte es eines Tages, und vor der Tür stand so einer mit 'ner eckigen Schiebermütze.
Ob er mich mal sprechen könnte?
Ich hatte mir gerade einen Kürbis geholt, den wollte ich einmachen.
»Ja«, sagte ich, »bitte. In welcher Angelegenheit?«
Ob er nicht mal eben reinkommen dürfe, es wär nicht schön, wenn er *das* im Treppenhaus sagte ...
»Was haben Sie mir denn zu sagen?« fragte ich.
»Bitte ...« sagte er nur.
»Na, denn kommen Sie man rein«, sagte ich.
Er käm vom Kriminalamt, meinte er dann, und ich möchte doch mal schnell zum Leiter des Kriminalamts kommen.
»Nö, wissen Sie«, sagte ich, »das kann ich nicht. Es ist Viertel vor zwölf, das Essen steht auf der Hexe, ich kann jetzt nicht mitkommen.«
»Ach, das geht ja ganz schnell, kommen Sie man eben mit.«
»Was will er denn fragen?« sagte ich.
»Tja, das weiß ich auch nicht. Ich habe einen Wagen hier, ich fahr Sie schnell zum Neuen Markt, in einer Viertelstunde sind Sie wieder da.«
Ich zog also meinen Mantel über, diesen fürchterlichen karierten Sommermantel von 1939. Meine alten abgewetzten Salamander-Schuhe hatte ich an und das uralte blaue Kleid mit den drei Knöpfen. Das Auto stand gar nicht vor dem Haus, darüber wunderte ich mich schon, das stand bei Toni Leo, der Klavierlehrerin, und als ich im Auto sitze, da kam mir das so komisch vor, denn der Chauffeur sah aus wie'n Russe, und die unterhielten sich flüsternd. Wir fuhren aber ganz artig die Augustenstraße hinauf, ums Mu-

seum herum und zum Steintor. Am Neuen Markt stieg der Deutsche aus. Es war so ein Auto, in dem es nur *eine* Tür auf jeder Seite gibt, wo man den Sitz nach vorn klappen muß, wenn man rauswill. – Ich komm gerade hoch, da drückt mich jemand zurück: ein russischer Offizier steigt ein. »So«, dachte ich, »nu ist's aus.«
Der Wagen fuhr sofort zur John-Brinckmann-Straße, der Villa von Prof. Woltersen, GPU-Schranke hoch, in'n Keller rein. Tür zu. Eine Riesenzelle, luftschutzkellerartig, in der standen drei große Pritschen. Entsetzlich schmutzig, und in der Ecke lag noch Brot vom Vorgänger. Ich war so perplex, daß ich immer auf- und abging und laut vor mich hinsagte: »Diss iss 'ne schöne Tasse Tee. Diss iss 'ne schöne Tasse Tee. Du hier eingesperrt, womöglich noch als Spion, und hast dich nie um Politik gekümmert. Diss iss 'ne schöne Tasse Tee.« Und dann mußte ich mal verschwinden, und der Kübel war randvoll, und man hatte nichts – also, da ging einem allmählich auf, wie furchtbar das war.
Den ganzen Tag wurde ich dann verhört. Meine Söhne wären große Spione, sagten die Russen, und ich hätte davon gewußt und hätt' das anzeigen müssen. – Außerdem sei ein Amerikaner bei mir gewesen, und dem hätte ich »spionische Nachrichten« zugesteckt. (Das wußten sie wohl von Lander, diesem Schmierfink, der ja dabeigesessen hatte, als der Amerikaner bei mir gewesen war.) All sowas.
Ich hab immer bloß gesagt: »Ich bin 'ne Hausfrau und interessier mich nicht für Politik. Und was meine Söhne gemacht haben, geht mich nichts an. Die sind groß genug, die müssen selbst wissen, was sie tun.«
Diese Fragerei dauerte Stunde um Stunde. Ich konnte schließlich nicht mehr sitzen auf dem kleinen harten Stuhl. Schüchtern fragte ich, ob ich mich für einen Augenblick aufs Sofa setzen dürfte, ich könnt nicht mehr sitzen.
»Nee, bleiben Sie man ruhig da.«
Gegen Mittag sagte die Dolmetscherin: »So, wir gehen jetzt zum Essen.«

Ich wurde unter Bewachung in ein Sprechzimmer gebracht, in dem standen ein Tisch und lauter Stühle. Da bin ich auf- und abgegangen.

Als sie wiederkamen, fragte ich, ob sie mir nicht wenigstens ein Stückchen Brot geben könnten, ich hätt auch Hunger.

Da äffte mich die Dolmetscherin nach: ».. . 'n S-tückchen Brot, 'n S-tückchen Brot... Nein! Sie kriegen hier kein S-tückchen Brot«.

Spät am Abend wurde ich wieder in die Zelle gesperrt. Da blieb ich dann wochenlang. Abends Verhöre (immer wieder alles von vorn, den ganzen Schiet) und tagsüber die Daumen drehn.

Zum Schlafen sollte ich mich *so* auf die bloße Pritsche legen, nachts, ohne alles, keinen Strohsack, keine Decke, nichts. Da hab ich gesagt »Sie können mir zum mindesten eine Decke geben!« Oh, ich war wütend und hab ordentlich Krach gemacht. – Durch das kleine Fenster in der Tür kuckte ein Muschkote. Und tatsächlich, der machte die Tür auf und schmiß mir eine Decke hin.

(Sowas macht auf die Russen Eindruck, wenn man ihnen forsch entgegentritt.)

Tagsüber habe ich immer am Fußende der Pritsche gesessen und hab meinen Kopf an die Wand gelehnt und geschlafen.

Richtig schlafen durfte man erst ab zehn. Um zehn stieß der Posten mit dem Fuß an die Tür und sagte: »Schlafen!« Ich sagte dann jedesmal: »Danke!«, schwenkte die Beine auf die Pritsche und legte mich hin, so wie ich war. Einen Strohsack hatte ich ja nicht. Der Posten war ganz nett, der hatte eine schöne Stimme. Sah aus wie ein Strauchdieb, zum Fürchten, aber war ganz nett. Leider war er von der Tanzleidenschaft besessen. Auf dem Flur hatte er sich ein Brett hingelegt und übte darauf nächtelang russische Tänze. Das Brett klapperte natürlich wie doll und verrückt, es war zum Irrsinnigwerden, aber, wundern muß man sich, ich schlief trotzdem wie ein Toter. Und die sonderbarsten Träume hatte ich: von riesigen Wohnungen mit Wintergärten und Schlinggewächsen, mein Bruder Richard hatte diese Wohnungen, und ich sollte mir ein Zimmer aussuchen. Das träumte ich immerlos. – Die sonderbarsten Träume.

Einmal träumte ich von meinem Mann – hab eigentlich selten von ihm geträumt. Er kam mir entgegen, eine Waldschneise entlang, in Uniform und hohen Stiefeln, mit seinem typischen aufgeregten Gesicht, zusammengekniffenen Lippen und rotem Kopf. Er sagte keinen Ton, kuckte mich nur sehr ernst an. – Ich sagte zu ihm: »Warum läßt du mich so allein? Wo treibst du dich bloß rum?« – Worauf er sich umdrehte und wegging. Ich lief hinter ihm her und rief: »Hast du mich denn gar nicht mehr lieb? Sei doch einmal lieb zu mir!« – Aber er schüttelte mich ab und ging.

Um sechs Uhr wurde man geweckt, dann mußte man den Kübel ausschütten und das Waschwasser holen. Kurz darauf gab's Kaffee – was sich so Kaffee nannte – einen Kanten Brot und einen Teelöffel Zucker. Das Brot konnte ich immer nicht recht essen, das war so feucht. Manchmal lagen vier, fünf Kanten auf der Pritsche.

»Essen, essen ...«, sagte der Posten, aber das nützte ja auch nichts.

Das Mittagessen kam sehr unregelmäßig. Manchmal um drei, manchmal um zwölf, manchmal auch um eins. Zum Essenholen nahmen die Posten einen Feudeleimer, man hörte, wenn sie damit klapperten. Das war wie himmlische Musik.

Die ganze Zeit hab ich nur Kohl bekommen. Immer Kohl. Tag für Tag. Manchmal dachte ich: Du kannst es ja wohl nicht mehr essen. Wieder Kohl! – Aber, wenn es da war, aß man es ja doch. Manchmal war es ganz gut. Gott sei Dank bekamen wir nämlich die Reste von den GPU-Offizieren aus der Kantine. Die Suppe war zwar meistens dünn, aber etwas Fett fehlte eigentlich nie. Kleine Klöß-

chen oder etwas Fleisch war auch immer drin (manchmal auch Pudding oder Kirschen!).
Einmal sah ich beim Auskellen ein Schweineschwänzchen. Ich hoffte recht, daß ich es bekäme, aber es schwubbte im letzten Augenblick wieder von der Kelle runter. Ich war so enttäuscht!
Eines Tages öffnete sich die Zelle, und es hieß: »Rauskommen. Baden und Haarwaschen.«
»Ich hab kein Handtuch und keinen Kamm, ich kann mich nicht baden«, sagte ich.
»Doch, Sie müssen.«
In dem Badezimmer war es furchtbar duster. Ich kriegte direkt Herzbeklemmungen. ›O Gott‹, dachte ich, ›hier vergasen sie dich noch.‹
Ich mußte den alten Badeofen selbst unterheizen, dann brauste ich mich und wusch mein Haar. Mit meinem Unterrock trocknete ich mich ab. Den wusch ich dann auch noch aus und hängte ihn nachher in meiner Zelle über das Heizungsrohr.
Nach dem Bad mußte ich das Wasser, das auf dem Fußboden stand, mit einem Becher in den Lokus schöpfen.

Meine Zelle konnte ich gar nicht säubern. (Vermutlich war das früher mal der Weinkeller von Prof. Woltersen gewesen. Die Kacheln auf dem Fußboden hab ich immer wieder gezählt.) Eines Tages flog ein Handfeger durch den Spion, ein ganz kleiner, abgegriffener. Da hatte ich dann was zu tun.
Einmal mußte ich den großen Flur scheuern. Sie gaben mir dafür eine sichelartige Bürste, womit man sonst Krümel vom Tisch fegt, die hatten sie wohl irgendwo gefunden. Ich traute meinen Augen nicht! – Der Posten nahm ein großes Paket Persil und streute es auf den Boden. Dann machte er die Heizung auf, unten, und das ganze Wasser lief aus der Heizung heraus.
»Und nu?« fragte ich den Posten.
»Da!« sagte er und wies zur Tür. Da fehlte eine Latte

im Fußboden. In diesen Spalt mußte ich das Wasser fegen. Das versickerte dann da. Typisch russisch, das muß doch alles faulen! – Sowas ist den Russen ganz egal. Die fraßen ja auch den ganzen Tag Pflaumen und spuckten die Kerne überall hin. Die mußte ich dann auch mal alle einsammeln.

Sechs Wochen war ich zunächst allein, dann kam ein junges Mädchen in meine Zelle, ein ganz junges Ding. Sie hatte nach Berlin fahren wollen, und einer aus ihrem Dorf hatte ihr Briefe mitgegeben, die sollte sie dort einstecken. Unterwegs war Polizeikontrolle gewesen, man hatte die Briefe gefunden und sie verhaftet. – In den Briefen war irgendwelches »Material« gewesen, und nun saß sie als »Agentin« und hatte doch von nichts gewußt.
Sie war ganz unglücklich und weinte immerzu. Ich tröstete sie und sagte, wenn sie das belegen könnte, dann würde ihr bestimmt nichts passieren.
Was aus ihr wohl geworden ist? Sie war katholisch und hatte in der Küche eines Krankenhauses gearbeitet. Eine Woche war sie bei mir, dann kam sie weg.
Einmal kam eine Inspektion, sechs Russen, die Zelle war stinkevoll. Ob ich mich über irgend etwas zu beklagen hätte, wurde gefragt, und wie das Essen wär.
Ich sagte: »Ich möchte wissen, wo meine Söhne sind«.
»Das können wir Ihnen nicht sagen.«
Darauf sagte ich: »Was geschieht mit ihnen?«
»Ihre Söhne haben es gut, Sie brauchen sich keine Sorgen zu machen. Wenn sie ihre Zeit abgesessen haben, dann sind sie freie Bürger.«
»Ja«, sagte ich, »nur, sie kriegen dann keine Arbeit, nicht wahr?«
»Doch. Sie werden wieder eingesetzt und sind dann freie Bürger.«
»Wie lange müssen sie denn sitzen?« fragte ich noch.
Das *könnten* sie mir nicht sagen, das *dürften* sie mir nicht sagen. Und damit gingen sie wieder hinaus.

11 Ein Brief

Kopenhagen
10. 10. 48

Lieber Onkel Richard!
In aller Eile ein paar Zeilen. Was soll ich bloß machen? Stell Dir vor: Ein Herr Cornelli aus Rostock schreibt mir heute, daß Mutti von den Russen verhaftet worden ist. Ich hab den Brief beim Friseur aufgemacht, und ich hab mich vielleicht erschrocken! Nicht wahr, das kann doch gar nicht stimmen?

Cornelli schreibt, er sei in der Wohnung gewesen, die sei von Plünderern durchwühlt, das unterste zu oberst. Er habe noch ein paar Kleinigkeiten an sich nehmen können. Die Russen werden bestimmt keine Frau von 52 Jahren verhaften und ins Gefängnis werfen, was sollen sie mit der. Mutti ist doch ganz unpolitisch und hat nie was Böses getan! Ich glaube eher, daß sie nach Westdeutschland gegangen ist, Hals über Kopf und alles stehen und liegen gelassen hat, wie wir es ihr ja schon seit Monaten geraten haben.
Ob Du bitte so freundlich bist und Tante Hertha mal anrufst in Berlin und vielleicht Frau Susemiehl in Lübeck? (Von hier aus ist das so schrecklich teuer!) Sven ruft Dich in den nächsten Tagen vom Geschäft aus an, und wir wollen hoffen, daß Mutti dann schon wohlbehalten aufgetaucht ist irgendwo.
Viele liebe Grüße von Deiner Ulla.
Meinst Du nicht auch, daß man im Verhaftungsfall irgendeine offizielle Benachrichtigung bekommen hätte? Das ist doch nicht so wie bei den Nazis ...

Nach jedem Spaziergang fragte mich Hermann Senkblei: »Na, was hat dein Bruder gesagt? Gibt's bald mehr zu essen? Gehn wir bald nach Haus?«

Und er selbst erzählte, daß der Sowieso, von Zelle 17, der sonst nie was sagt, aus ganz bestimmter Quelle wisse, daß die Amnestie unmittelbar vor der Tür steht. Es sei fraglich, ob wir überhaupt noch einmal rasiert werden würden – außer bei der Entlassung natürlich; doppelt Brot werde es vermutlich schon morgen geben. In der Bäckerei wär gestern doppelt Mehl abgeladen worden.

Einmal fanden wir ein beschriebenes Stück Linoleum auf der Pritsche, das hatte einer beim Spaziergang hereingeworfen:

> Kameraden! Denkt an Katyn! Die Russen wollen
> uns alle umlegen! Freitag wird beim Spaziergang
> »Mantua« gerufen, dann stürmen wir die Tore.

Helm wusch die Schrift ab und klackste seine Marmelade drauf. Dies Brettchen komme ihm wie gerufen. Er habe schon seit einiger Zeit nicht mehr gewußt, wohin mit seiner Marmelade.

So ein Massenausbruch sei absolut »Quadrige«*, die hielten da mit'm Maschinengewehr rein und die Sache wär erledigt. Das heißt: wir.

Wenn's wirklich zu Massenerschießungen käm: am besten in einer Ecke zusammenkauern und das Ende erwarten. Und wenn man hört, daß sie in jede Zelle eine Handgranate werfen, schnell alle Decken und Strohsäcke drüberlegen.

»Was glaubt ihr, wie das abhält!«

Die Russen würden sich doch nicht die Mühe machen

* Quatsch.

und hinterher in jede Zelle kucken, ob da noch einer lebt. Da hätten sie ja viel zu tun.
Manchmal stelle er sich vor, daß auf dem Ost-Hof plötzlich amerikanische Fallschirmjäger landeten und die ganze Sache »aufrollten«.
III. Weltkrieg? An sich ganz einfach: Auf jede große Stadt in Rußland erstmal eine Atombombe klacksen und hier in Deutschland die gesamten vereinigten englischen und amerikanischen Armeen: druff! – Wenn die Russen merkten, daß *hinter* ihnen, in der Heimat also, alles kaputt ist, dann würden die doch nicht mehr kämpfen, wofür denn, bitteschön? – Die Franzosen könnten seinetwegen auch mitmachen – im I. Weltkrieg doch gar nicht so schlecht. – Und wir, die politischen Gefangenen, wir brauchten bloß Uniformen zu bekommen und Waffen, wir wären ja praktisch Eliteeinheiten, von der Gesinnung her, die besten Bundesgenossen, die man sich denken kann. – Wir vier, 'n bißchen aufgefuttert und mit Maschinenpistolen ausgerüstet als Stoßtrupp? Was? – Er selbst, er brauche lediglich ein, zwei Tage gute amerikanische Kost, Weißbrot mit Corned Beef, getrocknete Früchte, Malz-Zucker – dann wär er wieder taufrisch.
Am selben Tag noch schneiderte er uns aus Deckenstreifen Mützen, alle gleichartig, oben mit einer Quaste. Die trugen wir beim Spaziergang. Wir waren schließlich keine gewöhnliche Zelle, wir waren schließlich Kameraden.

Im Oktober wurde unsere Zelle ins Lazarett geführt, das war ein extra Gebäude, parkartig gelegen, inmitten schöner großer Bäume. Alle sollten mal gründlich untersucht werden.
Auf dem Lazaretthof mußten wir lange warten. Senkblei sammelte Kastanien auf, die wollte er versuchsweise in seine Suppe tun, Feghelm sprach mit einem Kameraden von der Division Großdeutschland, und ich setzte mich neben meinen Bruder, auf eine weiße Bank.
»Bad Oeynhausen«, sagte Robert, er könne Großvater

Kempowski jetzt verstehen: jedes Jahr zur Kur nach Oeynhausen. »Iss dat noog«*: schön auf der Terrasse sitzen vor einer Flasche Wein und all die halbverrückten Leute ankucken, die da so auf und abflanieren.
»Mensch Walter, das werden wir alles noch genießen.«
Er für seine Person habe beschlossen, dermaleinst nur so viel zu arbeiten wie unbedingt nötig.
»Bin ich denn blöd?«
Und ferner habe er beschlossen, nicht in den Harz zu fahren, zu all den kleinkarierten Beamten, die da kümmerlich ihre Spargroschen verzehrten, und zu den abgehalfterten Offizieren, sondern schön nach Salzburg oder sonstwohin.
»Berge, Walter, Berge. Warum nicht in die Berge?« Er meine, *richtige* Berge. Den Großglockner zum Beispiel. Er könne nicht verstehen, weshalb man sich den habe entgehen lassen.
Um seine Zellenleute aus der Lethargie zu reißen, erzähle er jetzt des öfteren von Anno Dunnemals. Von Großvater Kempowski in erster Linie: »Ditmal betahl ick noch so ...« Oder: »Du bist ok so'n oll Morslock.« **
Dieser Rechtsanwalt – durch und durch obskur! – der habe doch allen Ernstes die Stirn gehabt, unsere Reederei in Zweifel zu ziehen!
»Kannst du dir das vorstellen?«
›Das glaubt, wer lustig ist‹, habe der gesagt, Schiffe zu haben: ›das glaubt, wer lustig ist.‹ Allenfalls einen kleinen Appelkahn, aber doch keine Reederei!
Wenn der bloß einen einzigen Funken Menschenkenntnis habe, dann brauche er uns doch bloß mal anzukucken. »Walter, ich meine, wie wir aussehen. Du mit deinem Pelzmantel und dann: Man muß doch schon an unserm Gesichtsschnitt merken, daß wir nicht Krethi und Plethi

* Plattdt.: Ist das genug?

** Plattdt.: Diesmal bezahle ich noch richtig ... Du bist auch so ein altes Morsloch.

sind. – Ich meine: Am Benimm.« Weshalb der wohl sitze, dieser ibene Mensch. Aber ruhig Blut, das kriege er noch raus.

Als wir da so saßen, die Beine weggestreckt, kam eine gefangene Frau vorüber, ein Baby auf dem Arm. Und alle Häftlinge kuckten diese Frau an, die ganz verlegen wurde. Das sei doch so ziemlich der Gipfel, sagte Robert. Sowas nun einzusperren! »Mutter und Kind.« Ob ich nicht auch meinte, daß auf sowas nur der Russe kommen könnte?
Aber immer noch besser als wegzunehmen und in ein Kinderheim zu stecken. Womöglich in ein sozialistisches.
»Wenn sie ihr Kind dann eines Tages wiederkriegt, dann sagt das: ›Heil Stalin‹ oder wie.«
Robert stand auf und nahm meinen Arm. Wir schritten gemächlich auf und ab.
»Das danke ich heute noch Vater, daß der mich nie in ein Zeltlager geschickt hat: Antreten zum Frühsport!«
Was wohl Mutter mache, ob die nach Hamburg gegangen sei? Ich sollte sehn, die sei längst in Hamburg. Im übrigen habe er sich folgendes überlegt: ich als sein Bruder, ich könnte mich doch an dem Zigarrenladen beteiligen.
»Walter, du, Mensch!« (Er blieb stehen und klopfte mir an die Brust.) »Wär das nicht was?« Ob das nicht was wär? Fehlfarben und Sandblatt? Sich nach so einem Erlebnis zu trennen, das sei doch geradezu abstrus!
»Hinten ein kleines Zimmer, so'n dunkles rauchiges, die Wände voll Fotografien und Erinnerungen – meinetwegen eine Pfauenfeder oder was sich sonst noch so ergibt – und wer grade nichts zu tun hat, legt sich hin und schläft oder liest oder was weiß ich.«
Und wenn es dann klingelt und wenn dann einer kommt und sich so schön gemütlich seine Sonntagszigarren heraussuchen will, den dann in einen Plausch verwickeln, schön seidig. Friedlich und freundlich. Auf den eingehen und sich nach allem möglichen erkundigen, wenn's einen auch ankotzt. Wie's der Frau geht und den Kindern. Und dem

dann auf die Nase kucken, damit der denkt, man interessiert sich wirklich für das was der da herfaselt.
Und wenn der Kunde lieber was *hören* will: den ans Haftmuseum führen – eine Ecke mit Erinnerungsstücken, indirekt beleuchtet, Holzmesserchen, abgeplatzte Emaille-Schüsseln und Stalinkellen und eine Kollektion dieser komischen Käppchen – und zackig was vom Knast erzählen, von der üblen Verpflegung, oder was man gedacht hat, als man zu 25 Jahren verdonnert wurde. Aber *nur*, wenn der was hören *will*, das müsse oberstes Gesetz sein.
»Für einen normalen Menschen ist das doch 'ne Sensation, die man mit 'ner Lupe suchen kann: ›Ich kaufe meine Zigarren bei einem ehemaligen Zuchthäusler‹.«
Oder sogar zwei! Bei *zwei* Zuchthäuslern. Sowas gäb's ja nun nicht gerade wie Sand am Meer. Schon von daher sollt ich mir mal überlegen, ob ich nicht ganz einfach mitmachen wollte beim Zigarrenladen. Unsere Haftzeit sei ein Kapital, das sich gewaschen hat.
»Und wenn jeder Käufer nur einmal kommt, um sich diese ehemaligen Zuchthäusler anzukucken und dann vielleicht noch jemand mitbringt, um uns vorzuzeigen – dann klingelt das doch satt und saftig in der Kasse.«
Angenehm, könne er da nur sagen. Außerordentlich angenehm. Von daher müsse man sogar wünschen, daß man noch nicht gar so bald entlassen wird. Dann könne man doch eines Tages sagen, man habe *zwei* oder gar *drei* Jahre gesessen.
»Jeder Tag, Walter, den wir hier länger sitzen, der ist doch bares Geld!«
Aber er wolle es nicht berufen, toi-toi-toi. Wenn ein gewisses Höchstmaß überschritten werde, dann sei weiteres Sitzen ausgesprochen unökonomisch.
»Zum Beispiel *vier* Jahre – da kann man doch ebensogut bloß drei Jahre sitzen.« Er wolle allerdings nicht hoffen, daß es tatsächlich drei würden.
Jetzt eben falle ihm ein, was er seiner Zelle heute nachmittag offerieren könne: Die Frage nämlich, ob ein solcher

Betrieb rentabel sei, ein Tabakladen also. Pound, Shilling und Pence. Mal alles durchrechnen, die mutmaßlichen Preise und wieviel Prozent man aufschlagen muß, um über die Runden zu kommen.

Er erinnere sich jetzt manchmal an Rosinat, wo Vater immer seine Zigarren gekauft habe (»Wir Männer der Wirtschaft«), und der habe immer einen recht ordentlichen Eindruck gemacht, vernünftiger Anzug, durchaus gepflegt. Und wenn dann mal wieder Schwarzmarktzeiten kämen, sei man der erste am Baß.

»Vielleicht noch Spirituosen mit hineinnehmen? Harte Sachen und weiche? Danziger Goldwasser, wo so Flitterzeug drin schwimmt? Oder Rostocker Doppelkümmel?«

Sein Bekannter, dieser Jonny da, ich wüßt schon, Zelle 23, der wie so ein kleines Äffchen aussieht, der habe ihn darauf gebracht: Wer nicht raucht, der trinkt, so sei das doch. Oder umgekehrt. Oder beides.

Vielleicht könne Mutter sich ja auch beteiligen.

Die habe doch bestimmt noch Kapital. 5000 Mark? Was? Oder mehr? Eher mehr, nicht? – Und gar nicht auf den Kopf gefallen, immer wach.

»Ich sage dir, wenn's drauf ankommt: Mutter ist nicht ohne.« Und schließlich wäre Kerner ja auch noch da, Kerner von der Deutschen Bank. Aber, er denke eben, lieber kein Geld borgen: »Menschen, die sich was borgen, die richten sich selber.«

Als wir da so auf- und abgingen und uns von der Sonne bescheinen ließen, Robert gestikulierend und ich die Hofeingänge beobachtend, ob's kein Posten sieht, kam die russische Ärztin, der »Engel von Bautzen«, wie sie genannt wurde, weil sie Klopapier für die Knastrologen * eingeführt hatte und Weißbrot für die Tbcer. Mit ihrer schirmlosen Mütze erinnerte sie mich an die Ostarbeiterinnen in der Brausefabrik von Dr. Krause.

* Mischwort aus Knastologe und Astrologe.

Wir mußten nackend an ihr vorüberziehen, was mancher als Zumutung empfand. Vor mir ein Mann mit roten Flecken auf der Haut.

»Flohstiche?«

»Nein. Lues, zweite Kur.«

Meinen Bruder fragte sie, ob er sich krank fühle, er sähe ja so aufgedunsen aus.

»Nein, völlig intakt, absolut gesund«, sagte er und reckte sich. Noch nie sei er krank gewesen, noch nicht ein einziges Mal, und er gedenke es auch fürderhin nicht zu werden.

Mich fragte sie, wie alt ich wär.

13 Ein Brief

Kopenhagen
24. 10. 1948

Lieber Onkel Richard!
Vielen Dank, daß Du Dich um die Rostocker Angelegenheit kümmerst, von hier aus kann man so wenig tun. Man sitzt so weit vom Schuß! – Falls Mutti wirklich verhaftet worden ist, was ich immer noch nicht glauben kann, dann müssen wir alle Hebel in Bewegung setzen, daß sie wieder freikommt. Unsere liebe Mutti! Was hat sie alles durchgemacht. Ich seh sie noch die große Wäsche waschen, und nie haben wir ihr geholfen oder auch nur gedankt.
Es wäre schön, wenn Du Deine Beziehungen zu Mister Growner spielen ließest. Was Du über ihn schreibst, klingt gut.
Was diesen Herrn Cornelli angeht (er hatte in Rostock eine kleine Weinhandlung), so sollten wir sehr vorsichtig sein. Er schreibt uns jede Woche so ungefähr dreimal, und ich traue ihm nicht über den Weg. Sven sagt auch, wir sollten uns zurückhalten. – Cornelli schrieb zum Beispiel, Sven solle doch nach Rostock kommen, damit er den Hausstand auflöst. Das klingt mir sehr verdächtig, und Sven denkt nicht daran, sich in die Ostzone locken zu lassen. Ganz abgesehen davon, daß es sich zeitlich absolut nicht einrichten läßt. Sven ist ja noch nicht lange in der Firma und kann auf keinen Fall jetzt schon Urlaub verlangen.
Ich hoffe ja noch immer, daß wir plötzlich einen Brief von Mutti bekommen, aus Lübeck oder sonstwoher, und alles ist in schönster Butter.
Wie geht es Tante Gundi? Wir haben uns ja eine Ewigkeit nicht gesehen. 1943 bei der Hochzeit? – Ich hörte, daß sie sich die Zähne richten läßt? Pu ha! Ich drück ihr beide Daumen. Hoffen wir, daß es möglichst schmerzlos geht. Hier haben sie ja jetzt die neuen Bohrer, ich weiß nicht, ob

es die bei Euch schon gibt. Wenn man grade aua! schreien will, dann ist schon alles vorbei.
Bei uns ist alles all right. Die Lütten krabbeln um mich rum, und ich habe zu tun mit Kleider umändern. Im Winter will ich einen Zuschneidekurs besuchen. Bei den heutigen Preisen kann man dann viel Geld sparen.
Recht herzliche Grüße und schreibt bitte, sobald Ihr Neues erfahrt!
Eure Ulla + Sven.
Was kann man bloß tun?

14

Eines Morgens wurde ich in ein Auto gesetzt, das hinten im Garten stand, und in das deutsche Stadtgefängnis gebracht. Das war in der Schwaanschen Straße. Ich blieb dort einen Monat, weil der GPU-Keller vergrößert werden sollte. Die Maurer sollten wohl nicht wissen, wer da alles sitzt. Die hätten dann ja vielleicht in Rostock rumtragen können: Frau Kempowski sitzt da und da, und der geht's schlecht.
Die Russen sagten dem deutschen Gefängnisleiter, ich sei 'ne ganz Gefährliche: die Heizung müsse bei mir ausgeschaltet werden, einen Strohsack dürfte ich nicht haben und eine Decke auch nicht. (Das war im November!)
Zwei deutsche Häftlinge kamen herein und nahmen mir den Strohsack weg.
Dann bückte sich der eine, der andere kletterte auf ihn drauf und schraubte die Glühbirne heraus. Das wär Privateigentum, meinten sie.
Ich sollte im Dustern sitzen.
Als ich mich nun abends seufzend auf diese entsetzlich harte Pritsche legte, kam ein Wachtmeister mit einem Gefangenen. Die brachten mir – trotz des Verbotes – meinen Strohsack wieder.
»Hier in der Mitte ist ein Schlitz«, sagte der deutsche Gefangene, »da müssen Sie immer mal so reingreifen und das Stroh ein bißchen auflockern, dann wird es wieder schön, nicht wahr?« Und während er das sagte, holte er ein Buch unter seiner Jacke hervor und stopfte es in den Schlitz. »Nicht wahr? Und *so* müssen Sie das immer ein bißchen aufschütteln, damit Sie weich liegen.«
Als russische Gefangene durfte ich ja nichts zu lesen haben. – Am nächsten Tag entdeckte ich dann, daß sie mir das »Gemeindekind« von der Ebner-Eschenbach gegeben hatten. Aber meine Brille war doch fort! Um überhaupt

etwas lesen zu können, stellte ich mich unter das Zellenfenster an die Wand und hielt das Buch von mir ab, so weit es ging. Auf diese Weise schaffte ich am Tag vielleicht zwei Seiten, aber es war ja ein Genuß.

Das Essen war schlechter als beim Russen. Morgens und abends bekam ich eine Scheibe Brot, flüchtig mit Marmelade oder Quark übergewischt. Keine Margarine. Mittags gab es eine ganz dünne Suppe aus durchgekutterten roten Rüben. Mir wurde ganz schwach vor Hunger!

Schließlich bekam ich einen Nervenzusammenbruch. Ich schlug mir mit den Fäusten gegen die Stirn und rief: »Ich Hornochse, warum bin ich nicht geflohen! Nun bin ich hier im Rattenloch, und nie komm ich wieder raus!«

Der Kommandant, ein gebildeter, feiner Mann, ließ sich für eine halbe Stunde bei mir einschließen und redete mir gut zu.

»Sie müssen vernünftig sein«, sagte er. »Sie kommen hier bestimmt wieder heraus. Der Russe ist unberechenbar.«

Und dann erzählte er mir einen Fall, wo Deutsche mit einem Lastauto in eine Russenkolonne hineingefahren waren, soundsoviel Tote, die Deutschen wären verhaftet worden, aber schon nach wenigen Tagen wären sie freudestrahlend wieder bei ihm angekommen und hätten gesagt: »Wir sind frei.«

Nein, ich sollte den Kopf man oben behalten, der Russe wäre unberechenbar.

Am Abend brachte mir eine Beamtin 2 Tabletten, die mußte ich unter ihrer Aufsicht einnehmen. Das waren wohl Schlaftabletten, denn ich schlief bombenfest.

Am nächsten Morgen kam diese Frau wieder zu mir. Sie war sehr nett, faßte mich so um und streichelte mich, als ich weinte.

Ich sagte zu ihr: »Sie können beruhigt sein, ich habe mich nun mit meiner Lage abgefunden. Ich bin nun einmal hier, das läßt sich nun nicht ändern.«

»Eigentlich darf ich Sie ja gar nicht besuchen«, sagte sie und trat ganz dicht an mich heran. »Der Russe hat es mir strengstens verboten ...« Und dabei drückte sie mir eine große Scheibe Weißbrot mit Butter in die Hand. Das Brot war eingewickelt, so daß sie immer sagen konnte, es sei ihr Frühstück. »Essen Sie das schnell auf«, sagte sie, »möglichst mit dem Rücken zur Tür! Das Papier werfen Sie sofort in den Kübel, damit es niemand merkt. Sie glauben nicht, wie wir hier bespitzelt werden.«

Ich aß das Brot gierig auf. Zu meiner Freude kam sie noch ein paar Mal und brachte jedesmal etwas mit. Diese rührende Frau!

Dann setzte sich der Kommandant mit dem Russen in Verbindung, ich müßte einen Arzt haben. Er übernähm die Verantwortung für meine Gesundheit nicht. Vor allen Dingen müßte ich an die frische Luft – ich säh ja aus wie eine Tote.

»Arzt nix«, hat der Russe darauf gesagt. »Und die Gefangene darf nicht raus.«

»Dann mach ich das auf eigene Faust«, hat der Kommandant daraufhin gesagt.

»Wenn die Gefangene flieht, dann kommen Sie nach Rußland.« Ich wär ein Schwerverbrecher, und am besten wär's, wenn man mich gleich an die Wand stellt und erschießt.

»Dann lern ich Rußland auch mal kennen.«

Der Kommandant selbst ist dann mit mir spazierengegangen auf dem Gefängnishof. Zehn Minuten. Leider regnete es an den darauffolgenden Tagen, da ging es dann nicht mehr. Dies ist das einzige Mal in all den Monaten, daß ich an der frischen Luft war.

Als er mich dann einschloß, nach dem Spaziergang, kuckte er mich so an – ich weiß nicht, wenn ich nun ... Aber das hab ich mir vielleicht nur eingebildet.

Die Gefangenen, die morgens und abends das Brot austeilten, waren nett zu mir. Gutmütige einfache Leute, die gewiß unter normalen Umständen nie hier gelandet wären. »*Das* ist für *Sie*«, sagten sie immer und schoben mir die dickste Scheibe zu.

Nach der Arbeit kamen sie an meine Tür. Ich tät ihnen so leid, sagten sie. »Diese verdammten Russen! Wenn wir die doch mal ordentlich an den Kanthaken kriegten.«
»Was habt ihr denn gemacht?« fragte ich sie.
»Wir haben ein Kalb von der Weide geklaut.« Solche Delikte wären häufig, und sie kämen bald wieder frei. »Jetzt kommt bald wieder 'ne Amnestie, wir warten bloß darauf.«

Mein Zellenfenster war ohne Blende. Ich sah die Leute zur Klosterkirche gehen. Ich hörte auch die Glocken läuten. – Einmal hab ich Cornelli gesehen, diesen wunderbaren Mann, wie er da zur Kirche ging.

Wenn ich ein Auto hörte, dann zitterte ich, daß mich die Russen wieder holen könnten. Ende November 1948 holten sie mich dann tatsächlich. Der Umbau des Kellers war beendet. Schrecklich, dieses Loch.
Ich kam in eine andere Zelle, und leider wurde mir ein furchtbares Frauenzimmer mit hineingelegt. Ich glaube, die sollte mich bespitzeln. Sie wurde häufig herausgeholt und erzählte mir dann, sie hätte wunderbar zu essen gekriegt.
(Ich war viel zu dumm, um Verdacht zu schöpfen.)
Sie erzählte mir auch, warum sie saß. Sie hätte ausspionieren sollen, wo russische Einheiten liegen. All ihren Schiet erzählte sie mir. Bei der Verhaftung hätten die Russen ihr mit einem Bajonett die Vorderzähne ausgeschlagen, und die Ohrringe hätten sie ihr abgerissen. Mord und Totschlag erzählte sie. In den Ohrläppchen hatte sie tatsächlich große Risse, und die Vorderzähne fehlten. Sie war gottlob nur 10 Tage bei mir.

Plötzlich wurde ich mal wieder zum Verhör geholt spät in der Nacht. Zunächst mußte ich eine halbe Stunde auf einem Sünderbänkchen sitzen, ohne daß etwas geschah. Das Bänkchen stand schräg in einer Ecke des Zimmers. Am

andern Ende war der große, mit rotem Tuch bedeckte Schreibtisch, dort saß der Vernehmungsoffizier.
Nach einer endlosen Zeit öffnete sich die Tür, und ein anderer russischer Offizier kam herein.
»Aufstehn!« hieß es. Ich mußte aufstehn. Nachdem sich der Offizier gesetzt hatte, durfte ich mich auch wieder setzen.
Nun blätterten sie in meinen Akten herum und unterhielten sich eine ganze Zeit. Schließlich verschwand der Offizier. Die Dolmetscherin ging mit verschränkten Armen auf und ab und sagte: »Sie haben gesehn, daß eben ein höherer Offizier hier war. Das war die höchste Instanz des russischen Gerichts.«
(Das war mir vollkommen wurscht.)
»Er hat Ihre Akten durchgesehn und hat gesagt, dies alles ist Luge.« Ich hätt selbst Spionagematerial gesammelt und nach Hamburg geschickt. »Alles, was Sie gesagt haben, ist Luge.«
Da sprang ich auf, machte meinen ollen Mantel, den ich ja immer anhatte, weil ich beständig fror, auseinander und rief: »Dann schießen Sie mich doch tot! Was ich gesagt habe, ist so, wie ich es weiß, es ist wahr, und wenn Sie mir nicht glauben, dann kann ich es auch nicht ändern! Schießen Sie mich doch tot!«
Da sagte die Dolmetscherin: »Das ist alles ganz egal, Sie lugen. Jetzt werden Sie in Ihre Zelle gebracht. Nach zwei Stunden lasse ich Sie wieder holen, dann müssen Sie die Wahrheit sagen.« Bisher hätten sie mich als Dame behandelt, wenn ich nun nicht die Wahrheit sagte, müßten sie andere Maßnahmen ergreifen.
Na, dachte ich, nun fangen sie also an, dich zu verprügeln. Ich wurde wieder in die Zelle gebracht. Da lag ich nun, der Schweiß brach mir aus, und ich dachte: Was sollst du sagen, du weißt doch nichts, du weißt doch nichts.
Die Nacht verging, und ich wurde nicht geholt. Aber in der nächsten Nacht, da kamen sie. Um Himmelswillen, dachte ich, nun geht es los.

Merkwürdigerweise brachten sie mich aber in ein anderes Zimmer. Da war ein anderer Offizier und eine andere Dolmetscherin.
»Setzen Sie sich bitte mit an diesen Tisch«, hieß es. Ich denk: Die sind ja auf einmal so freundlich? – Und dann verkündeten sie mir, daß mein Protokoll nun abgeschlossen sei.
Es war, als ob man die Blumen begießt! Meine Nerven waren wie erlöst. Ich dachte: »So, das hätt'st du hinter dir.«
Die Dolmetscherin wollte mir dann die Protokolle der Jungen vorlesen.
»Nein«, sagte ich, »danke schön. Nicht einen Ton. Ich habe die Sache so satt, ich will nichts davon hören. Sollte ich meine Söhne mal wiedersehn, dann werden wir uns darüber unterhalten. Ich habe keine Lust, das alles jetzt zu hören.«
Wer weiß, wie sie die Jungen getriezt haben, um irgendwas aus ihnen herauszuquetschen!
»Aber wie ist es mit den Aussagen von Lander? Wollen Sie nicht hören, was der alles über Sie erzählt hat?«
»Ja«, sagte ich, »das wäre allerdings interessant.«
Dann las sie mir die dollsten Sachen vor. Dieser Mensch, dem ich Brot abgegeben hatte und Kartoffeln noch und noch, der hat den Russen einreden wollen, ich hätte großes Interesse an Spionage, und ich hätte ihn alles mögliche gefragt. – Dieser Kerl! Der war mir immer schon unheimlich gewesen.
Die Sache mit Katzberger, dem Amerikaner, stand natürlich auch in diesen Akten, phantastisch ausgeschmückt. Der hätte eine Pistole bei sich gehabt und alles mögliche. »Der Lander ist ein ganz gerissener Kerl«, sagte die Dolmetscherin. »Der hat für beide Seiten gearbeitet.« So dumm seien sie nicht, daß sie das nicht merkten. Außerdem habe er früher schon mal gesessen, wegen Kindesmißhandlung, im Krieg.

Wenige Tage vor Weihnachten kam ein Offizier und sagte, er wolle mir Kleidung holen. Es sähe ziemlich böse aus in meiner Wohnung, alles drunter und drüber. Er müsse sehen, was er für mich fände.

»Was soll ich Ihnen bringen?«

Dann kam Weihnachten. Ich hörte die schönen Weihnachtslieder in den Straßenlautsprechern, und am Nachmittag brachte mir der Offizier zwei volle Koffer von Zuhaus. Der Natschalnik öffnete sie und schrieb alles auf. Was war da bloß alles drin! Unterhosen und Strümpfe von den Jungen, Oberhemden. Lauter alter Plunder. Das Gute war gewiß alles gestohlen. (Die Oberhemden hab ich nachher als Blusen getragen.)

Aus den Unterhosen pulte der Natschalnik sämtliche Gummibänder heraus. Ich wußte gar nicht, wie ich die anziehen sollte. Ohne Gummiband? Das war doch ausgeschlossen. Heimlich, still und leise hielt ich eine Unterhose hinter mich – und ergatterte auf diese Weise doch noch ein Gummiband. Wie ich das allerdings dann immer von einer Unterhose in die andere praktiziert habe, weiß ich selbst nicht mehr.

Schließlich war der Koffer leer. Da lag der ganze Plunder. Unten war der Koffer mit Packpapier ausgelegt, das grabbelte der Natschalnik zur Seite, und – mir stockte das Herz – da lag der gute Waffenrock von meinem Mann. Den hatte er zu Hause gelassen, als er nach Rußland kam.

»Was ist das?« sagte der Russe nur und hielt mir das Dings vor die Nase. – Dann wollte er die Knöpfe abtrennen, damit ich das mit in die Zelle nehmen könnte.

»Nein«, sagte ich, »das will ich nicht in meiner Zelle haben, das lassen Sie man im Koffer.«

In Sachsenhausen habe ich mir dann später eine Jacke daraus machen lassen, ich hatte ja nichts Anständiges anzuziehen. Diese Jacke hat mich dann die ganze Zeit begleitet.

Zu meiner Freude hatte der Offizier auch die rote Steppdecke mitgebracht, aus dem Kinderzimmer, Bettwäsche und

das kleine gelbe Kissen mit Lochstickerei-Bezug, das ich noch von meinem Vater hatte, aus Wandsbek. Das war dann mein Kopfkissen.
Ich bekam alles mit auf die Zelle, und da machte ich mir zu Weihnachten dann mein Bett ... Ich merkte, daß die Russen durch das Spundloch guckten und sich darüber amüsierten. Einen Strohsack hatte ich ja nicht, so legte ich mir die Steppdecke halb unter den Körper. Mit der andern Hälfte deckte ich mich zu. Das war richtig mollig und schön. Mein Weihnachtsgeschenk.
Und dann ging das elektrische Licht noch aus, was sonst die ganze Nacht über brannte, und die Russen stellten eine Hindenburg-Kerze auf den Kübel: Es war wie ein Geschenk des Himmels. Wie Weihnachten. Herrlich war das, wundervoll.

15

Heilig Abend kam als letzte Meldung von der Ambulanz: »Der Russe hat eine Million Jahre gestrichen!«
Helm ging mit festen Schritten auf und ab. Er machte Andeutungen: anscheinend wußte er mehr.
»Der Film läuft ab, so oder so. Aber, wir freuen uns erst mal nicht, dann sind wir nachher nämlich nicht enttäuscht.«

Auf dem Hof wehte dünner Schnee über das vereiste, in der Sonne glitzernde Pflaster.
»Sieh dich vor«, sagte Robert, als wir da in die Runde gingen, »glattznitz!« Meinen Arm hielt er an sich gepreßt. Weihnachten im Knast, *das* hätt' er nicht gedacht. Deibel noch eins! Aber nichtsdestotrotz, den Gefallen tät er ihnen nicht, hier schlapp zu machen. Nee. Aus russischer Gefangenschaft sei er ja schließlich auch wiedergekommen. Über kurz oder lang würden sie uns sicherlich nach Hause schicken, das habe er so im Urin. Das Einsperren beinhalte in gewisser Beziehung das Entlassen, eher oder später. Eines sei ohne das andere nicht denkbar, wie ja auch eine Entlassung, wenn sie eines Tages komme, ohne eine Verhaftung nicht vorstellbar sei.
Schade, daß wir nicht zusammenlägen. Seine Zellenleute verstünden ja keinerlei Humor.
Er habe sie zwar »gekriegt«, der junge Spunt müsse tüchtig Englisch lernen, und der Alte erzähle schon ganz flott, aber wenn er mal einen von Vaters fundamentalen Schnäcken loslasse, dann verzögen sie keine Miene, und er stehe dann als Dummer da.

Klare Sache und damit hopp!

»Humor kann man nicht beweisen, mein Lieber, da ist nichts zu machen. Und wenn sie deine Witze nicht verstehen, dann kannst du dich auf den Kopf und auf die Beine stellen, dann bist du schlankenwegs der Dumme. – In *ihren* Augen, das versteht sich, *nur* in *ihren.*«

Wir schwiegen, bis wir den Posten passiert hatten. Und dann erklärte er mir den Unterschied zwischen »Möchtegern«- und »Sind-Leuten«. Zur letzteren Kategorie gehörten *wir* eben, schlicht und einfach, das müßten wir uns bei den obwaltenden Umständen immer vor Augen halten. »Ein schwacher Trost zwar, Walter, aber: wer hat, der hat.« Im übrigen, was die Zukunft anbeträfe, ich könnte ja ein Antiquariat aufmachen, das habe er sich überlegt. Er, links, Zigarren und Spirituosen, und ich rechts, alte Bücher. »Vierzig Jahre aus dem Leben eines Toten«, an das Buch erinnere er sich gerade, das könnte ich da verkaufen, das sei ein typisches Antiquariatsbuch. Die Briefe der Liselotte von der Pfalz oder: Fürst von Hohenlohe-Ingelfingen, wie der da mit Roon zusammen auf der Akademie Hegel gehört hat: »Sie sind der einzige, der mich verstanden hat, und Sie haben mich *miß*verstanden.«

Und wenn einer ein altes Buch kauft, der wär doch mit'm Dummbeutel geschlagen, wenn der sich anschließend nicht noch'n paar Zigarren von nebenan mitnimmt. »Also von mir.« Oder umgekehrt.

Mutter könne sich um die Buchführung kümmern, »was sein muß, muß sein«, und den Hausstand könnte sie führen, kochen, braten, backen. (Einfach, aber gehaltvoll: Rindfleisch mit Zwiebelsoße oder Birnen, Bohnen und Speck.) Die sei doch sicher froh, wenn sie da mitmachen könnte. Keiner wolle doch gern zum alten Eisen geworfen werden.

Was sie jetzt wohl so mache, Scheiße mit Reiße. Sauer eingekochter Greis. Die wär sicher längst über alle Berge, die wär sicher längst in Hamburg. Was? – Ob ich das nicht auch meinte?

»Eigentlich ganz gut, daß das alles so gekommen ist, sie hätte doch den Absprung nie gekriegt. Was fällt, soll man noch stoßen.«

Ob sie noch Kapital habe? was meinte ich? – Nach neueren Berechnungen veranschlage er sie auf mehr als Fünf. Widerlich, daß man keine Post von ihr bekomme. Und sie keine Post von uns. Da sei schon die ganze Unmenschlichkeit drin. Was sie wohl denke, wo wir sind? Womöglich in Rußland? Oder tot? – Dabei lebten wir noch und, wenn man ehrlich sei, doch immer noch passabel.
Sicher sei, daß wir eines Tages wieder auf der Bildfläche erschienen. – »Gentlemen hier bin ich« – heiter und in hervorragender Haltung.
Oder auch nicht.
Ob ich eigentlich wüßte, daß Vater des öfteren angetrunken nach Hause gekommen sei? »Reize mich nicht zum Zorn!« oder: »Weib, rede nicht!« – Aber gutartig. Vater sei absolut gutartig gewesen. Der Beruf eines Schiffsmaklers bringe es eben mit sich, daß man ab und zu mal einen heben muß, und wer die Vorteile aus der Arbeit seines Ehemanns ziehen wolle, der müsse auch die Nachteile in Kauf nehmen.
»Wenn Vater nun Viehhändler gewesen wäre!«
Wie der wohl beim Militär dem Alkohole zugesprochen habe, in Pommern, im »Schwarzen Adler«, als Herrscher aller Reußen.

Du kannst es nicht ahnen, du munteres Rehlein du.

»O Jegerl ja.«
Vollkommen unklug von Mutter, gegen sowas anzugehen. Am klügsten wär's gewesen, sie hätte mitgemacht. Ab und zu 'n Sherry oder ein Glas Portwein. Oder einen Magenbittern. Vermutlich hätten sich die dauernden Verdauungsbeschwerden dann auch irgendwann gelegt.
Diese stundenlangen Vorhaltungen, die sie Vater gemacht habe, die seien ja nicht mehr auszuhalten gewesen: »*Bist* du bei Konsul Viehbrock gewesen? Du *mußt* dich doch mal um die Charter kümmern ...« Abends beim Abendbrot, endlos. Und wenn Vater dann was vor sich hingebrummelt habe, dann habe sie gesagt: »Jaja, ich weiß, ich bin 'ne dumme Pute.«

An sich habe Vater diese Suaden immer ziemlich ungerührt über sich ergehen lassen.
»Was blieb ihm denn auch anderes übrig?«
Immer Haltung bewahren, nie aus der Rolle fallen.

Eine gute Flasche Rotwein – eigentlich gar nicht verkehrt. Eine gute Flasche Rotwein und immer mal wieder die Buddenbrooks.
»Wie werden wir das genießen!«
Ein gutes Buch und 'ne riesen Zigarre, und langsam aber sicher dem Rotweine zusprechen, und zwar aus fabelhaften Gläsern mit Olivenschliff.
Die Buddenbrooks oder Gogol: ein preißelbeerfarbener Frack mit helleren Pünktchen. Eine solche Schilderung, er möchte mal so sagen, die gehe einem doch augenblicklich unter die Haut. Er meine, das leuchte einem doch ohne weiteres ein.

An der Küche roch es trotz Heiligabend tatsächlich wieder nach Sauerkraut. Naja, der Vierundzwanzigste, das war ja auch kein Feiertag, da hatte es zu Hause ja auch bloß Suppe gegeben. Aber am *Fünf*undzwanzigsten, da würde sich der Russe vermutlich nicht lumpen lassen. Vielleicht Salzkartoffeln, schön mehlig und weißlich zerfallen?
»Es würde ja schon genügen, wenn sie 'ne Handvoll Graupen in die Suppe täten. Damit wär man ja schon zufrieden.«
Sie brächen sich keinen ab, wenn sie's täten. Ob sie's wohl täten?

Von jenseits der Mauer hörten wir Posaunen:

Vom Himmel hoch da komm ich her . . .

Wenn sie doch etwas lauter geblasen hätten – aber im Grunde war man froh, daß man das nicht so genau hörte.

16 Ein Brief

Hamburg
Richard de Bonsac 22. 12. 1948

Meine liebe Ulla-Nichte!
Jetzt mußt Du mal sehr tapfer sein, es gibt schlechte Nachrichten: Ich hörte soeben, daß eine Frau aus dem russischen Gefängnis in Rostock ausgebrochen ist und erzählt hat: Deine Mutter sei im Gefängnis an Entkräftung gestorben. Nun verlier nicht gleich den Kopf. Dies muß nicht stimmen, die Luft ist voller Gerüchte, und die Frau, so hörte ich ferner, die das erzählt hat, hat einen sehr schlechten Eindruck gemacht, aber, und es ist vielleicht trotzdem gut, hier eiskalt zu sein, wir müssen unter den gegebenen Umständen mit dem Schlimmsten rechnen.
Was Deine Brüder angeht, so scheint mir die Lage ziemlich klar zu sein. Sicherlich hatten sie in irgendeiner Form Wirtschaftsnachrichten über die Russen gesammelt und nach Westen geleitet. Da sie beide jung und unerfahren waren, haben sie sich der endlichen Entdeckung durch die Russen nicht entziehen können. Gewiß sind sie lange Zeit beobachtet worden, und mit der unvorsichtigen Rückkehr von Walter nach Rostock hat sich der Kreis um die Kempowskis geschlossen. Man pflegt ja in solchen Fällen nicht eher zuzugreifen, als bis man genügend Beweismaterial gesammelt hat und alle Mitarbeiter kennt, damit das sogenannte »Netz« auf einmal zerrissen wird.
Deine Mutter ist gewiß nach allen Regeln der Kunst beobachtet und bespitzelt worden. Die Methoden sind ausgeklügelt und infam bis ins Letzte, und wer sucht, der findet schließlich auch. Man wird dann den Beweis konstruiert haben, daß sie von der Tätigkeit ihrer Söhne gewußt hat. Eine Verteidigungsmöglichkeit gibt es für den Beschuldig-

ten nicht, und die Verurteilungen sind immer vernichtend! Irgendwelche Hilfe von außen dringt nicht durch. (Deshalb war auch Grethels Versuch, durch einen Berliner Anwalt etwas für ihre Jungen zu tun, von vornherein nutzlos und hat vielleicht nur ihre eigene Verhaftung beschleunigt.)
Es war uns allen klar, daß Grethe bei ihrem Körperzustand eine längere Haft nicht aushalten würde. Wenn sie nun, was wohl als sicher anzunehmen ist, den seelischen und körperlichen Qualen erlegen ist, so bedeutet das für sie nur eine frühzeitige Erlösung. Das ist sehr traurig und geht uns allen nahe! Wir werden wahrscheinlich niemals Einzelheiten über ihre letzten Tage erfahren. Verstorbene politische Verurteilte werden stillschweigend in den Listen gestrichen und sind und bleiben verschwunden. Mitleid oder menschliche Regungen irgendwelcher Art gibt es bei den Russen nicht. Wir müssen also unter dieses traurige Kapitel einen Schlußstrich ziehen, so schwer uns das auch fällt.
Das Schicksal Deiner Brüder wird sich auch wohl niemals aufklären, es sei denn durch einen Zufall oder daß sie die jahrelange Zwangsarbeit irgendwie überleben. Der Mensch ist ja zäh! Unter Umständen besteht die Gefahr, daß sie »umgedreht« werden, d. h. eines Tages freundlich lächelnd wieder auftreten und dann Sowjet-Agenten sind. Das ist schon oft vorgekommen, und da müssen wir sehr vorsichtig sein, denn sie werden in solchem Fall selbst »beschattet« und können in den seltensten Fällen ihrem Schicksal durch spurloses Verschwinden (ins Ausland?) entgehen. Ich kenne Beispiele. Je besser ihre Nachrichten lauten, desto gefährlicher wird es. Wirklich im tiefsten Herzen leid tut mir nur die arme Grethe.
Es taucht nun die Frage auf, nimm es mir bitte nicht übel, daß ich sofort darauf zu sprechen komme (wir sind ja erwachsene Menschen!), wie es mit Grethes Anteil an der Erbschaft wird – falls sich die traurige Nachricht von ihrem Ableben bewahrheitet, was noch keineswegs sicher ist! Ich gehe wohl nicht fehl in der Annahme, daß ihr Anteil

an neutraler Stelle so lange deponiert werden muß, bis sich ihr Schicksal und das Schicksal Deiner Brüder vollends geklärt hat. Sollte eines Tages die definitive Bestätigung vorliegen, daß alle drei nicht mehr am Leben sind, so würde selbstverständlich ihr Anteil zu Euch nach Dänemark gehen. – Ich schlage vor, daß Du das Geld erstmal in Karls Firma arbeiten läßt. Er könnte auch die Grundstücke verwalten, wenn Du damit einverstanden bist.
Es tut mir sehr leid, daß alles so gekommen ist. Aber vielleicht ist es für Grethe das beste, daß sie jetzt Ruhe hat. Wer von uns hätte je gedacht, daß unser sonst so lustiges Grethchen ein solches Schicksal erleiden würde, und wie gut, daß wir alle nichts über die Zukunft wissen, denn es ist noch nicht aller Tage Abend, und die Zeiten sind unruhig und von Zukunftssorgen überschattet. Ein frohes Weihnachtsfest zu wünschen, ist in Anbetracht des obigen wohl nicht recht angebracht.
Ich drücke Dir in Gedanken die Hand,
Dein Onkel Richard.
Bitte grüße Sven recht herzlich von mir. Was machen Eure Kinder? – Mein Schnauzer Bodo ist ein feiner Kerl.

17

Am Nachmittag des 24. schloß Pferdemüller mich für eine Stunde zu meinem Bruder in die Zelle.

Du Schwart vom alten Schinken,
siehst du die Hackemesser blinken?

sagte Robert, als ich eintrat. Er gab mir *beide* Hände, obwohl er mich doch eben erst gesehen hatte, und er gab sie mir länger als nötig.

Er führte mich den andern zu: »Darf ich euch miteinander bekanntmachen?«

Der eine hatte eine Erdbeer-Nase und vollgeschiffte hängende Hosen: das war der Rechtsanwalt.

»Von Ansehen kennt man sich ja schon«, sagte der und deutete eine Art Diener an.

Der zweite, ein mickriges Männlein, das sich sehr straff hielt, sagte: »Hoffentlich merkt der Posten nichts.« Wegen solcher Sachen sei schon mancher reingefallen, in den Karzer gekommen und was weiß ich nicht alles. »Wenn's dem Esel zu gut geht, dann tanzt er auf'm Eis.«

Der dritte war der »junge Spunt«, wie Robert immer sagte. »An sich ein netter Kerl, aber der lacht immer so unmotiviert.« – Der sollte angeblich in Helmstedt auf dem Marktplatz mit einem Agenten zusammengetroffen sein, deswegen saß er. Er war aber noch nie in Helmstedt gewesen, er wußte gar nicht, wo das liegt.

Mein Bruder ging in der Zelle umher und erklärte: »Hier liegt Ferdinand, da Karl, da Fritz, der alte Übelmann. Und hier liegt meine Wenigkeit.«

Der Kübel sei hervorragend, das könne er wohl sagen – »stimmt's oder hab ich recht?« Einen neuen Lappen, den müsse man allerdings mal wieder besorgen.

Dann zeigte er mir seine verschiedenen Beutel, die er mit Aufschriften versehen hatte: »Salz«, »Zucker«, »Krümel«.

Sie hingen am Bettpfosten, der Größe nach geordnet.
»Diese Beutel, mein Walter, die kommen später samt und sonders in das Haftmuseum. Eines Tages. Und die zeigen wir dann allen Leuten und sagen: So haben wir gelebt. Stell dir mal vor, wie die dann kucken werden! Die werden sagen: Das kann ja gar nicht angehn.«
Sein Holzmesser komme auch ins Haftmuseum.
»Hättest du gedacht, daß wir mal in einem Zuchthaus sitzen und uns Beutel nähen?« Eine Vitrine damit ausstatten, von innen zu beleuchten. – Vielleicht könne man auch einen geschickten Zeichner gewinnen, der all die Ungeheuerlichkeiten, denen man hier ausgesetzt sei, mit dem Stifte festhalte: Das Suppeausgeben aus dem Holzbottich oder den ›Elfenreigen‹, das Baden, unten, im Keller, mit all den verbumfeiten Figuren. – Da könnten die Leute dann mal sehen, zu was der Russe fähig wär. Von daher an sich schade, daß man nicht noch mehr auszuhalten hätte: eine Art Weißmeerkanal schaufeln und dann umfallen vor Schwäche und sich gegenseitig stützen. Oder einfach niedergeknallt werden, wie in dem Film: Die Sklavenkarawane. Geprügelt und dann niedergeknallt.
Auf dem Tisch lagen kleine, aus Brot geknetete und in Zucker gewälzte Plätzchen. Die schob er mir zu.
»Merry Christmas, Walter, merry Christmas.«
Ja Weihnachten, Mensch, Weihnachten. Wer hätte das gedacht, Weihnachten im Knast. »Iß, mein Walter, iß! Blöde Hunde werden nicht fett.« (Er bediene sich, wie ich sähe, auch.)
Jetzt säßen wir auf der untersten Sprosse der Trittleiter. Aber komisch, er fühle sich gar nicht so unten, er fühle sich eigentlich ganz auf'm Damm.
Die Arme-Leute-Kinder bei Wertheim, mit ihren langen schwarzen Strümpfen, die Ärmel blank vor Rotze: *das* sei wirkliche Armut gewesen, bitterste Armut. Bis dahin sei's noch'n ganzes Stück.
Wertheim: Die Weihnachtsausstellung mit den sich ruckartig bewegenden Puppen. Max und Moritz, brückesägen-

derweise, und Schneider Böck, wie der da dauernd über den Graben rüberfliegt, immer hin und zurück, an einem Draht.

Die andern drei standen stumm und hörten uns zu.
»Laßt euch nicht stören«, sagte der Rechtsanwalt. »Aber lehn dich bitte nicht an meine Jacke, Kamerad, sonst reißt der Aufhänger ab.«
Was Ulla wohl mache in Kopenhagen, sagte Robert. Mit der wolle man gern tauschen. (»Kopenhagen«, das sprach er sehr behaglich aus.)
»Ulla mochte doch kein Marzipan, weißt du das eigentlich?« Die schönen Marzipanbrote, mit Schokolade überzogen? Marco pano, das Brot des Markus? Das sei so bitter, habe sie immer behauptet.
»Das ist doch grade der Witz, daß Marzipan bitter ist, wer will denn süßes Marzipan!«
Hier mischte sich der Mickrige ein: Er wolle uns bei Gott nicht stören, aber vielleicht wüßte ich zu sagen, was *Per*sipan ist? Sie hätten schon hin und her überlegt ... Werde das nicht aus Aprikosenkernen fabriziert?
»Wie dem auch sei«, sagte mein Bruder und zog die Uhr auf, »jedenfalls weiß ich, daß Marzipan hervorragend schmeckt. Äußerst epochal.« Er werde in späteren Zeiten *nur* Marzipan essen und zwar *erstklassiges* Marzipan, aus Lübeck oder sonst woher. *Per*sipan, das möge essen, wer will.
»Psssst! seid doch mal eben still!« sagte der junge Spunt. Er stand an der Tür. Ihm wär so, als wenn da was wär ...
Minutenlang horchten wir, ob sich draußen was regt.
»Wenn der Posten *das* rauskriegt«, sagte der Rechtsanwalt und pulte in den taschengroßen Löchern seiner Erdbeer-Nase, »dann werden wir hier alle abgeschnappt.«
»Das soll meinen Arsch nicht kratzen.«
»Aber meinen.«

Der Rest der Zeit ging damit hin, daß sich Robert mit ihm

darüber stritt, wer wohl die Hosen voller habe, er oder der Rechtsanwalt.
»Ich will dir mal ein Teil sagen ...« wurde gerufen und: »Ach, halt doch deinen Sabbel!«
Der Mikrige wurde von beiden wechselseitig als Zeuge angerufen, daß der andere geistig minderbemittelt sei, und der junge Spunt lachte »unmotiviert« und lauschte.
Ich war froh, als Pferdemüller mich endlich holte. Beim Raustreten aus der Zelle – »los, mach schnell!« – hielt Robert meine Hand wie immer eine Idee zu lange.

Anstatt mich in meine Zelle zu schließen, nahm mich Pferdemüller erstmal noch zu sich. Ob's schön gewesen sei? wollte er wissen. Und wie's mir so gehe.
Einen prallen Podex hatte er in seiner weißen Hose.
An der Wand hingen laienhaft gemalte Hengste, mit gekreuzten Tannenzweigen darüber:

Das Glück dieser Erde
liegt auf dem Rücken der Pferde.

An den Tannenzweigen selbstgeschnittenes Lametta.
Hier lebe *er* nun so, sagte Pferdemüller, und zeigte mir das mit Kissen drapierte Bett, das wär nun so *sein* Reich.
»Ganz schön gemütlich, nicht?«
Wenn ich noch 'ne Weile hier in Bautzen säße, könnte ich es vielleicht auch so haben, in ein, zwei Jahren. Wer weiß?
»Na, setz dich.« Ob ich mal sehen wollte, was er bei Zugängen gerade gefilzt habe: Sterne aus Seife: »Ehre sei Gott in der Höhe« und ein Schachspiel, das von einer Krippe nicht zu unterscheiden war. »Oder willst du mal durch die Spione gucken?«
In der ersten Zeit habe er öfter durch die Spione geguckt, was die Leute da treiben, hin- und herlaufen, erzählen, Schachspielen. Bei manchen komme man nicht dahinter, was die machten. Die säßen immer so steif da, und unbeweglich. Ja, in der ersten Zeit habe er öfter durch die Spione geguckt. Jetzt habe er das schon lange aufgegeben, das sei nämlich immer dasselbe, nichts Besonderes.

»Man denkt, das ist ein großes Geheimnis, und am Ende ist es nischt.«
Wenn Frauen hier wären, was?
Dann sprach er von seinen Pferden. Daß es harte Brüder gäb und weiche, elastische, anschmiegsame, denen das selbst gefalle, daß man sie reite. Das sei denen angenehm, so zwischen die Schenkel genommen zu werden. Mit denen verschmölze man dann voll und ganz, ob man nun übers Feld jagt oder am Waldrand stehen bleibt und leise spricht mit ihnen ...
Als er mich dann wieder fortließ, gab es ein Mißverständnis an der Tür: wer zuerst rausgehen soll. Und die grobrasierte Wange rührte wie Sandpapier an meine.
»Frohe Weihnacht, nicht? Du?«

»Zu dem würde ich aber nicht so oft gehn«, sagte Helm und kuckte mich an. Der hatte das mitgekriegt, daß ich noch bei Pferdemüller gewesen war. »Was hat er denn gesagt?«
Und Paule sagte, ich sollt mal was lockermachen für die Zelle, einen Nachschlag zum Beispiel oder 'n paar Zwiebeln, die könnten wir zu Heilig Abend gut gebrauchen.
Hermann holte aus seinem Kissenbezug drei Portionen Brot heraus, die er sich weiß Gott auf welche Weise übergespart hatte, und lachte, der war glücklich: Wir hätten den Pferdemüller jetzt ja in der Hand. Daß der mich zu meinem Bruder gelassen habe: »Wenn der sich jetzt mal mausig macht, scheißen wir ihm vor den Koffer.«
Helm kuckte ihn lange und durchdringend an: »Ich denk, du warst bei der SS?« Ging auf und ab und blieb wieder vor ihm stehn. »Das hast du dir wohl nicht richtig überlegt.«
Er stellte sich unters Fenster: die Glocken der Stadt hören. Jemanden zu denunzieren, wer es auch sei, das komme für ihn nicht in Frage. Dann schon lieber Selbstjustiz und alle Folgen tragen.
»Wie spät mag es sein? Sechs Uhr?«

Das wär grade die Zeit, wo man früher in die Kirche gegangen sei, zur Christvesper. – Er wisse nicht – in der Kirche, da vermisse er den Kultraum oder den Opferaltar, auf dem was geopfert wird. Kerzen abzubrennen, das sei doch nur ein kümmerlicher Ersatz für das Opfer der Alten. Fleisch verbrennen und beschwörend dazu sprechen, sowas würde ihn reizen. Er könne sich gut vorstellen, wie das bei den Germanen vor sich gegangen sei oder bei den alten Griechen.

»Und denkt mal, bei den Azteken, in Mexiko: Menschenopfer. Keine häßliche alte Oma, sondern das schönste Mädchen oder den bestgewachsenen Jüngling. Mit Blumen bekränzt in einen Brunnen stoßen.« Wenn man es recht sehe – er sei mit seinem Denken noch nicht ganz fertig –, dann sei ein Krieg, in dem ja nur die Besten geopfert würden, vielleicht auch geeignet, den Gott zu beschwichtigen. Oder wir hier – seien wir nicht auch ein Opfer? Vielleicht erzwängen wir durch dieses unser Opfer eine lange Friedenszeit, in Glück und Liebe?

Dann erzählte er von zu Hause. Vor der Bescherung sei die ganze Familie auf den Friedhof marschiert, Ahnen besuchen. Danach: »Kling-Glöckchen, klingelingeling!« Tür auf. Aber vorher noch Gedichte aufsagen und jeder einen Lichterspruch.

Wie es mit dem Julleuchter gewesen sei, bei der SS, das wollte er von Hermann wissen. Habe man den verliehen bekommen, oder habe man sich den selbst kaufen können? Der Elitegedanke ... so ganz sei der nicht von der Hand zu weisen.

Xenophon, der Zug der Zehntausend. (Die Verräter wurden lebendig begraben.)

Er stelle sich Elite aber mehr im preußischen Sinne vor, ohne diese KZ-Sachen. Wenn *er* eine Eliteeinheit aufstellen müßte, als Kriegsminister meinswegen, dann würde er sich erstmal drei Mann greifen. Drei Mann, aus der Masse des Volkes heraus, tadellos gesund, Körper wie gemeißelt, ohne jedes Manko. Mit denen würde er sich lange unter-

halten, was sie für Geisteskinder sind, vielleicht anläßlich einer Wanderung oder einer Klettertour in den Karpaten. Und wenn das 100prozentig ausfalle, dieses Gespräch, wenn da kein Zweifel übrig bliebe an denen, dann würde er diese drei Männer langsam steigernd fit machen, durchtrainieren bis in die letzte Muskel hinein, in einem Speziallager, an einem Fluß. Morgens schon hinein ins Wasser, und nicht um die Wette schwimmen, sondern gleichmäßig schnell und kraftvoll, nebeneinander her wie eine Phalanx, damit sich gar nicht erst Neid oder Eifersucht einstellen.
Diesen Dreien, wenn sie dann geputzt und gestriegelt wären, wie die wertvollsten Pferde – Scharfschützen natürlich – denen würde er dann je drei Mann zuweisen, ebenfalls ausgesucht unter Tausenden, zu gleichem Training, zu gleicher Ausrichtung auf das eine einzige Ziel.
Diesen neun Männern, d. h. zwölf, denn die ersten zählten dann ja mit, würden wieder je drei zugewiesen (das wären dann schon, laß mal eben nachrechnen ...) und immer so weiter – bis die Kerneinheit dastünde wie ein eisenharter Block, der praktisch unbesiegbar wär.
Er habe sich schon manches Mal überlegt, was er täte, wenn er Kriegsminister wär ...

Mal alle Weihnachtslieder singen, was man da so kennt ...
Süßer die Glocken nie klingen als zu der Weihnachtszeit.
Um »Hohe Nacht der klaren Sterne« gab es eine kurze Kontroverse, ob das ein Nazilied sei oder nicht.

Mütter euch sind alle Feuer
alle Herzen aufgestellt ...

Und um Tannenbaumschmuck: »Bloß kein Engelshaar!«
»Warum eigentlich nicht?«
Als es um Gans mit und um Gans ohne Füllung ging, spaltete sich die Zelle: »Eine gestreckte Gans? Geh mir doch weg! Dann lieber gar keine.«
Helm hatte mal Gans mit Maronenfüllung gegessen, das tat ihm heut noch leid, das fand er heut noch schade. Die schöne Gans.

Weit drauß vom Walde komm ich her,
ich muß euch sagen, es weihnachtet sehr!

Ja, die Lieder, unvergänglich deutsch. Und die Gedichte zur Weihnachtszeit. Das nähme uns keiner weg, und das mache uns auch keiner nach. So leicht nicht.

(»Es weihnachtet sehr«, das sei eigentlich eine ziemlich kühne Formulierung. Das sei sprachlich unheimlich kühn.)

Paul bedauerte, daß er keine Zwiebel hätte. Seine Nieren, die schrien nach Zwiebeln. »Und wenn's dat Kraut von die wär ...« Hermann verdrückte die letzte seiner drei Brotportionen.

18

Im Januar 1949 kam ich nach Schwerin. Es war ein herrlicher Tag, an dem ich abtransportiert wurde, blendende Sonne und alle Bäume in den Vorgärten dick voll Rauhreif. Ich stand eine Zeit vorm Haus, bevor die Leute so weit waren, und ich kehrte mein Gesicht diesem wundervollen, weißen Licht zu, der Sonne, die durch den kalten Dunst schien. Wie verzaubert kam ich mir vor, so daß ich direkt zusammenzuckte, als mich die schwerbewaffneten Muschkos zu packen kriegten und zur Minna brachten. Über einen vereisten Bock, den sie aufgestellt hatten, mußte ich hineinklettern in das Ding. Dabei half mir sogar der Natschalnik, denn ich war zittrig und schaffte es nicht allein. Der faßte mich so unter.

Ein junger Mann – auch ein Gefangener – kam noch dazu. Er hatte nur Sommerzeug an und fror! Ich schenkte ihm den Lodenmantel meines Vaters, »die Glocke«, wie wir den immer genannt hatten, der war auch in meinem Koffer gewesen.

Als wir nun in dem Biest da saßen, sollte er gefesselt werden. Er mußte sich auf den Boden setzen und ein Bein hochheben, und unter dem Bein wurden ihm die Hände gefesselt. So sollte er die ganze Fahrt von Rostock nach Schwerin sitzen! Ich habe den Natschalnik angekuckt – der kriegte direkt einen Schreck.

»*Bitte* nicht«, sagte ich nur.

Und tatsächlich wurden ihm die Handschellen wieder abgenommen und normal angelegt. Wie hätten wir denn da fliehen sollen! In der Minna war ja noch nicht einmal ein Fenster.

Der junge Mann öffnete seine Aktentasche, da waren lauter Tafeln Schokolade drin. Eine gab er mir. (Die ist mir natürlich gar nicht bekommen!)

In der Aktentasche war auch ein Schuh von seiner Frau – er war gerade 14 Tage verheiratet –, den hatte er zum Schuster bringen wollen. Diesen Schuh schleppte er nun noch immer mit sich herum. Er hatte seine Frau bei einer Flugblattaktion, wegen der er verhaftet worden war, kennengelernt. Seine Eltern hatten die Ehe nicht gewollt, deswegen war er mit ihnen ganz auseinander. Wenn er nur noch einmal seine Mutter sehen und ihr sagen könnte, wie leid ihm das täte.

In Schwerin kam ich in dies riesige Gefängnis hinein. Tor auf, Tor zu – Tor auf, Tor zu. Alles scharf bewacht. Im Keller ein großer Bluthund und über der Tür – das war so ein Halbbogen – die Inschrift: Recht muß doch Recht bleiben.

Ich kam ins oberste Stockwerk, ins »Vogelnest«, wie es die Gefangenen nannten, und wieder in Einzelhaft. Als ich hinaufgeführt wurde, fragte ich den Posten – so einen blonden, zynischen –: »Wann darf ich mich denn abends hinlegen?«

»Um 12! Glocke macht bim – bim – bim – bim, dann du schlafen.«

»Um 12 Uhr? Mitternacht?«

»Ja, um 12«, sagte er lächelnd.

Bis um Zwölf mußte man jede Nacht wachsitzen! Es war entsetzlich. Aber ich hatte wenigstens einen guten Strohsack, einen ganz dicken.

Das Essen war in Schwerin schlechter als in Rostock. In Rostock hatten wir ja das Glück gehabt, daß die Reste des Offiziersessens mit in den Kohl hineingeschüttet wurden. Es war zwar immer Kohl gewesen, aber der Kohl war fett und meistens auf Fleisch oder Fisch gekocht. – In Schwerin war das Essen unglaublich schlecht. Es war Wasser. Und in dem Wasser schwammen drei, vier Erbsen oder zwei oder drei kleine Stücke Rote Beete und ein paar Kohlblätter.

Den ganzen Tag über hatte ich nichts zu tun. Ich weiß selbst nicht, wie die Tage herumgegangen sind. Auf- und abgehen, das Einmaleins üben (von vorn und von hinten), Gedichte aufsagen.

Johann, der muntre Seifensieder,
Erlernte viele schöne Lieder
Und sang mit unbesorgtem Sinn
Vom Morgen bis zum Abend hin ...

Einmal hab ich alle Choräle zusammengezählt, die ich singen konnte, es waren fast fünfzig. Das Auswendiglernen hat was für sich, das merkt man in so einer Situation. Natürlich dachte man auch viel an früher, an die junge Ehe, in Rostock, in der Borwinstraße, 1920 und an die kleine, niedliche Wohnung, die wir da hatten. Wären wir man in Rostock geblieben.

Nichts zu tun, zum Wahnsinnigwerden! Man hätte uns doch mal ein Buch geben können. Unbegreiflich diese Russen. Menschen so verludern zu lassen. Was soll das bloß?

Eines Tages klopft es an der Wand, nebenan, und es klopft und klopft. Und ich denk immer: was heißt denn das, will er mir sagen, wie alt er ist? Schließlich kam 73 raus. Der arme Mann, dachte ich, 73 Jahre alt! Und nun sitzt er da ... Später hab ich das Klopfen dann gelernt, und mit dem jungen Mann, mit dem ich aus Rostock gekommen war, hab ich mich dann öfter unterhalten: Gute Nacht oder sowas.

Unter uns lag einer, der hatte den Verstand verloren, wenn die Tür geöffnet wurde, schrie er wie ein Tier, brüllte die Russen an, und dann schlugen sie ihn, oh, das konnte man richtig hören, dies dumpfe Bumbsen.

Ich hielt mir immer die Ohren zu.

Gegenüber, ein junges Mädchen, nahm sich das Leben. Sie hatte vom Zellenfenster aus das Dach ihres Elternhauses sehen können. Jeden Abend rief sie voller Heimweh ihre Eltern und weinte.

Eines Nachts wurde bei mir geschlossen. Ein Mongole stand vor meinem Bett, ich fahre in die Höhe:

»Vernehmung?«

»Nein«, sagte er, »nicht Vernehmung, ruhig schlafen, aber...« Er nahm meine Hände, ich sollte sie *auf* die Decke legen, sie müßten zu sehen sein. Ich sagte: »Das kann ich nicht.«
»*So* schlafen, *so* schlafen«, sagte er und legte mir die Hände auf die Decke. Kaum war er hinausgegangen, da nahm ich die Hände wieder unter die Decke und schlief weiter. Sofort kam er wieder herein:
»Hände 'raus...«
»Laß mich doch in Frieden, Mensch«, brummte ich. Im Keller hatte sich nämlich einer nachts die Pulsadern aufgeschnitten und war verblutet.

Eines Tages sagte der Posten, in einer Stunde würde ich geholt, jetzt wär Tribunal, ich sollte mich »fein« machen. Da hab ich direkt lachen müssen. »Fein«-machen.
Als ich geholt wurde und an den Zellen entlangging, kamen mir einige Männer entgegen. Ich mußte mich schleunigst mit dem Gesicht zur Wand stellen, damit sie mich nicht und ich sie nicht sehen konnte.
Dann kam ich in einen kleinen Saal, da stand ein großer Tisch mit einer roten Decke. Ich mußte mich auf eine Holzbank setzen, hinter einer Barriere.
Mit einemmal öffnete sich die Tür: eins, zwei, drei, vier, fünf Herren kamen herein, und neben mich stellten sich zwei Muschkos mit aufgepflanztem Bajonett.
Der Dolmetscher – das war ein kleiner, gedrungener Dunkelblonder – sagte, ich säße hier vorm höchsten Gericht. Wenn mir die Herren nicht genehm wären, könnte ich das sagen, dann würden andere geholt.
Das war ja direkt lächerlich.
»Ich kenne die Herren ja überhaupt nicht«, sagte ich, »und es ist mir ganz egal, wer da sitzt. Erstens verstehe ich sie nicht, und zweitens kenne ich sie nicht, und andere kenne ich ebensowenig.«
Der Hauptgerichtsmensch kuckte den Dolmetscher an, der übersetzte, was ich gesagt hatte, und dann setzten sie sich

hin, sichtlich befriedigt, daß ich sie akzeptiert hatte. – In der Mitte saß der höhere, der Verhandler oder Jurist, rechts und links von ihm zwei Nebenmänner, der Protokollführer und der Dolmetscher. Diese Nebenmänner wären da, weil die Sowjetunion eine Demokratie ist, sagte der Dolmetscher, das sowjetische Volk solle teilnehmen an der Gerechtigkeit, die hier geübt würde. – Warum man mir dann allerdings keinen Verteidiger bewilligt hatte, das versteh ich nicht. Unglaublich eigentlich. Man konnte ja noch nicht einmal kontrollieren, ob der Dolmetscher richtig übersetzte. – Im Grunde ja auch wurscht, denn das Urteil stand vorher längst fest. Eine Theatervorstellung mit lebenden Puppen. Dann ging die Verhandlung los. Name, Geburtsort usw., und mein Mann, wo der in Rußland gewesen sei, und diese zum Kotzen oft abgeleierte Sache mit den Frachtbriefen, die ja eigentlich uns gehörten, weshalb ich nie verstanden habe, wieso man die nicht nach drüben geben konnte. Die waren ja auch überhaupt nicht als »geheim« deklariert gewesen, kein Stempel drauf, nichts. Naja, das ist ja auch egal.

Und dann fragten sie mich immer wieder, wie es denn beim Engländer gewesen sei.

»Beim Engländer?«

»Ja«, der Engländer habe mich doch auch schon mal verhaftet gehabt, 1946.

»Nein«, sagte ich, ich habe nie was mit Engländern zu tun gehabt.

»Doch«, und sie tuschelten und fragten immer wieder: »Na, wie war's denn beim Engländer?« und kamen sich sehr schlau dabei vor.

»Ich hab Ihnen doch schon einmal gesagt, daß ich nicht beim Engländer war«, sagte ich, und plötzlich fiel mir ein, daß ich 1946 mal schwarz in Hamburg gewesen war und daß mich die Russen zwischen Lübeck und Wismar an der grünen Grenze gefaßt hatten, grade, als ich eben über den Graben hüpfte.

Damals hatten mich die Russen ein paar Stunden ein-

gesperrt, bis ich mich mit 50.– Mark loskaufte. Bei dieser Gelegenheit war mir ein Zeichen in meinen Personalausweis gemacht worden. – Sie wußten doch bestimmt ganz genau, von wem dies Zeichen stammte, dies sollte wohl so eine Art Falle sein.
»Ach«, sagte ich, »Sie meinen wohl das Zeichen in meinem Personalausweis? Das haben Sie ja selbst gemacht« und erzählte ihnen von dem Grenzübertritt.
»Warum sind Sie illegal in die Westzone gegangen?«
»Ich hatte dauernd einen Interzonenpaß beantragt, aber nie einen bekommen. Da bin ich eben schwarz über die Grenze gegangen, was sollte ich anderes tun?«
Ich wär ja doch beim Engländer gewesen und hätte da Spionagedinge betrieben, das sollte ich man ruhig eingestehen. – Schließlich habe ich gar nicht mehr geantwortet. Sie erkundigten sich auch, ob ich Englisch könnte, was ich für eine Schulbildung hätte. Je besser die Schulbildung war, desto härter fielen die Strafen aus. Wer sich dumm stellte, kam billiger weg.
Am Schluß der Gerichtsverhandlung mußte ich aufstehen, mir wurde alles vorgelesen. Dann erhielt ich das Urteil: 10 Jahre Arbeitslager. Eigentlich sollte ich sogar 13 Jahre wegen des Grenzübertritts bekommen. Eine Enteignung wurde nicht ausgesprochen, die Wertsachen, die man mir bei meiner Verhaftung abgenommen hatte, meinen Ehering und den Familienring, ein Chrysopras mit Saphiren, ein altes Erbstück, bekäme ich also wieder, wenn ich die Strafe verbüßt hätte.
»Sie bekommen wieder«, meinte der Posten damals.
»Ach was –«, hatte ich gesagt. Und nun tauchten diese Sachen im Verhandlungsprotokoll wieder auf! Zwei Ringe, eine silberne Brosche (die »Runenbrosche«) und 30 Mark.

19

Im Januar wurde es kalt. Es war eisig in der ungeheizten Zelle. Ich zog das Rebhuhn über meine Hemden und saß im Schneidersitz auf der Pritsche. Da blieben wenigstens die Füße warm.

Mittags wurde einmal kurz Dampf durchgeblasen: »Es kommt!« Da hielt man die Füße dann an die Röhre wie als Kind die Hände unter die Achseln der Mutter, wenn die Kälte in die Finger kniff.

Pferdemüller jagte uns nicht hoch, der war freundlich zu uns, weil er mal gut gewesen war zu mir.

Hermann schlurfte hin und her und beschäftigte sich damit, herauszubringen, wer es gewesen war, der da eben einen fahren gelassen hatte. Schnüffelnd ging er von einem zum andern: »Hier hat doch einer 'n Schirm aufgespannt?«

Paule polierte seinen Holzlöffel und brummelte was von Zwiebeln, daß er die jetzt gern hätte, und Feghelm saß am Tisch und konstruierte auf einem weißgemachten Schüsselboden Eiserne Kreuze aus gotischen Spitzbögen. Schinkel habe das erfunden.

Das Baltenkreuz – auch ein eindrucksvoller Orden. Und der Türkische Halbmond. Das wären sozusagen Ur-Orden.

Das Ritterkreuz, das war ja anerkannt der beste Orden der Welt gewesen. Eichenlaub allerdings – auch wenn man es gehabt habe (wie in seinem Fall) – und was da noch so hintennach gekommen sei, das sei ja wirklich etwas sonderbar gewesen. Wer sich das wohl ausgedacht habe. Hitler selbst?

»Da hat doch keiner mehr hingehört: Eichenlaub mit Schwertern und Brillanten und, und, und. Oder sogar: das *goldene* Eichenlaub mit Schwertern und Brillanten. – Was sie wohl erfunden hätten, wenn der Krieg noch länger gedauert hätte.«

Aber das Eiserne Kreuz, wie gesagt – so einen guten Orden kriegten wir nicht wieder. Schon von daher sei es eigentlich schade, daß wir den Krieg verloren haben. Vielleicht, wenn wir eines Tages mit den Amis Schulter an Schulter kämpften, vielleicht würde es dann doch wieder freigegeben werden? Dann rissen sich womöglich die Boys aus Texas noch darum. – Warum der Blücherstern wohl nicht wiederaufgelegt worden war – ein ewiges Rätsel. Das »überschwere Parteiabzeichen« sei doch kein Ersatz dafür gewesen. Obwohl, als *rechts* zu tragender Orden, eigentlich auch sehr dekorativ ...

Hermann war im Krieg in Polen gewesen. Die Polen hatten ihn mal gebeten, zwei Zentner »Hundefett« irgendwohin zu transportieren. Das habe Tbc-Kranken zugeführt werden sollen.

»Und das hast du gemacht?« fragte Helm, »sag mal, bist du wahnsinnig? Das ist doch bestimmt Sprengstoff gewesen!« Dieser laxen Einstellung sei es letzten Endes zu danken, daß wir den Krieg verloren hätten.

»Und sowas bei der Waffen-SS!«

Gespräche zwischen Paul und Hermann drehten sich meistens um Schrebergartenprobleme: Schalotten und Schnittlauch. Porree. »Haste denn och Dung?« (Hermann hatte mal 20 Pfund Kochsalz auf die Beete gestreut, von Salz hatte er sich düngende Wirkung versprochen.)

Und Kleintierhaltung: Kaninchen. »Haste och 'ne Zippe jehabt?« Damit waren weibliche Tiere gemeint.

Paul hatte draußen »geobert« oder »kellnerlert«, wie er sagte, Straßen gepflastert und in einer Lackdrahtzieherei gearbeitet.

Ich hab kein Auto,
ich hab kein Motorboot,
das einz'ge, was ich hab,
ich *bin dir gut*.

So sang er immer wieder.
Einmal hatte er in einem Rohr liegen müssen: glühende Nieten auffangen. Eine war ihm ins Hemd gehüpft, er hatte sich das Zeug vom Leib gehalten, bis sie rausgebrannt war.
Längere Zeit war er bei den Straßenarbeitern gewesen.
»Was glaubste denn?«
Schwarzarbeit: In der Mittagspause war ein Hauswart gekommen: »Könnt ihr nicht mal eben schnell die Waschküche asphaltieren?« und hatte jedem 5 Mark in die Hand gedrückt.
(Wenn eine Baustelle nahezu erledigt ist, schnell noch eine Ladung Koks bestellen und den dann unter der Hand verscheuern.)
Ein »Kollege« war mal in den Asphaltkocher getreten und sofort vom Rührwerk zerquetscht und zerstückelt worden. Diskussion: Wurde der Asphalt weiterverarbeitet oder in einen Sarg gefüllt?
»Da wären sie aber mit *einem* Sarg nicht ausgekommen ...«

Helm malte sich aus, wie er auf dem Rittergut verfahren wäre, im Osten, wenn er eins gekriegt hätte: Überall selbst dabei sein und den Leuten eigenhändig zeigen, *wie* man arbeitet. Denen das Arbeiten erstmal so richtig beibringen. Übers Feld reiten, überraschend auftauchen. Und wenn ein Wagen steckengeblieben ist, selbst mit anpacken. Das macht Eindruck.
»So schlecht isser gar nicht, der Pan.«
Wer weiß, vielleicht wär eins von diesen sehr weiblichen russischen Mädchen dabei, herb, natürlich, aber trotz der Natürlichkeit und Herbheit von der Form her nicht knabenhaft, sondern unbestreitbar weiblich. Also durchaus Brust und breites Becken, würde er sagen. Oder breit*eres* Becken, genauer gesagt.
Das Falscheste, was man sich denken kann: die ins Bett *zwingen*. Obwohl es dann sicher auch solche Gesetze gäb:

»Jus primae noctis.« Mit der Reitgerte auf die zeigen und sagen: »Los komm.« – Nein. Er würde um ein solches Wesen werben wie um jede andere Frau. Also behutsam, aber doch mit Nachdruck. Und einen Rivalen nicht etwa irgendwie von der Partei oder SS oder was es dann da gibt aus dem Wege räumen lassen, sondern einfach aufs Nachbargut versetzen. Räumlich trennen.
Eine Frau, die keine Faxen macht, wenn sie Kinder kriegt, müsse es sein. Eine Frau, die am nächsten Tag schon wieder auf dem Acker arbeitet, obwohl sie dann am Abend vermutlich sagen wird: Es war doch ein bißchen viel.
Abends, in diesen weiten russischen Abenden, wo der Schneesturm durch alle Ritzen pfeift und sich die Kühe dampfend zusammendrängen, abends dann am offnen Feuer sitzen, in der Halle, und ihr all das beibringen, was einem selbst so lieb und teuer ist: Schiller, Goethe. (Er würde was drum geben, wenn er mal an einen Bücherschrank rankäme, jetzt, mit den Erfahrungen, die er *jetzt* habe! Mein Gott!)
Vielleicht müsse er einem solchen Menschenkind, das noch als Gutsherrin lieber barfuß läuft, als – durch und durch verweichlicht – jede Woche zum Kaffeeklatsch zu fahren, auch noch das Schreiben und das Lesen beibringen? Mit Geduld und Humor? Und vielleicht pfeife die dann da drauf? Sage vielleicht: »Du immer mit deinem Lesen und Schreiben«? – Sei mehr sinnlich-kreatürlich veranlagt, ein Kind der Natur? – Und alle Freunde, die dann im Winter von den Nachbargütern zu Besuch kommen, eingemummt in schwere Pelze, sagen: »Was hast du für eine herrlich unverbildete Frau, keinerlei Migräne oder solche Sachen ...«
Von daher könne er dem deutschen Volk doch auch Kraft zuführen?
Er habe mal eine Nutte gehabt in Warschau, oder besser gesagt, er habe sie nicht gehabt. Ein hübsches Mädchen, eigentlich auch keine Nutte, wenn er jetzt darüber nachdenke, eigentlich ein ganz anständiges Mädchen.

Sie habe so ins Schaufenster gekuckt, und er da dann ran. Aber sie kein Deutsch und er kein Polnisch. Und dann so kalt! Der Wind um die Ecken gepfiffen.
Ob ich schon mal eine Nummer geschoben hätte? Nein? Nie? Nicht eine einzige? Aber doch wohl schon mal so ein bißchen gefummelt ...?
»Dann bist du ja noch Jungfrau ...«
Ich sollte man keine Angst haben. Eine Nummer zu schieben, darauf sollt' ich mich man schon freuen. Man fühle mit dem Daumen so vor und schiebe das Glied hinterher, und wenn's so weit sei, dann jage einem das ganze Blut zu Herzen, ein unbeschreibliches Wohlgefühl.
Wenn das Kinderzeugen wehtäte, dann wäre die Menschheit wohl schon längstens ausgestorben.

Bibeln kamen jetzt auf die Zelle, die wurden ganz und gar gelesen, mit Haut und Haar, von vorn bis hinten und wieder von vorn, einschließlich des Vermerkes, daß der Nachdruck verboten ist.
Die Bibeln waren mit Landkarten versehen und mit Erklärungen. Was die Juden gegessen haben zum Beispiel (»Israelitisches Volksleben«), das stand da drin (angenehm zu lesen): Brotfladen in Öl getunkt, und Gurken und Melonen, und dazu Wein getrunken, Wein aus Datteln.
»Man hat ja gelebt wie'n Dummer«, sagte Helm Feghelm. Draußen würd' er erstmal sämtliche Nachschlagwerke durchschnüffeln, da gäb' es doch bestimmt viel Interessantes. Eine extra Nachschlage-Bibliothek anschaffen, und wenn man nichts zu tun hat, dann greift man sich da was. Kräuter zum Beispiel, wozu die gut sind, oder die verschiedenen Perlen und Edelsteine, Carneol und Lapis Lazuli, und wie die alle heißen.
Und Kochbücher, warum nicht? »Arme Ritter« oder Weinsuppe mit so Eierschaum oben drauf. (Die habe er mal bei einer Tante gegessen.)
Eines Tages stehe wohl auch BAUTZEN in jedem Lexikon, nicht nur, daß da soundsoviele Kirchen sind, Simultan-

Dom usw., sondern auch »Strafanstalt« oder »Konzentrationslager«. »Gelbes Elend«, der Spitzname und: 500 Zellen, 8 Säle, alles überbelegt, und wieviel da vor Hunger verreckt sind.
Ob die auch ein Bild abdrucken würden? Von den dann geöffneten Massengräbern? Das würd er sich bestimmt über den Schreibtisch hängen, damit er das nie vergißt.
»Wo man herkommt, muß man immer wissen, und wo man hingeht, das auch.«

Da floh Joab in die Hütte des Herrn
und faßte die Hörner des Altars.

Bei der Verhaftung in eine Kirche flüchten: in den 20ger Jahren habe es das noch gegeben.
Aber das nützt ja nichts, da muß man dann verhungern.
Es sei denn, der Pfarrer versorgt einen mit Brot und gekochten Kartoffeln und ab und zu mit einem Schälchen Milch oder Wein.
An der Tür stehen die Verfolger dann und horchen: Isser noch drin? – Versuchen es mit Tricks: »Komm doch mal eben raus!« Aber der Pfarrer stellt sich ihnen entgegen, das Kruzifix in der erhobenen Rechten, und ruft, daß es noch einen Gott gibt und daß diese Stätte heilig ist. Und die Worte hallen nach.

Die Sache mit dem Asphaltkocher, wenn man mal darüber nachdenke, eigentlich toll, d. h. blödsinnig. »Ich meine: furchtbar.« Das sei dem doch an keiner Wiege gesungen, daß der mal so zu Tode kommt.
Oder die vielen Kriegsgefangenen, die hintenüber in die Latrinen gefallen sind, das habe man doch oft gehört.
»Heldentod« – eigentlich merkwürdig. Oft sehr fragwürdig dieser Begriff.
Weiterleben nach dem Tode? Nee. Nach dem Tode sei man wie ein abgeschnittener Fingernagel, den hebe man ja auch nicht auf.
Jüngstes Gericht? »Und der Himmel wird wegrollen wie ein Buch?«

Wer weiß.
Es gebe einen ontologischen Gottesbeweis, sagte Helm. Daß man über Gott spricht, das sei ein Beweis dafür, daß er existiert. Irgendwie so.
(Morgen beim Kübeln mal nachfragen, drüben in der 17, den Diakon, ob der weiß, wie der funktioniert, der ontologische Gottesbeweis.)
Und einen te-le-o-logischen, einen teleologischen Gottesbeweis, den gebe es auch. Aber wie der gehe, das wisse er auch nicht mehr.
Und: Wenn's keinen Gott gebe, dann müßte man einen erfinden. Das habe er mal gehört, daß das einer gesagt hat.
Ich hätte so feingliedrige Hände, und ich hielte sie immer so graziös. Wenn er Untersuchungsrichter wär, dann würde er sich vor allem immer die Hände der Gefangenen ansehen. Mit solchen Händen könne man doch kein Verbrecher sein.
»Wie lange sitzt du eigentlich schon?«
Ob's nicht auch einen paläontologischen Gottesbeweis gäb? Was meinte ich? Klinge doch so, als ob's den gäb?

Nach dem Tribunal wurde ich in den Keller verlegt. Ich mußte den Strohsack und all meinen Kram mitnehmen und hinuntertragen. Das konnte ich aber gar nicht, denn ich war ja viel zu schwach dazu. Da riß mir der Posten den Strohsack aus der Hand und warf ihn die Treppen hinunter! Schscht!! ein Staub! – und ich jagte hinterher, ich konnte gar nicht so schnell.
Als ich in die neue Zelle trat, sagte ich laut: »Auch das noch.« Da saß nämlich eine Russin drin, eine Kaukasierin – sie sprach ganz hinten im Hals –, und die war natürlich gleich eingeschnappt.
Es roch in der Zelle wie in einem Affenstall, kaum vorstellbar, was diese Frau für Ausdünstungen hatte. Ich fragte sie, ob wir das Fenster nicht ein bißchen aufmachen könnten ... »Nein«, sagte sie, »es ist kalt draußen.«
Sie hieß Tamara und saß wie eine Schlangenbändigerin auf dem Klappbett. Und *das* sagte sie mir gleich, auf dem Klappbett bliebe *sie* liegen, *ich* müßte auf der *Erde* schlafen. Na, ich hatte ja meinen Strohsack, das war mir ganz egal. Weil sie so obstinat war und die Posten immer so wütend anschimpfte, kam sie in den Wasserbunker, einen offenen Käfig, in dem das Wasser stand. Ich legte Kleidungsstücke auf die Heizung, um für sie was Warmes zu haben, wenn sie wiederkäm. Als sie dann erschien – halberfroren – hab ich ihr die Sachen angezogen.
Dann fragte sie mich, ob sie nicht einmal unter meiner Steppdecke schlafen könne. Und: sie habe so wenig anzuziehen, ob ich ihr nicht etwas abgeben könne?
Ich riß mein Bettuch halb durch, aus der einen Hälfte nähte sie sich Hosen. Die Nadel hatte sie sich aus dem Draht gemacht, mit dem die Borsten des Handfegers zusammengehalten wurden.

Bald darauf kam noch eine andere Gefangene zu uns: Hannelore Bartlakowski. Sie sprach mit Tamara immer Russisch, ihr Vater war wohl Pole, sie selbst war staatenlos. Später kam sie wie ich nach Hoheneck, kniff aus, wurde gefaßt und mußte mit einem Regenschirm, den sie von einer Bäuerin bekommen hatte, eine Stunde auf dem Hof stehen. Sie hatte sich so dämlich bei der Flucht angestellt wie nur irgend möglich. Sie fraß anderen Gefangenen das Brot weg, ein furchtbares Frauenzimmer war das, ordinär und widerlich.

Tamara kam später auch nach Hoheneck. Dort mußte sie immer die Kontore saubermachen und war natürlich ein Spitzel. Oh, wie wurde sie gehaßt.

Eines Tages wurde Tamara herausgeholt. Als sie wiederkam, sagte sie:

»Hannelore und ich sollen nun in der Waschküche arbeiten ...«

Da habe ich das heulende Elend gekriegt. »Und ich soll hier allein in dieser Zelle sitzen? Den ganzen Tag ...«

Ja, sagte Tamara, am nächsten Morgen würden sie zum Arbeiten geholt. Das würde fein, Tamara kennte den Koch, und der würde ihnen bestimmt immer etwas zu essen geben. Sie würden mir natürlich was mitbringen ... Damit wollten sie mich trösten.

Am nächsten Morgen wurde die Zelle in aller Frühe aufgeschlossen. Hannelore Bartlakowski und Tamara gingen strahlend hinaus.

»Und du, Frau, nix Arbeit?« fragte der Posten.

»Nein«, sagte ich.

Es dauerte etwa 2 Minuten, da wurde wieder geschlossen. »Frau, komm! Nix alleine.«

Und die beiden waren wütend! Daß ich als ältere Frau dabeisitzen sollte, wenn sie da unten ihre Faxen machten, das regte sie sehr auf.

Im Keller mußten wir all die vollgemachten Unterhosen der Gefangenen waschen. *Das* war eine Arbeit! Und das

Wasser war so kalt! Was haben wir da gefroren. Besonders beim Aufhängen der Sachen im Hof. – (Aus den Fenstern guckten Männer heraus und nickten uns zu. Elendsgestalten.)
Das Essen, das wir da unten bekamen, war auch nicht besser und nicht reichlicher als sonst. Wenn wir fertig waren, kam der Koch aus der Küche und brachte uns einen großen Korb voll Kartoffeln zum Schälen. Dann nahmen wir uns welche und brieten sie in der Asche des großen Waschkessels. Das durfte der Koch aber nicht wissen. Tamara machte schließlich Krach. Wenn wir arbeiteten, dann könnten wir auch mehr Essen verlangen! – Da knallte uns der Koch eine große Schüssel uraltes Brot auf dem Tisch, das war schon ganz gebogen.
Auf einer verrosteten Nähmaschine haben wir das Zeug geflickt. Dabei sangen die beiden immer:

»Möwe, du fliegst in die Heimat . . .«

Wenn ich dieses Lied höre, dann rieche ich die Wäsche und sehe diesen furchtbaren Keller vor mir.

Eines Tages wurde plötzlich die Waschküche aufgeschlossen. Ich wurde aufgerufen. Ein Russe führte mich in meine Zelle.
»Alle Sachen packen, aber nix vergessen«, sagte er, ich käm nicht wieder zurück. Dann wurde ich in eine andere Zelle gebracht, ich wußte gar nicht, was los war.
Am nächsten Morgen – es mag 4 Uhr gewesen sein, es war noch stockfinstere Nacht – wurde wieder geschlossen, ich wurde mit all meinen Sachen herausgeholt und in einen Kellergang gebracht. Dort saßen schon 20 Männer, abgemagert und teilnahmslos neben ihrem kleinen Bündel auf dem Boden. Ich mochte mich nicht hinsetzen und kuckte sie nur immer an . . .
Wir wurden einzeln aufgerufen und mußten unser Strafmaß sagen. Da habe ich zum erstenmal gehört: »Lebenslänglich . . .« Die Männer waren so dünn und verhungert, es klang, als ob sie aus einem Rohr sprachen:

»Lebenslänglich ...«

Ich höre sie noch, das war unheimlich, es hallte in diesem dunklen, fürchterlichen Gang.

Dann wurden die Männer gefilzt, sie mußten sich sogar ausziehen. Selbst die eisernen Hufeisen von den Schuhen wurden ihnen heruntergerissen.

Ich brauchte mich nicht auszuziehen, sie haben nur meine Sachen durchsucht. Das schöne Stück Seife, das ich noch dabei hatte – es war von meinem Vater –, nahmen sie mir fort, auch meinen Kamm und allerhand anderes Zeug. Na ja, dachte ich, futsch ist futsch. Ob sie glaubten, ich würde die Seife essen?

Danach wurden wir an eine Rampe geführt, das war so eine Art Balkon ohne Gitter, dort mußten wir uns hinstellen. Ein offener Lastwagen fuhr mit der schmalen Rückseite dagegen, er hatte genau dieselbe Höhe wie die Rampe, auf der wir standen, die hintere Klappe wurde heruntergelassen. (Der Boden war ganz mit Rauhreif oder Eis bedeckt, man war so unsicher, ich fürchtete zu rutschen.)

»Dawei! Dawei!« riefen die Russen, »schnell, schnell«.

Wir mußten uns der Reihe nach mit gespreizten Beinen hinsetzen, zwischen die Beine setzte sich der nächste, der dann auch die Beine spreizen mußte; so saßen wir ganz ineinandergeschachtelt wie so'n Grätenmuster. Das Bündel mußte man noch auf den Schoß nehmen.

Zuletzt stiegen Muschkos mit geladenen Maschinenpistolen und Bluthunden auf. Ein Russe sagte: »Also: wenn einer versucht, vom Wagen zu springen und zu fliehen, dann wird er sofort erschossen.« Außerdem würden die Hunde auf ihn gehetzt, es hätte gar keinen Zweck, wir sollten es gar nicht erst versuchen.

So fuhren wir dann durch die dunkle Nacht zum Güterbahnhof. Einige nächtliche Passanten sahen uns.

Auf dem Bahnhof standen zwei Waggons. Wir wurden eingeladen.

Rechts und links von den Schiebetüren waren dicke Gitter

wie bei einem Affenkäfig. Hinter den Gittern waren drei Etagen Holzbretter. Ich durfte Gott sei Dank nach oben klettern, da war etwas mehr Platz; die anderen konnten kaum die Beine anziehen, so eng war es in den beiden unteren Etagen, man konnte dort nur liegen.

Zwischen den Gittern waren ein eiserner Ofen und eine Telefonanlage, da saßen die Posten.

Ich saß mit zwei oder drei jungen Leuten wohlhabend auf meiner Steppdecke. Die jungen Leute aßen all mein Brot auf, das ich mitgenommen hatte – ich konnte es immer nicht runterbringen –, sie waren ja völlig ausgehungert, und Brot war »angriepsche Wor«.*

Gegenüber auf der anderen Seite saßen gefangene Russen und 6 Polen. Die Polen hatte man von einem englischen Schiff heruntergeholt, mit dem sie zu fliehen versucht hatten. Die Engländer hatten sie ausgeliefert. Sie kamen später nach Rußland.

Und wie ich nun so dachte: hier bist du unter netten Menschen, die dir wohlwollen, da hieß es mit einemmal:

»Wo Frau?«

»O«, sagte ich, »nun werde ich hier herausgeholt ...«

»Frau 'runterkommen!«

Nun wirst du womöglich woanders hingebracht, dachte ich schon, aber ich kam nur auf die andere Seite und saß ganz allein über den ganzen Polen und Russen.

Im vorderen Waggon fuhren die Offiziere. Alle Augenblicke wurde telefoniert, ob wir auch noch alle da wären.

Wenn der Zug mal hielt, dann hauten die Posten mit Eisenstangen überall die Wände ab, es war jedesmal, als ob mir der Kopf zerplatzte!

Und die heizten ein! Das Wasser lief uns in Strömen herunter, es war eine unerträgliche Hitze. Der eine von den Lebenslänglichen, der stöhnte und rang nach Atem, der hatte einen Herzanfall. Wenn *ich* in dem Regal da unten gelegen hätte, ich hätte auch keine Luft mehr gekriegt.

* Plattdt.: Ware, die man gern anfaßt

Die mußten ja liegen wie die gepökelten Heringe.
Zu essen bekamen wir so gut wie nichts. Eine dünne Scheibe Brot und einen Teelöffel Zucker, das war alles. »Das ist doch keine Ernährung ...« murrten die Männer. Ein Kübel mit lauwarmem Wasser, das war unser Trinkwasser. – Die Posten kochten sich auf dem glühend heißen Ofen Nudeln und Rindfleisch. Wir kuckten zu und rochen das.
Wenn der Zug hielt, versuchten wir herauszubekommen, wo wir waren. – Der eine Russe mußte mal verschwinden – dafür war so ein offenes Loch im Boden des Waggons –, und als er sich an der Pritsche hochzog, kam er mit dem Kopf ganz dicht an mich heran. Ich fragte ihn: »Weißt du, wo's hingeht? Geht's nach Rußland?«
»Nein«, sagte er, »nach Sachsenhausen.«
Oh, den Menschen hätt ich küssen können. Aber ich wußte gar nicht, wo Sachsenhausen lag.

Am 8. Februar 1949 gegen Mitternacht, hielt der Zug auf freiem Feld.
Wir kletterten – schwer bewacht – aus dem Waggon und streckten die Glieder. Es war wunderbarer Sternenhimmel, der Mond stand groß und golden über uns und dicht dabei der Abendstern. Ganz leicht schwankten ein paar einsame hohe Kiefern im leisen Nachtwind hin und her. Ich atmete tief: frische Luft; es war das erste Mal seit Monaten. Alles um mich her versank vor der Größe dieses Augenblicks. – Erst als ich von einem der jüngeren Leute in die Seite gepufft wurde, erwachte ich wieder – ich war aufgerufen worden und hatte es nicht gemerkt. – Nun wurden wir auf einen Lastkraftwagen geladen und nach Sachsenhausen gefahren. Als wir dort ankamen, öffnete sich das riesige Eisentor elektrisch: krrr–! Der Wagen rollte hinein, krrr! ging das Tor wieder zu. So, dachte ich, nun bist du lebendig begraben.

III. Teil

Politische Gespräche gab es kaum. Über den Russen wurde natürlich geschimpft, und der Ami war der große Mann. Aber sonst...? B. L.

Einfache Leute haben das nicht begriffen, die hatten noch den Buchenwaldschwur im Ohr: NIE WIEDER, und nun saßen sie selbst in Buchenwald oder in Sachsenhausen. In Buchenwald sind beim Russen 50 000 Leute an Hunger gestorben. Wie sollten einfache Leute das verstehen...?
R. F.

Eine Möglichkeit, die Nazisache klar und tiefschürfend zu diskutieren, gab es nicht. Dazu fehlten einem die Informationen... A. P.

Was die Nazizeit anging, da gab es zwei Richtungen. Die einen fühlten sich durch das, was sie erlebten, in ihrer Gesinnung bestätigt. Goebbels hatte ihnen ja prophezeit, daß sie eingesperrt werden. – Es gab aber auch welche, die mit ihrer früheren Einstellung brachen und gute Demokraten wurden... K. G.

Für mich war der Knast ein Training in den Grundbegriffen der Demokratie. Die hatten wir als junge Dachse ja überhaupt noch nicht in Fleisch und Blut ... H. St.

Politische Klärungsprozesse haben sich nicht in großen Diskussionen vollzogen, sondern im Gespräch zu zweit, zu dritt, unter Menschen, die sich bestätigten oder einander widersprachen ...
O. St.

Man kann ja machen, was man will, und man kann sagen, was man will, aber eins hab ich da drin verstanden: das kleine Glück des einzelnen Menschen: das ist die Hauptsache. Keine Doktrin kann mich vom Gegenteil überzeugen. Und außerdem: das Leben soll doch heute schon Spaß machen, man will doch nicht immer auf morgen vertröstet werden. Ja, wenn das Leben wiederholbar wäre ... E. W.

21

In Bautzen wurde ich leider von Walter getrennt. Dieses höhnische Getue der Kalfaktoren: »Gebt euch noch *einmal* die Hand! Ihr seht euch *nie* wieder!« Die machten sich noch 'n Jux daraus.
Es wäre für diese Leute doch ein Leichtes gewesen, die Tür aufzuschließen und uns zusammenzulegen! Ich habe Himmel und Hölle in Bewegung gesetzt, aber: nichts zu machen: nun grade nicht. Allenfalls leere Versprechungen.
Und Lügen.
Diese Leute – kleine Leute! – sahen natürlich sofort, daß wir einer anderen Schicht zuzurechnen waren, unser Habitus und unser ganzes Auftreten, die hatten nun endlich mal 'ne Gelegenheit, an uns ihr Mütchen zu kühlen.

Ein wahrer Glücksfall ist es zu nennen, daß wir dann im März 1949 auf einen Saal verlegt wurden, auf einen dieser großen ehemaligen Fabriksäle, aus denen sie die Maschinen herausgerissen hatten, um der Menschenmassen Herr zu werden.
An sich waren Verlegungen ja verhaßt. Ekelhaft, wenn an die Zellentür gepocht wurde: »Alle Sachen packen!« Alle Sachen packen!: das ist ein Wort, das man nie vergißt, in seinem ganzen Leben nicht. Unruhe und Ungewißheit waren damit verbunden, ja, in gewisser Beziehung auch Gefahr. »Alle Sachen packen!« das traf einen wie ein Keulenschlag aus heiterm Himmel. Man dachte: das kann doch nicht sein, das ist doch bestimmt ein Irrtum? – Und: »Was kommt jetzt? Was wird mit dir geschehen? Wirst du zu üblen Bambusen gesteckt, die dich mit unangenehmen Angewohnheiten belästigen, oder kannst du es einrichten, daß du mit denen, deren Schwächen du bereits kennst, auf

die du dich also eingestellt hast, zusammenbleibst? Auf Deubel komm raus?«

Wir hatten bei besagter Verlegung Glück. Aus der Zelle raus – an Walter ran: das war eins. Und dann mit Sack und Pack auf einen Saal. (Pferdemüller stand im Hintergrund, der nickte uns zu: meine Interventionen waren also doch nicht vergebens gewesen.)

Der Einzug auf diesem Saal war fundamental. Man glaubte zu träumen: Der riesen Raum, vollgestellt mit regalartigen Pritschen, kümmerlich erhellt von wenigen Glühbirnen (5 Watt, wenn's das gibt). Im Halbdunkel, zunächst gar nicht richtig auszumachen, ein Gewimmel von Gefangenen – crowds! wie der Engländer sagt – Leute mit Gesichtern wie aus Teig, formlos überquellend, unter und übereinander: ein ins Gigantische vergrößertes gorkisches Nachtasyl. Unbeschreiblich und mir heute noch derartig unfaßbar, daß ich manchmal denke, ich hätt' das nie gesehn. – Man hielt inne im Flöhesuchen und fragte uns: »Wo kommt ihr her? Was gibt es Neues?« Heisere Stimmen, andrängend und aufdringlich.

Was soll es schon Neues geben in so einem Haus?

Wir wurden dem Saalkommandanten vorgeführt, einem ziemlich großen Mann mit gutgeschnittenem Gesicht und ausgestattet mit dem Privileg, längere Haare zu tragen. Er fragte uns: »Mit wem habt ihr Spionage gemacht?« – Er wollte wissen, ob mit dem Amerikaner, dem Franzosen oder was weiß ich mit wem. Und da sagte Walter, dieser Schleef: »Mit meinem Bruder.«

Allgemeines Hallo über diese Antwort, obwohl das, wie ich offen sagen muß, eigentlich recht unvorsichtig war, denn der Kerl hätte das ja auch in'n falschen Hals kriegen können: Kehrt Marsch! Gleich auf die Zelle zurück! Diese Leute sind doch unberechenbar.

Der Kommandant tat nichts dergleichen, er lachte etwas verklemmt und überantwortete uns den Blockältesten, und diese Blockältesten verteilten uns dann auf die Pritschen,

eine unangenehme Aufgabe, denn kein Mensch will von seinem ohnedies knapp bemessenen Platz was abgeben. Leider wurde ich auch hier wieder von Walter getrennt, nirgends waren zwei nebeneinander liegende Plätze frei. Aber man konnte sich tagsüber ja sehen und sprechen, und das war schon ein großer Fortschritt.
Ich fand einen adäquaten Platz auf der Fensterseite, und zwar mit Jonnys Hilfe, eines freundlichen Menschen, den ich schon von früher her kannte, eines sonnigen Gemüts (Sohn eines Hoteliers). Es war lustig zu sehen, wie sich andere um mich bemühten. Eine Welle der Hilfsbereitschaft umbrandete mich, der Strohsack wurde mir bezogen – was sich so Strohsack nannte –, und Ratschläge gab man mir: hier mußt du *dies* machen, da kannst du *das* aufhängen. Ich brauchte quasi gar nichts zu tun. (Von der Kopfseite her kuckten Gesichter durch die aufgehängten Handtücher, die genossen das wie ein seltenes Schauspiel: frisches Blut.) Wie wir, so hatten auch andere ihre Freunde, sie wurden im Triumphzug »eingeholt«, und Unliebige wurden weggeschüchtert. Ich würde sagen: Sympathie und Antipathie traten offen zutage.
Walter wurde ja leider neben einen großen Übelmann gelegt. Eine ganz unangenehme Type. Der hatte einen glatten Schädel, ein reiner Brutalnik, ohne jeden Witz. Aber irgendwie hat Walter sich mit dem verständigt. Der andere war schließlich ganz freundlich zu ihm, direkt zutunlich, möcht ich sagen.

Das Leben auf dem »Saal«, das dämmrige Halbdunkel, das Gewühl und ununterbrochene Gebrabbel: Zuerst denkt man: das hältst du keine drei Tage aus, aber dann lebt man sich ein, man schließt Bekanntschaften, spricht mit diesem und mit jenem und beobachtet das Leben und Treiben auf dem Mittelgang, wo wie im Orient die Häftlinge, in reges Gespräch vertieft, flanieren. »Hör mal, wir treffen uns um 4 Uhr auf dem Bummel«, hieß es. Und da flanierte man dann, auf und ab, immer in eine Richtung, und zwar entgegengesetzt dem Uhrzeigersinn, zu zweit und – seltener – zu dritt. »Wir treffen uns um 4 Uhr auf dem Bummel.« Und dann hat der andere gesagt: »Nein, ich kann nicht kommen, ich muß noch meine Socken zuende stricken« oder sowas.

Oft haben wir gesagt: Das ist hier ja wie bei den alten Griechen, auf dem Marktplatz in Athen, aber das zu sagen, das war Galgenhumor allererster Güte, zutagetretend in Umständen, die nach dem Leben zielten, also nach dem Tode. (Man denke nur an diese Luftverhältnisse, den ständigen Mief und die verheerende Ernährung.)

Die Russen bekam man gottlob selten zu Gesicht. Stille Typen gab es, die sich in den Saal hineinschlossen und Schach mitspielten, und weniger stille, die es darauf abgesehen hatten, sich an einzelnen zu vergreifen, was zu unserer Zeit allerdings nur noch selten geschah. Wie gut, daß man das vergißt. Das Gedächtnis ist ja wohltätig. Andere haben sich vermutlich das eine oder andere gemerkt, d. h. Betroffene, also Leute, die welche auf'n Dassel gekriegt haben oder wie oder was auch immer. (In'n Hintern treten, das hat's auch zu unserer Zeit noch fleißig gegeben, aber das hätte mir nichts ausgemacht.)

Uneingeschränkter Herrscher war der Kommandant, einem Kapo vergleichbar: in unserem Fall noch angängig, da von Natur aus freundlich gestimmt, also heiter und mit einem gewissen Sinn für Humor.

»Divide et impera«, das war sein Prinzip, wenn er natürlich auch kein Latein konnte. Günstlinge bekamen kleine Pöstchen und dafür Nachschlag, also Suppe extra. Das waren dann die Zuträger, die in die Menge eintauchten, Leute abhorchten und ihm meldeten, wenn irgendwas nicht stimmte, Unruhe oder Aufsässigkeit (was sich so ›Aufsässigkeit‹ nannte!) oder irgendwelche Nörgeleien. Oder Thronstreitigkeiten, wenn sich irgendwelche Bambusen dranmachten, ihn, den Kommandanten, beim Russen anzuschwärzen, er passe nicht richtig auf, halte nicht Zucht

und Ordnung: Leute also, die sich selbst an seine Stelle setzen wollten.
Sonderbare Posten gab es da, fürwahr: Einen Türhüter zum Beispiel, der aufpassen mußte, wieviel Leute den Saal verließen und wieviel wieder reinkamen, was naturgemäß übereinzustimmen hatte. Mit Kreide schrieb er's an die Wand, und: »Achtung!«, rief er, wenn ein Russe erschien und: »Pritschen runter!«, womit gemeint war, daß wir von den Pritschen klettern sollten, von wegen der Ehrerbietung, die wir, Professoren, Kaufleute, Lehrer und natürlich auch Handwerker und Bauern, diesen stumpfen Waldschraten aus dem Ural offenbar schuldeten. In den hinteren Regionen, hinter aufgehängten Handtüchern und Wäscheteilen, blieben die Leute dann einfach liegen, gingen in Deckung, bis die Gefahr vorüber war. Walter, in seinem Unverstand, der hat mal einen dieser Finsterlinge angerempelt, hat wohl an was anderes gedacht, geträumt oder was weiß ich, rempelte ihn an und lag ihm so quasi an der Ordensbrust: das war ein schlimmes Erwachen! Er konnte noch von Glück sagen, daß er nicht geprügelt oder in den Karzer geworfen wurde. Aufgrund von Fürsprache zog man ihn zu irgendwelchen Reinigungsdiensten heran, ich glaube auf dem Klo.
Ein anderer Nachschlagposten war die Nachtwache. Einer dieser Nachtwächter war Arbeitsdienstführer gewesen, an sich aus guter Familie. Noch im Knast versehen mit einer Darbowenmütze, also »Arsch mit Griff«. Ich hab mich eine Zeitlang etwas häufiger mit ihm beschäftigt. In den zwanziger Jahren war er als Schwarzes Schaf von seinen Eltern nach Afrika geschickt worden. Konnte herrlich erzählen von da unten, von Boys und zirpenden Zikaden. Per Musikdampfer sei er hingefahren und per Frachtdampfer in der Nazi-Zeit wieder »heim«-gekommen, so sagte er jedenfalls. In Wirklichkeit wird's umgekehrt gewesen sein. Als 1933 der Umschwung kam, da wurden solche verlorenen Söhne ja unter dem Motto des Aufbaus wieder nach Deutschland geholt, mit Glanz und Gloria. (VDA

oder wie das damals hieß. »Verein für Deutschtum im Ausland.« Zu deren Gunsten kaufte man ja sogar als Schüler blaue Kerzen oder Abzeichen in Form kleiner Medaillen.) – Nach der Entlassung hat sich dieser Mann dann für die DDR entschieden, was ich irgendwie sehr typisch finde. (Die Tochter war da übrigens Blechnerin.)
Dieser Mann also verfügte über den Posten eines Nachtwächters, und eines Morgens hat er mir unter Lachen erzählt, ich hätte in der Nacht derartig laut gepupt, daß er sich direkt erschrocken hätte. – Auf was die Leute alles achten, nicht? Ich meine, es blieb ja gar nicht aus, daß man nach diesem Brot da Blähungen hatte. Wie kann man sich darüber nun freuen ...
Mir war das peinlich.
Türhüter, Nachtwächter, Reinigungsdienst, das waren so die Posten, um die sich gewisse Leute rangelten. Einseifer beim Friseur: das nicht zu vergessen.
Dann gab es noch die sogenannten »Kübelastrologen«, die mit hängenden Lefzen aus dem Fenster kuckten, wenn das Essen über den Hof getragen wurde, der »Suppenerkennungsdienst« (»SED«!). Eine private, sozusagen freiberufliche Tätigkeit, die mitnichten durch Nachschlag belohnt wurde.
Wenn die Träger vorsichtig liefen, dann sagten diese Leute: Aha, heute ist die Suppe dünn, sie müssen langsam laufen, sonst schwabbt das über.
Wenn sie rannten, dann wurde gesagt: Heute ist die Suppe dick.
An der Freßgier ist mancher kaputtgegangen. Die Leute bröselten Brot auseinander, trockneten es und taten es in Säckchen, schließlich nahmen sie es in homöopathischen Dosen zu sich, pillenweise, den ganzen Tag über. Oder sie zogen Brotrinden auf Fäden, um sie luftzutrocknen. Haben dann dagesessen und ihre Brotrinden bewacht.
Und die Tauschereien? »Gibst *du* mir heute *deine* Kuhle *,

* Kuhle (Rotwelsch): Brotportion.

dann kriegst du übermorgen *meine* Kuhle?« Es gab Experten, die 6 Kuhlen laufen hatten und strategisch geplante Freßorgien vom Stapel ließen, die hungerten also tagelang, um sich einmal in Hülle und Fülle auftischen zu können, ein Unverstand, der seinesgleichen suchte. Wo die dann landeten, das war ja abzusehen. – Ich kann mich an einen Menschen namens Sorge erinnern, der tagelang gehungert hat, um einen »Praßnick« machen zu können (dieses schöne Wort!). Sämtliche Rationen einer ganzen Woche hat er sich aufgespart und alles dann auf einen Rutsch zusammengefressen. Am Abend lag er in der Koje und röchelte, und die Leute promenierten wie in einer Leninsprozession an ihm vorüber und kuckten sich das an. »Einmal richtig sattessen«, das war die Devise.

Interessant und sehenswert war es, wenn die Alten und die Krüppel aus dem Außenlager zum Baden geführt wurden: ein Zug des Elends, wallfahrenden Pilgern vergleichbar, die sich ihre schwärenden Wunden in einer wundertätigen Quelle auswaschen wollten. Manchmal haben wir gesagt: Das müßte man filmen: All die alten Bambusen, wie die da angeschlurft kamen – die letzten wurden halbwegs getragen – ewig unvergeßlich.

Manche übertrieben das. Die kuckten dann so leidend gen Himmel, alttestamentarisch, ließen die Beine nachschleifen oder wie. Da merkte man, daß sie nur simulierten.

Es gab unter den Alten und Siechen aber auch Leute, die in ihrer Haltung hervorragend waren. Auf unserm Saal zum Beispiel, ein 83jähriger Konsul aus Wismar, der weiß Gott bessere Tage gesehen hatte, *das* war so einer mit Haltung. Inmitten der allgemeinen Verbrüderung siezte er jeden. Konsequent. Der trug ja auch eine selbstgemachte Krawatte.

So einer hat mir mehr imponiert als diejenigen, die sich völlig gehen ließen und überhaupt keinerlei Benimm mehr zeigten. Ich hab manches Mal gesagt: beschämend, wie sich hier Persönlichkeiten mit zweifellos vorhandenem Niveau aufführen und gebärden. Sehr beschämend.

Typisch für die Alten war das aggressive Früh-Aufstehen. Obzwar man den ganzen Tag nichts zu tun hatte, konnten diese Leute nicht darauf warten, morgens ans Waschen zu kommen. Ein sehr typisches Zeichen hochgradiger Knastmacke. Die versammelten sich mindestens eine Stunde vor dem allgemeinen Wecken und stellten sich an und warteten, daß der Waschraum aufgeschlossen würde. Und wenn das offizielle Wecken war und wir uns nochmal wohlig umdrehten, dann lauerten die da schon mit ihren Handtüchern und standen sich die Beine in den Leib. Wozu? Warum? Die Leute hatten doch nichts zu versäumen!
Prothesenträger gab's viele, auch auf unserm Saal. Oder Leute mit Wasserrohrbruch im Sack: Hodenbruch: für jeden Schneider ein Problem, denn, wie soll man das im Hosenbein verstecken! Denen waren ja praktisch die ganzen Eingeweide heruntergerutscht.
Ein gut dotierter Job war der des »Scheißhausministers«. Ein »unreiner« Job, wie früher der des Henkers oder des Abdeckers, ausgeführt von Menschen, die wie ausgestoßen waren: bei uns ein alter jähzorniger Feldwebel. Seine Wutausbrüche waren für uns ein steter Quell der Freude. Trompeter war er gewesen bei der Kavallerie: und von frechen Leuten wurde er gefragt: wo er denn seinen Affen hätte? – »Welchen Affen?« – »Na, den Affen, den du früher auf deiner Drehorgel zu sitzen gehabt hast!« Ob er den jetzt in Pension gegeben hätte?
Dieser Mann war so erregbar, daß er dann sofort entsetzlich schimpfte, das hallte durch den ganzen Saal, der hörte gar nicht wieder auf.
Aber wenn man ihn ernsthaft nach Trompetensignalen fragte, dann ahmte er sie genauestens nach: »Das muß sitzen!« Mit äußerster Präzision.
Da konnte man direkt was lernen.
Er hatte auch Erinnerungen an Kaisermanöver, wenn alle Reiter auf einen Schlag den Säbel ziehen, daß das dann in der Sonne blitzt, das hat er oft erzählt.

Walter hat ihn mal gefragt, ob es in seiner Pferdekapelle auch ein Cello gegeben habe. – Sein Unmut kannte keine Grenzen.
Typen hatten wir en masse.
Den »Sohn des Sohnes«, angeblich ein Enkel des Reichspräsidenten, ein von Mitessern gesprickeltes Gesicht. Oder der Schmied von Jüterbog, das »NSV-Schwein«, wie er von rohen Leuten genannt wurde, ein freundlicher Mensch, ein netter Mensch, aber auch ein sehr ausgehungerter Mensch, der Kartoffelschalen zu sich nahm, in seiner Not.
Typen über Typen. Alfred Glose, auch so eine Existenz, 16mal vorbestraft und im KZ kastriert. Er habe sich draußen in einem »Roiß-Roiß« fortbewegt, das behauptete er, »Kleine Möwe, fliegst nach Helgoland«, das war sein Lieblingslied.
Und Paule, ein Zeitungsfahrer aus Berlin mit einer an sich ganz lustigen Schiebermütze.
Fundamental: die »Spalttablette«, ein völlig verbumfeiter Zwerg. In der Mitte seines Kopfes, unter rötlichem Flaum verborgen – deswegen hieß er ja die »Spalttablette« – eine Kerbe, wie ein Pendant zum Hintern.
»Komm mal her, Spalttablette!«, so redete man den an. (Sowas sperrten sie nun ein.)
Typen über Typen. Bassermannsche Gestalten! Ein Sammelsurium von Existenzen, das einem nie wieder unterkommt.
Und alles in Zivil! Die verrücktesten Vermummungen. Einerseits in Lumpen und anderseits, wie ein Fabrikbesitzer aus Chemnitz, aufs beste ausgestattet, für sonntags sogar mit einem besonderen Anzug, einem ganz ausgezeichneten Anzug, blau, Zweireiher, erstklassiger Stoff. – Dieser Fabrikbesitzer war einarmig, und in seinem Stumpf befanden sich Vertiefungen, in die er eine sogenannte Sauerbruchprothese einhaken konnte, um vermittels seiner Muskeln dann doch noch irgendwelche Bewegungen zu machen. Die Prothese hatte er natürlich nicht mehr bei sich, die hatten ihm die Russen abgenommen. (Warum?

Das weiß der liebe Himmel.) – In Hamburg hab ich ihn mal wiedergetroffen, auf einem U-Bahnhof. Ein tüchtiger Mensch, ein prächtiger Mensch, ein ganz außerordentlicher Mensch.
In meiner Nähe lagen zwei Juden. Der eine berichtete mir, daß er im KZ verschiedene Schotterstrecken habe belaufen müssen, um auszuprobieren, wie die Schuhsohlen sich bewährten. – Aus dem KZ hat er sonst nicht viel erzählt, und ich glaube auch aus gutem Grund.
Diese beiden Juden hatten es zu einer ausgefeilten Technik des Zeitvertreibs gebracht. Wenn der Reinigungsdienst morgens sein Wasser ausschüttete und zu wischen begann, dann trat jedesmal einer an, der ihnen ihre Zeit verkürzte. Wir wurden manchmal dazu gebeten. Mit untergeschlagenen Beinen saß man dann in der Koje, wie in einem orientalischen Basar, und lauschte. Es fehlten nur die Wasserpfeifen, das Zuckerwerk und die kandierten Früchte.
Am Kopfende der Koje, hinter angelüfteten Handtüchern, saßen die Einschleicher, die an diesen gemütlichen Plauderstunden zu partizipieren versuchten. Die wurden in rüder Form verscheucht. »Hau ab, du Sack!« Die Handtücher fielen dann, aber man sah förmlich das Ohr, wie es zwischen den Handtüchern wieder vorgeschoben wurde.
Ja, die beiden Juden, die waren schlau. Die ließen sich Vortrag halten. Einem Kreisjägermeister hab ich da mal zugehört, aus Köthen: »Ich bin ein Köter, kennst du meine Farben ...?« der natürlich Jagdgeschichten erzählte. Wie die Rute beim Hasen heißt und die Lauscher und was weiß ich nicht alles. Die verschiedenen Pirschgänge und daß er mal eine Möwe totgeschossen habe. Vielleicht komme sein ganzes Malheur ja davon, daß er diese Möwe totgeschossen hat, Möwen schießen, das bringt Unglück.
Ihn im Bad zu beobachten, beim »Elfenreigen«, wie wir sagten, das war sehenswert. Wie ein junger Elefant! Sein Leib wurde nur noch durch den Bauchnabel zusammengehalten. Um diesen Bauchnabel waren die Hautlappen wie Volants drapiert.

Die Juden hatten großes Geschick. Aber sie hatten auch Ärger, und zwar wegen ihrer Rasse, man sollt es nicht für möglich halten. Rosenthal, ein Fuhrunternehmer aus Potsdam, der schmierte ihnen die Löffel mit Seife ein.
Daß sich der Rassenhaß sogar in dieser Gemeinschaft breitmachte, das ist eigentlich sehr merkwürdig. Man war immer in dem Glauben, daß man es nur mit Leuten zu tun hätte, die gleiche Interessen verbanden, politisch oder was weiß ich. Aber die Menschen sind ja dermaßen verschieden und widerlich, daß sie auch in so einer Umgebung einander leicht zum Deibel werden.
Zum Beispiel diese Denunziererei! Für eine Kippe den andern beim Russen zu adnigrieren. Was hat man nun davon, jemand abzuschießen oder ihm was anzuhängen? Was hat man davon? Nichts, gar nichts. – Beschäftigungsdrang und Geltungsbedürfnis, ich glaube, das sind die Motive, die für diese Dinge in Frage kommen. Und: Nachschlag. Dieses System, Chargen und Zuträger mit Nachschlag zu versehen, dieses typisch russische System. Der Neid wird angestachelt: du paßt auf den auf, und du paßt auf den auf. Hundert Augen sehen dich an. Wenn das sozialistische Bewußtsein auf diese Weise praktiziert werden soll, dann ist das nach meinem Dafürhalten nicht sehr schön, denn dadurch werden doch lediglich die schlechtesten Eigenschaften im Menschen wachgerufen. Oder etwa nicht?
Ja, da gab's vieles.
An sich war das 'ne nette Reihe, in der wir lagen, brave, biedere Leute, überwiegend Handwerker, aber auch Bauern. Und, nicht zu vergessen, mein Nachbar: Jonny Fahlenbach mit seinen flinken Augen. Vater Hotelier. Dem saß der Schalk im Nacken. Unterhemden reppelte er auf, Trikotunterhemden, und mischte das mit Wolle und strickte daraus Pullover, vorn mit so Löwen drauf, wie auf Innungsschildern: Löwen, die Brezeln hielten oder Kronen. Reine Beschäftigungstheorie, würde ich sagen. Einen einzigen Tag hat so ein Pullover gehalten oder meinetwegen

eine Woche, dann wurde er aufgemacht, weil man wieder etwas Neues anfangen mußte.
Jonny Fahlenbach war unbezahlbar. Höchste Meriten hat er sich erworben nicht zuletzt um Walter. Doch davon später noch.

22

Ein Brief

Kopenhagen
4. März 1949

Lieber Onkel Richard!
Ich sitze hier in unserm schönen Wohnzimmer und stricke zwei gleiche Pullöverchen für meine lütten Süßen. Sie wachsen aus allem heraus, man kommt gar nicht nach!
Vielen Dank für Euern lieben Brief. Irgendwie hab ich das Gefühl, daß Mutti noch lebt. Ich kann mir nicht helfen: wenn sie wirklich tot wäre, dann hätten die Russen doch zumindest die Wohnung aufgelöst und anderweitig vermietet. Herr Cornelli ist auch der Meinung, daß sie noch lebt. Er schrieb vor einiger Zeit, ein russischer Offizier habe zwei Koffer voll Kleidung geholt. Wenn Mutti gestorben wäre, denn hätte man das doch nicht gemacht!
Wie dem auch sei, wir wollen warten und hoffen.
Cornelli schreibt außerdem, daß die Frau, von der die Todesnachricht stammt, einen sehr schlechten Eindruck gemacht hat, sie sei durch und durch unglaubwürdig.
Unsere Vermutung bezüglich Cornelli, daß er sich womöglich an uns »hängt«, ist insofern bestätigt worden, als er uns um Wurst und Speck angegangen hat. Das wolle er Mutter ins Gefängnis bringen! schreibt er. Die Russen würden ihm schön was husten.
Ich habe gar nicht darauf reagiert. Solche Leute wird man ja nie wieder los. Ich erinnere noch an den fürchterlichen Wein, den er uns zur Hochzeit verkauft hat. Das war doch richtiger Betrug.
Das Frühjahr kommt mit Macht. Sven hat voriges Jahr ein Tulpenbeet angelegt mit Vergißmeinnicht darunter. Ihr solltet das auch machen, wundervoll und raffiniert, dies weiche Himmelblau unter dem starken Rot.
Im Sommer wollen wir ein Häuschen mieten. Die Kleinen sollen endlich mal die Nordsee zu sehen kriegen. Ich werde

mich dann richtig braten lassen, und Sven kann wieder mal segeln, seine alte Leidenschaft. – Wie hatten wir es immer schön in Warnemünde!
Leider wird ja alles teurer und teurer, man muß überall knappsen. Aber vielleicht bekommt Sven bald eine bessere Stellung, wir haben sowas läuten hören. Er soll in die Expeditionsabteilung für ganz Skandinavien versetzt werden. (Aber bitte noch nicht darüber sprechen.) Sein Fleiß und seine Einsatzbereitschaft haben sich eben ausgezahlt.
Herzliche Grüße an Euch alle, besonders auch an Hartmut und Dank für die netten Bilder. Er hat sich ja toll entwickelt, ein richtig schicker Herr ist er geworden.
Mit dem Kommen nach hier würde ich allerdings noch etwas warten, es sind da eine Menge Formalitäten zu erledigen, und die Stimmung hier ist nicht sehr gut gegen alles Deutsche.
(*Ich* spreche *nur* Dänisch!)
Dank für alles, was Ihr für uns getan habt, wir werden's »Euch lohnen im späteren Leben«, wie Vati immer sagte.
Eure Ulla + Sven.

Könntet Ihr uns bitte mal angeben, in welcher Höhe sich das Kapital bewegt, das Onkel Karl für Mutti verwaltet? Mit einer Bebauung der Grundstücke sollte er wohl noch etwas warten.

23

Walter

Im März 1949 kamen wir auf einen Saal.
Mein Bruder stieß mich an: »Mensch! Walter!: Lemuren! Lauter Lemuren.« Ob ich all die Typen sähe? Und ob ich den da drüben, den mit dem komischen Kopf, ob ich den da auch sähe?
Wie auf einem Auswandererschiff käm ihm das vor, wo auch so alles übereinander hockt. »Studien treiben, Walter, Studien treiben! Das kommt ja nie wieder.«
Der Kommandant, stattlich, jovial, mit langen Locken und Pausbacken, teilte uns den Blockältesten zu, die sich wütend gegen eine zusätzliche Belegung wehrten.
Leider könnten wir nicht nebeneinander liegen, wir Brüder, sagte der Kommandant, das täte ihm wahrhaftig leid. Aber: »Das tut der Liebe keinen Abbruch, was? Ihr seht euch ja andauernd. Das hängt euch noch zum Halse raus.«
Mein Blockältester, ein ehemaliger Major der Luftwaffe, dessen Kleidung aussah, als sei sie speziell für den Aufenthalt in einem Straflager angefertigt, rechnete dem Kommandanten vor, daß er irgendwann aus irgendwelchen Gründen mal einen zuviel aufgenommen habe, gutmütigerweise, in seinem Block. Er schob mich von sich weg. Das müsse ihm jetzt angerechnet werden.
Hinter ihm, die Leute seines Blocks, die sagten: »Ja! Das muß uns angerechnet werden.«
Der Kommandant drückte mich aber wieder an ihn ran und sagte: davon wisse er nichts. Und sein Stellvertreter, der hinter ihm stand, und die Saalarbeiter, die auch hinter ihm standen, die sagten auch alle: »Davon wissen wir nichts.«
Da sagte der Major: »Nun gut. Ich geb ihm einen *schönen* Platz. Einen *sehr* schönen. – Komm mal mit.«

Er führte mich an eine düstere Koje, in der ein großer Mann lag mit einem dicken glatten Kopf. Die Hände überm Bauch gefaltet. Das war Krumreich: der saß wegen Raubmord.
Von einem, der auszog, das Gruseln zu lernen: ich setzte mich auf die Kante der Pritsche und zog mein Bündel an mich ran. Krumreich rührte sich nicht vom Fleck.
Nach einer Stunde kam Robert und sagte: »Na, immer noch nicht fest geworden?« Er für seine Person, er könne wohl sagen, daß er sich schon ganz schön installiert habe: B-Block Fensterseite unten. Alles nette Leute.
Ob ich es nicht auch zynisch fände, was der Kommandant da gesagt hat? Daß wir uns andauernd sehen könnten und daß uns das noch zum Halse heraushängen wird?
Ansonsten sei es hier ganz außerordentlich fundamental, wir müßten uns alles ganz genau merken.
»Schade, daß man das nicht aufschreiben kann. Das glaubt einem draußen ja kein Mensch.«
Als er dann gegangen war, drehte Krumreich zunächst langsam, dann immer schneller die Daumen. Er öffnete seinen Mund und sagte: »*Das* ist dein Bruder?«
»Ja«, antwortete ich.
»Ihr seid also Brüder?«
»Ja.«
Er steckte sich ein Hölzchen in den Mund und kaute darauf herum.
»'n guten Mantel haste.«
Dann kam er nach vorn gekrochen, knotete meine Decke auf, entfaltete die Taschentücher und hielt sich auch das Rebhuhn an. Hätte nicht viel gefehlt, und er hätte sich das anprobiert.
»Von der Seife kriege ich die Hälfte.«
Dann räumte er mir eine Handbreit seines Strohsacks ein und schücherte den andern Nachbarn, einen alten Mann, zur Seite: »Los, olle Flasche, mach Platz.«
Der alte Mann trug eine selbstgemachte Holzbrille. Die andere war ihm beim Verhör zerbrochen.

Warum ich soviel Sachen hätte, wollte der wissen, die riesige Decke und doppelt Wäsche. Strümpfe, Taschentücher und, meine Güte! ein Kopfkissen, ein richtiges Kopfkissen.
Er habe schon nachgerechnet, mein Verlegungsdatum habe die Quersumme 35. Davon die Quersumme wär 8. Das bedeute »Achtung«. Ich sollte mich vorsehen, diesen Rat, den gäb er mir.
»Aufpassen, hörste?«
»Daß se nu och *Brüder* einbuchten«, sagte Krumreich, schüttelte den Kopf und legte sich wieder zurück.

Ich konnte in der ersten Nacht nicht schlafen. Die vielen Menschen, schnarchend und stöhnend, wie ein großer Leib, der sich hob und senkte, in *einem* großen Atem.
Krumreich hauchte mir muffigen Fradem ins Gesicht und steckte seine rissigen Füße unter meine Decke.

Warum hast du mir denn so weh getan?
und was – fang ich ohne dich an?

»Pingel« und »Topp«, diese Namen hatten auf dem Kriegerdenkmal direkt untereinander gestanden.
(»Das sind dann so schwarze Punkte.«)

In den ersten Tagen wurden wir fortwährend besichtigt und aufgeschrieben. Besonders interessierte, ob man zu Zwangsarbeit oder zu Arbeitslager verurteilt war. Oder zu Zuchthaus, was doch völlig egal war, da man ja doch keine Arbeit kriegte.
Auch der Zivilberuf wurde immer wieder erfragt. Ich konnte mich nicht entscheiden. War ich Lehrling? Oder Verkäufer?
Sohn aus gutem Hause.
Krumreich saß den ganzen Tag regungslos auf seinem Strohsack, die Hände vorm Bauch, ein Hölzchen kauend, ab und zu die Seite hebend wegen einer Blähung, unbewegten Gesichts. – Manchmal sagte er plötzlich laut: »Nee, das stimmt nicht!« Oder: »Haste dir gedacht.« Damit

meinte er die Leute von gegenüber, die sich da stritten oder was aushandelten.
Ob ich Schule besucht hätte? fragte er mich. Ja? »Willste was zum Lesen haben? Wenn du Schule besucht hast, dann muß dir das doch interessieren? Ja? – Komm, lies mir mal die Krümel aus'm Arsch.«
Ach, wie lachten da die Nachbarn, das war ja furchtbar komisch, was Krummi da wieder losgelassen hatte. Und die Passanten, eben noch in Gespräche über Monet und Manet vertieft oder über »Füsch« und »Dorte«, die blieben stehen und fragten, was denn los ist, und lachten dann auch Tränen. Bis Krumreich: »Schluß!« sagte. Dem war das schließlich doch zu viel.
Hin und wieder besuchten ihn Zuhältertypen, sogenannte »Rennstallbesitzer« und kleine Diebe. Einer hieß Glose. »Alfred Glose treibt's mit jeder Fose.« Auf der linken Seite war er zahnlos, und zwischen Daumen und Zeigefinger trug er eine Tätowierung:

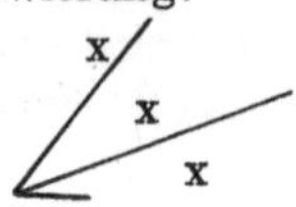

Das war das Zeichen der Berufsverbrecher.
Der konnte aus dem Stegreif spannende Geschichten erzählen. Man konnte ihm sagen: da muß 'ne Verkäuferin drin vorkommen, ein Zeppelin und weiß nicht was. Glose war einer der beliebtesten Erzähler.
»Haste heute schon gewichst?« sagte er immer zu mir. Und unbedingt wollte er meine Rostocker Adresse haben, Straße, Hausnummer, Stockwerk. Es könnte ja sein, daß er eher entlassen wird, und dann würde er meiner Mutter bescheidsagen, wie's mir geht.
»Die hast du ihm doch nicht etwa gegeben?« fragte mein Bruder. »Diese Art Leute wird man doch nie wieder los, Walter! Daran mußt du immer denken. Dieser verschlagene Blick, kuck ihn dir doch mal an! Dem trau ich nicht übern Weg.«
In russischer Kriegsgefangenschaft, da habe es auch solche

Typen gegeben, und er könne wohl sagen, daß er sich von denen ferngehalten habe.
Absolut unverständlich sei es ihm, daß ich solchen zwielichtigen Typen unsere Rostocker Adresse gäbe. »Mutter wird schön kucken!«
Manchmal kam ein Mensch zu Krumreich, der zum Fürchten aussah. Das war ein Prügelkapo aus Buchenwald, Kröger hieß der: »Spezialist im Zerschlagen von Hoden«.
Ich sollt ihm meinen Mantel verkaufen, verlangte der. »Los, verkauf mir den!« und er faßte ihn an und ließ ihn gar nicht wieder los. Für den Mantel wollt er mir ab nächste Woche dann und wann 'ne Wucht Brot geben. »Kannst dich drauf verlassen! Ganz bestimmt!«
Krumreich hörte sich das eine Weile mit an, dann schlug er ihm die Hand runter und sagte: »Los, hau ab, laß den Kleinen in Ruhe.«

Subjella und die andern Rostocker lagen auch auf unserm Saal. »Eigentlich schön«, sagt mein Bruder. »Da hat man doch mal einen vernünftigen Menschen, mit dem man sprechen kann.« Sie gingen dem Saalarzt zur Hand, stützten Gebrechliche auf dem Weg zum Klo, öffneten die Oberlichter planmäßig mal hier, mal dort und scheuten dabei nicht die Beschimpfung derer, denen es »zog«. Immer fleißig, immer korrekt.
Später würden sie erzählen: »Wir waren uns nicht zu schade dazu.« Später, wenn alles vorbei wär und sie draußen in ihrer Praxis die Patienten zwischen die Beine nähmen. »Wir haben im Dreck gesteckt, aber wir haben was daraus gemacht.«
Einmal besuchte ich sie. »Wart mal eben, ich komm mit!« sagte mein Bruder. Rostock – »Machs Buch zu, ich kann's so!« – die alte Penne und der Pfingstmarkt – »Manna, Manna! Gut für die Bauch!« – und die schönen alten Giebelhäuser am Markt mit der Marienkirche dahinter. Das war doch was Verbindendes. Lesecafé und Wilhelmsburg: immer allemann.

Die Rostocker hockten oben auf der Pritsche und kuckten zu uns runter, wer das denn ist, der sie da stört. Subjella mit der lila Brille, als ob er uns noch nie gesehen hat, Dick Ewers und die Haubenlerche.

Es schifft ein Mann bei Mondenschein
dreieckig um das Erbsenbein ...

Eben noch mal'n paar Knochen abhören. Hatte Goethe da nicht auch was entdeckt? Dieser Olympier? Wo der auch überall seine Finger drin hatte! (Später ein Bild von dem ins Wartezimmer hängen, und von Äskulap.)

Zu meinem Bruder sagten sie: »Na, Zempi? Alter Latz, wie geht's dem Vater?« Alles wegpacken: nie hat man seine Ruhe.

Bin ich auch nicht Clark Gable
und du nicht Myrna Loy ...

Schlagbaß wollte Robert ihnen vormachen, wenn man so die hohen Töne zupft, oder wie man Klarinette bläst, so wie früher, wenn Subjella dann die ganze Chose »filmte«: immer allemann!

Aber Subjella hatte seine eigenen Gedanken, der mit seinem spitzen Kinn. Soviel falsch gemacht im Leben, so viel falsch gemacht. Endlich mal was Positives tun: »Du weißt ja auch, wie's ist«, der putzte seine Brille. Die Teheraner Sittenkonferenz? *Er* habe das erzählt? Wann, wie, wo? Jack Tripper mit seinen Syphilisten? Karl Strammsack? Wo denn da der Witz sei. Da könne er keinen Witz drin entdecken. – Und dann fiel ihm plötzlich ein: er hatte doch tatsächlich vergessen, noch das und das zu erledigen, Donnerwetter nochmal! Runter von der Pritsche und abstapfen. Achseln zucken. (Man entwickelt sich eben weiter, was gewesen ist, das ist gewesen.) Immer übern Balken rüber.

Auch die Haubenlerche hatte etwas zu tun, der mit seinem teigigen Gesicht (der wußte, daß wir was von ihm wußten): »Ich kann's ja auch nicht ändern.« (Uns hier alle »einzuladen«.) Schnell die Schüsseln ausspülen, der Waschraum ist gerade leer. »Ihr entschuldigt mich wohl, ich mach hier so'ne Art Moses.«

Dick Ewers ließ die Beine baumeln und sprach zu uns hinunter: »Bleibt ruhig noch'n Augenblick hier.« Es sei fein, daß wir dem Lerche nichts nachtrügen, der sei an sich kein schlechter Kerl, das habe er herausgefunden – anfänglich hätte er ihm am liebsten welche vors Schott gehauen, aber man könne einem Menschen nicht so einfach welche vors Schott hauen, da sei in einem irgendeine Sperre. – Und wenn das Christliche auch nur einen Funken Sinn haben sollte, dann müßte man ihm das doch vergeben, die Sache mit uns, daß er uns alle angegeben hat. »Sowas kann doch mal passieren.«
Ich sollt mal selbst sagen: daß der mich da zufällig getroffen hat, auf dem Blücherplatz, ob mir das nicht auch sonderbar vorkäm. Ihm käm das vor wie höhere Gewalt.
»Und: wer weiß, wozu's gut ist!«
Jetzt sähe man noch nicht den Sinn, aber später, dann würde sich das auftun wie ein Tor, und vielleicht würde ich dann sagen: der Lerche ist – na, er wolle nicht pathetisch werden – aber: ein Werkzeug Gottes, nicht? Könne man doch sagen. nicht? – Könne man das nicht sagen?
Sie jedenfalls, zu dritt, sie faßten das als Aufgabe auf, miteinander zu leben und sich brüderlich zu stützen.
»Ihr glaubt ja gar nicht, was davon für Kraft ausgeht, jeden Tag.«
Rostock, das wär ja eine Ewigkeit her. Rostock und die alten Zeiten. Wahrhaftig ja: Das Lesecafé mit Großdeutschlands zweitbestem Stehgeiger und Lander, diesem Schieber, wie der da Biergläser voll Schnaps ausgetrunken hatte.
Gisela, das arme Mädchen, wo die jetzt wohl so steckt . . .
Dann gab er uns plötzlich die Hand. »Tschüß, nicht?«
Am besten, wir machten mal 'ne Zeit aus, damit wir uns in aller Ruhe was erzählen könnten. Nächste Woche vielleicht oder im April. – Hielt uns zurück: »Und sagt bloß keinem, daß wir erst im 2. Semester sind.«

> Vieleckig groß, vieleckig klein,
> der Kopf muß bei dem Haken sein.

»Was wir hier schon so alles gelernt haben, das ist ja mehr wie's Physikum.«
Und: Wenn sie eines Tages auf der Ambulanz säßen, als Sanitäter – das wär nämlich ihr Ziel: andern Menschen helfen – vielleicht holten sie uns dann nach? Als Hilfskraft, wer könne das wissen?
»Und denkt noch mal über den Lerche nach und was das alles für'n Sinn hat.« Er sei sicher, da wachse uns 'ne Menge Kraft von zu.
Jemandem welche vors Schott hauen, das wär auch keine Lösung. Ein normaler Mensch habe da 'ne Sperre.

Warum ich denn immer erst im letzten Augenblick käm, fragte mich Krumreich, als ich wieder meine Koje anlief. Gleich wär Essenausgabe: »Du hast wohl keinen Hunger?« Ihm komme das so vor, als ob ich keinen Hunger hätte.
Und warum ich seinen Strohsack nicht aufgeschüttelt hätte? *Nochmal* sage er mir das nicht.
Hier die Schüssel, ich sollt ihm mal die Suppe mitbringen.
»Aber nicht an deine Pinkelhose kommen damit.«
Der Auskeller fragte mich: »Ist *das* die Schüssel von Krummi? – Ich glaub, die Kelle war nicht voll«, und gab ihm einen Schwupps dazu.

Abends beobachtete ich von meiner Koje aus die große Mittelgangspolonaise: »Hungermarsch« genannt.

> Füllest wieder Busch und Tal
> Still im Nebelglanz...

Arm in Arm drehten die Knastrologen ihre Runden, die Alten, die Jungen, Leute mit einem Bein, Subjella immer übern Balken rüber.

> Lösest endlich doch einmal
> meine Seele ganz.

(»Kinderlähmigung, verstehn?«)
Das strich so an einem vorbei, gleichmäßig plätschernd, wie im Foyer eines Theaters – von jedem schnappte man was auf.

Der Alte mit der Holzbrille saß neben mir und kommentierte: »Der da, der hat seine Frau totgeschlagen, und das da is'n ›Brandenburger‹.«
Wenn er aufstieß, roch es nach gekochten Hühnern.
Ausgemacht war es für ihn, daß finstere Mächte die Welt regierten: »Kennste det Schilla-Geethe-Denkma in Weima? ... Haste ma uff'n Sockel jekiekt? Nee? ... Und de Sechsa-Maake mit'n Hitla-Kopp druff? Haste die ma anjekiekt? Nee? Hättste soll'n machen! ... Und in'n Krieg, de Fimfte? Beethoven und Churchill? Bum-Bum-Bum Bum? Nee? ... Allet keen Zufall ...«
Die Großen steckten alle unter einer Decke. Weltkriege wären nur Scheingefechte, wo's um ganz was anderes geht. Schon bei Friedrich dem Großen: die Zarin, daß die da grade abkratzt: »Komisch, nicht?«
»Ick hab'n Film jesehn, wo'n Flieger abschmiert, in Tibet. Wat jlobste, wat da unten los is? Dat hat noch keener mitjekriegt. Allet Tempel voll Jold, und ne Weltrejierung.«
Da unten wären wir alle registriert, in Tibet. Neulich wär einer rausgeholt worden, aus Saal 5, und nie hätt ihn einer wiedergesehen.
»Valleicht hat Hitla sich da ooch hin vakrochen.«
Ariosophen oder wie diese Östers hießen: Professor Hoffmann, der Leibfotograf Hitlers, der habe sich nach dem Krieg zum buddhistischen Mönch weihen lassen, mit Kerzen auf'm Kopf, die dann niederbrennen. Die Partei sei ja durchsetzt gewesen von Leuten, die auf Befehl der asiatischen Weltmacht gehandelt hätten. Hitler habe auf *deren* Befehl das deutsche Volk vernichtet, das sei jetzt klar erwiesen. – Er glaubte, wir säßen hier als Faustpfand. Irgendwann schöben sie unsere Karteikarten von der linken auf die rechte Seite, und dann würden wir entlassen und andere würden dafür eingesperrt.
»Valleicht auch'n Kopp kürza«, aber für'n »Kopp kürza« könne sich ja niemand etwas kaufen.
Gelegentlich war auch Helm zu sehen, auf dem Mittelgang, Helm Feghelm, Runde um Runde. Klare Augen und

extrem stramme Haltung: Warum hatte es der Führer auch nicht verstanden, die Ostvölker für sich zu gewinnen! Die Ukrainer, mit Blumen hätten sie an den Straßen gestanden und Jubeltore aus Birkenzweigen mit verkehrtrumenen Hakenkreuzen errichtet – wenn man diese Leute richtig angefaßt hätte: »Da! frei seid ihr! rächt euch an den Russen!« Ihnen ihren eigenen Staat gegeben – die hätten sich doch in Stücke reißen lassen für uns.
Nein, mit Hitler sei er mittlerweile fertig. Aus und vorbei: Nur wer sich wandelt bleibt mir verwandt.
In den ersten Tagen nickten wir uns jedesmal zu. Krumreich fragte mich schließlich von hinten, ob der nicht Offizier gewesen wär? Einer von diese Arschlöcher? Woher ich den kennte? Ich sollt ihm mal von dem erzählen.

»Nun, wie wär's, mein Walter«, sagte Robert in die Koje hinein, »drehst du eine Runde mit?«
Dieser Aufmarsch hier, der sei ja phänomenal. Das wär ja bald wie auf dem Bummel in Rostock, Blutstraße runter bis zum Hopfenmarkt. Diese Typen! Ehrlich gesagt, die genieße er irgendwie.
»Menschen ohne Maske, Walter.«
Er stieß mich an: ob ich den alten Daddy da gesehen hätte, im Postrock. Oder den da drüben? Fabrikbesitzer aus Chemnitz? Ob ich den gesehen hätte? »Sauerbruchprothese, Walter, ob du's glaubst oder nicht.« (Er habe das beim Waschen festgestellt.) »Gleich kommt er wieder vorbei.«
Er nahm meinen Arm und drückte ihn: »Siehst du? Den da? Ja?«
Der Krumreich sei wohl ein rechter Bambuse? Ob der mich bedränge? Schikaniere? In irgendeiner Form belästige? – Ich sollte mir das nicht zu Herzen nehmen.
»Die unangenehmen Dinge des Lebens gehen vorüber. Du mußt den Mann ganz einfach ignorieren.«
Die Freies-Deutschland-Leute in der russischen Kriegsgefangenschaft, die wären auch nicht gerade zimperlich gewesen. Mit Eichenknüppeln wären die durchs Lager

gelaufen, und seine Brieftasche hätten sie ihm weggenommen und die schöne Pfeife, von Vater noch, die kleine krumme.
Er habe sich immer an die von der französischen Waffen-SS gehalten. Da wär einer mit 'ner Hasenscharte dabeigewesen, also: den hätt er mir gegönnt.
»Wenn wir nun Vater hier plötzlich begegneten? Was? Auf einmal steht er da? Kaum zu erkennen?« Theoretisch könnte das doch sein, schwerverwundet in Gefangenschaft geraten und dann verurteilt wegen Kriegsgefangenengeschichten? Manchmal denke er darüber nach und male sich das aus. »Erstmal so tun, als ob man sich nicht kennt: ›Was? Du heißt auch Kempowski?‹ Und dann mal so halblaut sagen: ›Klare Sache und damit hopp‹ oder ›gut dem Dinge‹.« Den Schock würd der doch sonst nicht aushalten, daß seine eigenen Söhne hier sitzen und die Frau womöglich sonstwo. (Wie man ihm das dann erklärt, warum man hier sitzt. Beibiegen, den Grund. Ob er versteht, daß man die Frachtbriefe rübergeschafft hat, weil man dies Ausplündern durch die Russen nicht mehr habe ertragen können? Oder ob er denkt, man habe sich bereichern wollen?: ›Spionage‹, wenn man das schon hört? Aber, *er*, müsse das dann ja *auch* erklären, warum er sitzt. Also am besten: das Thema überhaupt nicht anschneiden. ›Wie ein stummes Übereinkommen‹, ganz außergewöhnlich sensibel.)

Immer in die Runde gehn, und jedesmal der Zeiger der elektrischen Uhr: der ruckte weiter. Die Dicken, die Dünnen, Leute vom »Norwegen-Bataillon«. Und die Rostocker. Was ich von den Rostockern hielte, das wollte Robert wissen. Ehrlich gesagt, seiner Meinung nach, das sei 'ne ziemliche Zumutung gewesen: uns nicht mal auf die Pritsche zu bitten! wie auf einem Altan hätten sie dagesessen … Wenn die später mal kämen, draußen, dann würd man die auch an der Haustür abfertigen. – Man wolle ja gar nicht wie ein Pascha empfangen werden, mit Kotau oder übertriebener Höflichkeit, aber einen Platz anbieten, das sei

doch nun wirklich der primitivste Akt der Höflichkeit. Als ob wir denen was getan hätten! Er frage sich allen Ernstes, ob das nicht eher umgekehrt der Fall sei. Lerche, dieser Mensch – uns hier alle in die Pfanne zu hauen!
»Hätt er nicht wenigstens *einen* Tag den Mund halten können? Einen einzigen Tag? Dann wären wir doch über alle Berge gewesen.« Und wenn der dann eines Tages rausgekommen wär, dann hätte der sogar noch einen Orden gekriegt, weil er uns gedeckt hat. Und 'ne Rente.
(Ihm wär so, als ob der Vater mal wegen Steuerhinterziehung gesessen hätte, aber beschwören könnte er das nicht.)
Ganz kleine Leute, von denen man sich am besten fernhalte. Halbgebildet, respektive demimonde.
Daß wir den nicht belangten, das könnte einem doch wenigstens in Form von Höflichkeit honoriert werden.
Er sähe diesen Subjella noch vor sich, diese zwielichtige Existenz. In volltrunkenem Zustand sehe er ihn, und er höre ihn noch Unverständliches bramabarsieren.

Und der erste Preis
ist a Pupperl ganz in Weiß.

»Sollst mal sehen, Walter, die schaffen das, die kucken uns noch in'n Hals, im weißen Kittel, das Stetoskop in der Brusttasche.« Die hangelten sich gewiß noch an die Krippe.
»Und uns wollen sie als Pißpottschwenker engagieren!« Sei er denn blöd? Dann liege er doch lieber auf der Pritsche und lasse sich's wohlsein.

Einen Buchhändler habe er jetzt kennengelernt (»Hodenbruch, aber sonst ganz nett«), mit dem konferiere er in meiner Angelegenheit.
»Den stell ich dir mal vor.«
Ein Antiquariat zu gründen, das sei überhaupt keine Affäre, da könnt ich ganz ruhig sein. Studienratswitwen verkauften manches Mal ganze Bibliotheken: »Nehmen Sie man alles mit.« Die Schattenbilder von Eulenberg und »Friedemann Bach«. Und darunter dann die wertvollsten

Sachen. Münchner Bilderbogen zum Beispiel, wunderlich und interessant. Das sei keine Affäre, wirklich und wahrhaftig nicht.

Aber das projektierte Doppelunternehmen: hie Antiquariat – hie Tabakhandlung, das sei wohl doch nur noch als eine Ausgeburt unserer Zellenmacke anzusehen, das erkenne er jetzt klar und deutlich. Vorübergehend habe er ja sogar erwogen, noch Liköre und Weine mit hineinzunehmen, Spirituosen also – aber dann gehe es uns womöglich so wie Delikatessenhändler Krüger, der Einnahmen mit Verdienst verwechselt habe, und wir tränken alles selbst. Nein. Und außerdem: ein einzelnes Geschäft lasse sich eher realisieren als eine solche Zwillingsunternehmung.

»Wo findet man denn schon mal zwei vakante Läden nebeneinander? Ich bitte dich! Das müßte doch ein Zufall sein, wie er sich grotesker nicht denken läßt.« Und eben will man die mieten – bumms! – da kommt einem ein Friseur (oder was) zuvor.

Er habe hier einen Mann aufgetan, der vor dem Krieg in Afrika gelebt habe. Er könne nur sagen: A-fri-ka.

»Afrika, Walter, Afrika! Daß man daran nicht schon eher gedacht hat ...«

Afrika, das eröffne einem doch gänzlich neue Perspektiven. Dafür stecke er sich seinen Tabakladen doch getrost an den Hut! Er meine, *wenn* man schon neu anfange, dann doch gleich *richtig*.

Wenn er da unten säße, in Afrika – und er habe schon ganz bestimmte Vorstellungen von den Lebensumständen, bis ins allerletzte Detail! – dann könne er mir für mein Antiquariat in der einen oder anderen Weise doch auch nützlich sein.

»Oder?«

Kuriositäten gäb's dort unten doch in Hülle und Fülle! Ostasiatika zum Beispiel. Ich sollt bloß mal an den versteinerten Arsch der Südseeinsulanerin denken, bei Alphons Köpke.

»Oder Kauri-Muscheln, Walter, Kauri-Muscheln.«
Sowas könnt ich dann zwischen die Bücher stellen, als Lockspeise. Die Leute merkten dann gar nicht, warum sie so gerne ausgerechnet zu mir kämen: weil da nämlich alle möglichen Kuriositäten herumständen, über die sie dann zu Hause mit ihrer Frau sprechen könnten. Plauschen.
»Oder soll ich dich nachholen, Walter? Nach Kapstadt? Oder in den Kongo? Oder sonstwohin?« – Noch könnten wir uns das aussuchen! – »Soll ich dich nachholen?«
Ich sollte erstmal noch nicht ›nein‹ sagen, ich sollte mir das erstmal in Ruhe überlegen.

Mit einem Pfarrer Marquart ging ich auch mal auf und ab.
Er hatte eine gelähmte Hand, die er fortwährend rieb.
»Gestattest du, daß ich links geh, Kamerad? – ich kann auf dem rechten Ohre besser hören.«
Mein Bruder kam eine Sekunde zu spät. Als ob er nicht richtig kuckt: was ich da für eine Type am Arm hab, ob ich mir das auch richtig überlegt habe und warum ich nicht mit *ihm* gehe, seinem leiblichen Bruder, *die eine Minute*, die hätte ich doch nun auch noch warten können. (»Geht da mit einer fremden Existenz . . .«)
Man habe hier eine kleine christliche Gruppe aufgebaut, wie in der Diaspora, sagte der Pfarrer, mühevoll, aus kleinsten Anfängen heraus! sitze beisammen, wann immer es angängig sei, und spreche über diese oder jene Frage. Ich, als Sohn gebildeter und wohlhabender Eltern und sicher doch auch Oberschüler, ob ich mir nicht einen Ruck geben wollte und *auch* dazu stoßen? Mit der gebührenden Vorsicht, selbstredend und nicht »auf dem offenen Markte«, denn Leute wie Krumreich lägen ständig auf der Lauer, uns zu erwischen. Schon, daß er hier mit mir spreche, bringe ihn in allergrößte Gefahr.
Er war der Meinung, daß die Bibel in volkstümliches Deutsch übersetzt werden müsse, draußen, wenn er rauskomme, dann wolle er, Marquart, sich dieser Aufgabe wid-

men, und er hoffe, daß er *bald* rauskomme, denn er sei nicht mehr der Jüngste. – Daß Luther die Bibel übersetzt habe, das sei ja nun schon über 400 Jahre her, höchste Zeit, einmal alles neu zu überdenken. Vielleicht fände sich irgendwo ein alter Turm, in den er sich zurückziehen könnte und dann – herrlich daran zu denken – mit Feder und Tinte, Satz für Satz: »Mich drängt's den Urtext aufzuschlagen ...«
Und wenn dann vielleicht ein Russe käm: »Was machst du hier?« Er würde nicht anstehen und mit dem Tintenfasse werfen.
Plötzlich blieb er stehen und faßte mich an die Schulter: »Ihr habt doch eine Schifferei gehabt? Wollt ihr euch nicht mit Geld beteiligen? tausend? vielleicht auch zweitausend, oder dreitausend Mark?«
Es gebe doch Aufgaben, denen man sich nicht entziehen könne als Bürger, als besitzender Mensch. Die Kaufleute machten oft den Fehler und dächten nicht weitblickend genug. Die Seemänner auf unsern hochgehenden Schiffen, notorischer Langeweile ausgesetzt während ihrer Meeresfahrten: die nun ausgerüstet mit einem verständlich geschriebenen, Kraft gebenden, menschlichen und zum Teil doch sogar komischen Buch – eben der Marquart-Bibel?
Sich da nicht zu beteiligen, das hieße doch, sein Grab selbst schaufeln, den Ast absägen, auf dem man sitzt. Denn auf was für dummes Zeug könnten Seemänner bei ihren langen Fahrten sonst wohl kommen!
Unser Name, Kempowski, der würde dann, neben vielen andern, zum Teil sehr klangvollen, auf der zweiten Seite dieser Bibel stehen und Forscher würden dann in 100 Jahren feststellen, wer das gewesen ist: Kempowski, und würden unsere Spur bis in das Zuchthaus Bautzen zurückverfolgen. – Sonst doch namenlos und längst vergessen.
(Da er mich noch immer an den Schultern hielt, verursachten wir einen Stau, und andere Knastrologen, die ihre Runden drehen wollten, riefen: »Weitergehen!«)
(Robert kuckte, was denn nun schon wieder los ist.)

Auf dem Saale lebe noch ein zweiter Pfarrer, sagte Marquart, von mir ablassend, der stehe leider abseits, der widme sich mathematischen Problemen, anstatt sich, wo doch jeder Kopf gebraucht wird, einzugliedern. ›Keine zehn Pferde bringen mich je wieder auf die Kanzel‹, habe der gesagt. Das sei verbürgt.

Als ich mich von Marquart losgemacht hatte, verließ Robert seinen Ausguck und kam längsseits.
Was denn das für einer gewesen sei, wollte er wissen, so komische Glubschaugen und 'ne kaputte Hand? – Ob ich mich häufiger mit dem zu treffen gedächte?
Er habe sich die Sache mit Afrika noch einmal durch den Kopf gehen lassen. Großvater de Bonsac, der sei doch auch in Afrika gewesen (übrigens noch *vor* Gründung der Kolonien!), wenn er, der älteste Enkel, wenn er nun auch runtergehe, dann sehe er in diesem seinem Entschluß eine tiefgreifende Logik.
»Der Ring schließt sich, Walter, der Ring schließt sich.«
Großvater de Bonsac hätten die Neger an Land getragen, damals, 1885, und ihn, Robert, das Schicksal. Nicht?
»Wenn's nicht so überspönig wär, könnt man doch an sowas denken.«
Komisch, daß man erst in den Knast kommen müsse, um so eine Idee zu haben, und die sei dann entscheidend für das ganze Leben. (Es sei richtig hell um ihn geworden, in dem Augenblick: halt mal stopp! habe er gedacht, und da sei ihm das wie Schuppen von den Augen gefallen.)
»Paß mal auf, Walter, wir werden noch mal sagen: Wie gut, daß wir in den Knast gekommen sind.«
Aber wenn einem sowas mal rausrutscht, dann wollten wir uns gegenseitig darauf aufmerksam machen, daß das hier auch 'ne ganz schöne Scheiße gewesen ist. Scheiße mit Reiße. Gräuslich und abscheußlich.
(Heiße der Berg da unten nicht »Tafelberg«? Er habe sich schon mal eine provisorische Karte gemacht: Afrika, wie so ein liegender Totenkopf. Die Gebiete, die ganz und gar

nicht für ihn in Frage kämen, habe er quasi ausgelassen: den Sudan zum Beispiel, wo die Leute mit so Burnussen herumliefen, da sei er von Karl May her noch gewarnt.)

Die geheimen Bibelstunden fanden abends statt, in einer dunklen Ecke des Saales.

Und ob ich schon wanderte im finstern Tal,
fürchte ich kein Unglück ...

Ein paar Verwegene scharten sich um ein zur Tarnung aufgestelltes Schachspiel.

Daß die Sünde wider den Heiligen Geist bei den Katholiken eine Todsünde sei und nicht vergeben werden könnte, wurde da erörtert (aber wer tut das schon: den Heiligen Geist lästern ...), ob Goliath zur Steinzeit gelebt haben könnte (wo er dann wohl das Schwert herhatte) und ob »Himmel« im Plural oder im Singular zu gebrauchen ist.

»In meines Vaters Haus sind viele Wohnungen«, das wurde dahingehend interpretiert, daß im Himmel eben sehr viel Platz sei.

»Das neue Jerusalem ist für mich eine Realität.«

Einmal gab es Schwierigkeiten. Krumreich näherte sich lauernd von der einen, der halb zahnlose Glose von der andern Seite. Pfarrer Marquart, von seinen Freunden durch Rippenstöße darauf aufmerksam gemacht, des Schachspiels absolut unkundig, schob die Figuren nur eben auf gut Glück so hin und her.

Beim Zubettgehen sagte Krumreich: »Na? Das war wohl eine spannende Partie?« Er kam dichter ran und kriegte mich im Genick zu fassen: Ich sollt mich da raushalten, er wollte nicht, daß ich »bei diese Scheißer« lande.

»Hier!« sagte er und hielt mir seine noch warme Hose hin. Ich wußte nicht, was das nun wieder sollte.

Da schlug er mir an den Kopf: ob ich denn wirklich so dämlich wär: »Du sollst meine Hose da vorn an den Haken hängen! – Und morgen wäschst du meine Strümpfe, klar?«

»Nachting«, sagte mein Bruder. Auf dem Weg zum Gute-Nacht-Pinkeln schaute er immer nochmal kurz herein.

24

Wir wurden in ein Zimmer geführt, wo alle möglichen Leute saßen: Deutsche, Russen; auch ein Arzt war dabei. Wir sollten nicht ängstlich sein, meinten sie, es würde uns hier gut gehn. Im Lager gäb's eine Schneiderei, eine Schuhmacherei und eine Wäscherei, unser Zeug würde in Ordnung gebracht, und wer krank wär, käme ins Revier.
Einzeln traten wir vor und zählten unsere Leiden auf:
»Magenleiden«, sagte ich.
»O, nix viel essen!« meinte ein Russe.
Dann durften wir uns draußen wieder hinsetzen. Die jungen Leute flüsterten mir zu, ich sollt mich in acht nehmen, im Lager wären viele Spitzel, ich sollt möglichst wenig erzählen, ich schadete mir nur damit.
Nach einiger Zeit mußten wir im Hof vor der Kommandantur antreten. Das war ein großes Gebäude mit einem kleinen Turm (da war eine Uhr drin). Einzeln wurden wir aufgerufen und ins Lager gebracht. Ein großes Tor öffnete sich, wir gingen hindurch und standen auf dem riesigen Appell-Platz. Ganz in der Ferne sah man die Baracken, d. h., man konnte nur die großen Nummern erkennen: 1, 2, 3, 4 bis 25. Dahinter dann das Lungen-Tbc-Revier, das Lazarett und die Küche.
Die Männer wurden nach links gebracht, und mich führte eine Gefangene nach rechts.
»Wo gehen wir denn hin?« fragte ich.
»Wir gehen in das Frauenlager.«
»Und was ist das da?« fragte ich. (Ganz weit entfernt sah ich als Silhouette eine dunkle Schlange kommen.)
»Das sind Frauen, die kommen aus dem Theater.«
»Aus dem Theater? Kostet das viel?«
Da wollte sie sich totlachen: »Nein, das kostet nichts, womit sollten wir denn bezahlen, wir haben ja kein Geld.«

Ich bin später auch zweimal im Theater gewesen, meist ließ ich aber die Jungen für mich gehen, das wollten die immer liebend gern, weil sie bei dieser Gelegenheit mal Männer sahen, mit denen sie anbändeln konnten. Um in die Theaterbaracke zu kommen, mußte man nämlich durch das Männerlager hindurch, und die Männer standen dann alle hinter den Fenstern ...

Im Frauenlager war wieder eine große Tür, durch das Guckloch begutachtete uns der Posten: auch eine Gefangene. Sie öffnete, und ich ging mit meinem Koffer hinein. Gleich links war das Kontor der russischen Kommandeuse, »die schwarze Schura«, wie sie genannt wurde. Die Dolmetscherin, eine Deutsch-Russsin aus Petersburg – Frau Zimmermann hieß sie – empfing mich.

»Wann sind Sie zum letztenmal gebadet worden?«

»Grade vor zwei Tagen.«

»Och«, sagte sie, »Sie sind allein, dann lassen wir das doch.«

Ich kam in die Quarantäne-Abteilung. Eine große düstere Baracke mit kleinen 15kerzigen Birnen ... Die Gefangenen schliefen natürlich alle schon. Aber die Nachtwache, die für die Öfen sorgen mußte – wir hatten ja keine Streichhölzer, und der Ofen mußte dauernd in Brand gehalten werden –, kam mir entgegen.

»Ein Neuzugang«, sagte meine Begleiterin und verschwand.

»Kommen Sie mal mit«, sagte die Nachtwache, »da hinten sind noch Betten frei.«

Unten in dem zweistöckigen Bett lagen nur noch drei Bretter.

»Die Frauen haben schon fast alle Bretter herausgenommen, so können Sie ja gar nicht liegen – ich will Ihnen das erstmal in Ordnung bringen.«

Sie nahm aus andern Betten, die auch noch leerstanden, Bretter heraus und legte sie schön zurecht. Ich tat alles, was ich an Wäsche besaß, hinein, die Steppdecke oben drauf. Man wurde nicht kalt und nicht warm, aber es ging.

(Im Männerlager waren die Betten sogar dreistöckig, es waren ja über 30 000 Menschen in Sachsenhausen, wo sollten die denn alle hin! Später lag ich einmal in einem solchen Bett ganz oben, da wagte ich nicht, mich umzudrehen, ich dachte immer, der ganze Kram kippt um.)

Hier war man nun erstmal verhältnismäßig gut aufgehoben. Es war eine nette Gemeinschaft. Gleich am ersten Tag holte mich eine Frau Reichert – sie stammte aus der Gegend von Oppeln – heran, ich sollte mich mal zu ihnen setzen. Ich war ja noch so fremd.

Morgens gab es eine dünne Graupensuppe, mit etwas gebräunten Zwiebeln drin, die schmeckte ganz gut. Und dann gab's Kaffee, und dann mußte man sich anstellen zum Zuckerempfang, Brot und Zucker. – Gegenüber von unserer Abteilung war das sogenannte Gefängnis, ein Gefängnis im Gefängnis. Dort saßen die Rußlandverurteilten, die hatten ein »Rußland-Urteil« und wurden besonders schwer bewacht. Da saßen übrigens auch Verrückte, eine Frau, die hatte da ein Kind bekommen, und das Kind war gestorben, und die schrie nun immer nach ihrem Kind. Das hörte man jede Nacht.

Am zweiten oder dritten Tag hieß es plötzlich: »Frau Kempowski, Sie sollen mal ans Fenster kommen, da ist jemand aus Rostock.« Das war Gisela Schomaker, dies nette Mädchen, die arbeitete in der Zahnstation.

»Frau Kempowski«, sagte sie, »ich bin mit Ihren Jungen zusammen auf Transport gewesen . . .«

Da habe ich am Fensterkreuz gestanden und geheult.

»Nee«, sagte sie, »Sie müssen nun nicht heulen, Sie brauchen sich keine Sorgen zu machen, Ihren Jungen geht es gut. Die haben 25 Jahre und sind in Bautzen. Die sind ganz vergnügt, was glauben Sie, was wir auf dem Transport für Spaß gehabt haben. – Und nun haben Sie bald mal Zahnschmerzen und kommen zu uns in die Zahnstation, dann erzähl ich Ihnen mehr, ich darf hier nicht so lange stehen bleiben.«

Das hab ich dann gemacht, und durch Gisela erfuhr ich dann so alles mögliche von den Jungen, daß sie meine Sachen gekriegt hätten, zum Beispiel, die Decken und so weiter und daß sie zusammen wären.
Gisela war ganz reizend zu mir, »Gila«, wie die Jungen sie immer genannt hatten, Walter mochte sie wohl mal ganz gerne. (Der Vater hatte eine Wäscherei.)
Sie hat mir dann auch erzählt, mit dem Lander diese Sachen, daß sie dem ganz verfallen war, und wie gern würde sie jetzt mal mit ihrem Vater reden und ihm sagen, wie leid ihr das tut.
Ein andermal hieß es: »Frau Kempowski, gehn Sie mal auf den Wirtschaftshof, da ist eine Dame, die will Sie sprechen.«
Zwischen jeweils zwei Baracken lag immer ein kleiner Wirtschaftshof und rechts daneben der Waschraum. Man wusch sich dort an einem großen Springbrunnen, der wie eine Pferdetränke aussah. Auf dem Hof waren auch die Lokusse, sechs Lokusse mit Wasserzug sogar, tadellos, genau, wie man sie hier draußen auch hat. (Wenn nachts jemand rausmußte, dann waren wir immer wütend, das machte so'n Lärm, die Frauen liefen dauernd, weil sie soviel Kaffee tranken, die liefen die ganze Nacht, und dauernd hörte man das Wasser rauschen.)
Na, ich ging dorthin, und da stand Frau Fuchs, mein gutes Füchschen, mit der ich nachher in Hoheneck dreiviertel Jahr auf einer Zelle lag. Sie war aus Rostock und saß wegen Beihilfe zur Fahnenflucht, und das war so gekommen: Sie hatten in Barnstorf ein Haus, und in der ersten Etage wohnte ein furchtbares Kommunisten-Ehepaar, die hatte man ihnen reingesetzt. Eine Zeitlang hatte sie auch einen Russen bei sich wohnen, einen Juden. Dieser Russe hatte Heimaturlaub bekommen und nun die Verhältnisse in Rußland mit ganz anderen Augen gesehen. Als er wiederkam, sagte er: »Ich habe gehört, daß wir bald abgelöst werden und nach Rußland zurückkommen. Ich gehe nicht wieder nach Rußland, das steht fest.«

Er ließ alles stehen und liegen und flüchtete nach Palästina. Frau Fuchs packte seine Sachen zusammen und stellte sie in den Keller. Das hatten die Kommunisten beobachtet und angezeigt. Frau Fuchs, ihr Mann und die 16jährige Tochter wurden verhaftet: Sie hätten melden sollen, daß der Russe geflüchtet ist.
»Ich wußte doch gar nicht, daß er wirklich geflüchtet war ...«
Ja, sie habe sich bereichern wollen, wie sie dazu käm, die Sachen zu behalten.
Jetzt lag sie im Krankenrevier. Sie war operiert worden. Als Kranke bekam sie Weißbrot, davon steckte sie mir manchmal etwas zu.
Es war ja ulkig, wen man so im Lager traf. Unter all den vielen Menschen waren immer wieder welche, die einem früher schon mal über den Weg gelaufen waren. So traf ich die frühere Verlobte meines Bruders wieder: »Nein! Grethel! Das kann doch nicht sein!« Das war aber kein sehr angenehmer Mensch, sehr stolz, um nicht zu sagen eingebildet. Ich bin ihr aus dem Weg gegangen.
Leider war da auch ein fürchterliches Frauenzimmer, die dauernd meine Jungen schlechtmachte. Wie ein Tiger bin ich auf sie losgegangen. Ich sag: »Wenn etwas zwischen mir und den Jungens ist, dann werden wir uns darüber draußen unterhalten. Ich will nichts hören davon und nichts sehen.«
Widerlich.
Nach drei Wochen Quarantäne kam ich in eine neu zurechtgemachte Baracke. Sie war auf der einen Seite für 80 und auf der anderen Seite für 100 Frauen eingerichtet.
Zuerst war es eine gemütliche Zeit, wir waren mit sehr netten, gebildeten Menschen zusammen. Je voller es aber wurde, desto unpersönlicher wurde es natürlich. Wenn ich mal was erzählte aus meinem Elternhaus, dann mokierten sie sich und sagten: das kann ja gar nicht sein, die schneidet ja auf.
Es kamen auch furchtbare Elemente. Man erlebte allerlei.

Unter anderm waren zwei ziemlich verkommene Mädchen dabei. Die hatten auskundschaftet, wann der Wachtposten oben im Starenkasten schlief. Sie kletterten nachts über die große Mauer, das heißt, sie versuchten es. Schon sitzt die eine ganz oben und will die andere hinaufziehen, da kriegt sie einen Husten und weckt dadurch den Posten. Das war eine Aufregung! Die beiden liefen über den ganzen Appell-Platz, und bei uns kamen plötzlich lauter Russen an: Hier wären zwei Mädchen ausgebrochen! Wir hatten alle nichts davon gemerkt, wir hatten ja geschlafen: aber das Fenster in unserer Baracke stand tatsächlich auf, und die Betten von den beiden waren leer.
Nachdem sie ihre Karzerstrafen abgesessen hatten, kamen sie wieder zu uns. Die eine war so ein Arbeitstier, und weil sie ausgebrochen war, durfte sie nicht wieder arbeiten, und das war die größte Strafe für sie. Sie heulte den ganzen Tag und fiel uns furchtbar auf die Nerven.
Eines Tages ging die Stubenalte auf unsere Veranlassung zur Schura und bat sie darum, daß dieses Mädchen Arbeit bekäme. Sie würde dann bestimmt nicht wieder ausbrechen. Nein, hieß es, Arbeit bekäm sie nicht.
Das Mädchen hat dann Löffelstiele geschluckt und ist daran zugrundegegangen.
Sonst war die Gemeinschaft aber sehr nett, einer paßte auf den andern auf. Ich hatte mal so eine ganz hängerige Zeit, wo ich mir am liebsten einen Strick genommen hätte, und da haben sie sich rührend meiner angenommen.

25

Walter

Im April kam Jonnys Nebenmann mit offener Tbc ins Lazarett. Jonny versammelte seine Crew, marschierte zum Kommandanten und erwirkte die Verlegungserlaubnis für mich.
Robert rieb sich die Hände: »Deibel noch eins! Endlich!« Draußen hätte man ein solches Ereignis wohl kaum so ohne jegliches Trara passieren lassen.
Mein Blockältester war beleidigt. Wir hatten ihn übergangen. (»Solche Leute wollen gefragt sein.«) »Das wollen wir doch ma sehen«, sagte der zunächst und nahm die Plusbrille ab. »Das geht ja nun nicht! Erst die Pferde scheu machen und dann sich einfach absetzen ...« Die Platzinnehabung müsse sich doch konsolidieren, ›rin in die Kartoffeln, raus aus die Kartoffeln‹, das wär nicht seine Art.
»Ja«, sagte der Kommandant, »das nächste Mal werden wir es anders machen.«
Als Krumreich sah, daß ich da meine Sachen packte, fragte er: »Wo willst *du* denn hin?«
»Zu meinem Bruder«, sagte ich.
»Denn muß ick ja wieder neben die olle Flasche liegen!«
Ich sollt' mal 'n Augenblick warten und noch nicht packen. Er spräche gleich mal mit dem Kommandanten. Vielleicht lasse sich daran was drehen. Man könne ja auch die »olle Flasche« verlegen und meinen Bruder holen.
»Ich find deinen Bruder ganz fidel.«
Glose sagte: »Das wirst du noch bereuen. Mehr kann Krummi doch nun wirklich nicht tun für dich – der meint das doch bloß gut.« Er an meiner Stelle würde das nicht riskieren, hier so einfach wegzuziehen, »in solche Eile«, ich müßt mal'n bißchen nachdenken mit meinem Kopf.
Der alte Mann mit der Holzbrille hatte inzwischen meine Zukunftsaussichten berechnet.

»Der 4. 4. 1949 ... Quersumme 31 und *davon* die Quersumme, dett is Vier.« Das heiße »dafür«, er wär dafür, daß ich hier wegzög. Außerdem: die Vier, das wär zweimal die zwei, da ginge kein Unglück rein, das ginge immer zwischendurch, ob's nun von links oder rechts käm. – Bei der Fünf wär das anders, da stoße das Unglück in der Mitte an.
Und als ich mit meinen Sachen abzog – Kröger erschien grade mit zwei jungen Burschen: »Du willst hier weg?« – da sagte er: »Wasch dir nicht so oft de Beene, sonst kommt der Schweiß an die Hände raus.« –

»Ah! Das Bruderherz!« sagte Robert mit Familientränen in den Augen. »Endlich isses soweit.« Er streckte mir die Hände hin: »Nun ruh dich erstmal richtig aus und bedank dich bei Jonny, der hat das auskalfatert.«
Er überlege, ob wir Jonny nicht zum Dank was schenkten, ein Taschentuch vielleicht oder ein Paar Strümpfe: »Aber lieber nicht, sonst fühlt der sich womöglich noch verpflichtet.« Wenn man so eng aufeinanderliege, dann sei Abstand oberstes Gebot.
Zu allen Knastrologen, die da herumstanden und meinen Einzug beobachteten, sagte er, wie schön das wär, daß ich da nun endlich landete. Ich wär nämlich sein Bruder.
Jonny, dem, wie Robert sagte, der Schalk im Nacken saß, begrüßte mich wie einen alten Bekannten, obwohl wir uns im Zellenhaus nur eben mal gesehen hatten.

Would you come into my cabin,
would you come into my cage?

Er schüttelte mir lange, sehr lange die Hand und sah mir dabei unverwandt in die Augen.
»Iss jeloofen, watt, Klempinski?« Nun hätt' ich endlich meine Ruhe, nun würd mir keiner mehr auf den Wecker fallen.
(In seinem Zimmer hatten früher Hockey-»Kellen« an der Wand gehangen und ein Saxophon, kurz »Phon« genannt.)
»Und mach mir keene Schande nich.«

Eine höhlenartige Koje: überm Kopf ein Bettlakenhimmel, damit es nicht durchrieselt, wenn der Übermann seinen Strohsack aufschüttelt, und an den Balken kleine Leinenbeutel »unterschiedlicher Provenienz«, wie mein Bruder sagte, für Salz, Zucker, Brotkrümel und Seife.
Mein Plaid wurde zur Sofawurst gerollt, mein Kissen mit Knick versehen und in der Mitte aufgestellt, und Robert erklärte allen Zuschauern, ich wär sein Bruder und nun wären wir endlich nach einer so langen Odyssee wieder beisammen.
Als wir noch beim Einrichten waren, kam Orje um die Ecke geschoben: ich sollt mal eben zu Krumreich kommen, das dauerte nicht lange. – Aber Jonnys Leute drängten ihn ab. (Wir hörten ihn schimpfen: »Immer langsam mit die jungen Pferde.« – Das würden wir noch schwer bereuen.)
Jonnys Leute, das waren in erster Linie: ein ehemaliger Bankbeamter und ein Taxichauffeur aus »Petersburg«, (wie der noch immer sagte).

Na darogje idiot pop
matj jewo job.*

Der Taxichauffeur sprach ein wohlklingendes Russich. Man glaubte gar nicht, daß das Russisch ist, so schön klang das; man dachte eher an Französisch. Er stamme aus guter Familie, so wurde gesagt; in Stendal hatte er ein Übersetzungsbüro gehabt. – Wenn ein russischer Wachtposten erschien, den man gegen Jonny aufgehetzt hatte, dann übernahm er die Verteidigung, und das war unbezahlbar.
Ferner gehörten zu Jonnys Leuten noch zwei kalbrige Jungs aus Magdeburg und ein »Interzonenpenner«, ein enorm kräftiger Mensch. Der wurde eingesetzt, wenn ich aufs Klo wollte. Er mußte vorher kucken, ob Krumreich in der Nähe ist.

* Frei übersetzt:

Der Pope wandelt auf dem Pfade
und denkt an seiner Mutter Wade.

»Die Bahn ist frei!«
Daß die Luft rein sei, hätte man nicht gerade behaupten können.
Der Bankbeamte sah aus wie ein billiger Duce, er hieß Heinrich Saß.

Der schönste Mann aus Deutschlands Mitte
ist Heinrich Saß aus Tangerhütte.

Er saß meist vorn auf unserer Pritsche und hörte zu, wenn wir da so vor uns hinklönten. (»Ein braver Mensch, Walter, aber, eben: Bankbeamter, nicht?«) Er hatte Westzeitungen weitergegeben und 25 Jahre dafür gekriegt: Antisowjetische Propaganda. Um sich fit zu halten, übte er morgens Schattenboxen. (»Wenn der nun mal an die Wand haut, stell dir das bitte mal vor!«) Und wenn's keiner sah, ging er an den aufgestellten Fenstern vorüber und übte Ehrenbezeigungen.
Damit ich Krumreich nicht in die Arme liefe, brachte er mir meine Suppe mit.
»Am besten, du rührst dich erstmal nicht vom Fleck.«
Zum Suppeholen *ging* er nicht, er *flog*: Propeller anwerfen, langsam auf die Tube drücken, immer schneller, ganz allmählich.
Um die Ecken Fliehkraftkurven.
Beim Zurückkommen setzte er zum Gleitflug an. »Achtung! Rennfahrersuppe!« rief er mir zu, wenn sie dünn war. Oder: »Leichtes Feldflaschengericht.« Oder: »Antreten zur Nierenfunktionsprüfung!«
Servieren tat er mir's mit einem Handtuch wie ein Kellner. (Ob ich mich immer so bedienen ließe, wurde in der Nachbarschaft gefragt.)

Das Lassen ist das höchste Tun.

Robert steckte sich beim Essen ein Handtuch als Serviette in den Kragen. »Iss doch schön hier, nicht? Iss doch fein!« Ob es hier nicht annehmbar sei? »Sag doch mal ehrlich, Walter, wie?«
Ich wär'n alter Schnetzfink.
Er freue sich schon auf den Augenblick, wo Subjella hier

aufkreuze, um sich anzubiedern oder was weiß ich. Beispielsweise. Dann bliebe aber diesmal er, Robert, sitzen. »Mal sehen, was der dann sagt.« Ob der dann die Frechheit habe, sich selber zu setzen? In eigener Regie? Wenn er das täte, dann müsse man ganz unmerklich den Kopf schütteln und das Gespräch veröden lassen. Ich könnte ihm glauben, sowas zeitige seine Früchte, und zwar ganz schnell.

Der Afrika-Onkel sei ein arger Blender, das habe sich inzwischen herausgestellt. Durch Querfragen sei's ans Licht der Sonnen gedrungen. Bei dem gäb's weiche Stellen in der Vita.

»Weshalb der wohl nach Deutschland zurückgekehrt ist! Was meinst du wohl, mein Walter? Ausgerechnet 1933?«

Das sei ein Obernazi gewesen, wie er im Buche steht. Wie alle Auslandsdeutschen. Oder Bankrotteur. Oder beides.

»Nun stell dir bloß mal vor, man kommt da unten an, in Kapstadt oder sonstwo, mit zwei Koffern, in jeder Hand einen, hat alle Brücken hinter sich abgebrochen, sagt freundlich Guten Tag und beruft sich auf diesen Menschen, und keiner kennt ihn! Oder schlimmer noch, sie kennen ihn nur allzu gut und schmeißen einen sofort raus.«

Dann verlasse man sich doch lieber auf Verwandtschaft. Onkel Karl oder Onkel Richard, diese prächtigen Menschen. Er habe sich mit seinen beiden Onkeln immer gut verstanden, das könne er wohl sagen, mit Onkel Karl besonders, dem habe er mal den Koffer getragen 1943, bei Ullas Hochzeit.

Aber auch mit Onkel Richard, diesem an sich doch sehr vornehmen Menschen – immerhin Führerhauptquartier –. Mit jedem eben auf seine Weise. Mit beiden ganz verschieden. Vielleicht könnte man ja bei Onkel Karl in der Fabrik unterkriechen? Und wenn man wirklich in den ersten zwei drei Monaten niedere Dienste verrichten müsse: das sei doch völlig Piepenhagen, das sei doch ganz »engal«. In der Registratur meinetwegen oder in der Lagerhalle.

»Wir haben doch Zeit, Walter, Zeit, viel Zeit.«
Es habe ja auch seine Vorzüge, von der Pieke auf alles zu lernen, Speisefarben anrühren oder vermischen oder wie oder was. Dann lerne man doch alles von Grund auf kennen. Gründlich also, nicht? Still und bescheiden seine Pflicht tun und eines Tages dann aufsteigen, ganz von selbst. Vielleicht eine Brausefabrikation ingang setzen?
Er hätte das alles noch im Kopf, ganz genau: erst die Flaschen spülen in so'm riesen Dings, dann die Flaschen füllen, dann klack! zukorken und so weiter. Das habe er noch ganz genau im Kopf. Das Kapital, das einem noch geblieben ist, einbringen in die Firma und dann die Brausefertigung da ankurbeln.

Ob im Smoking oder Frack
Lebensbrause von Bonsac.

»Getrunken wird doch immer, Walter.«
Und wenn wir Qualität lieferten, dann wären die Leute doch beknackt, wenn sie unsere Brause nicht kauften.
»Nein, nicht nach Afrika. Was soll man da. Womöglich noch Malaria kriegen oder die Amöben-Ruhr? Sich die Seele aus'm Leib scheißen? – Und wenn man sich seine Schuhe anziehen will, dann sind da Spinnen drin?«
Nach der Entlassung erstmal nach Hamburg. Da würd sich schon das eine oder andere ergeben. Mönckebergstraße. »Kommt Zeit, kommt Rat.« Eile mit Weile. Nur nichts überstürzen. Schließlich kämen wir ja aus'm Knast, und das müßte doch mit'm Deibel zugehen, wenn das nicht honoriert würde.
Erstmal erholen und dann in aller Ruhe sehen, was zu machen ist. »Eventunell« zum Amerikaner gehn und sagen: bitteschön. Das und das haben wir für euch getan, und nun seid *ihr* an der Reihe, nun tut *ihr* mal was für *uns*.
Oder zur Kirche. Wenn man mal zusammenrechne, was wir allein an Kirchensteuern gezahlt hätten ... da könne man bestimmt 'ne Kirche ganz allein von bauen.

Auch mit dem Buchhändler hatte er den Verkehr abgebrochen. Der hatte Robert erzählt, daß er sonntags immer bis zwölf im Bett gelegen habe und dann Bäckerschnecken statt Braten oder was gegessen. »Im Bett, wohlverstanden, im Bett.« (Das seien diese Leute, die vor lauter Faulheit ihr großes Geschäft auf Zeitungspapier verrichteten und aus'm Fenster schmissen.)

Bis mittags im Bett liegen? Er erinnere nur an Tante Silbi, da habe man ja gesehen, was da raus kommt. Außerdem: Wenn man so spät aufstehe, dann sei doch der ganze Tag im Eimer. Er wisse noch, wie er immer mit Vater sonntags früh die Runde gemacht habe. Erst Post geholt, dann über'n Wall zum Hafen, ob noch Schiffe angekommen sind. Und dann Platzkonzert:

Mensch, blasen Sie fis!

Der Oboist mit Watte in den Ohren.

Da habe man doch gleich 'n ganz andern Dreh gehabt.

»Warst du nicht auch mal dabei? Walter? Die Ouvertüre zur Diebischen Elster? Ich seh dich noch mit deiner Baskenmütze, – komisch, daß Ulla nie mitgegangen ist... oder Mutter, aber die hatte wohl mit ihrem Braten zu tun.«

Mutter mit ihrem sozialen Tick, alte Leute besuchen, Buchmanns in der Badstüberstraße oder Tante Basta. Abgetragene Jacken hinbringen oder, wie Rotkäppchen, Kuchen und Wein und sich das Wehklagen anhören, daß sie alle krank sind oder daß der Mann keine Arbeit hat.

»Ich meine, diese Leute sind natürlich außerordentlich zu bedauern – aber *wer* hilft *uns*? Ich bitte dich! Hilft *mir* einer? Nein. Mir hilft keiner. Wenn einer in die Hosen macht, dann muß er sie auch selber wieder saubermachen.«

So sei das nun mal im Leben.

Dieser soziale Tick, dieses Gerenne in die Altstadt, das sei ihm immer recht suspekt gewesen. Er sehe noch die Kommunisten durch die Stampfmüllerstraße ziehen, auf Saurer-Lastwagen mit Vollgummireifen.

»Schlimm, sage ich dir, Walter. Richtiger Abschaum.«

Das sei dann der Dank.

26

Wer schon seit 1945 im Lager war, hatte seinen festen Arbeitsplatz: Waschküche, Schneiderei oder Flickstube. Als ich dort im März 1949 erschien, gab es für mich keine Arbeit mehr. Ich war auch viel zu angegriffen und zu schwach dazu. – Ich ging höchstens mal mit zum Kartoffelschälen. Erstens kam man mal hinaus, und zweitens hatte man dort ein bißchen mehr Freiheit.

Der Schälkeller befand sich unter der großen Küche. Es wurde in drei Schichten gearbeitet. Barackenweise traten die Frauen an und trotteten dann über den Appellplatz zur Schälküche hin.

Bevor es in den Keller hinunterging, steckte man die Hände in Chlorwasser, um sie zu desinfizieren. Neben dem Kessel mit dem Chlorwasser stand ein männlicher Gefangener, der kontrollierte das. Wer zu lange Fingernägel hatte, mußte sich mit einer Art Heckenschere die Nägel schneiden.

Der Kartoffelkeller war riesig groß: etwa 200 Frauen schälten immer gleichzeitig. An den langen Tischreihen standen schmale Bänke, auf die wir uns setzten. Hinter uns waren die Gefäße für die geschälten Kartoffeln, und auf dem Schoß hatten wir einen Holzkorb für die Schalen. In jeder Nacht mußten soundsoviele Zentner geschält werden. Wenn es dem Ende der Schicht zu ging, wurde furchtbar angetrieben, damit keine einzige Kartoffel mehr liegen blieb. – Natürlich suchte man sich einen Tisch, an dem nette Mitgefangene saßen, da konnte man sich unterhalten oder – trotz Verbotes – Lieder singen, Gedichte aufsagen oder aus der Jugend und von der Heimat erzählen. (Frauen können ja unglaublich ordinär sein, und da hielt man sich eben immer ein wenig zu seinesgleichen.)

Die Kartoffeln, die wir da schälten, waren nicht etwa für

die Gefangenen, die waren ausschließlich für die russischen Wachmannschaften. An einem Tisch mußten die Kartoffeln besonders gut geschält und in ziemlich gleich große Stücke geschnitten werden, die waren für die Offiziere bestimmt.
Wir Gefangenen bekamen überhaupt keine Kartoffeln. Erst Ende 1949 gab es einmal in der Woche Pellkartoffeln. Für uns wurden sonst ein paar Kartoffeln mit Stumpf und Stiel in einer Maschine gekuttert, zum Andicken der Suppe. Möhren, Steckrüben und Kohlrabi – die wie Kinderköpfe groß waren und eine Schale so hart wie Holz hatten –, die wurden ebenfalls gekuttert. Davon bekamen wir auch etwas in die Suppe. Für die 30 000 Menschen war das wenige, was dort an Gemüse zurechtgemacht wurde, das Minimum, man war froh, wenn man überhaupt mal was in seinem Picknapf fand.
Die Sterblichkeit war besonders in der ersten Zeit enorm groß. Es wurde mir erzählt, daß in den Jahren 45, 46, 47 an jedem Tag über hundert Menschen gestorben sind. Die Toten wurden von einem extra Männerkommando gesammelt, auf Karren geladen, in eine große Grube geworfen und schichtweise mit Kalk bestreut. Wenn eine Grube voll war, wurde sie zugeschüttet, dann kam die nächste dran.
Unter den 30 000 Menschen waren ungefähr 1800 Frauen und 35 Kinder. Einige Kinder waren im Lager geboren worden und hatten überhaupt noch nichts anderes gesehen. Einige waren schon drei oder vier Jahre alt. Die Kinder stammten meistens von Frauen, die im schwangeren Zustand festgenommen worden waren oder die sich im Untersuchungsgefängnis mit Russen eingelassen hatten.
Wenn in der Zelle ein Kind geboren wurde, war das natürlich eine Katastrophe. Die Frauen mußten ohne ärztliche Hilfe gebären, die einzige Hilfe kam von den Mitgefangenen. Und man muß staunen: es ist fast kein Kind dabei zugrundegegangen! Die Frauen bekamen nicht einmal Milch, konnten meistens nicht nähren und gaben den Kindern dann von ihren dünnen Suppen das Wasser...

In Sachsenhausen lagen die Mütter in einer extra Baracke, die sehr niedlich geweißt und bemalt worden war. Es war eine doppelte Baracke, auf der einen Seite schliefen die Mütter mit ihren Kindern – die Kinder hatten sogar kleine Betten –, auf der andern Seite war der Aufenthaltsraum, da standen eiserne Öfen, auf denen Milch, Gries und Zukker zu Brei gekocht werden konnte. Dort erholten sich die Kinder natürlich schnell, nur die Kleiderfrage war schwierig zu lösen. Vom Russen kriegten sie nichts. Wenn ein Transport kam, bestürmten die Frauen die neuen Gefangenen und erbettelten händeringend gegen Brot und Zukker oder Marmelade Kleidungsstücke, die dann in der Nähstube zurechtgeschneidert wurden. Das war verboten, aber was sollte so eine arme Mutter machen?

Einer der Jungen, die da immer rumliefen, ungefähr vier Jahre alt, das war ein ganz frecher. Der Vater saß im Männerlager, und die Mutter durfte ihn einmal im Monat besuchen. Dann wurde der Junge niedlich ausstaffiert und mitgenommen, ein kleiner, frecher, kluger Kerl. Ich saß einmal in der Sonne auf der Bank, da kam er zu mir ran. Da sang ich ihm ein paar Lieder vor, wie ich sie früher meinen Kindern vorgesungen hatte, und er hörte sehr aufmerksam zu.

Die Kinder waren überhaupt alle sehr niedlich. Einige kamen mit den Müttern nach Rußland, die andern wurden später alle mit uns nach Hoheneck transportiert, 1950.

In Hoheneck wohnten die Mütter dann mit ihren Kindern in einem Extrasaal. Eines Tages hieß es: »Die Kinder werden alle fotografiert«, die Mütter sollten sie mal nett anziehen.

Dann wurden die Kinder hinausgebracht und erschienen nicht wieder. Große Empörung, Geschrei und Geheule unter den Müttern! Sie wollten wissen, wo ihre Kinder geblieben wären! – Nach einiger Zeit teilte man ihnen dann gnädigst mit, daß die Kinder in Heime gekommen wären. Die Großeltern könnten die Kinder abholen, um sie bei sich zu erziehen. Die Mütter schrieben also ihren Eltern,

aber auf die Briefe erfolgte überhaupt nichts. Wochen später kam heraus, daß die Briefe gar nicht abgeschickt worden waren. Größte Empörung! Revolution in der Mütterstube!
Schließlich durfte noch einmal geschrieben werden, und tatsächlich holten einige Großeltern die Kinder ab. In den Heimen wurden dann die Kinder alle halbe Jahr fotografiert, und diese Fotos wurden den Müttern geschickt, damit sie sehen konnten, daß sie gut im Stand sind. Als sie dann später entlassen wurden, konnten sie sich ihre Kinder wieder abholen.

Schreiben durften wir zum erstenmal im Frühjahr 1949. Bis dahin war man von der Bildfläche verschwunden. Nicht die kleinste Notiz bekamen die Angehörigen. – Bald danach gab es die ersten Briefe. So etwas Furchtbares! Da waren Eltern gestorben, oder Männer hatten sich scheiden lassen, hatten wieder geheiratet und schon wieder Kinder. Etliche Frauen waren für tot erklärt worden und hatten sogar schon einen Grabstein auf dem Friedhof. Viele erfuhren, daß ihre Wohnungseinrichtung beschlagnahmt war.
Hysterische Schreikrämpfe und Tobsuchtsanfälle – es war erschreckend, es war fürchterlich.
Es gab sehr viele Ehescheidungen. Wie wir nachher hörten, sollen Männer, deren Frauen eingesperrt waren, gezwungen worden sein, sich scheiden zu lassen, sonst hätten sie keine Arbeit bekommen. Manche sind später wieder zusammengegangen.

27

Kopenhagen
25. April 1949

Lieber Onkel Richard!
Schnell die Nachricht, daß Mutti sich gemeldet hat! Das war eine Überraschung, ich traute meinen Augen nicht, als ich ihre Schrift erkannte. Es ist ein langer Brief, und sie schreibt, daß es ihr gut geht und daß man ihr antworten darf. Nun wollte ich Dich fragen, was Du dazu meinst, sollen wir ihr wirklich schreiben, oder wird sie am Ende Schwierigkeiten dadurch haben? Sven sagt, an sich sei doch nichts dabei, ich sollte ganz unverfängliche Sachen schreiben. Bist Du so nett und sagst Du uns mal Deine Ansicht darüber?
Ein Stein ist uns vom Herzen gefallen, und wir atmen auf! Die zweite Neuigkeit, die Ihr ja auch noch nicht wißt: Unsere kleine Britta wurde am 13. 4. um 5.40 Uhr geboren. Ich erwartete sie eigentlich erst Mitte Mai. Das war ein Schreck in der Morgenstunde, ich ganz allein und gänzlich unvorbereitet. Wußte noch nicht einmal die Klinik, in der ich entbinden wollte!! Es hätte nicht viel gefehlt, und unser Brittchen wäre im Auto zur Welt gekommen. Der Chauffeur sagte hinterher, so schnell wäre er in seinem Leben noch nicht gefahren vor lauter Angst. (Mir kam es allerdings so vor, als ob wir uns im Schneckentempo bewegten!) – Britta ist natürlich süß (bei den Eltern!!), hat einen dunklen Schopf und ganz weiche glatte Haut. Die Äuglein sind immer geschlossen, nur Wimpern sprießen hervor. Den Schlaf und die Ruhe liebt sie wie ihre Mutti.
Viele liebe Grüße, Eure Ulla + Sven + eins, zwei, drei.
Vielleicht wäre es ganz gut, wenn Onkel Karl uns mal die Höhe unseres Kapitals angeben würde. Das wird Mutti bestimmt interessieren, ich meine, wenn sie danach fragt, dann können wir ihr das postwendend mitteilen.

28

Nach Tisch schliefen wir ausgiebig. Der russische Taxichauffeur saß am Fenster und dachte an die Weite seiner Heimat, und Saß, der gern die Schüsseln reinigte, achtete darauf, daß er beim Abtrocknen keinen Lärm machte. (Den Lappen würde man auch mal wieder auswaschen müssen.) – War er fertig, dann benutzte er die Gelegenheit, in den aufgestellten Fenstern sein römisches Profil zu betrachten und rasch und nebenbei mal schnell eine Ehrenbezeigung zu üben. Da gab es ja wer weiß wie viele Arten! (Die Spanier, wie die das wohl machten, das würd ihn mal interessieren, und die Italiener.)

Tiefer Schlaf mit tiefen Träumen: Erst um vier wurde man allmählich wieder wach. Halb betäubt mit roten Bakken, so kuckte man sich gegenseitig an.

»Eigentlich herrlich, nicht?«

»Ja, aber auch beschissen.«

»Ja, auch beschissen. Irgendwie beschissen.«

Ob zu Kuchen oder zu Tabak
Lebensbrause: de Bonsac.

»Was die draußen wohl so denken, wie's uns geht.«

»Ja, und wie's denen wohl geht.«

Robert links, Jonny rechts und ich in der Mitte. Über uns der mit blauen Sternen bestickte Bettlakenhimmel. Die Arme hinterm Kopf gefaltet.

»So halten wir's 'ne ganze Weile aus.«

»Ja, still und beschaulich.«

Ein Kissen im Rücken, die Arme hinterm Kopf gefaltet.

»Friedlich und freundlich in aller Herzensruh.«

Und wenn Passanten kamen und in die Koje gafften, dann musterten wir sie durchdringend, ob die nicht ganz klug sind oder wie oder was.

»Wollt ihr was von uns? Haut ab! Zieht Leine! Husch!«

Jonny machte sich gerne was zu schaffen. Wenn wir uns noch »besannen«, grabbelte er schon in seiner Illegaliensammlung: außer dem Brotdraht, mit dem er (und nur er!) täglich unsere Kuhlen teilte, besaß er zwei Bleistiftstummel zum Aufzeichnen von Stickvorlagen, ein gewachstes Skatspiel, ein Messer zum Schnitzen von Holzmessern oder Zahnstochern (das ihm 21 Tage Karzer eingebracht hätte), Häkelhaken für Mützchen, Nähnadeln, Sticknadeln, verschiedene Stricknadeln, dick und weniger dick, Nagelreiniger, kleine Steine, Glasscherben, eine Schiefertafel zum Schreiben und eine zum Messerschleifen (wie er den Grat von den Klingen entfernte, das war sehenswert), Papiere mit Gedichten und Vokabeln, Wollknäuel, aufgereppeltes Trikot, Stickgarn in Doggen, Stickereien mit den verschiedensten Motiven, meist Burgen, hinter denen Sonnen auf- oder untergingen, Holzbrettchen, Spachtel und ein selbstgemachtes Eßbesteck aus Holz mit einem Etui dazu.

Immer bosselte er sich was zusammen. Mal baute er sich eine Zahnbürste aus Roßhaaren, die er aus dem Steifleinen unserer Jacken zog, mal schneiderte er sich Pantoffel aus Deckenresten, sogenannte Bazillenmutterschiffe. Unentweg fummelte und knispelte er wie so ein Äffchen.

(»Ein Element der Unruhe, würde ich sagen.«)

Mir verfertigte er ein Superbrillenetui, in dem ich nicht nur mein »Spectacle«, sondern endlich auch den Löffel und diverse Utensilien unterbringen konnte. Nur mit dem Etui wußte ich nicht so recht wohin. Außerdem brauchte ich gar kein Brillenetui, weil ich die Brille immer aufhatte.

Und immer filzte er meine Sachen, ob da was zu flicken oder was zu stopfen wär.

»Leg mir deine Strümpfe raus, Klimpimpsko ... Ick hab dia dett doch schon mal jesacht.«

Sehr geschickt war er im Flöhefangen. Ich brauchte mich bloß aufzurichten und stumm auf meinen Rücken oder meinen Bauch zu zeigen, dann legte er sein Strickzeug zur

Seite und ging auf Jagd. Bei mir wuchsen sich die Flohstiche zu dicken Quaddeln aus, ihn selbst bissen sie nicht, er hatte »giftiges Blut«, wie er sagte.
Wenn wir unser Plauderstündchen hatten, nahm er sein Zuckersäckchen zur Hand und stippte mit einem Holz, in Form eines winzigen Schwertes, einzelne Kristalle auf und ließ sie genießerisch auf der Zunge zergehen. Eine Tätigkeit, die meinen Bruder »bis zur Weißglut reizte«. Oder er zerkrümelte Teile seiner Brotration mit dem für diesen Zweck extrem lang gelassenen Fingernagel: das kam am Sonntag in die Suppe. Die ganze Woche hatte er mit diesen Krümeln zu tun. Sie mußten immer wieder – säuerlich riechend – umgewälzt, begutachtet und vor allem getrocknet werden.

Das Kissen im Rücken, die Arme hinterm Kopf gefaltet: Mal alle Platten mit »lazy« aufzählen. »Lazy Bones«, »Lazy River« und »Where the Lazy River Goes By«. Drei Platten mit »lazy«. Immerhin.
Und drei Platten mit »Apple«. »In the Shade of an Old Apple Tree«, »Big Apple« und »An Apple for the Teacher«. Deutsche Tanzmusik sei Seifenschaum, sagte Robert: Kornblumenblau. Kurt Hohenberger möge noch angehen. »Amorcito mio«, auf Telefunken. Aber Peter Kreuder oder gar der Igelhoff ...

> In der himmelblauen kleinen Limousine
> fährt das Glück, ein kleiner blonder Passagier ...

»Ach, du grüne Neune.« Wie so'n Schnellsprechwettbewerb. Auch die Franzosen fielen auf dem Gebiete der Jazzmusik ja völlig aus. Allerdings: Vielleicht gäbe es irgendwo in Nordfrankreich eine Band, von der man überhaupt nichts wisse. Möglicherweise in Boulogne oder in Le Havre, in 'ner rauchigen Hafenkneipe, kaum daß einer zuhört, Zigarette im Mund, Baskenmütze, Aperitif.
»Kann schon sein.«
Jonny konnte Louis Armstrong nachmachen und wußte den Text von »My Heart Belongs To Daddy« auswendig:

. . . and my Daddy belongs to my heart!

»*Tommy* Dorsey und *Jimmy* Dorsey, *Bing* Crosby und *Bob* Crosby – schade, dett Count Basie nich och noch'n Bruder jehabt hat.« Vielleicht hätte der ja aber wirklich einen, irgendwo ganz unerkannt und viel tüchtiger als sein älterer Bruder. Und wenn der ältere Bruder tot wäre, 50 Jahre danach, dann träte er aus dem Schatten heraus und werde weltberühmt.

»Dett Schicksal is manchmal 'ne janz trübe Tasse.«

»Henry Hall«, sagte Robert, an den erinnere er sich gerade: »Moon Over Miami« – zeitweilig die größte Band der Welt.« Den hätt er uns gegönnt. Aber an sich gar nicht so gut, wenn er's recht bedenke. Eher Dünnmannsdörfer, rund herausgesagt. – Die Größe allein mache es ja auch nicht.

Übrigens habe Louis Armstrong, wenn ihn nicht alles trüge, eine Schwester mit Namen »Lil« gehabt, ein fettes Weib, uralt.

If I have nothing to eat,
no shoes for my little feet:
that's when I'll come back to you . . .!

Das hätte Louis Armstrong mal gebracht, das Stück, auf Odeon oder Elektrola, und seine Schwester Lil habe dann so gellend dazwischengekreischt.

Wenn ihn nicht alles trüge.

Erst sie, dann er und zum Schluß auch umgekehrt.

»›No shoes for my little feet‹ . . .« Was der wohl für Quadratlatschen gehabt habe. Nächste Nummer Geigenkasten. *Das* könnten sie uns doch wenigstens gönnen: Musik. Aber gut, denn wer könne denn die Hand dafür ins Feuer legen, daß sie uns nicht irgendwelche Volksscheiße brächten oder süßliches Geseiche, Musette-Musik vielleicht oder gar Gejodel. Und das könne man dann womöglich nicht abstellen . . . Andererseits: die größte Scheiße sei immer noch besser als gar nichts.

Wenn man rauskommt, die letzten Jahrgänge der Illustrierten nachlesen, die »Münchner« oder die »Berliner«

(wenn's die noch gibt) oder »Die Woche« – was alles so passiert ist, in der Zwischenzeit, Morde und Aufstände: Bilder von Gehenkten, in China oder wo nun grade, die denn so den Kopf schief halten, und unten noch der Stuhl, den der Henker grade zur Seite getreten hat. – Oder Mode. Darauf freue er sich schon. Verbumfeite Hüte und Muffs für Jäger oder Wettbewerb im Heidelbeerkuchenessen in Amerika. All diese verrückten Sachen. Mit Hermelinpelz besetzte Lokusbrillen und »Hundefriedhöfe«.
Catcher, die sich dauernd gegenseitig in die Fresse hauen.
Einen Tisch konstruieren, sechseckig oder achteckig, mit Glasplatte zum Obenreinkucken, und sämtliche gängigen Zigarettensorten da drin, Virginia und Orient. Auch russische dabei, mit langem Pappmundstück und welche aus Brasilien, in Tabakblätter gewickelt anstelle von Papier. Ein privates Zigarettenmuseum also, zum Ankucken und Benutzen. Und einen Stuhl mit schwenkbarem Leseständer für die Zeitungsbände: »Buntes aus aller Welt.«
Er freue sich schon darauf.
Eine Zigarette nach der andern rauchen und Obstsäfte trinken und hin und wieder eine Scheibe Schwarzbrot mit Butter oder Knäckebrot, Krafts Knäckebrot Sorte D, zur Schonung des Magens. Und linker Hand ein Radio und sich umspülen lassen von Jazzmusik oder mal Kurzwelle einschalten, was *da* los ist.
Türkische Musik oder »Kairo«: nasale Vierteltöne in den merkwürdigsten Verschleifungen.
»Das ist doch mal was anderes.«
Und er machte nach, wie das ist: Kairo: Flötenspieler, Bauchtänzerinnen und den Kameramann, der die ganze Chose filmt, alles machte er nach, alles in einer Person. Zuschauer blockierten die Gänge, klatschten und lachten, bis der Saalälteste sich einfand und fragte, ob wir nicht ganz klug sind, es ginge uns hier wohl zu gut?

Manchmal ruppelte Jonny mir die Ohren, das mußte man aushalten können.

»Habeas Knorpel?«, fragte er dann, weil ich einmal was von der Habeas-Corpus-Akte gesagt hatte, daß kein Mensch die respektiert, und kurz darauf von einem Knorpelbruch, den ich nun bald bekommen würde, wenn er so weitermacht mit meinen Ohren.
Unangenehm war, daß er sich die Sehnen und Zotteln aus seiner Suppe immer bis zuletzt aufbewahrte, um darauf, wenn niemand mehr was hatte, herumzumampfen. Wie ein wiederkäuendes Rind saß er dann über seinem Strickzeug, und mein Bruder schüttelte dazu unmerklich den Kopf und kuckte mich an.

Robert spielte hin und wieder Schach. »Entschuldige bitte: *du* hast gewonnen.« Mit dem Taxifahrer oder mit einem von den beiden Magdeburgern, die an sich ganz lustig waren.
»Wenn der da hin geht, dann geht der da hin und der ... da hin.«
Die Sowieso-Eröffnung und die Große und Kleine Rochade. Was wertvoller ist: die Dame oder zwei Türme. Und: wenn man merkt, daß man verliert, *dann* ist es bereits *zu spät*. Dann bleibt einem nur noch Häuserkampf bis zur letzten Patrone. Vielleicht macht der andere ja einen Fehler. Hoffentlich.
Schachfiguren wurden aus Brot geknetet, mit »Kaliumper« gefärbt und mit Zucker glasiert. Es gab auch welche aus Seife. Die schlechtesten Spieler hatten die besten Figuren: barocke Pferde à la Andreas Schlüter und dorische Säulen.
Schachspiel: Es gab ganz einfache Leute, die dauernd gewannen – »berührt? geführt!« – und Intelligenzler, die selbst aufs Schäfer-Matt hereinfielen. Schachbegabung sei an sich kein Zeichen von Intelligenz, sagten die dann. Schachbegabung sei eine Spezialbegabung, die sich nicht übertragen lasse auf andere Lebensbereiche.
»Und letzten Endes ist ja alles bloß Spiel.«
Es gab auch Leute, die Schach aus nationalen Gründen nicht spielten: weil das in Rußland so gefördert wird.

Eine jüdische Kolonie, ganz in unserer Nähe, war auf Skat spezialisiert. Die hatten noch die Auschwitz-Nummer auf dem Unterarm: »Hier lebt man wie im Paradies.« (Beim Waschen legten sie das Handtuch drüber.)
Die Geschichte mit den sieben Trümpfen, daß man mit sieben Trümpfen meistens verliert: unerklärlich und geheimnisvoll. (Das mal wissenschaftlich untersuchen!)
Mersky »machte sich in die Röcke«, wenn er verlor, und Kohns Lieblingsspruch war: »Ach, du ahnst es nicht, wie Klammern schmecken.«
Das sagte er sehr oft, und Robert sagte zu ihnen, ich wär sein Bruder und er wundere sich, wie begabt ich bin. Und wenn ich das abwehrte, dann sagte er: doch, doch, das müsse der Neid mir lassen, und: »Wat Recht is, datt möt Recht blieven.« *
Mersky hatte im KZ englische Pfund-Noten drucken müssen, deshalb nannten sie ihn jetzt den »Falschmünzer«. Die Banknoten hätten über London abgeworfen werden sollen. Als Geheimwaffe. »Wo kommt bloß das ganze Geld her?« Die Währung aushöhlen, Geldüberhang, die ganze Wirtschaft in Dutt.
»Inflation, wie bei uns 1923: 1 Brot gleich 1000 Mark.«
Briefmarken hatten sie auch gefälscht. Statt der englischen Königin Stalin drauf:

England bleeds on the order of Moscow.

Merskys Mutter war vergast worden. Nachmittags hatte sie noch im Garten gesessen, Kaffee und Kuchen und die blühende Kirsche, und gegen 5 Uhr hatte man sie abgeholt, ein gewöhnlicher Lastwagen, hintendrauf natürlich. Ihren Hut hatte sie unbedingt mitnehmen wollen.
Wie das draußen gewesen wär, während sie da im KZ gesessen hätten, das wollten die Juden wissen. Ob man das gewußt hat, daß sie da sitzen. Auschwitz, sowas müsse sich doch rumgesprochen haben.

* Plattdt.: Was Recht ist, muß Recht bleiben.

Für die Zeit der Saalreinigung, wenn alles unter Wasser gesetzt wurde, holten sich die Juden interessante Leute zum Erzählen. Einen einbeinigen Frontsoldaten zum Beispiel, der vom Winterkrieg berichtete.
Oder einen früheren Ballettänzer, der ihnen Ausgangspositionen vorführte und Schritte: das Böse, wenn das so das Gute umkreist, mit schwarzen Flügeln schlägt, immer näher kommt und schon zu siegen scheint. Dann der Licht-Gott, der es abdrängt, in den Abgrund hinein. Es stürzt von Klippe zu Klippe und liegt zerschmettert in der Tiefe, von einem Lichtreigen umwogt und vom geretteten Guten nicht eines Blickes mehr gewürdigt. Oder doch, grade! Denn wie könne sich Gutes ohne das Böse darstellen?
Und daß man das aufschreiben kann: Choreographie.
Ein Mensch namens Leipholz referierte den breit sich lagernden Juden wochenlang über Musik.
»Kennt ihr das Sowieso-Thema aus der Sowieso-Symphonie?«
(Das waren Vorträge, die wir uns nie entgehen ließen.)
»So kommen wir denn heute zur Mondscheinsonate, die ihr sicher aus der Hand von Elly Ney kennt.«
Bach – wenn man bedenke, daß dessen Großvater noch Bäcker gewesen sei ...
Und Mozart mit seinen verkrüppelten Ohren: Die Nachtflöte. »Horch, die Lerche singt im Hain ... ein Tenor, herrlich!« – Ach, nein, das meine er ja gar nicht, er meine: »In diesen heilgen Hallen«, und das sei auch kein Tenor, das sei ein Baß. – »Da läuft es einem kalt den Rücken runter.«
In Mozart liege das Graziöse ja mächtig drin. Andererseits: Er höre immer Mozart, Mozart, Mozart! –: Schubert, der Arme, an den denke keiner. Wer wisse schon, daß der auch bloß 32 Jahre alt geworden ist? Und ungeheuer lernbegierig: paar Tage vor seinem Tod habe er sich noch bei einem Professor angemeldet, um Orgelspielen zu lernen. Und wer, bitteschön, wer nehme denn zur Kenntnis,

daß auch Schubert neun Sinfonien geschrieben habe, und was für welche! Das sei eine Schweinerei. Allewelt spreche bloß immer von Mozart oder von Beethoven. Beethoven, Beethoven. Beethoven! Das könne er schon nicht mehr hören!
Die Sache mit den Beethoven-Symphonien wußte er immerhin. Faustregel: alle ungraden gut, die andern mindere Sorte.)
Brahms ja nur vier Symphonien, wie komisch. Beethoven: neun, Bruckner: neun, Haydn: sogar 150. (»Ob der die wohl alle auseinanderhalten konnte?«)
»Wenn sie Bruckner nicht dauernd gedrängt hätten, alles nochmal umzuschreiben, dann hätte der bestimmt auch 10 oder sogar 12 geschafft.« Bruckner, vor lauter Anbölken schon so eingeschüchtert, daß er allen Leuten die Tür aufgehalten hat.
Die Wagner-Zeit sei der 30jährige Krieg der Musik gewesen, das könne man wohl ohne Übertreibung sagen. Da habe sich die ganze deutsche Nation geteilt.
In seinem letzten Vortrag (»Überblick und Ausblick«) wurde immer wieder von »Hindemiss« gesprochen und von »Matthias Mahler«. Wagner wär ja noch gegangen, aber der! Und Anspielungen wurden gemacht über das Jüdische, und Vokabeln tauchten auf wie »Zersetzung« und »entartet«.
Im zweiten Teil seiner Vortragsreihe bot Leipholz ganze Opern dar. Virtuos! Er mimte die Vorgänge auf der Bühne, den Dirigenten und das Orchester gleichzeitig, manchmal gar nicht schlecht.
Die »Aida« war sein Glanzstück: im letzten Akt die Kerkerszene, als die da sterben: alles ganz duster, in Ketten, mit'm Wasserkrug. Eine musikalische Schönheit reihe sich da an die andere, bis: »Sieh dort. der Todesengel schon!« Bis die Seelen der Liebenden dem irdischen Leid entschwebten. Und zwar im zartesten Piano.
(15mal das tiefe D! Da noch die Spannung zu halten!)

Wie die beiden Juden das fertig gebracht hätten, rauszu-

kommen aus dem KZ, das wär ihm ein Rätsel, sagte Leipholz zu uns.
Darüber machte er sich immer wieder seine Gedanken.
(Weshalb *er* eigentlich saß, das erfuhr man nicht: Andeutungen sickerten durch: in der Ukraine – furchtbare Dinge.)

Robert referierte über Schiffsmaklerei. Von Konossementen sprach er, auf denen was von »Baratterie« und »Robberie« gestanden hatte. Und: »Wetter erlaubend«.
»Man kann Zement schließlich nicht verladen, wenn es regnet, nicht?« Das sagte er, und alle sahen es ein.
Im Hafen habe mal beim Ausbaggern ein toter Russe im Baggerlöffel gehangen, wie eine Leberwurst. Abgerissenes Bein.
Schließlich landete er mit seinem Vortrag beim Stammtisch zur »Fröhlichen Teekanne«, beim versteinerten Arsch der Südseeinsulanerin und beim Besteck des Kapitäns zu Wasser und zu Lande.
Schade daß man nicht zur See gefahren war, das machte sich jetzt als Mangel fühlbar, dann hätte man vielleicht noch ganz was anderes berichten können. Ein Schiff hatte man gehabt, aber keine einzige größere Reise gemacht. Deibel noch eins! Da mußte man sich ja direkt schämen. Ein einziges kümmerliches Mal nach Königsberg, zu Onkel Arthur, Obst und Gemüse en gros. Und das war ja auch danach gewesen. – Anstatt nun mal nach Schweden zu fahren, durch die Schären, und sich alles anzusehn, oder England. Nee. Wann komme man da mal wieder hin!

Schön war es, wenn man ganz still für sich auf der Pritsche lag, sich den Topfboden einstrich und ein bißchen malte oder schrieb: schlau, klug, weise: Eigenschaftswörter miteinander vergleichen. Einfältig, dumm, irre. (Ein Modell zur räumlichen Darstellung dieser Wörter, wie sie zueinander stehen und was sich da entspricht . . .) Oder die Silhouette von Rostock zeichnen, von links nach rechts. Oder

die Marienkirche, wie die wohl ausgesehen hätte, wenn sie fertiggeworden wäre, und daß Fragmente oft interessanter sind als fertige Bauwerke.
Jonny jagte unwillkommene Besucher fort, die sich zeitweilig wie Trauben vor der Koje stauten (»Siehste nich, daß de störst?«) und Robert beteiligte sich manchmal an meiner Arbeit. Wenn man später mal zu Geld komme – »warum nicht, nicht?« – dann könne man doch was stiften zum Fertigbauen der Marienkirche. Und, was die Wörter angehe: »Wehrsam«, ob ich das schon hätte, »wehrsam«, dieses schöne Wort, das hörte er Mutter noch sagen, beim Essen. Kremtorte, die sei wehrsam.
»Wenn sie dann so dasaß mit ihren Magensachen und immer so aufstieß ... eigentlich ja ständig krank, nicht?« Das müsse für Vater ja auch nicht gerade angenehm gewesen sein, immer eine kränkelnde Frau.
Vater sei ja gesund gewesen, wie's blühende Leben. *Gewesen*, wohlgemerkt, *gewesen.* Kerngesund. Abgesehen von seiner Haut. »Was macht meine Haut?« Eigentlich des Nachdenkens wert, daß Vater mitnichten von einer Gewehrkugel getroffen sei, sondern von einer Fliegerbombe. »*Die* haben sie immerhin dranwenden müssen.«
Oder »iben«, ob ich das schon hätte: rechtschaffen erschossen. »Iben«. Wer dieses Wort nicht verstehe, der sei in seinen Augen ein ganz großer Blödmann. Das gehe doch schon aus dem Zusammenhang hervor.

Im Mai hatten wir zum ersten Mal nach Haus schreiben dürfen.
»Liebe Mutter! Uns geht's gut ...«
Nach 14 Tagen war eine Springflut von Briefen eingetroffen. Der Saalkommandant brachte sie in einem Kissenbezug, sie quollen heraus, rutschten ihm durch die Finger und glitten über den Tisch.
Der Buchhändler (»Hodenbruch, aber sonst ganz nett«) bekam allein acht, der hielt die wie ein Skatblatt in der Hand und ging damit als Wahrsager von Koje zu Koje. Was da

alles drinsteht, erzählte er, und wie glücklich er ist, daß er so viel Post bekommt, ausgerechnet heute, wo vor einem Jahr die Silberhochzeit war, und zwei Tage vorm Zwölften: »Am Zwölften wird meine Schwiegermutter doch 80!«
Auch Fotos wurden mitgeschickt. Da sah man, wie groß die Kinder geworden sind.
»Ach, *das* ist deine Frau?«
Einer kriegte ein Bild von sich selbst, als Panzergrenadier mit Nahkampfspange, in der Blüte seiner Jahre.
Ein anderer die Hundezucht, ein Rudel Boxer hinter Maschendraht. Im Hintergrund das barackenartige Eigenheim. Das wurde mit dem Daumen verdeckt.
Mitteilungen über den Einzug des Vermögens, Zwangsauktionen. Scheidungsklagen wegen böswilligen Verlassens: schluchzende Männer.
Und lachende Männer: Wenn es der Frau gelungen war, wertvolle Sachen in den Westen zu schaffen. – Einer konnte überhaupt nicht glauben, daß seine Frau das Geschäft weiterführt.
»Das kann sie doch gar nicht. Das ist doch völlig ausgeschlossen!«
Und Ratlose: Für die war immer nichts dabei: »Kuck doch noch mal nach. Da *muß* doch was dabei sein ...«
Auch wir warteten vergeblich. Das war ja schon fast peinlich, das war ja schon fast asozial: Leute wie Krumreich, *die* bekamen keine Post, oder Kröger, der bekam auch keine Post. Aber wir, die Kempowskis, deren Großvater das dritte Auto von Rostock gehabt hatte, wir mußten doch Post bekommen!
»Ich versteh das nicht.«
Eines Tages erhielten wir dann unsern Brief zurück: »Adressat mit unbekanntem Ziel verzogen.« Und einen Monat später wurde uns gesagt, daß Margarethe Kempowski, geboren 1896, wohnhaft da und da, wegen Mitwisserschaft zu 10 Jahren Arbeitslager verurteilt worden sei. Schreiben dürften wir ihr nicht.

29

Sehr schön war ja, daß ich die kleine Schomaker dort getroffen hatte, sonst hätte ich jahrelang von den Jungen überhaupt nichts gehört. Die hätten ja tot sein können oder in Sibirien, was wußte man denn!

Man war oft so niedergedrückt und mutlos, und dann brauchte man einen, der einen ein bißchen aufmunterte. Wenn's mir zu kottrig wurde, dann meldete ich mich auf die Zahnstation und klönte mit der netten Deern. Damals war die medizinische Betreuung ja unter aller Kritik. Als normaler Sterblicher wurde man behandelt wie ein Stück Dreck. Einmal hatte ich wahnsinnige Zahnschmerzen – ich hätte die Wände hochgehen können, und da hat sie es erreicht, daß mir das dann gemacht wurde. Das war vielleicht ein Uppstand! * Aber ich war die Schmerzen los. Eine richtige Füllung konnten sie mir allerdings nicht geben, in das Loch wurde alle Woche Watte reingestopft. Später dann so eine Art Gips, der sich immerzu auswusch. Jeden Monat mußte man das neu ausspachteln lassen. Solange, bis ich mir mal einen Knochensplitter in das Loch biß, da hatte ich Ruhe.

Man muß sich überhaupt wundern, was man da so alles ertragen hat. Diese unmöglichen hygienischen Dinge! Aber die meisten Frauen waren ja ganz kregel, vielen schien das gar nichts auszumachen. Wie sich der Mensch ja überhaupt auf alles Mögliche einstellt und nicht tot zu kriegen ist. Es gab doch auch vornehme Damen unter den Gefangenen, ich denke zum Beispiel an die Frau von Schindel, die war verwandt mit den Ätna-Werken, ein ganz feiner Mensch. Die ertrug das ohne einen Mucks, aß diesen unmöglichen Fraß mit Todesverachtung, seufzend wohl, aber

* Plattdt.: Aufstand, hier: Umständlichkeit.

ohne zu klagen. – Wogegen es unter den einfachen Menschen ja furchtbare Subjekte gab. Auch diese SS-Frauen aus den KZs oder die Huren, die mit Russen geschlafen und dann geklaut hatten. Fürchterliche Geschichten. Meist kam man gar nicht recht dahinter. Es wurde ja sehr aufgeschnitten und renommiert, sowohl in negativer als auch in positiver Hinsicht.

Wenn *ich* mal von Zuhause erzählte oder von meinem Elternhaus in Wandsbek, was man ja ganz gerne tat, um mal auf andere Gedanken zu kommen (zum Beispiel, wie die Diebe mal alles Silber geklaut hatten – einfach die Tischdecke ausgebreitet und Löffel und Gabeln und den schönen Tafelaufsatz da rein getan, oben zugeknotet und als Bündel huckepack genommen), dann sagten sie: das kann doch gar nicht sein, daß ihr so viel Silber gehabt habt. Die bestritten das einfach. Und was sollte man dann machen? Ich sagte: »Kinder, ihr braucht mir das auch gar nicht zu glauben, es ist mir ganz wurscht, was ihr von mir denkt!« – Aber gewurmt hat es einen doch.

Wie war man behütet aufgewachsen! Geordnete Verhältnisse und alles hatte seinen Schick gehabt. Andererseits weltfremd bis zum geht nicht mehr: Was kannte man denn vom Leben, als man das Elternhaus verließ. Wenn wir mal ins Theater wollten, dann sagte mein Vater: »Mein liebes Kind, wenn du *jetzt* schon ins Theater gehst, was soll dir dein Mann später noch bieten? Der ärgert sich doch, wenn du alles schon kennst.«

Der Erfolg dieser vorsintflutlichen Erziehung: Das erste, was ich tat, als ich endlich aus dem Hause war: Ich kaufte mir ein Viertel Pfund von diesen ganz billigen Pralinen. Auf der Straße hab ich sie aufgegessen, so einen Heißhunger hatte ich auf das Zeug. Pralinen kaufte mein Vater doch nicht, Pralinen, das war doch was für'n Puff, Pralinen und Sekt, das war was fürs Bordell. Genau, wie wir aufs Brot nur Butter *oder* Marmelade bekamen. Nie beides zusammen. »Mein liebes Kind«, hieß es, »wenn du dir dein Geld später selbst verdienst, dann kannst du dir ja meinetwegen Butter *und* Marmelade aufs Brot streichen.« – Und ein einziges Stück Schokolade! Jeder kriegte nur ein einziges Stück Schokolade. Das behielten wir dann auf der Zunge und zeigten uns das: »Hast du noch was?« –»Ja, hier!« – Und dabei war mein Vater doch durchaus wohlhabend. Die Firma erstklassig in Schuß.

Als ich dann selbst verdiente, mußte ich von meinen paar Kröten – was bekam man denn als Kindergärtnerin! – zu Hause noch was abgeben. »Das sparen wir für dich«, wurde gesagt, »das legen wir für dich an.« Pustekuchen! keinen Pfennig davon gesehen, alles flöten in der Inflation.

Hertha ist in England gewesen, in Pension, alles herrlich und in Freuden, und Richard in Hongkong. Und ich? Jedes Jahr nach Süderhaff. Nicht mal auf Helgoland bin ich gewesen, als Hamburgerin!

Andererseits, *was* mein Vater kaufte, das war immer erstklassig. Die Röcke waren aus derart gutem Stoff, die standen von selber. »Mein Kind, das kannst du Jahre tragen ...« Das wollt ich ja gar nicht. Ich wollt viel lieber mal was Neues.

Ich seh noch, wenn er meiner Mutter das Wirtschaftsgeld hinlegte, Sonnabends: lauter goldene 10-Mark-Stücke. »Sieh mal, mein Martha«, sagte er dann und strich so über die Goldstücke mit seinen großen Händen, »ist es nicht wundervoll?« – Ich stellte mir seinen Beruf immer so vor: der geht morgens ins Büro, und da stehen dicke Säcke mit Goldstücken, und er sitzt davor und schaufelt das immer um, damit es nicht schimmelig wird.

So weltfremd wurde man erzogen.

Naja.

Im Sommer war es ja ganz schön in Sachsenhausen. Da konnte man draußen sitzen, vor den Baracken und klönen. Oh, dann hat man sich von der Sonne bescheinen lassen, wie war das wundervoll.

Oder der Zählappell. Daran erinnere ich mich auch noch manches Mal. Morgens und abends mußten alle Frauen in Zehnerreihen antreten. Dann kam die Schura und kontrollierte. Dabei war es totenstill. Die Sonne war aufgegangen, und die Lerchen zwitscherten. Von fern hörte man die Glocken von Oranienburg und das Donnern der Luftbrücke. – Ich hab dann immer ganz fest an meine Jungen gedacht. Ob sie es wohl gemerkt haben?

30

Oft schlenderte ich durch die Gänge, mischte mich ins Kalkutta-Gewühl und kuckte mir die Leute an, die da auf ihren Pritschen hockten wie die Vögel auf der Stange. Über- und untereinander. Seit Krumreich auf einen andern Saal verlegt worden war, konnte ich das unbesorgt tun.

Bin i net ein Bürschle
auf der Welt?
Spring i net wie's Hirschle
auf dem Feld?

Die Gestikulierenden: ein kleiner Franzose mit Baskenmütze, der gar kein Franzose war, und »Mario de la Siera«, ein falscher Graf, der wortgewandt von seinen Weltreisen berichtete, auf denen er von goldenen Tellern gegessen haben wollte. Die »Schleusen des Suez-Kanals« hatten besonderen Eindruck auf ihn gemacht. Von den »Schleusen des Suez-Kanals« erzählte er viel.

Die Dauerschläfer unter ihren Decken: Nur zu den Mahlzeiten standen sie auf, auch da nur zögernd und fremd kuckend, bleiche, aufgedunsene Gesichter. Die Flöhesucher, die Spieler und die Fensterkucker.

Und die Komischen: »Mensch, sei kein Frosch«, sagten die und machten vor, wie sie sich angeblich beim Tribunal benommen hatten: »*Wenn* Sie mich schon aufhängen, *dann* bitte mit dem Arsch nach Osten.« – »Selbstverfreilich«, dieses Wort hörte man von ihnen und: »Ich hab mich vertutet«, statt »vertan«. Von ihnen stammten auch die Schlagwörter, die den Saal verpesteten: »Jede Menge Barzelona« oder »Jupp die Geige«, was sich auf Sächsisch ganz besonders widerwärtig anhörte.

An der Tür stehen, wer da so raus- und reingeht, die Wäschträger mit ihren Tragen, kleine kräftige Burschen, ganz in Weiß, mit schnellen kurzen Schritten. »Macht doch mal Platz!« oder die »Bolnoien« (von »bolnoi« = krank), die Kranken also, die zur Ambulanz geführt werden sollten, Leute mit riesigen Furunkeln und alte Männer, grau, verschrumpelt, traurig ...

Auch Spitzel lungerten an der Tür herum, kleines Geschmeiß, die hielten sich den Magen, als ob sie Schmerzen hätten, witschten raus und machten sich an den Wachtposten ran und erzählten dem, daß es auf dem Saal wer weiß wie viele Ausbrecher gäbe. Der Saalälteste ging dann meistens auch sehr schnell hinaus, der hielt dann »gegen«. Der holte sich Zeugen, die was über den Spitzel wußten, daß der gesagt hat: »Die Russen sind ganz große Dreckschweine« zum Beispiel, oder die es beschwören konnten, daß der Spitzel vorgestern lange am Fenster gestanden habe. Fragte sich, ob der vielleicht selbst ausbrechen will? Sollte man den nicht lieber auf die Zelle legen?

Manchmal gelang es, dieses Gelichter loszuwerden. Manchmal kamen die aber auch mit Frikadellen in der Hosentasche wieder herauf, grinsend, und der Saalälteste beriet sich mit seinen Freunden, was nun zu tun ist, wie man sich da unten bei den Russen wieder einschmeicheln kann, damit man nicht selbst aus der Kurve getragen wird. Manchmal opferten sie drei, vier harmlose Bürger, die gingen dann mit allen Sachen auf die Zelle oder gleich in den Karzer. Dann hieß es: Kopf einziehen: »Die Luft ist eisenhaltig.« Absolut in Deckung gehen, damit man nicht auch noch draufgeht.

Herrlich, wenn sich welche stritten. Wahre Meister des Schimpfens gab es. »Jupp die Geige!« Denen hörte ich gern zu. Dauernd meinte man: Jetzt gehen sie unbedingt aufeinander los. – Aber das geschah nie. Leider.

Immer war ich auf der Jagd nach Streitenden. Das zog mich magisch an. Das war kostenloses Theater.

Zu mir sagte mal einer »du Matschpflaume«, ich wußte gar nicht, was der von mir wollte, ich hatte den noch nie gesehen. »Du bist für mich eine ganz große Matschpflaume.« »Du für mich auch«, hätte ich da antworten

sollen oder: »Na, denn sei froh«, das wär noch besser gewesen, aber das fiel mir erst zu spät ein.
Oder: »Das tangiert mich äußerst peripher.«
Um Krumreichs Koje machte ich einen Bogen, auch wenn er jetzt schon längst nicht mehr da war. Den sah ich immer noch sitzen, die Hände überm Bauch gefaltet. Und wenn der alte Bäckermeister mich rief, der mit seiner Holzbrille, und mir stolz das »Wasser« zeigen wollte an seinen Beinen, die Dellen also, die der Daumendruck hinterließ, oder mir wieder was erzählen wollte von seinen Tibetanern und »dett die Siebzehn jar nich ohne« wär, daß die nur nach Glück aussähe, in Wirklichkeit aber'n Pechvogel reinsten Wassers sei, dann tat ich so, als ob mich grade jemand anders riefe: Du siehst ja selbst, der war eher dran. Aber ich komm nachher mal vorbei, d. h. vielleicht, wenn ich Zeit hab.
Oft sah ich den Stickern zu. Stille Existenzen in geschützten Winkeln, abgeschirmt durch Decken. Gelbe Vögel mit Spruchbändern stickten sie, auf denen »Freiheit, die ich meine« stand oder »Die Gedanken sind frei!«
»Gehst du mir mal'n bißchen aus die Sonne?«
Die lagen immer so halb unter der Decke, weil das Sticken natürlich auch verboten war. Wenn man in ihre Nähe kam, hörte man es leise pfeifen. Oder einer sagte laut: »Acht Pfund!« Dann raschelte es, und man sah nur harmlose Gesichter.
Diese Sticker waren eine eigene Gilde, »Leute ohne Harm«, wie mein Bruder sie nannte.
Das Garn zogen sie sich aus Hemden und bunten Taschentüchern: »Unsere Frauen müßten das sehen, das glaubt ja kein Mensch. – Hast du nicht'n bißchen Grün für mich?«
Wenn Zugänge auf den Saal kamen, dann stiegen diese Leute auf die oberen Pritschen und hielten nach neuen Farben Ausschau. Bei einem entdeckten sie mal einen Damenstrumpf, den hatte der bei der Verhaftung zufällig in der Tasche gehabt. Ein solches Rosa war begehrenswert, das war ja unbezahlbar.

Später mal, draußen, wenn alles vorbei ist – so träumten die Sticker – müßte man eine Ausstellung veranstalten. Motto: »Sie hängten *nicht* die Harfen in die Weiden«. Alle Wände voll mit Stickereien, indirekt beleuchtet, nach Motiven geordnet. Und vorn in einer extra Vitrine das Werkzeug: die selbstgemachten Nadeln – links die primitiven, aus Holz oder aus Draht, und rechts die allerbesten, von gekauften nicht zu unterscheiden – und das ausgezupfte Garn. Das würde dann künden von andern Werten, die erst aufbrechen, wenn man ganz auf sich alleingestellt ist.
Zeitweilig wurde auch erwogen, bereits hier drinnen mit einer Gemeinschaftsarbeit zu beginnen, eine Friedenstaube nach Picasso auszusticken etwa oder den berühmten Händedruck (»Du, Genosse, kamst von links ...«), damit die Russen sehen, daß wir nichts Böses mehr im Schilde führen... Aber das setzte sich nicht durch, das wär ja Verrat, hieß es, den Russen dürfe man nicht in'n Arsch kriechen. Da sei schon besser: »Was ist des Deutschen Vaterland?« Jeder übernimmt es, seine Heimat in ein Emblem zu fassen, alle deutschen Lande, und das wird dann zusammengenäht als großes Triptychon.

Ein Meistersticker lag im Berta-Block, Porzellanmaler von Beruf. Wie der mit wenigen Stichen allerfeinste Waldgräser hinwarf: das war schon sehenswert. Und er hatte feine Hände und immer das allerfeinste Lächeln auf den Lippen.

> Segelt, kühne Schiffer in den Lüften!
> Sucht die Gipfel! Ruhet über Klüften!

Seine Künstleraugen lagen unter Brauen, die wie Katzenschnurrbarthaare nach oben standen: weit blickte er hinaus ins Land.
Mal wieder ein Landschäftchen wasserfärbeln, davon träumte er, oder einen Zyklus nach Lenau: »Drei Zigeuner sah ich einmal«, in Tempera. Linke Tafel: wie der Wagen ankommt, rechts: wie er wieder wegfährt; in der Mitte die drei verwegenen Gestalten und ganz in der Mitte als

Zentrum dieses Triptychons das Zymbal, am Baum hängenderweise.
Auf der Akademie sei er übrigens ziemlich weit ins Menzelische vorgedrungen, da habe er Silber, Zinn und Blech auf einem einzigen Bild nebeneinander malen gelernt. Das könne heute keiner mehr. Lenbach, wenn man das bedenke, der habe »die Frau im Gelben Kleid« gemalt, ohne eine Spur von Gelb!
Mein Gott, ja: Museen: Berühmte Frauenbildnisse: Holbein, Rubens. Was gäb er darum, die noch einmal zu sehen.
Dürers Mutterbildnis – ziemlich anfechtbar: sich selbst wie einen Heiligen darzustellen und die eigene Mutter blöd schielend, voll häßlicher Runzeln und Warzen. Ziemlich taktlos, das könne man wohl sagen. Er hätte seine Mutter doch auch in weniger abgewracktem Zustand porträtieren können, als junge Frau, in der Blüte ihrer Jahre. Und sich selbst ein bißchen weniger beieinander, als Kontrast.
Ob ich mal die Fotos von Hitlers Eltern gesehen hätte?
Jaja, die armen Frauen. Und die armen Mütter. Wenn *er* an *seine* Mutter denke – Gott im Himmel! Kartoffelsuppe mit 16erlei Gewürzen! Eins das andere ergänzend, eine volle Symphonie.
»Junge, hast du was gegessen?«, habe sie immer gefragt, schon als er längstens aus dem Hause gewesen sei. Und nun der Kummer: den eigenen Sohn im Gefängnis zu wissen. Sowas breche einer Mutter doch das Herz!
Ich sollt mal an den Isenheimer Altar denken, wie Johannes da neben Maria steht. Den habe er immer vor Augen. Und, daß kein Johannes in Sicht sei, der *seine* Mutter draußen tröstend in die Arme nähm.

In Waschraumnähe lag ein Sticker eigener Art. Ein nervöses Hemd, der knispelte mit den Fingern. Einmal zeigte er mir ein langes schmales Band, vom Bettlaken abgerissen, auf das er in gewiß wochenlanger mühevoller Arbeit die Geschichte seiner inneren Umkehr gestickt hatte, unvorstellbar winzig und exakt, wie mit einer Lupenbrille: Vormals sei er ein großer Trinker gewesen, draußen, und ein Schieber, das bereue er jetzt.

Am Ende wird das Schwache
doch das Starke sein.

Seit er die Sprüche des Laotse gelesen habe, wisse er, was wirklich wichtig ist.
Man hätte gewünscht, daß die Thora noch länger gewesen wäre, so gut las sich dies Bekenntnis, oder daß er ein bißchen mehr ins einzelne gegangen wäre – wie es dazu gekommen ist, daß er dem Schnaps verfiel. Und die verschiedenen Mädchengeschichten: blond oder dunkelhaarig ... Und ob ihn einer zurückgehalten hat, als er in den Abgrund rutschte, ein Mensch, dem er jetzt Dank schulde. – Und die Eltern, was die dazu gesagt haben, ob die was unternommen hätten, ihn zu retten?
Sowas interessiert einen doch.

Als ich eines Abends mal am Fenster stand und den Dohlen nachschaute, die in die großen Kastanien zum Schlafen einsegelten – eine langwierige Sache, die sich in genau abgestimmter Rangfolge vollzog –, kriegte hinter mir ein Häftling namens Schmidt einen Herzschlag. Dem Toten wurde eine Decke übergezogen, und die Umstehenden erzählten sich gegenseitig, daß sie eben noch mit ihm gesprochen hätten.
Weiter abwohnende Knastrologen baten, man möge doch noch mal die Decke wegziehen, sie wüßten ja gar nicht, ob sie den kennten.
Als er dann hinausgetragen wurde, rief einer: »Achtung«, und alle sprangen auf und stellten sich stramm hin.

31

Ein Brief

Kopenhagen
17. August 1949

Liebe Alle!

Vielen Dank für alles Liebe, was Ihr in der Rostocker Angelegenheit für uns unternehmt. Inzwischen haben sich, wie Ihr sicher schon wißt, auch Robert und Walter gemeldet. Sie schreiben, daß sie 25 Jahre (!) wegen Spionage (?) haben.

Ich weiß immer noch nicht, wie ich mich verhalten soll. Meint Ihr, daß man *direkt* antworten kann? Oder sollen wir erstmal warten, bis sich alles beruhigt hat und wir klarer sehen?

Unsere drei sind dauernd krank. Wenn der eine eben gesund ist, legt sich der andere hin. Sven läuft auch mit *so* einer Gurke herum. Er hat sich beim Segeln übernommen, wurde naß, und: typisch Mann, hat sich dann nicht vorgesehen. Ich sehe schon kommen, wenn er mit seiner Erkältung fertig ist, komme ich an die Reihe.

Nächste Woche wollen wir unser Entree mit Teppichfußboden auslegen. Es graut mir ein wenig davor, sowas hab ich doch noch nie gemacht! Aber Sven sagt, das sei eine Kleinigkeit, und wir können eine Menge Geld sparen.

Wenn alles fertig ist, stellen wir linker Hand die kleine Truhe hin, darüber die Bilder von unserer Lapplandtour im letzten Jahr. Sven hat so schöne Fotos gemacht, wir dachten schon, wir wollten sie mal einschicken an irgendeine Zeitung. Sie sind wirklich sehenswert. Er macht das aber auch mit Wissenschaft. Ich hab von all dem Fotokram keinen blassen Dunst. Wenn ich wirklich mal rankomm mit meiner Box, dann drück ich immer bloß auf den Knopf.

Ich will mich demnächst auch mal typen lassen, mit meinen drei Lütten. Vielleicht kann man ja mal ein Foto

in den Brief an Mutti beilegen. Meint Ihr, daß das Zweck hat? – Es wäre schade, wenn sie deswegen Schwierigkeiten bekäme.
Seid Ihr bitte so freundlich und schickt uns immer die Briefmarken wieder von unseren Briefen? Ihr habt sicher schon gemerkt, daß ich immer sehr sorgfältig frankiere. Sven freut sich schon auf den Winter, da macht er sich dann über all das Zeug, mit Lupe und Wasserzeichensucher, ganz zünftig. Er ist ja unwahrscheinlich akkurat. Wie teuer sind in Deutschland Lupen? Eventuell könnte ich ihm in Hamburg eine kaufen, wenn wir mal wieder dort sind. Ach, ich möchte so schrecklich gerne mal wieder runterrutschen zu Euch, eine Woche »Weide« tät mir schon gefallen, aber erstmal wird datt woll nix, der Geldbeutel muß eisern zugehalten werden.
Das wär's für heut, ich muß mich jetzt auf meine Töpfe stürzen.
Viele Grüße an alle!
Eure Ulla + Sven + eins, zwei, drei.

Wieviele Grundstücke hat Mutti eigentlich? Ich weiß nur von dem in Horn. Vielleicht sollte man sie jetzt rasch verkaufen? Wer weiß, wie das mit all den Trümmergrundstücken wird. Die will doch nachher keiner mehr haben?

32

Walter

Es war nicht leicht, neue Bekanntschaften anzuknüpfen. Man konnte nicht so einfach sagen: »Na, wie geht's?« Wenn man einen interessanten Menschen gesichtet hatte, den man gerne kennenlernen wollte, dann mußte man sich an den heranpirschen und sich regulär bekanntmachen lassen: »Angenehm«, nach allen Regeln der Höflichkeit.
Und wenn man dann am Ziel war, dann hatte der auch längst nicht immer Zeit: Dienstag vielleicht, ja, da ging es, um elf, nach dem Spaziergang ...

Beim Zählappell lernte ich einen Studienrat kennen, der hieß Jochen Opitz.
»Jeden Tag zwei Stunden Schopenhauer und abends eine Stunde Treitschke«, das hatte er sich vorgenommen für draußen.
»Und du bist von der Waterkant?«
Ich sollt ihn mal besuchen, sagte er, und das tat ich dann sehr oft, morgens, während des Reinigungsdienstes oder abends vorm Schlafengehen, wenn das Licht funzelte und die Leute Strohsäcke aufschüttelten und sich in die Falle legten, richtig zusammengekuschelt, bereit, letzte Parolen auszudiskutieren, die fast immer »hauptamtlich« waren (»Jede Menge Barcelona«) und ausschließlich von der nahenden Entlassung handelten, die, wie immer, kurz vor der Tür stand – eine Art Betthupferle, auf das niemand so recht verzichten mochte.
Opitz sah noch gut aus für sein Alter. Unter seinem Kinn hing freilich ein Hautlappen, der mit den Jahren größer werden würde, besonders, wenn er fortfahren würde, in Momenten des Nachdenkens, daran zu zerren. Im Zusammenspiel mit seiner Hakennase würde sich das dann wie bei einem Truthahn ausnehmen. – Er lag im E-Block,

Fensterseite unten, durch Schachspielertische vor Lärm und Gedränge geschützt, Rechtsanwälte und Industrielle in der Nachbarschaft – »gestatte bitte, Kamerad« – quasi eine Art Villengegend mit Bäumen und Kieswegen drum herum. »Würdest du bitte so freundlich sein ...?« Weiß eingezäunt. Exklusiv.
Bei meinem ersten Besuch – »wo wohnt hier Opitz?« – angelte ich nach seiner Hand, um sie nach Saalsitte kräftig zu drücken. Ich kriegte aber nur die Fingerspitzen zu fassen, und auch die überließ er mir nur widerwillig: eine ekelhafte Sitte, dieses Abgepatsche, typisch deutsch, so einnehmend und besitzergreifend. Anstatt um sich werben zu lassen. So wenig Feingefühl! Und das widerfahre einem hier von einem Jüngling, von dem man annahm, daß er über die gleiche Wellenlänge verfüge wie man selbst? Reederssohn aus Roschtock, vermutlich doch mit Dienerchauffeur und nachmittags segeln oder Golf? – Drückt einem hier die Hand... Mein Name kam ihm bekannt vor. »Kempinski«, sei das nicht ein Restaurant am Ku-Damm?
Ihm selbst teile sich die Menschheit in zwei Hälften, die eine nenne ihn Jochen, die andere Joachim. »Jahwe richtet auf«, bedeute dieser Name, er aber sei so frei, den Namen eher mit dem englischen »joke« in Verbindung zu bringen, er tue nämlich prinzipiell nur das, was ihm Spaß macht.
»Für einen Studienrat ein wenig ungewöhnlich, findest du nicht auch?«
Spazierengehen, die Alleen auf und ab nachdenklich schreiten oder im Caféhaus sitzen und die Gedanken reifen lassen... Oft, sehr oft, schweiften seine Gedanken in die Jugendzeit. (Wenn er *mich* so sähe: Jugend: noch nicht wissen, daß man eine Galle hat...) Er faltete die Hände auf den Knien und lehnte sich zurück. Als Kind sei er hübsch gewesen, habe lange schwarze Wimpern gehabt und einen elastischen Gang. »Kennst du den David von Donatello? nackt, mit einem Gärtnerhut auf dem Kopf? und eben wegen dieses Hutes und der hohen Stiefel noch nackter, ausgezogener wirkend und wie dargeboten?«

So sähe er sich heute, wenn er an seine Jugend denke. Die Leute wären auf der Straße stehengeblieben, die hätten sich umgedreht nach ihm.
Er und seine Mutter – ein unzertrennliches Paar. Alles hatten sie gemeinsam unternommen: Reisen, Konzerte, ja sogar das Studium, in gewisser Beziehung, wenn auch per distance: sich gegenseitig Bücher empfohlen, hier lies mal ... und Briefe geschrieben, *lange* Briefe geschrieben (Gott, was habe er für lange Briefe geschrieben!), nachts bei Kerzenschein, das Fenster aufgemacht, die kühle Luft hereingelassen und den Duft der Dunkelheit. Er sei sich natürlich bewußt gewesen, daß das eine unzulässige Wehmut gewesen sei, ein von Sich-gehen-lassen bis zur Sättigung durchtränktes Gefühl: aber trotzdem, so genossen diese Stunden, so genossen ...
Seine Briefe von damals würde er jetzt gern mal wieder lesen, aber: »Hast du mal einen Brief gelesen, den du vor Jahren mal geschrieben hast?« Es ekle einem davor, zu viel flüchtiges, abgestandenes Gefühl sei darin enthalten. *Fakten* müsse man berichten, *viele Fakten*. die seien immer interessant, die stünden niemals ab. (Und wenn es die Fakten des Gefühls wären.)
»Schade, daß man hier kein Tagebuch schreiben kann ...«
Er würde dann an diesem Tage schreiben: jungen Menschen kennengelernt aus Roschtock und so weiter und so fort ... und Erinnerungen auskramen aus der Zeit, in der *er* 20 Jahre alt gewesen sei.
Ein Mann ohne Tagebuch sei wie ein Weib ohne Spiegel, das habe schon Gottfried Keller gesagt; um wieviel mehr müßten *wir* dann so ein Tagebuch führen, die wir doch keine »Weiber« hätten ...
Ein Tagebuch führen, sei keine bloße Beschäftigungstherapie, das sei notwendig, um geistige Substanzen, hier drinnen gewonnen, für die Menschheit festzuhalten. –
»Langeweile? Was ist Langeweile?«
Auch in der Einzelhaft habe er keine Langeweile gekannt, in einer Zeit also, in der man von allen guten Geistern

verlassen vor sich hingedämmert habe. Herrliche Schlachten, wie von Altdorfer: man brauche ja nur die Augen zu schließen. Ganze Dramen rollten da ab.
Aber auch Konkretes. Manchmal habe er die Augen zugemacht um eines Konkreten willen. Den Vater zum Beispiel, den er wissentlich gar nicht gekannt habe, den habe er vor sich gesehen, wie der so geht und spricht und was er denkt. Habe sich eine der wenigen noch überkommenen Fotografien ins Gedächtnis gerufen – schwer genug! – und habe seinem Vater zu-gesehen, wie der über den Alten Markt gegangen sei, den Hut gezogen: Tauben fliegen auf ... »Probier das mal! Das funktioniert.«
Die Mutter habe er auch vor sich gesehen in den langen Abenden der Einzelhaft, wie sie in die Stube tritt, das Brett mit dem Teegeschirr in ihren Händen. Die von großen Adern durchzogenen guten Hände, das zarte Lächeln um die Lippen, den Tee in das hauchfeine Porzellan gegossen, das Armband so zurückgeschoben und sich gesetzt. Goldenen Tee.
(Hände seien ja nicht weniger charakteristisch wie Gesichter, Maler, oh, die wüßten das!)
Gemütlichkeit – er wisse nicht, wenn sie im geistigen Bereich als Stimmung Platz greife, als Ein-Stimmung, wenn sie das täte, dann sei Gemütlichkeit doch geradezu ein Erwartungsnährboden, ein Vorbereiter der Aufmerksamkeit. – Es müsse auf diese Gemütlichkeit natürlich etwas erfolgen, ein gutes Gespräch vielleicht oder ein Gleichklang, hervorgerufen durch sonderbare Vorkommnisse, ein Geräusch auf der Straße oder das Erraten eines Gedankens in seinem Gegenüber. *Das* müsse freilich noch *hinzukommen*, sonst wäre die Gemütlichkeit korrumpiert.
Hier mal gleich ein Experiment zur Einübung von Phantasie! Er werde mir in wenigen Minuten eine Frage stellen, (erst bequem hinsetzen, entspannen und genau aufpassen und in sich hineinhorchen, welche Bilder sich einstellen als Antwort auf die Frage, die er, wie gesagt, gleich stellen werde!).

»Bist du bereit?«
Und er faßte sich an seinen Hautlappen und machte das Gesicht, das man macht, wenn einem gerade etwas einfallen will, obwohl man schon seit längerem weiß, was einem da kommen wird.
Dann richtete er plötzlich seinen krummen Zeigefinger auf mich und fragte streng und nicht ohne die nötigen Kunstpausen, welches *Möbelstück* ich gerade jetzt in diesem Augenblick vor mir sähe, aus meiner Kindheit, aus dem Elternhaus, groß oder klein, Plunder oder Kostbarkeit, ganz egal, über das ich mich vielleicht oft geärgert hätte oder gefreut, an dem ich gehangen hätte oder noch hinge, ein Stuhl vielleicht oder ein Schrank ...
Er, zum Beispiel, *er* erinnere sich gerade jetzt an das Zimmer seiner Mutter, an ein Sofa mit Umbau und kleinen Spiegeln. Oben auf dem Sofa ein griechischer Speerwerfer aus Gips, mit hölzernem Speer. Und daneben – wart mal eben – ja: der Diskuswerfer, der berühmte Diskuswerfer.
Das schwarze Klavier, wie die Mutter da dransitzt, mit hochgezogenen Schultern, den Schuh ausgezogen wegen des Pedals ... er höre sie, genau.
(Und er summte was vor sich hin und schwieg und wiegte den Kopf, und *ich* dachte an die Briefwaage, die auf dem Schreibtisch gestanden hatte, die Gewichte überkreuz: Wenn man oben drückt, schwingt's unten aus.)
Klavierstunde, was ich in der Klavierstunde gespielt hätte, das wollte er auch wissen. Die »Kinderszenen«? »Hasche-Mann«? Und wieder ging sein Blick diffus ins Weite. Er gäbe was darum, wenn er das noch einmal hören könnte, »Fast zu ernst«, oder »Glücks genug«.
Übrigens, die Balkontür, im Zimmer seiner Mutter, die habe meist offengestanden, draußen die herrliche Kastanie: im Frühjahr die Kerzen und im Herbst die nagelneuen glattblanken Früchte, von kleinen Knaben aus der Krone herausgeprügelt.

Im Porte badet junge Brut
mit Hader- oder Lustgeschrei ...

Wenn er an das Zimmer seiner Mutter denke, dann sähe er sie Klavier spielen, und die Balkontür wär offen.

Mai, lieber Mai!
Bald bist du wieder da!

Eine gute Frau, nicht viel vom Leben gehabt.

Jonny sah es nicht gerne, daß ich so oft zu Opitz ging: »Na, wat hatta wieda verzappt?«

Wenn ich zu lange ausblieb, wurde er ärgerlich.

»Wo biste jewesen? Jupp die Jeije! Ick lauer un lauer, un du jehst inne Weltjeschichte spazifizieren ...«

Seine Kumpels machten dann bedripste Gesichter: »Erst hat Jonny dich hierher geholt, und nun läufst du jeden Tag woandershin.«

Auch Robert schüttelte den Kopf, unmerklich zwar, doch langandauernd.

In schweren Fällen dauerten Jonnys Vorwürfe bis spät in die Nacht. Einmal häufte er all seine Sachen auf mich: »So! Und nu stell ick mia in't Hemde hier an't offne Fensta. Und wenn ick 'ne Lungenentzündung krieg, denn hast *du* de Schuld.«

Robert sagte: »Ja.« Er verstünde auch nicht recht, warum ich den ganzen Tag umherliefe.

Gaffe nicht in der Stadt hin und wider
und laufe nicht durch alle Winkel ...

Das komme ihm so rastlos vor, irgendwie krankhaft. Man müsse als intelligenter Mensch doch wie ein ruhender Pol sein und nicht wie so ein Irrlicht.

»Was? Walter? Stimmt das nicht? Hans Dampf in allen Gassen?« – Ich sollt doch mal ehrlich sein.

Ob ich mich nicht mal wieder zu ihnen setzen wollte, wie in alten Zeiten und warm und freundlich plauschen?

Von Großvater Kempowski: ditmal betahl ick noch so, oder: Das ist *natürlich wieder alles falsch*.– Ich sollt mich mal erinnern, wie wir beim Kommandanten um eine räumliche Zusammenlegung gebarmt hätten, und nun wär sie da! Wir machten uns doch direkt lächerlich, wenn wir nun

nicht ein wenig mehr aufeinander eingingen, er meine, uns miteinander befaßten.
Das sei ja direkt kompromittierend.
Er überlege grade, ob wir nicht doch in Rostock blieben, das Geschäft sausen ließen und dafür eine Bar aufmachten, grundsolide, mit Schiffsmodellen unter der Decke und ausgestopften Krokodilen.
»Die kriegt man doch bei jedem Trödler.«
Eine Aquarium-Bar mit Bassins in den Wänden und Schleierschwänzen da drin und Gubbis, diesen Viechern, wo die Mütter bei Gefahr die Kleinen ins Maul nehmen, und wenn die Gefahr vorüber ist, sie wieder rauslassen, daß sie alle wie wild herumpaddeln, ein Anblick lustig und anregend zugleich.
»Und hinter den Aquarien Lampen installieren, die die Fische von hinten beleuchten. Die tauchen die Bar in mildes Licht, außerordentlich angenehm für die Augen«, und über die Decke schwämmen dann still und ruhig diese Fisch-Schatten.
»Was? Du? Wär das nicht was?«
Jonny, als Sohn eines Hoteliers, habe ihm schon die wertvollsten Hinweise gegeben, Rumtopf, wie der gemacht wird oder Bärenfang, an Getränken könne man bis zu 110 Prozent verdienen.
Der Bierkeller wär ja schon da, man kehre quasi zu den Ursprüngen der Firma zurück, zum alten Padderatz mit seiner Kneipe, 1825, der den Kapitänen die Ladungen aufgeschwatzt hatte und Geld gewechselt und so weiter (»Lütt betting gewen«) *, wer wisse es denn, das wär vielleicht eine gute Voraussetzung zu einem neuen Start? Von der Pieke auf? Vielleicht sage man in 40, 50 Jahren: weißt du noch damals, als wir uns in der Aquarium-Bar einen neuen Anfang bescherten? Und lachten dann darüber. – Da könne man ja direkt *jetzt* schon darüber lachen: »Ha, ha, ha!« Oder ob ich etwas auf dem Herzen hätte? Ich sollt ihm

* Plattdt.: Immer ein bißchen was verschenken.

das mal anvertrauen! Dafür wär er doch da. Ob mir das mit Mutter nachgehe, daß die nun auch sitzt? Ich könnt ihm glauben: ihm auch! Ihm gehe das auch nach, und zwar ganz gewaltig. Aber dadurch komme sie ja auch nicht wieder frei, nicht wahr? So sei es doch, oder sei es nicht so? »Ansage mir frisch?«

Unser Schicksal habe irgendwas Einmaliges, Kolossales an sich, wenn man das mal kühl und neutral betrachte. Wenn ihm jetzt zum Beispiel einer erzähle, seine Frau habe sich von ihm scheiden lassen oder pi-pa-po, dann könne er nur lachen. Unser Schicksal sei doch kaum zu überbieten. Vater gefallen, Geschäft in dutt, Mutter eingesperrt (Möbel alle futsch: das hätt er beinahe noch vergessen.). Das wär ja schon bald wie bei Heinemanns in Rostock, die auch von Heimsuchungen in grotesker Weise gejagt worden seien: Ein Drama erster Güte.

Schließlich schickte er mir den Pfarrer auf den Hals. Der rieb sich die gelähmte Hand: Opitz sei kein Umgang für mich, sagte er, er wolle sich da nicht näher äußern. – Wenn man schon seinen Bruder bei sich habe – in so einer Lage! –, dann müsse man doch zusammenhalten. Wie froh würde *er* sein, wenn *sein* Bruder hier bei ihm wäre, ein so wunderbarer Mensch. Ich könnt mir gar nicht vorstellen, was für ein wun-der-barer Mensch das wär.

Und er glitt in einen singenden Tonfall hinüber, sprach über das Brüderliche schlechthin und rezitierte Psalmen.

»Was wollte denn der Pope von dir?« fragte Opitz. Ob ich Lust hätte, heute abend, da komme ein kleiner Kreis jüngerer Menschen zusammen, mit denen wolle er sich über Lyrik unterhalten, ob ich Lust hätte zu kommen?

Und am Abend saßen wir dann mit untergeschlagenen Beinen in seiner Koje: rehäugige Jünglinge mit schmalen Nasen und feinen Mündern, und Übermütige, hier dem Meister sanft und still zur Seite.

Jochen sprach davon, daß Goethe im »Prometheus« das »Aus-den-Angeln-heben-Wollen« der Welt durch Jugend gestaltet habe (Sturm und Drang!) und im »Hexenmeister« das »Die-Bescherung-auslöffeln-Müssen«, und was draus wird, wenn man alles über Bord wirft (Französische Revolution!), und daß man als junger Mensch aufpassen muß mit seinen Unternehmungen, daß man da nicht andere mit reinreißt.

Dichten, das wär kein »Vor-sich-hin-Fühlen«, das wär eiskalte Arbeit: gebändigte Glut. Wie ein Hochofen: der sähe draußen auch nach gar nichts aus.

> Wer seines Lebens vielen Widersinn
> vereint und dankbar in ein Sinnbild faßt...

Wir sollten selbst mal ein Gedicht versuchen, kleine Bilder ziselieren, einen Kran vielleicht oder ein Fahrrad, nur eben hinhauchen und durch plötzliche Wendungen in einen größeren Zusammenhang stellen, durch blitzartige Kombination mit andern Sachverhalten, scharf, spitz, mit wenigen, sehr harten Schlägen. Das genüge schon.

In modernen Gedichten müßten seiner Meinung nach Fahrräder vorkommen: *Das* wär unsere Zeit.

»Laß dia man nich bekaspern«, sagte Jonny, dem ich dummerweise davon erzählte. Ich könnt ihm mal die Wolle halten, die müsse er jetzt auf mehrere kleine Knäuel verteilen. Es könne sein, daß demnächst mal wieder eine Filzung kommt, und dann könne man sie besser verstecken. Im übrigen: er habe beobachtet, daß Kröger sich für Opitz interessiere, und der stehe immer noch mit Krumreich in Verbindung... Noch wär's Zeit auszusteigen! Oder ob ich warten wollte, bis ich mit Opitz zusammen auf der Zelle säße? – Diese Ganoven hätten einen verdammt langen Arm.

An einem Sommerabend rezitierte Opitz den Cornet:

> Reiten, reiten, reiten,
> durch den Tag, durch die Nacht,
> durch den Tag...

Leise las er und eindringlich, und die Sonne fiel auf

seine blau-ädrige Germanistenhand, und die Rechtsanwälte und Industriellen links und rechts, in den Nachbarkojen, ließen das Strickzeug sinken und lehnten sich zurück. Oberschüler Willkowski, einer der rehäugigen flaumigen Jünglinge, der flaumigste und rehäugigste unseres Kreises, dem standen Tränen in den Augen.

Dieses einzige Werk, sagte er schluckend, das würde schon genügen, die Schuld, die wir Deutschen auf uns geladen haben, auszulöschen. Sowas Schönes habe er noch nie gehört. Und er klopfte sich an die beflaumte Stirn, um seiner Gefühle Herr zu werden.

Jochen ließ sein zartestes Lächeln um die Lippen spielen und riet, diesen Sachverhalt noch mal zu überdenken.

Am nächsten Tag durfte ich ihm den Strohsack halten, er wollte die Hose zwecks Bügelfalte drunter legen.

An den Untergang des Abendlandes glaube er nicht; solange Menschen noch ins Gefängnis gingen für eine Idee, so wie wir, sei noch nicht alles verloren.

Was aus uns noch werden solle, wär ihm nicht klar. Es gäbe zwei Möglichkeiten: A, sie würfen uns in Kürze raus, B, sie schafften uns nach Rußland. Irgendetwas würde jedenfalls passieren, dafür habe er ein untrügliches Gespür. Vielleicht sei Rußland gar nicht mal so schlecht. Wenn sich die politische Lage verschärfe, dann sei man in Rußland weit vom Schuß. Und Arbeit gäb es da bestimmt.

Und er erklärte mir den Unterschied zwischen Christen und Kommunisten. Die Kommunisten wollten es gut *haben*, die Christen aber wollten gut *sein*. Und deshalb seien letztere den ersteren überlegen, das Gut-sein nämlich schließe das Gut-haben ein oder es bedinge es.

»Du und ich«, sagte er, »wir beide sind, glaube ich, mausgrau. Wir fallen nicht auf, sind nicht das, was man Persönlichkeiten nennt.« Andere hätten's leichter, großgewachsene Menschen, breitschultrige, die hätten eine sogenannte Vorgabe. Aber schlimm für die, wenn die nicht hielten, was ihr Äußeres verspricht. – Wir hingegen, wir Unscheinba-

ren, wir schöben uns unmerklich nach vorn, Jahr um Jahr, und fielen erst auf, wenn wir schon längst tot sind: »Da war doch wer?« sagten die Leute dann. Und die Lücke werde für sie nur desto schmerzlicher.
Da, in diesem Augenblick, wurde vorne laut gerufen: »Jochen Opitz zur Tür!«, und er ging und kam nicht wieder. Seine Sachen wurden von den Kalfaktoren gepackt und ihm nachgetragen.
»Lauf weg!« flüsterten die Rechtsanwälte und Industriellen mir zu, »sonst steckst du auch mit drin.«

Der Opitz hätte die Jugend verhetzt, sagte der Saal-Kommandant. X-mal sei schon angesagt worden, daß das Zirkeln verboten ist.
Jonny sagte nicht: »Siehste« zu mir. Er fragte nur, ob ich was zu stopfen hätte, dann sollte ich's rauslegen.
Und in der Nacht nahm er meinen Kopf, den kahlgeschorenen, in seinen Arm.
Robert wollte wissen, ob ich schon gesehen hätte, drüben in der Küche, da hätten sie neue Kübel, größere. Vielleicht gäb's bald mehr Suppe.

Das war eine sehr schöne Koje: ich links, Jonny rechts und Walter in der Mitte. Oft denke ich daran zurück. Man wußte, was man voneinander zu halten hatte.
Und dann ein gewisser Humor. Während man bei andern für einen Schnack nur verständnisloses Kopfschütteln erntete – bestenfalls! –, so äußerte es sich bei einem Familienangehörigen, in diesem Falle Bruder, in Gelächter: Kleinste Anspielungen wurden von Walter verstanden.
Es ist ja in einer solchen Lage von großem Reiz, sich in Erinnerungen zu flüchten, Eltern, Schule: »Mach's Buch zu, ich kann's so.« Alleine schon das morgendliche Frühstücken zu Haus: was wurde da geredet, was wurde da gegessen. »Else, Sie haben das Salz vergessen«, dreimal klingeln. »Else, Sie haben *schon wieder* das Salz vergessen.« Das Bunzlauer Steingut, diese herrliche Kaffeekanne, auf'm Jahrmarkt gekauft für billiges Geld, und die Bunzlauer Tassen, 35 Pfg. das Stück, wenn mich nicht alles trügt. Da kriegte man ja schon Appetit, wenn man die bloß ankuckte: »Wackel nicht so mit dem Stuhl!«
Oder das traurige Ende von Großvater Kempowski. Wie der da in seinem Dreck verkam.
An all sowas erinnert man sich in so einer Lage. An jede Einzelheit. *Dies* habe *ich* beobachtet, und *das* hast *du* beobachtet. Die Zigarre des Vaters und das 4711 der Mutter. »Viertausendsiebenhundertundelf«, wie sie immer sagte. – Vielleicht ist es gar nicht übertrieben, wenn man behauptet, daß die ganze Schreiberei, der mein Bruder jetzt ja nachgerade exzessiv frönt, auf damals, auf unsere gemeinsamen Erinnerungsgespräche zurückzuführen ist. Das war doch kostenloses Repetieren.
Immer wieder kam er darauf zurück: Wie war es damals? wie genau? Was für Möbel haben im Wohnzimmer ge-

standen, und wo haben sie gestanden? Und die Tapeten, was für Tapeten waren an den Wänden?

Vielleicht, dieser Verdacht stieg gelegentlich in mir auf, hat er schon gewußt, was er wollte, und hat das Terrain sondiert.

Man verstand sich, dies ist festzuhalten, man verstand sich gut. Wenn die andern dummes Zeug redeten – und dieser Born sprudelte ja den ganzen Tag –, dann haben wir uns manchmal einfach angekuckt, nicht? Brave, biedere Menschen, aber immer nur dummes Zeug. Ein Blick genügte, und die Dinge waren bis in die Wurzeln hinein geklärt.

Walter ist ja an sich ein ruhiger Mensch. In vieler Hinsicht eine glückliche Natur. Ich kann zwar nicht in ihn hineinkriechen, aber ich möchte doch glauben, daß er mich bis zu einem gewissen Grade auch schätzt. So wie ich ihn.

Gelegentlich litt er allerdings an Höhenflug.

Ich möcht so gern ein Blatt an diesem Baume sein.

Da mußte ich ihn dämpfen. »Lyrik« wurde betrieben, also Gereimtes. Eine brotlose Kunst. Es wurde auf der Schüssel was geschrieben, was man nicht sehen durfte, und mit Gesinnungsgenossen in andern Ecken des Saales wurde das erörtert. Schiller: Die Hochzeit in Dings, oder schlimmer noch: Stefan George »eppich und ehrenpreis«. Eine ganz exklusive Sache, euphorisch angehaucht. Nicht jeder wurde für würdig befunden, da mitzutun.

Ich meine, wenn es sich um Morgensternsche Erzeugnisse gehandelt hätte – »und grausig gutzt der Goltz« –, das hätte man sich noch gefallen lassen, aber völlig verstiegene Dinge zu zerpflücken, Luftgespinste ohne jeden realen Hintergrund ... Ob sich der Dichter dieses oder jenes gedacht hat: Wie kann ich wissen, was sich der Dichter gedacht hat? Mir genügt es, wenn ich mich an gewissen skurrilen Zügen erfreuen kann.

Gott, ich weiß noch, wie Walter mal mit was Selbstgemachtem ankam. Hausgebackenes und nicht zu verwechseln mit dem, was er heute, gar nicht ungeschickt, in klingende Münze einzuwechseln versteht, und wie er die Stirn hatte, mir das auch noch zu zeigen! Das war doch – gelinde gesagt –: Schaapschiet. »Gürtet die Lenden«, so fing das an, und auf »Gestirne« reimte sich »Hirne«, das weiß ich noch genau. Da fragte man sich doch: Was soll's? Oder Philosophie. Die wurde da auch getrieben. Das Seiende und das Nichtseiende.

»*Ich* gehe jetzt zu Jochen Opitz«, hieß es, und das bedeutete: »*Du* nicht.« Geschlossene Gesellschaft. Ich weiß noch, wie Vater sich immer über diese Leute amüsiert hat: die Als-Ob-Philosophie ... Zu streiten, ob es den Tisch hier wirklich gibt oder nicht. Sowas ist doch müßig.

Nein, in diesem Kreise wurde man nicht für würdig befunden. Obwohl ich da auch das eine oder das andere hätte andienen können. Oswald Spengler zum Beispiel: »Preußentum und Sozialismus.« Jawoll. Das hab ich nämlich gelesen. Und ich möchte bezweifeln, daß sie das vermuteten, bei mir. Haben gedacht: die kleine Krämerseele ... Fanatismus, zum Beispiel, eine herrliche Definition: »Kleiner Eigensinn und Mangel an Humor.« Das ist Spengler, einwandsfrei. Ich wurde nicht befragt und behielt diese Weisheit folglich für mich. Notgedrungen allerdings. Notgedrungen.

Die Stunden, in denen man miteinander plauderte, die wurden mit der Zeit rar. Ich habe das bedauert. Man hätte wundervoll beieinandersitzen können, dieses und jenes, pipa-po, und getrost auf die Entlassung warten. Aber nein. Während ich mit Jonny Fahlenbach den Frieden genoß, den man da im bescheidenen Umfang hatte, streunte Walter im Saal umher und saß mit allen möglichen und unmöglichen Existenzen auf der Pritsche. Oft mindere Sorte, Krethi und Plethi. Ich weiß nicht, was er sich da alles hat erzählen lassen, und ich kann auch nicht beurteilen, inwieweit es ihm nützte.

Es kam soweit, daß man sich am Tage schließlich nur noch ganz sporadisch sah. Wie ein Kostgänger steuerte er unsere Koje an, als ob er da nur eine Schlafstelle hätte. Die andern fragten schon: »Was ist denn bloß mit deinem Bruder los? Seid ihr denn verfeindet?« – »Was weiß ich?« konnte ich da nur antworten. Soll ich meines Bruders Hüter sein? Kann ich in ihn hineinkriechen?

Vermutlich spielte auch Übersättigung eine Rolle. Wenn man so dicht aufeinander sitzt ... Ich habe meine Fehler, das ist klar. Und ich bin vielleicht in dieser oder jener Hinsicht ... Ich meine, vielleicht kann ich ihm hier und da das Wasser nicht reichen. Das Klügste, was man tun kann, das ist: Sich seiner Grenzen bewußt zu sein, und das bin ich mir nachgerade. (Ich weiß nicht, ob auch ihm das gegeben ist.)

Ich rang mich schließlich durch, ihn gehen zu lassen. Man kann einen Menschen nicht halten; wenn er einen satt hat, dann muß man ihn eben gehen lassen. Man muß sagen: »Ich bin immer für dich da«, die Tür also offen halten, in gewisser Beziehung. Aber nicht hinterherrennen. Hinterherrennen, das ist übel und unsinnig, das tun Leute, die unsicher sind und haltlos, die es nicht schaffen zu sagen: Ich bin ich, und du bist du.

Ich erhielt leider sehr wenig Post, obgleich ich stets schrieb: »Ihr dürft nun alle laufend dauernd schreiben ...« Mein gutes Füchschen bekam jeden Tag ganze Stapel Briefe, Bilder usw., und ich kriegte alle vier Wochen vielleicht mal eine kurze Nachricht von meiner Tochter oder meinem Bruder. »Mir geht's gut, es scheint die Sonne«, so ungefähr. Liebend gern hätte man gewußt, was die Kinder machen, meine drei süßen kleinen Enkelkinder (wie hat man sich danach gesehnt!), oder mal was Genaueres gehört über die Vermögensverhältnisse, man tappte da völlig im dunkeln: Auf der Pritsche hat man gelegen und sich das Hirn zermartert: Was tust du bloß, wenn du wieder rauskommst ...? – Ganz einfache Leute entwickelten in dieser Hinsicht ungeahnte Talente, man konnte nur staunen, die hatten den Bogen heraus. Die trafen sich ja auch draußen, machten sich ausfindig und tauschten Nachrichten. – Ich konnte schreiben, was ich wollte, die einzige Reaktion war: Mein Name ist Hase, ich weiß von nichts. Aber auch daran gewöhnte man sich. – Nachdem ich lange darum gebeten hatte, schickten sie mir schließlich auch Bilder von meinem Mann und meinen Kindern. Aber das war alles recht kläglich.

(Einmal schrieb mir Silbi plötzlich, aus heiterem Himmel, ich wußte gar nicht, wie ich zu *der* Ehre kam: sie sei wieder in Rostock gelandet.)

Den Jungen durfte ich nicht schreiben. Was ich denen denn schreiben wollte? wurde ich gefragt. Ich sollt mich nicht so anstellen. »Wie soll's denen schon gehn? Denen geht's gut.«

Im Herbst 1949 wurden plötzlich Frauen zur Reinigung einer bisher noch leerstehenden großen Baracke abkommandiert. Ein Wagen mit Tannengrün kam, die Wände

der Baracke wurden damit geschmückt, es wurde sogar ein kleines Harmonium hineingetragen. Man war voller Aufregung: es gibt Gottesdienst, wurde gemunkelt.
Kurze Zeit später hieß es dann tatsächlich: »An dem und dem Tag ist Gottesdienst, wer hingehen will, der soll sich melden.« Die Frauen sollten sich recht sauber anziehen und ein bißchen zurechtmachen.
Das war nun eine aufregende Sache, denn bisher hatte es keinerlei kirchliche Betreuung gegeben, obgleich im Männerlager auch einige Pastoren saßen, die gut Gottesdienst hätten halten können.
Ein emsiges Treiben begann. Die Frauen vermengten das Rot des Feuermelders mit Salbe und schminkten sich damit die Lippen. Sie wickelten sich ihr Haar und frisierten sich, ich weiß nicht wie, liehen sich von denen, die nicht zum Gottesdienst gehen wollten, anständige Mäntel und die besten Schuhe, die sie kriegen konnten.
Tatsächlich kam dann Probst Grüber. Er sprach über »Phil. 4/5, Eure Lindigkeit lasset kund sein allen Menschen. Der Herr ist nahe!« Wir sollten einen Schlußstrich ziehen unter die schrecklichen Erlebnisse, damit wir eines Tages gereinigt und befreit nach draußen in die Freiheit hinaus kämen. Immer wieder diese Rache, das führte ja zu nichts. Nach dem Gottesdienst stand er an der Tür und gab jedem die Hand, eine Geste, die man dankbar annahm.
Der katholische Bischof, der anschließend eine Messe hielt, hatte Gebetbücher, kleine Gesangbücher und Schriften mitgebracht, die er an die Gefangenen verteilte. Ihn begleiteten sogar Ministranten, und es soll sehr feierlich gewesen sein. Viele von den Evangelischen gingen auch einfach mit dorthin und wurden nachher sehr beneidet, denn der Bischof hatte einen großen Kasten der wunderbarsten Schokolade mitgebracht, und jeder bekam einen Riegel. – Alles war außer sich, daß Probst Grüber sich in dieser Beziehung überhaupt nicht gerührt hatte.

Später kriegten wir dann unsern guten Pfarrer Schubert, der sehr viel für uns getan hat, ganz im stillen, ohne viel Aufhebens davon zu machen. Der brachte mir auch regelmäßig Nachricht von den Jungen und erzählte mir, daß sie gesund wären. Briefe hat er allerdings nicht mitgenommen, das mochte er nicht tun, was ich verstehen kann.

Kurz nach diesem Gottesdienst entdeckten die Frauen in der Zeitung – Zeitungen gab es sehr unregelmäßig, meist war viel herausgeschnitten – einen Aufsatz von Grüber über seinen Gottesdienst bei uns. Er hätte gedacht, schrieb er, daß er Elendsgestalten zu sehen bekäme, in jämmerlichem, verkommenem Zeug, blaß und halb verhungert. Er sei aber angenehm überrascht gewesen über die wohlfrisierten, gut aussehenden Frauen. – Darüber waren die Frauen natürlich außer sich, die wollten ja viel lieber, daß er geschrieben hätte, sie wären in einem jämmerlichen Zustand gewesen und hätten gottserbärmlich ausgesehen. Aber sie waren ja selbst schuld, warum hatten sie sich so herausgeputzt!
Allerdings hätte Grüber so etwas ja auch nicht zu schreiben brauchen. »Die Baracken hell und licht . . .« Das hätte ja weiß Gott nicht nötig getan. Was hatte er nun davon.
Nach diesem Gottesdienst gab es nun häufiger mal Kirche, und zwar mit den Pastoren aus dem Männerlager, und das war eine große Erleichterung, die die Gemüter sehr in Bewegung setzte.
Dann kam Weihnachten. Auf einer der Barackenstraßen stand plötzlich ein großer Weihnachtsmann aus Holz, der hatte einen Sack auf dem Buckel, aus dem lauter Entlassungsscheine herausfielen. Es hieß, wir würden alle entlassen.
Das war eine Aufregung! Alle Schranken fielen, man ging einfach in andere Baracken und unterhielt sich mit wem man wollte, und niemand kümmerte sich darum. Manche Frauen verschenkten alles, was sie hatten, weil sie dachten: das brauchen wir ja doch nicht mehr. Ich sagte

immer: »Kinder, Kinder, noch sind wir nicht draußen...« Im Januar 1950 wurden wir alle buchstabenweise verlegt. Alle K's kamen z.B. zusammen, damit man besser gefunden werden konnte. Unsere Baracke stieß an die Karzerstraße, wo sich die Steinkarzer befanden, und dahinter war das Männerlager. Findige Frauen hatten aus den blinden Fenstern Scheiben herausgehoben und steckten ihren Kopf hindurch, dann konnten sie das Aufrufen und Abmarschieren im Männerlager hören. Es war eine große Aufregung. Als das Männerlager leer war, kamen wir dran. Eine Baracke wurde geräumt, in der wurden wir alle gefilzt. Wir mußten uns splitternackt ausziehen und unsere Sachen in den Koffer legen. Die Schuras nahmen vorne an Tischen alles heraus und warfen es wieder hinein, wenn sie es genug beäugt hatten. Dann mußten wir auf die andere Seite der Baracke gehen, uns dort anziehen und draußen antreten. Bei dieser Aktion hatten die Schuras mein Kleid in einen anderen Koffer geworfen. Ich lief in Unterrock und Schlüpfer herum und schrie händeringend nach meinem Kleid. Da hör ich gerade noch, wie eine sagt: »Herrgott, dies Kleid gehört mir ja gar nicht, wessen Kleid ist das denn?«
»*Mein* Kleid, um Himmels Willen, gib's her!«
Man war so schwach und angegriffen und aufgeregt. Alles war stockfinster, nur die großen Scheinwerfer brannten. Ein kleines nettes Mädchen aus Neuruppin – sie kannte die Jungen – nahm sich meiner sehr niedlich an. Wenn man älter ist, kann man den Koffer nicht mehr so tragen.
Als wir endlich mit dem Filzen fertig waren, wurden wir ins Männerlager geführt, das sich allmählich füllte. Von den 1800 Frauen wurden 600 entlassen, 1200 – darunter auch ich – wurden den Deutschen übergeben: »Zum weiteren Strafvollzug«, wie es hieß.
Es war ein großes Durcheinander in diesen Tagen. Organisieren können die Russen ja nicht. Wir bekamen kein Essen, keinen Kaffee, alles ging drunter und drüber. Dabei hatte ich noch so einen wahnsinnigen Ischias, ich konnte

nicht liegen und nicht sitzen. Nachts stellte ich mich an den heißen Ofen.
Endlich wurden wir alle auf einen großen freien Platz gerufen, dort stand ein Russe auf einer Kiste und rief alle einzeln auf. Wir mußten unsere Sachen nehmen und wurden durch die Kommandantur geführt in das große Theater, dort setzten wir uns und warteten.
Schließlich wurde man in einen Saal gerufen, dort saßen immer ein Russe und ein deutscher Volkspolizist nebeneinander, die legten uns einen Auszug des Gerichtsprotokolls vor, den wir unterschreiben mußten. Damit waren wir den Deutschen übergeben.
»Und dann«, sagte der Volkspolizist zu mir, nachdem er mir allerhand vorgelesen hatte, »und dann ist hier vermerkt, daß 1 Ring mit grünem Stein und Saphiren, 1 Ehering, 1 silberne Brosche und 30 Mark hinterlegt sind.« Bei diesen Worten nahm er aus einem Bord eine Juwelierstüte und schüttete sie vor mir aus.
»Oh ...« sagte ich nur und wollte mir gleich meine Ringe aufsetzen.
»Halt! Nein!« rief der Volkspolizist, »das kriegen Sie erst, wenn Sie auf freien Fuß gesetzt werden.«
Dann wurden wir in Omnibussen zum Güterbahnhof gefahren. Kein Einwohner durfte sich auf der Straße sehen lassen, alle 50 Meter stand ein Russe mit einem Bluthund und mit geladenem Gewehr.
Die Viehwagen waren etwas geräumiger als auf dem ersten Transport. Die Pritschen auf beiden Seiten hatten nur 2 Böden, und die Gitter links und rechts fehlten. Da ich mit meinem Ischias nicht sitzen konnte, habe ich fast immer in der Mitte gestanden am heißen Ofen. Einen Tag und eine Nacht waren wir unterwegs, es war eine Qual. – In der Mitte war auch das Tönnchen; eine der Frauen hatte vergessen den Deckel abzunehmen – alles schwamm, es war widerlich.
Zu essen gab es nichts.
Dann hielt der Zug im Bahnhof Gesundbrunnen. Auf dem

Vorortsbahnsteig liefen Leute in Karnevalskostümen umher – es war ja Februar –, die wollten zum Fasching. Die gefangenen Frauen weinten und schimpften: »*Die* gehen zum Karneval, und *wir* müssen hier sitzen!« Dann sangen sie, um sich bemerkbar zu machen, ganz laut Volkslieder und Schlager. Die Wachmannschaften rannten von Waggon zu Waggon und hauten gegen die Türen, wir sollten unseren Mund halten!
Aber die Frauen ließen sich nicht stören, sie sangen durch die kleinen Viehfensterlöcher.
Die Menschen auf dem Bahnsteig hörten uns natürlich nicht. –
(An den Waggons stand übrigens: Zucker nach Chemnitz.)
So fuhren wir durch die Gegend. Es ging nach Süden. Vormittags gegen 10, 11 Uhr wurden wir in Stollberg ausgeladen. Es wimmelte von Volkspolizei. »Was? Immer noch mehr?« fragten sie erstaunt, es war ein sehr langer Zug, über 40 Waggons.
Dann ging's in sehr schönen Omnibussen weiter. Hoheneck liegt 800 Meter über dem Meeresspiegel, schon von weitem konnte man es liegen sehen.
»Kinder«, rief ich, »da kommen wir hin, dort ist unser Zuhause!«

IV. Teil

Ich habe nie an Ausbruch gedacht, all die Jahre nicht. Ich hab mir gesagt: »Wartst deine Zeit ab« ... W. P.

Ich hab wochenlang am Fenster gestanden und hab das ganze System nach Lücken abgeklopft: »Es muß doch eine Lücke geben«, hab ich immer gedacht, aber es gab keine ... H. St.

Als ich in der Schneiderei arbeitete, kam ab und zu ein Lastwagen, der holte die fertigen Sachen ab. Es wäre eine Kleinigkeit gewesen, in einem unbewachten Augenblick aufzusteigen und sich zudecken zu lassen. Ich weiß heute nicht mehr, was mich davon abgehalten hat. Vielleicht war es die Angst, daß mich einer verpfeifen würde ...
C. M.

Drei Leute sind mal aus einem Saal ausgebrochen, das war ein klassisches Stück. Sie haben die Gitter angesägt und mit einem feuchten Handtuch auseinandergebogen. Dann sind sie mit Bettlaken 15 Meter tief in den Hof hinabgestiegen. Unten haben sie dann einen Zaun aus der Erde gezogen, einen Holzzaun, der schon so ziemlich abgemodert war, und den haben sie als Leiter an die Mauer gestellt. Direkt neben dem schlafenden Posten sind sie hinüber und weg ... L. K.

Eines Tages fehlte einer beim Zählen. Überall haben sie ihn gesucht. Hinter der Schusterei war ein Löschwasserteich, direkt daneben lagen seine Sachen. Da dachten sie: der hat sich ertränkt und haben das ganze Wasser abgelassen. Nischt! – Der war längst in Berlin ... E. H.

Einer, der arbeitete auf der Paketstelle, so'n dürrer Asket, der hat seine eigenen Pakete zurückgehen lassen, und unter das Packpapier hat er Anweisungen geschoben, sie sollten ihm Pistolen schicken. Mit diesen Pistolen sollte ein Massenausbruch bewerkstelligt werden. Aber irgendwie flog die Sache auf, und da haben dann ein paar Mann unheimlich lange auf Einzelhaft gesessen ... H. St.

1954 sollte ein Massenausbruch über die Bühne gehen. Man wollte die Posten überwältigen und das Tor stürmen. – Ich hab mir diesen Plan in allen Einzelheiten angehört und hab mich mit meinen Freunden besprochen, und wir waren uns klar darüber, daß das ein Wahnsinn gewesen wäre. – Wir haben dann zuverlässige Leute gesammelt, und wenn das Signal gekommen wäre, dann wäre einer von uns auf die Pritsche gestiegen und hätte gesagt: »Ruhe! Laßt euch nicht reinlegen!«
In dieser Zeit sind wir unheimlich oft aufs Klo gegangen ... H. St.

Ich sagte mir immer: fliehen? Das ist doch Unsinn. Eines Tages gehen wir einfach nach Hause ... K. H.

35

Im Herbst 1949 – im Oktober, November, so um die Drehe rum – merkte man plötzlich: hier ist was im Busche! Die Behandlung wurde besser, freundlicher, ja geradezu fürsorglich. Den sogenannten »Distrophikern« (ein schönes Wort für »Halbverhungerte«) wurde Sondernahrung eingeflößt: Kartoffelmus und Gulaschsoße, hinterher Vanillepudding, und Saal 6 wurde sogar Kino. Jawohl: Kino. Was sie für eine schöne U-Bahn hätten, in Moskau, das zeigten sie uns und die berühmten Erfüllungs- und Übererfüllungsfilme.
»Kein Zweifel«, dachten wir, »es geht nach Hause!«
Die Russen wollten uns damals wohl auch ans Licht der Sonnen befördern, aber Ulbricht hat sein Veto eingelegt, der hat vermutlich gemeint, daß die »junge Republik« uns, die politischen Schwerverbrecher, nicht verkraften könnte.
Im Februar 1950 wurden wir also den Deutschen übergeben. Wir mußten unsere Sachen packen und wie durch eine Schleuse vom »russischen« Saal in den »deutschen« hinüberwechseln. Mit unserm Bündel schoben wir uns an langen Tischen entlang, an denen Russen und Volkspolizisten saßen. Für jeden Gefangenen gab der Russe dem VP-Mann ein einziges Blatt Papier in DIN A 4-Format. Auf diesem Blatt stand weiter nichts als Name und Strafmaß. Sie verglichen das Foto, glotzten einen also an, ob man das ist oder nicht, und dann war man »übergeben«. (Viel anders kann das beim Sklavenhandel auch nicht gewesen sein, im vorigen Jahrhundert.)
Wir fühlten uns unsern neuen Bewachern zunächst sehr überlegen, denn wir hatten schnell heraus, daß sie die Situation absolut nicht im Griff hatten. Diese Unsicherheit, nicht wahr? die überträgt sich. Wenn Hunde mer-

ken, daß man sich vor ihnen fürchtet, dann greifen sie an. Nun, wir waren keine Hunde und griffen folglich auch nicht an, aber: wir bekamen Oberwasser, wurden keck, z. T. sogar obstinat. Ich erinnere mich genau, wie wir bei den Deutschen zum ersten Mal spazierengingen, im Ostvorhof, mit unseren zerschlissenen, verdreckten und aufgeriebenen Anzügen. Von Antreten und Gleichschritt konnte keine Rede sein, wir gingen wie so Lords da auf und ab, promenierten da herum, plaudernd, die Hände in den Taschen. Unsere neuen Bewacher standen in einer Ecke und starrten uns fassungslos an.
Was die wohl gedacht haben, als wir aus den Sälen herausquollen! Ich bin heute noch der Meinung, daß die gar nicht geahnt haben, wie viele Menschen in Bautzen saßen. (Bei dieser Gelegenheit entdeckte übrigens einer von Jonnys Crew seinen Schwager unter den VP-Leuten. Weiß nicht, ob ihm das was genützt hat. Glaub's kaum.)
Normalerweise kam man an die Volkspolizisten gar nicht ran, aber jedesmal, wenn einer auf dem Saal erschien, wurde der umringt und in Gespräche verwickelt: Wir wären vom Russen verurteilt, und das wär Freiheitsberaubung, und warum wir keinen Rechtsanwalt bekämen, wir wollten eine Revision unseres Verfahrens und so weiter, und so fort, etc. pp. – Man überreichte diesen minderbemittelten Leuten sogar Protest-Resolutionen, ausgearbeitet nach friedensmäßigen Gesichtspunkten, von ausgefuchsten Advokaten, die da ja auch in Hülle und Fülle saßen. Eine dieser Resolutionen hatte über 50 Paragraphen: »Ad eins, ad zwei« in dieser Richtung, und sie gipfelte darin, daß man der Verwaltung vorschlug, Kohl in der Feuerzone anzubauen, um der Hungerei ein Ende zu machen.
Sogar Gedichte wurden aufgesagt. Proteste in Reimform:

> Wir bluten aus seelischen Wunden,
> weil man uns noch nicht versteht,
> man läßt uns die Hände gebunden,
> wo es um Höheres geht ...

Sowie sich Polizisten auf dem Saal sehen ließen, wurde das

aufgesagt. Der Dichter dieser Reime, ein blasser Kümmerling mit Namen Willkowski, wurde dann nach vorn gezerrt, der mußte das rezitieren.
Das hat aber alles nichts genützt.
Diese Polizisten sagten immer bloß: Jaja und soso. Was sollten die auch sagen? Das waren doch ganz einfache Leute.
Mancher sagte auch: »Ich seh das ja ein, aber ich kann's nicht ändern. Ich werd's weitergeben.«
Mancher hat sich auch weggemeldet.

Als die Häftlinge merkten, was die Glocke geschlagen hat, daß sie also nicht nach Hause kämen, sondern weiter sitzen würden bis zum St. Nimmerleinstag, da gingen die Wogen der Erregung hoch. Die Wut erreichte ihren Höhepunkt, als die Verpflegungssätze von heut auf morgen nahezu halbiert wurden, eine kolossale Sauerei. Außerdem gab es statt der gewohnten Butter übelriechendes Darmfett und mittags »Zudelsuppe« aus rohen, geriebenen Kartoffeln, wie Rotze aussehend, zweifellos eine sächsische Erfindung. Herrgott, war das ein Geschimpfe! (Ich bin weiß Gott bedürfnislos, aber das war auch mir zu viel.) Bei den Tbcern nahm die Rebellion ihren Anfang. Die mußten nun erleben, daß man ihnen das gewohnte Weißbrot vorenthielt und statt dessen einen dubiosen Hefetrunk kredenzte, wovon sie dann ganz aufgedunsen waren, ohne Saft und Kraft.
Den sicheren Tod vor Augen haben sich diese Leute dann erhoben, haben die Fenster aufgerissen und ihren Unmut herausgeschrien. Ich würde sagen: Merito, denn es ging ihnen an die Substanz, und wenn einem *das* widerfährt, dann muß man sich bemerkbar machen. Wir hörten das Schreien deutlich, ein sehr schöner Tag war es, blauer Himmel, milde Luft, und dann, wie aus einem Fußballstadion: »Wir rufen das Rote Kreuz!« Vom Tbc-Haus griff das Schreien auch auf unsern Saalbau über, das pflanzte sich so fort: »Wir rufen das Rote Kreuz«, wurde also skandiert,

und: »Wo ist der Bischof von Bautzen?«. Der Bischof von Bautzen wurde ständig herbeizitiert. Auf den setzte man große Hoffnung (Was der wohl gesagt hat, als man ihm das berichtete!) Ich stand am Fenster und hab mir angekuckt, wie sie da schrien und wie dann die Polizei kam und mit Wasser spritzte: ffft! ffft! ffft! Mitgetan hab ich nicht, das hab ich jüngeren Leuten überlassen. Ich hab gestanden und hab gekuckt und hab gedacht: watt ditt wohl wird ... Daß da nichts Gutes herausbraten konnte, mußte jedem klar sein.

Draußen auf dem Feld sammelten sich schließlich Leute, Zivilisten also, die schüchtern winkten, und auch in den Häusern, die um die Strafanstalt herumlagen, sah man vereinzelt Reaktionen.

Als die Polizei schließlich mit Gewehren aufzog, gab's die große Ernüchterung: das Schreien flachte ab, und man beruhigte sich. Keiner hat allerdings geglaubt, daß die Polizei noch eine Knüppelei veranstalten würde. Wir konnten uns zuerst gar nicht erklären, was in dem Saal über uns los war. Wir hörten das Getrappel und Gepolter. Bis einer sagte: »Ich glaub, die prügeln da oben.« Ich sehe Walter noch, wie er die Brille abnimmt und sich seinen dicken Pelzmantel anzieht, eine Jacke drunter. Wir kuckten uns an: »Horridoh!« nicht wahr? Und dann ging die Tür auf, und ein Haufen kräftiger VPer kam mit Gummiknüppeln in den Saal, tatendurstig und zum Teil gereizt. »Alles raus!« riefen sie.

Kriegsbeschädigte und Greise durften auf der Pritsche liegenbleiben, wir andern wurden aus dem Saal geprügelt, was noch vergleichsweise harmlos war. Ich hab mich in gesundem Selbsterhaltungstrieb in die Mitte gedrängt, in Sichtweite von Walter, der die Augen aufriß.

Dann ging das eigentliche Spießrutenlaufen los: wie zu Zeiten des Soldatenkönigs. Auf dem Mittelgang des Saales standen die VPer, rechts und links, Gummistöcke in der Faust. Und dann wurden die Leute in Gruppen von vier, fünf Mann durch die Gasse in den Saal hineingedro-

schen. Mittelalterlich und kaum zu glauben. Einem Durchhauen des gordischen Knotens vergleichbar, ohne jedes politische Feingefühl und typisch östlich. Ich war damals noch verhältnismäßig gut in Schuß – konnte ziemlich schnell rennen und hab nicht viel abgekriegt. (Meine Brille hatte ich natürlich vorher abgenommen.)
Aber manchem ist es übel ergangen. Wenn man so einen Gummiknüppel ins Gesicht kriegt, dann gute Nacht. Da können unter Umständen die ganzen Zähne flöten gehn.
Mancher hat die Jacke übern Kopf gezogen, nach der Devise: wenn *ich* niemand sehe, dann sieht *mich* auch keiner (wie Kinder das tun). Ein unsinniges Unterfangen, denn wenn man eine Jacke über dem Kopf hat, kann man ja gar nicht sehen, wohin man läuft! Ich weiß nicht, ob die durchs Knopfloch gelinst haben, denkbar ist's schon.
Außerdem: wie sieht das denn aus!
Nein. Ich bin von einfachen Überlegungen ausgegangen, ruhig, fast kaltblütig. Ich hab mich möglichst weit rechts gehalten, mit wachem Blick und meine Chancen witternd. Die einen konnten mich logischerweise nicht erreichen, und die anderen, auf meiner Seite, die konnten nicht richtig ausholen.
Walter ist hingefallen, ein Polizist hat ihn mit'm Fuß unter die Pritsche gestoßen – ein Akt der Mildtätigkeit. Unter dieser Pritsche ist er dann klugerweise ganz ruhig liegengeblieben.
Die Volkspolizisten selbst haben zu einem nicht unbeträchtlichen Teil lediglich geschoben und gestoßen, das muß man fairerweise sagen. Ältere VPer hatten sogar Tränen in den Augen, die billigten das nicht. Aber mancher geriet eben doch in Rage. Ich seh noch diesen Zwerg, wie hieß er noch, diesen Giftling, der uns dann später noch das Leben reichlich schwer gemacht hat, der hatte Schaum vorm Mund und schrie: »Schlagt sie auf die Köpfe! Immer auf die Köpfe!«
Einige Häftlinge haben sich aber auch herausfordernd benommen. Helm Feghelm, dieser sonderbare Ritterkreuz-

träger zum Beispiel, mit dem Walter sich angekumpelt hatte, ein Mensch, der seinen Brustkorb herausstreckte, um »grade Haltung« zu demonstrieren. Dieser Mensch versuchte, in einer Art Winkelried-Gesinnung aufrecht durch die Gasse zu gehen. Den haben sie aber zusammengeprügelt! Jungedi! Das hätte ich nicht abkriegen mögen.
An sich ja anerkennenswert, hier Haltung zu bewahren (wenn wir das nun alle gemacht hätten!?), aber: Mir geht das Gefühl für solches Märtyrertum ab, ich bin mir selbst der Nächste, wenn man das so sagen darf. Ich meine: Was nützt einem die schönste Haltung, wenn man anschließend ohne Zähne herumläuft oder mit 'ner Sattelnase oder gar in Siechtum verfällt. Besagter Feghelm wurde dann ja auch ins Lazarett geschafft. Weiß nicht, ob er später hier im Westen einen Orden erhalten hat. Glaub's kaum.
(Was ich – andererseits – ziemlich geschmacklos finde, ist, daß ältere Gefangene den Polizisten einreden wollten: geschrien hätten nur die Jungen.)
Als wir dann wieder allein waren, herrschte zunächst völlige Stille. Und dann ging's los, das Gejammere, und jeder zeigte dem andern seine Wundmale. Einem hatten sie ein Auge ausgeschlagen, und einer redete sogar irre. Den haben sie rausgeholt, von dem hab ich nie wieder was gehört.

Ja, das war die Knüppelei, das war unser »17. Juni«.
Ziemlich mittelalterlich, das muß ich schon sagen, ziemlich mittelalterlich.
Von da an hatten wir keine Illusionen mehr. »Die Polizei, dein Freund und Helfer«. Von da ab herrschten klare Fronten.

Die Omnibusse fuhren auf den Innenhof. Leider war ich eine der ersten, die ausstiegen; ich kam ins Zellenhaus. Andere hatten mehr Glück, die kamen auf Säle.
Zelle: Den ganzen Tag saßen wir in dem Kabuff, ohne jede Arbeit, und glotzten uns an wie die Ölgötzen.
Jeden Morgen gab es dicken muffigen Haferflockenbrei, den konnte man mit einem Beil zerschlagen. »Kinder«, sagte ich, »wenn *ihr* das essen wollt, *ich* kann's nicht runterkriegen. Wenn das so weitergeht, verhungere ich hier.«
Das Brot war sauer und klitschig, das konnte ich auch nicht essen, das wollte einfach nicht rutschen, und die Gemüsesuppe, das war das pure Wasser. Und wenn wirklich mal etwas Fleisch drin schwamm, dann war es Gekröse oder kam aus »Celebes«. – Wir beschwerten uns darüber, aber der Kommandant – ein Tscheche – sagte hohnlachend: was wir eigentlich wollten, wir sollten dankbar sein, daß er uns überhaupt etwas gibt, wir wären Verbrecher; das beste wär, wir würden alle an die Wand gestellt und niedergeknallt. – Die Frauen waren außer sich! Das war ein Geheul und Geschimpfe, es war entsetzlich.
Der Tscheche wurde nach einem Vierteljahr abgelöst. Wir bekamen »Ludwig den Lüsternen«, den »Fleischbeschauer«, wie er auch genannt wurde. Der stolzierte wie ein Hahn umher, wir sagten immer: der trägt wohl ein Korsett. Ludwig der Lüsterne liebte es, morgens früh durch die Spione zu gucken und die Frauen beim Waschen zu beobachten. Er ging auch gerne durch die Schlafsäle und sah sich die Unterwäsche an, die an den Holzbetten hing.
Wir hatten es bei ihm aber besser als bei diesem Tschechen. Weihnachten sagte er: »Also Kinder, an dieses Weihnachtsfest sollt ihr euer ganzes Leben denken. Ihr sollt so viel zu essen haben, daß ihr platzt . . .«

Am Weihnachtsabend gab es dann Schalen voll Kartoffelsalat, und der sättigt doch so! Und am nächsten Tag bekamen wir Kasler mit Kartoffeln und Soße. Wir wußten gar nicht, wo wir das alles lassen sollten. Es hieß immerlos: »Nachschlag! Alle *müssen* nehmen!« Und wir konnten gar nicht mehr. Tage danach stand das noch überall herum.

Ludwig der Lüsterne hatte sogar einen großen Tannenbaum besorgt, der stand auf dem Hof. Das war doch immerhin eine Geste! Wenn man so gar nichts hat, ist man doch für alles dankbar.

In der Zelle war es sehr langweilig. Wir hatten ja absolut nichts zu tun. Nichts zu lesen, nichts zu schreiben, keinerlei Abwechslung. Von Radio ganz zu schweigen. Das war ja unerhört. Die hätten uns doch wenigstens eine Bibel reingeben können oder was zum Handarbeiten. Nichts.

Unsere kleine Zellenbesatzung paßte wenigstens ganz gut zusammen. In andern Zellen muß das ja furchtbar gewesen sein. Da hatten wir noch Glück. Wir haben uns Geschichten erzählt, von zu Hause, und manchmal Volkslieder gesungen.

Inge Schaubert war vor dem Krieg in Indien gewesen, davon erzählte sie viel, die hatte eine ganz lederne Gesichtsfarbe und konnte reiten und schießen. Jahrelang hat sie, von jeder Zivilisation abgeschnitten, auf sich allein gestellt, eine Teepflanzung geleitet. Eine tüchtige Person.

Schwester Margret, eine Diakonisse, hielt uns die wundervollsten Vorträge. *Die* war nun wieder in Afrika gewesen und erzählte von dort, von der Mission und von den Negern. (Wie einer mal ihr Eau de Cologne ausgetrunken hat! Oh du liebe Güte!)

Und dann mein liebes Füchschen. Wir schreiben uns ja heute noch. Sie wohnt in Bad Pyrmont, ihr Schwiegersohn hat da ein Restaurant. Ein feiner Mensch, so herzlich und so warm: »Tante Kempi«, sagte sie immer, »wir müssen immer denken, das ist ein Film oder ein Traum, das geht vorüber. Der Vorhang fällt, und wir gehn nach Haus.«

Wenn man die andern so reden hörte: Indien, Afrika... Ich bin ja eigentlich überhaupt nirgends gewesen. Hertha war in England und Richard sogar in Hongkong. Ich bin ja noch nicht mal in Helgoland gewesen, als Hamburgerin! In meinem Elternhaus hieß es immer: »Was soll euch euer Mann denn später mal bieten, wenn ihr alles schon kennt.« Mein Mann ist dann ein einziges kümmerliches Mal mit mir nach Tegernsee gefahren, so daß ich schon sagte: Herrgott noch mal, wir leben ja wie arme Leute. – Im Harz sind wir ja allerdings auch mal gewesen, 1939, in Sophienbad. Das war eigentlich ganz nett, in einer Offizierspension. Aber da hatten sie Ulla ja gleich auf'm Strich, all diese verrückten Exzellenzen. Ulla hatte sich ein bißchen angefreundet mit einem Jüngling und wohl auch rumpoussiert. (Was soll ein junges Menschenkind von 17 Jahren schon anders machen?) – O, das war gleich rum. Die kuckten uns denn so an... Eine verrückte Gesellschaft. Mein Mann hatte ja einen gesunden Kehrdich-an-nichts. »Was kümmert es die stolze Eiche...«, das war sein Wahlspruch, und essen tat er für zwei.
Zum Nachdenken hatte man ja wirklich Zeit genug in der Zelle. Alles hat man hin- und hergewälzt. Nachts hab ich oft lange wach gelegen. Man hat ja so vieles falsch gemacht! Vielleicht hätte man die Jungen strenger erziehen sollen, nicht so vieles durchgehen lassen, dann wär all das nicht gekommen. Aber man ist so schwach und war oft so allein. Wenn mein Mann dagewesen wäre, in all den schweren Jahren, dann wäre manches anders gekommen.

Zunächst hatten wir alle noch unser Privatzeug. Als erstes wurden die eigenen Decken eingesammelt und eingemottet. Wir kriegten Schlafdecken von der Anstalt. Dann mußte das Privatzeug in die Effektenkammer gegeben werden. Dafür bekamen wir furchtbare Männeranzüge. Man kam sich wie ein Sträfling vor, und das sollte man wohl auch. Es waren alte grobe Schlosseranzüge aus Leinen, die schon völlig verwaschen waren. Grau, Flicken über Flicken. Auf

dem Rücken stand in weißer Farbe groß: GH. Das hieß: Gefängnis Hoheneck. Außerdem wurde auf das rechte Bein ein G gemalt und auf das linke ein H. – Als Schuhe bekamen wir Holzpantinen, die uns die Füße durchscheuerten. Fußlappen, Jacken und Kopftücher.
Als wir mit all diesen Sachen auf die Zelle kamen, setzte ich mich auf mein Bett und heulte. Da sagte mein Füchschen: »Tante Kempi, du wirst doch wohl nicht weinen – *lachen* müssen wir! Heute abend veranstalten wir einen Flohtanz auf unseren Betten!«
Und dann tobten wir derartig in der Zelle herum, daß die Wachtmeisterin schließlich an die Tür klopfte.
Um etwas Abwechslung zu haben, meldeten wir uns schließlich zum Tütenkleben. Mit neun Frauen wurden wir in einer größeren Zelle angelernt. Als wir es dann konnten, arbeiteten wir in unserer Zelle. Später bekamen wir sogar eine Norm, man mußte ein paar Tausend kleben, in acht Stunden.
Inge Schaubert schrieb Briefe an eine Freundin, die in der Nähe wohnte. Die legte sie in die Tüten ein. In diesen Briefen schilderten wir unser Aussehen, den »Spaziergang«, 20 Minuten täglich, Hände auf dem Rücken, 2 Meter Abstand und unter Kommando, das fürchterliche Essen usw., alles natürlich in den schwärzesten Farben. Oben auf die Briefe schrieben wir: wenn der Kaufmann, der die Tüten erhielte, die Weiterbeförderung nicht verantworten könnte, sollte er sie verbrennen, da für die Gefangenen sonst größte Unannehmlichkeiten entstehen würden.
Für das Tütenkleben bekamen wir keinen Pfennig und auch keine Extrazuteilung an Nahrungsmitteln. Die dachten wohl, sie tun damit ein gutes Werk. Unglaublich.
Als das Tütenkleben zuende war, saßen wir wieder herum und drehten die Daumen. Inge Schaubert wienerte den ganzen Tag den Fußboden, aus purer Langeweile. Man konnte sich schließlich darin spiegeln. Sowas von Fußboden, das war ja märchenhaft. Eines Tages kamen zwei Wachtmeisterinnen und kuckten sich das an, die fanden das

berückend. »Kucken Sie sich das mal an, Genossin, was die aus *dem* Fußboden gemacht haben...«
Und dann ging die Tür nach einer halben Stunde wieder auf, und dann wurde gesagt, daß wir einen Wunsch frei hätten, wegen des schönen Fußbodens. Sowas hätten sie noch nie gesehen.
Da haben wir gesagt, wir möchten auf einen Saal. Und tatsächlich, wir konnten noch am selben Abend die Sachen packen und kamen auf einen Saal.
Die Saalbesatzung, etwa 200 Frauen, schlief auf dem Dachboden des Zellenhauses, einer neben dem anderen! Auf dem Fußboden waren gezimmerte Kästen, in die wurde Stroh geschüttet. Diejenigen, die zuerst gekommen waren, hatten sich einfach überall Stroh genommen, damit sie es wärmer hätten. Darüber beschwerten wir uns und bekamen dann tatsächlich Strohsäcke.
Es regnete durch und stank nach Klo. Aber man hatte Abwechslung und Gesellschaft und ein klein wenig mehr Freiheit.
Nach dem Wecken mußte man sein Bett in Ordnung bringen und antreten. Dann ging's das Treppenhaus hinunter über den Hof und in den Gemeinschaftssaal. Nach dem Kaffee – Muckefuck natürlich und in Blechbechern – kam man von dort aus zur Arbeit in die Schneiderei. Wer keine Schicht hatte, saß da herum und kuckte in die Luft. Viele machten heimlich Handarbeiten. Entzückende Deckchen, oder sie ließen sich in der Schlosserei aus Draht Strickzeug machen und strickten. Man kam immer mal mit anderen zusammen, und dann hieß es: »Kannst du nicht Stricknadeln besorgen? Morgen beim Rundgang bringst du sie mir...« Dann hatte man welche. Ich habe mir auch mal einen Schlüpfer aus dunkelgrünem Stoff von Männeruniformen gestrickt. Das war natürlich verboten, aber was sollte man denn machen.
Anfangs war die Schneiderei ganz primitiv, wir hatten alte Maschinen mit Querschiffchen und ganz kleinen Längsschiffchen. Nach zwei Jahren wurde die Schneiderei von

einer Firma übernommen, alles wurde umgebaut. 16 elektrische Maschinen wurden aufgestellt, das war ein Band. In der Mitte stand ein Lauftisch, worauf die Sachen entlang geschoben wurden. Später liefen da 150 elektrische Maschinen. Das war ein Krach! Wir bekamen auch eine Knopflochmaschine und Maschinen, die die Kappnaht an Arbeitsanzügen gleich mit 2 Nadeln nähten –, da brauchte man keine 2 Nähte zu machen.
Es wurde auch eine Trikotagenabteilung eingerichtet. Dort hatten die Maschinen gar keine Spulen, sie hatten 3 Nadeln; 2 Nadeln nähten kreuzweise und die dritte nähte einmal quer darüber, damit es hielt. Aus dem feinsten Trikot wurden da sehr hübsche Polohemden gemacht. Ich hab mir das mal zeigen lassen, das war sehr interessant und hat mir Spaß gemacht.

Eines Tages fing der Fußboden in unserem Saal an, sich zu senken. Die Unterkunft mußte geräumt werden, sonst wären wir eines Tages noch 'ne Etage tiefer gelandet. Das Dach war schadhaft und morsch, alles mußte neu gedeckt werden. Es kamen Dachdecker und Zimmerleute von draußen, und das war ja was für die Frauen! Sie freundeten sich mit einem Maurer an, und der schmuggelte eine Pulle Schnaps mit herein, die er oben im Dachgerippe mit den Frauen austrank.
Der eine Wachtmeister, der da immer aufpaßte, war sehr klein, der kam mal die Leiter heruntergeklettert, und da hat die eine gesagt: »Ach, kommen Sie mal her, Sie können gewiß gar nicht mehr...« Und nimmt den Wachtmeister und hebt ihn runter! Der Wachtmeister ist nachher abgelöst worden, der hatte sich 'n bißchen zuviel für die Frauen eingesetzt.
Männer kriegte man ja selten zu sehen. Die paar Polizisten. Zwischen den Frauen kam es dann zu ziemlichen Exzessen, das ist ja auch erklärlich.
In dieser Zeit passierte es, daß abends etwas auf mein Bett sprang.

»Hu«, rief ich, »ein Tier!«
Das war eine Katze, die auf dem Gerüst hochgeklettert und ins offene Fenster gesprungen war.
»Licht an! Licht an!« hieß es. Die Frauen in ihrem Aufzug – hinter der Katze her! Unters Bett, übers Bett. Das war ein Durcheinander! Die Katze fauchte und sprang, bis sie schließlich gefangen war.
Da sagte eine: »O, gib sie mir ins Bett, ich habe solchen Ischias, die kann mir nur helfen...« Sie schlief die ganze Nacht mit der Katze zusammen.
Wir hatten auch einen kleinen Saalchor, der sonnabends, wenn das Licht ausgeschaltet war, Abendlieder oder zu Weihnachten Weihnachtslieder sang. Dann kam die Wachtmeisterin manchmal zurück: »Watt singen Se hier?«
»*Wir* singen? Das war wohl draußen! Wir haben doch nicht gesungen...«
Die Sängerinnen legten sich schnell in irgendein Bett, damit sie nicht zu sehen waren. Was sollte die Wachtmeisterin machen?
Einmal kam eine Wachtmeisterin am Tage in unseren Schlafraum. Wir hatten Nachtschicht gehabt und schliefen. Ich mußte gerade zum Tö und ging verschlafen an ihr vorüber. Als sie mich sah, bekam sie fast einen Lachkrampf, hielt sich den Mund zu und rannte hinaus. Man stelle sich vor: Ich wog kaum 80 Pfund (die Wachtmeisterinnen behaupteten immer, ich wäre wohl »de Dinnste«), spindeldürre Beine, Männersocken, die sich herunterkringelten, Tennisschuhe Größe 46, in die ich hinten ein Loch gebohrt hatte. damit ich sie mit einem Lumpen über dem Enkel festbinden konnte. – Mein Schlüpfer war riesig und in »coleur de caque«, wie mein Vater immer sagte. Den hatte mir Hertha aus Berlin geschickt, auf langes Bitten hin (so etwas Ordinäres! Wie Hertha mir sowas schicken konnte!). Dann trug ich ein Männerunterhemd, das auf dem Rücken zerrissen war, vom dem hatte ich die Ärmel zur Hälfte abgeschnitten, um die Löcher damit zu flicken. Die Ärmel waren nun ungefähr 40 cm im Ummaß und daraus sta-

chen meine dünnen Arme hervor. Hinten hing mein Hängezopf herunter, über den ich ein Kopftuch gebunden hatte.

So stiefelte ich an der Wachtmeisterin vorbei. Das muß ein Bild gewesen sein!

Die andern Frauen sahen auch nicht besser aus. Zu Sylvester haben wir mal alle eine Polonaise gemacht. In dem Aufzug!

37 Ein Brief

Kopenhagen
24. Februar 1951

Lieber Onkel Richard!
Ich sitze hier an meinem kleinen Sekretär, die Sonne scheint herein, die Uhr tickt, und ich sehe zu, wie Mettelein die Schularbeiten macht. Die süßen blonden Locken, ein rechter Wuschelkopf, man möchte sie den ganzen Tag knutschen, aber lieber nicht, sonst wird das Mädel noch eitel. Mit der Schule geht es ganz gut. Mette hat eine erstklassige Lehrerin, die mit originellen Methoden den Kindern zu Leibe rückt. Die Eltern dürfen jederzeit in den Unterricht kommen und hospitieren und sogar mithelfen. Wir haben bei dieser Gelegenheit ein reizendes Ehepaar kennengelernt, er ist Schweizer, sie Argentinierin. Mit denen spielen wir nun jede Woche Bridge.
Sven hat auch immer was vor. Im Round Table gibt es die interessantesten Gespräche. Neulich mußte er selbst einen Vortrag halten, über Eksistenzialismus, da hat er aber geschwitzt! Sowas liegt ihm doch überhaupt nicht. Schade, daß die holde Weiblichkeit nicht zugelassen ist, ich hätte ihn gern dabei beobachtet.
Nächste Woche will ich mit Macht an die Sommerkleider gehen, alles muß mal wieder geändert und zupaß gemacht werden, vielleicht kriege ich ja mal eine elektrische Maschine. (Sven sagt, man kann nicht alles auf einmal haben.) Mein altes Ding ist ja noch aus Rostock. Wie gut, daß ich sie damals mitgenommen habe.
Die Tage mit Hartmut waren zauberhaft, ich habe sie recht genossen. Seine olle Kusine ist direkt ein bißchen verknallt in ihn. Hu! – Er bekommt sicher eine ganz prima Frau, so wie er gebaut ist. Was er vom Studium erzählt, klang auch vernünftig. (Ich hatte mir Juristen immer ganz anders vorgestellt!)

Sven freute sich über Hartmuts reife Ansichten. Nach allem, was er in Deutschland erlebt hat, beruhigt es ihn, daß die junge Generation aus den Verbrechen ihrer Väter gelernt hat und sie wiedergutzumachen trachtet. Das ist doch wenigstens ein Anfang!
Eben kommt Britta von draußen, nun will sie natürlich erzählen, und die Mutter muß wieder einmal aufstehen und sich alles anhören und muß ihre eignen Sachen liegenlassen.
Recht herzliche Grüße also und einen dicken Kuß!
Eure Ulla + Sven + eins, zwei, drei.

38

Nachdem sich die Verhältnisse ein wenig konsolidiert hatten, blühte Kultur schlagartig auf, reges Leben und Treiben entfaltete sich: »Vom Eise befreit sind Strom und Bäche...« so heißt es ja wohl, nicht wahr? und das trifft auf das Leben in Bautzen, zeitweilig jedenfalls, auch zu. Am Herumsitzen hatte sich zunächst leider nichts geändert, an Arbeit war nach wie vor nicht zu denken. Aber der Druck ließ nach, dies kleinkarierte Schikanieren, und das russische Spitzelsystem wurde auch abgeschafft. (Später hat es dann ja fröhliche Urständ gefeiert, und zwar in einer Perfektion, wie sie bei den Russen undenkbar gewesen wäre: uns zum Schaden, sehr.)

Wie hilft sich der Mensch, wenn er keine Beschäftigung hat? Mit Skat und vor allem mit Schach. Beim Russen hatte es das auch schon gegeben, aber jetzt wurde das in großem Stil betrieben: der einarmige Fabrikbesitzer aus Chemnitz spielte zum Beispiel gegen zehn oder zwölf Mann gleichzeitig, also »simultan«. Der zog sich extra seinen guten blauen Anzug an dafür, im Mittelgang ging er mit den Backenmuskeln kauend auf und ab, von Brett zu Brett. A-Klasse und B-Klasse, mit Hin- und Rückspiel: regelrechte Schachturniere wurden veranstaltet, das erstreckte sich über Tage, wenn nicht sogar über Wochen. Für diejenigen, die was davon verstanden, war das sicher sehr interessant.

Mindere Leute spielten Halma oder »Puff« oder kegelten. Tischkegeln: *Das* war vielleicht ein Aufstand! In den Linoleumbelag der Tische hatte man fein säuberlich Bahnen eingeschnitten, auslaufend in einen Trichter, unter dem ein Pappkarton hing, damit die Kegel nicht auf den Boden fielen. Reguläre Vereine wurden gegründet: »Die wilden Holzer« oder »Rollendes Glück« und was weiß ich nicht alles. Rundherum saßen die Leute auf den Pritschen und haben zugekuckt, und mit Kreide wurde alles ganz genau verzeichnet. Das war wirkliche Wettkampfstimmung.

Im Kulturbetrieb spielte Studienrat Eckstein eine führende Rolle. Der hielt den sogenannten »Fragekasten« ingang, in den man Fragen einwerfen konnte, die dann einmal pro Woche öffentlich beantwortet wurden. Ob ein Schlagzeuger auch Noten braucht, das war eine typische Frage oder: gibt es ein 7. Buch Mose?

Mit der Zeit pervertierte dieser Fragekasten allerdings völlig. »Wie ißt man Konfekt?« Ernsthafte Leute gab es, die auf dem Standpunkt standen, Konfekt äße man mit einer Konfektzange.

Da Eckstein auch auf den entlegensten Gebieten auffallend gut Bescheid wußte, argwöhnte man schließlich, daß er selbst Zettel einwürfe, bei Nacht und Nebel, um »als Mentor ungezählter Befrager« bei der Beantwortung entsprechend zu glänzen.

Dieser Eckstein organisierte dann ja auch ein Vortragsprogramm: »Der Geist der Goethezeit.« Gottsched und wie hieß der andere noch? – Damit ging das los. Das à-la-mode-Wesen, daß Goethe dagegen angegangen sei.

Sturm und Drang. Klassik und Romantik, so ist doch wohl, wenn ich mich nicht irre, die Reihenfolge. (Wenn man das einmal gehört hat, vergißt man es nicht so leicht.) Sturm und Drang: Zuerst geht die schäumende Jugend mit einem durch. Dann reißt man sich am Riemen – Klassik! –, und im Alter, schließlich und endlich, wird man milde und gütig, gleitet in ruhigeres Fahrwasser und freut sich an den Blumen und an Tieren, die da herumspringen. Romantik, wie ja schon der Name sagt.

Man hat praktisch richtige Wochenpläne gehabt, man wußte genau, wann man welchen Vortrag besuchen kann: »Und dann entwickelt sich im Leib der Flötus!«

Morgens um 10 Uhr oder abends, nach sieben, versammelte man sich. Je nach Art des Vortrags kamen mehr oder weniger Leute. Wenn ein Dichter sprach, dann war der Besuch geringer, als wenn meinetwegen einer über Taschendiebstahl referierte. Ein Taschendieb hat tatsächlich mal demonstriert, wie man das anstellen muß, wenn man einem andern die Brieftasche herausziehen will. Das nannte man »zuppen«, soweit ich mich erinnere. Ein abendfüllender Vortrag über das Zuppen, nicht wahr? Sehr schön. – Dieser Taschendieb war zeitweilig Kassierer beim Rummel gewesen. Von dem lernten wir dann auch den alten Kassierer-Trick: zwei Eisenfingerringe tragen und innen einen Fünfziger und einen Groschen auflöten, beim »Rausgeben« bleibt das Geld dann in der Hand des Kassierers.

Und Falschspielen: der Würfel etwas abgeflacht, oder die höchsten Trümpfe etwas größer als die andern Karten.

Oder Winkelvoss, dieser Ingenieur mit seinen populärwissenschaftlichen Vorträgen; der hatte zeitweilig großen Zulauf, der machte das ja richtig interessant, der warf Schüsseln auf die Erde und bezeichnete den Knall als verdrängte Luft. Eines Tages behauptete er, alle Frauen seien Huren, nur seine Mutter nicht. Da hätten sie ihn beinah gelyncht.

Dieser Winkelvoss hatte eine merkwürdige Art, aufs Klo zu gehn, das fällt mir grade ein. Der *setzte* sich nicht auf die Brille, sondern *stieg* darauf. Wie ein Affe hockte der dann auf dem Lokus. Ekelhaft.

Einmal kam eine ganz große Diskussion ingang: was Jazz eigentlich sei, das sollte herausgefunden werden. Dieses Vorhaben mußte scheitern, denn wie sollte man das, was Jazz nun ist oder nicht ist, demonstrieren? Etwa vorsingen? – Aber immerhin, es gab Rede und Gegenrede, und das ist ja auch was wert.

»Ist Fotografie Kunst?«

Einen Landstreicher weiß ich noch, aus Mecklenburg, der Räuberpistolen aus seiner Landstreicherzeit erzählte. Wie er den Mägden beim Hühnerfüttern in die Schürze gegriffen hat und solche Geschichten. Dieser Mensch war furchtbar kitzlich! Alle möglichen Leute waren ständig hinter ihm her, um ihn unversehens abzukitzeln. Wie so ein Taschenmesser klappte der zusammen.

Ja, das war Kultur.

Karl May nacherzählen – »gutt Gifft gegen Tott und Wahnsinn« – oder Filme, das war auch so eine Spezialität. Ich wurde mal bedrängt: »Kannst du nicht auch mal einen Film erzählen?« Da kam mir dann der Film »Illusion« in den Sinn: sie, Schauspielerin, heiratet einen Gutsbesitzer, und sie leben herrlich und in Freuden auf dem Lande. Und dann kommt plötzlich ein Theatermann und entwendet sie dem Gutsbesitzer und führt sie, die ehemalige Schauspielerin, ihrer Muse wieder zu. – Die Leute waren sehr angetan von der Ankündigung des Films und kamen in hellen Scharen. Decken und Kissen unterm Arm. Sie erwarteten vermutlich, daß ich ganze Dialoge bringen würde: »Er nahm sie in seine Arme ...« oder: »Kamera blendet ab ...« Auf diese Idee war ich aber gar nicht gekommen, ich lieferte lediglich eine dürre Inhaltsangabe. die sich in längstens 20 Minuten erschöpfte, und alles war fassungslos, daß ich es damit bewenden ließ.

An sich wäre das ja was für Walter gewesen, Filme erzählen, aber der war nicht für sowas. Öffentlich aufzutreten, das war nicht sein Fall. »Es unterfange sich nicht jedermann, Lehrer zu sein«, nach diesem biblischen Grundsatz handelte er. Er blieb im Hintergrund. Er wickelte sich in'n Schelm.

Gesungen wurde natürlich auch – da hat er übrigens mitgetan, im 1. Baß: »Heimat, teure Heimat, dir nur allein...« – in Unterhosen wurde gesungen, abends oder Sonntag morgens. Man versammelte sich im Mittelgang und sang dann: »Heimat, teure Heimat«, dieses schöne Lied. Das hatte einen sehr großen Anklang. Im 2. Baß sang ein Mann, der hatte einen Mund wie'n Frosch und Pulverspuren im Gesicht, an den erinnere ich mich noch. Der Dirigent, ein Kolonialwarenhändler, dirigierte, als drehe er an einer Kurbel.

Es gab nachher sogar zwei solcher Chöre, die lagen in Feindschaft miteinander. Die einen haben ausgesprochen seriöse Musik gemacht – zum Teil durchaus passabel –, und die andern, »Jokers« nannten sie sich, haben Schlager von sich gegeben, und der eine hat dem andern vorgeworfen, er wär dekadent. Das waren also zwei rivalisierende Chöre. Der eine war aus älteren Herrschaften zusammengesetzt, der andere war stürmische Jugend.

Alle Monat einmal sahen wir einen Film, und zwar in der Kirche.

Sehen Sie selbst
hören Sie selbst
urteilen Sie selbst!

Der Pfarrer, übrigens ein sehr ordentlicher Mann, war grade eben aus der Kirchenpforte raus, da turnten die Kalfaktoren auch schon wie die Affen am Altar herum und brachten die Leinwand an. Eins, zwei, drei, ging das, die verstanden ihr Handwerk. Ich seh noch die hektische Eile, mit der sie da hinaufhangelten und das Kruzifix herunterholten.

Meistens waren es russische Filme. Staudamm-Bau mit Umsiedlung von Bauern, Konflikte mit Kulaken. Und Mitschurin mit seinem Arktisweizen. Am Schluß dieser Filme wurde dann immer die Weite der Landschaft gezeigt, und ein Chor sang irgend etwas ganz Ausladendes, Breites. Einen Film über Auschwitz sahen wir auch. Ich kann mich noch genau erinnern an die berühmten drei Nonnen, polnische Nonnen, die die Kinder betreuten und aus dem Lager wegführten. Und an Leute, die halb irre und stumpf aus dem Barackenfenster kuckten, weil sie's nicht fassen konnten, daß es jetzt vorbei war. Ganz üble Bilder.

Wenn mich nicht alles trügt, konnte man auch das abgeschorene Haar sehen, ballenweise, in einer kleinen Kammer. Und die Brillen der Vergasten.

Irgendeine vage Erinnerung hab ich noch an einen anderen Film, an ein großes Manometer, auf einem Schiff. Ein

Wettbewerb fand statt, ob die Maschine nun so oder so mehr hergibt. Diesen Wettbewerb konnte man auf einem überdimensionalen Manometer verfolgen, das heißt, wie der Druck in dem Dampfkessel stieg oder fiel, das konnte man ablesen. Ein Mensch mit einer kleinen Kohlenschaufel lief auch hin und her, der wollte mithelfen. Angesichts der riesigen Kessel ein lächerliches Unterfangen.
Also ein Witz war eingewebt. Immerhin.
Einmal hatten wir auf dem Saal eine reguläre Faust-Aufführung. Das war eine ganz große Geschichte, mit Vorspiel und allem Drum und Dran, das ging über zwei Abende, der halbe Saal war daran beteiligt.
»Wer rrruft mir?«, ein Mann von der Reichsbahn, der über Fundbüros referiert hatte, der saß als Erdgeist unterm Tisch: »Wer ruft mir!« – Die Engel wurden durch drei Jünglinge in langen Unterhosen dargestellt: Also, wenn man das nicht erlebt hat – sowas gibt's nur einmal.
Vorher allein schon, diese langen Diskussionen, ob man nun *mit* oder *ohne* Kostüm agieren soll. Der Faust-Darsteller, ein Mensch, rattenartig entstellt durch Hunger, der hatte sich eine Mütze gebastelt, wie Dekane sie früher auf der Universität hatten, die saß ihm wie ein Auswuchs auf dem Kopf.

Nun komm herab, du einzige Phiole,
die ich mit Andacht jetzt herunterhole...

So'n bißchen wie Wilhelm Busch, nicht wahr, aber wohl nur streckenweise.
Diese Faust-Aufführung wurde übrigens zeitweilig unterbrochen, weil sich die Volkspolizisten draußen vor der Tür in ihrem Abendfrieden gestört fühlten.
»Uffhören mit dem Zinnober!« riefen sie und ballerten * gegen die Tür.
Gott, wie hat man sich da aufgeregt!: »Da sieht man's mal wieder, was für Banausen das sind: aufhören mit dem Zinnober... Das ist doch *Goethe*!«

* Plattdt.: schlugen.

Walter hat da den Souffleur gemacht, ganz schlau, da konnte man ihm nicht vorwerfen, daß er sich drückt, und doch brauchte er sich nicht anzustrengen, er konnte ja alles ablesen.
Ihm war es übrigens vorbehalten, »Die tote Tante« von Curt Goetz, dieses sketch-artige Stück, zu rekonstruieren. »Ich habe eine Züchtigung verdient und bitte um eine gehörige solche.« – Ich war der Pastor, der laut Regie-Anweisung ein gutes Glas Rotwein einer schlechten Predigt vorzieht, und hatte mir mit roter Trockenfarbe die Nase eingepudert. »Lohngrin popelt!« Als besonderes Requisit hatte man mir ein Holzkreuz umgehängt, die Kette stammte vom Klo. Dieses Kreuz hat dann noch Ärgernis erregt. Obwohl sich alle Leute die Aufführung bis zum Schluß angesehen haben, beklagten sie sich hinterher bei mir, also, das hätten sie nicht von mir gedacht, daß ich mir da ein Kreuz umhängen ließe, das wär doch Blasphemie! Eine Verunglimpfung des geistlichen Standes.
In diesem Stück war alles streng realistisch gemacht. Oben auf der Bühne stand ein Tisch mit Tellern und Schüsseln. Anstelle von Suppe wurde Kaffee ausgeschenkt. Walter hatte den Text ganz gut hingekriegt, obschon es gesagt sein muß, daß ich ihm dabei geholfen habe. (Vieles von dem, was in seinen Büchern steht, was er also jetzt in klingende Münze umzusetzen versteht, das stammt von *mir*. Doch das nur nebenbei.)
Kultur blühte auf.
Nicht zu vergessen die sogenannten »Bunten Abende«. Wir hatten mal einen kolossalen Erfolg mit so einem Bunten Abend. Herbert Grasse als Zauberkünstler und ich als Clown, als Widerpart, der alles verkackeierte, was er da machte. Ich hatte rote Stoffstreifen auf mein Unterhemd genäht und sah aus wie der berühmte Leuchtturm in der Wesermündung: »Roter Sand«. Der Saalälteste hatte Trockenfarbe herangeschafft, mit der ich mir die Haare färbte, rechts grün und links rot. Mit Kitt hab ich mir eine schnabelartige Nase geformt, ein ausgesprochen lusti-

ger Anblick. Weil Grasse als Zauberkünstler auftrat, hatte ich mir auch was ausgedacht zum Zaubern, und jedesmal, wenn der Grasse was vorgezaubert hat – übrigens sehr schön und geschickt –, kam ich gleich hinterher mit irgendeinem Scheißdreck an. So hatte ich zum Beispiel Pantoffeln an Zwirnsfäden gebunden: »Hussi! Krabassi! Fimf Kilo ungarisk Salami!« Auf dieses Kommando hin zog Jonny, der hinterm Vorhang saß, wechselseitig an den Fäden. Ich seh noch die Knastrologen, wie die vor Begeisterung aufschrien, als sich die Pampuschen da ruckartig fortbewegten. Das hat die Leute ganz enorm erheitert.
Die »Tote Tante« und der Zauberabend, das waren absolute Höhepunkte. Herrlich war das, wenn man da vorsprang aus den aufgehaltenen Decken heraus, wie so'n Troll. Das hat mir großen Spaß gemacht und den Zuschauern, das möcht ich jedenfalls glauben, gewiß auch. Die sind bestimmt auf ihre Kosten gekommen.
Die Polizei hat diesen Kulturbetrieb in Grenzen toleriert. Die waren wohl auch froh, daß nicht wieder eine Schreierei aufkam. Das wird sie damals auch ganz schön schockiert haben. Diese Polizisten waren doch ganz einfache Leute. Allmählich zogen sie aber die Daumenschrauben wieder an und knapsten uns hier und dort was ab von unsern kleinen Freiheiten.
Die Briefe zum Beispiel, die wurden wieder streng zensiert. Dies durfte man nicht schreiben und das nicht. »Schöne Grüße« und »mir geht's gut«, nur dies so ungefähr. Und diese Briefe – kümmerlich genug, was *wir* da so bekamen –, die durfte man nicht einmal behalten, die mußte man abgeben und die Fotos auch. Manch einer hätte gern ein Bild von seinen Kindern oder auch von seiner Frau bei sich gehabt und sich das abends oder morgens angekuckt. – Das konnte nicht geduldet werden, das wurde eingezogen. Einmal pro Halbjahr durfte man sich das ansehen, jawohl. Zugeteilt.
Die Post, das möchte ich hier nochmals betonen, war ein steter Quell des Ärgers, das kann ich wohl sagen, mit

einigem Fug und Recht. Wie man da mitansehen mußte, daß andere Leute überschüttet wurden mit Briefen, während wir nur kümmerlichste Ansichtspostkarten bekamen: »Uns geht's auch nicht gut«, so ungefähr – da hat man sich so manches Mal vor Wut ins Kissen geworfen. – (Ein Kissen hatte man ja, ein Federkissen, zum Neid vieler anderer.) Schließlich verpaßte man uns Häftlingskleidung: nicht Zebra, das nicht, Gott sei Dank, aber mit Generalstreifen versehen, immerhinque, und noch ein Barett dazu. Gott, wie sahen wir aus!

Die Pakete, als wir die dann kriegten, das war dann ja allerdings äußerst fundamental. Jeden Monat ein Paket? Da ließ es sich leben. Schmalz aß man auf Brot und Lachsschinken dazu oder Alpen-Kräuterkäse oder Teewurst. – Manche Leute draußen waren ja ideenreich im Packen der Pakete, die nutzten das bis in den allerletzten Winkel aus. Eine saure Gurke zum Beispiel, so lächerlich es klingt, aber darauf hatte man eben Appetit. – Das erste Paket, das Jonny Fahlenbach bekam, enthielt unter anderem ein gebratenes Hähnchen. In diesem Hähnchen befanden sich – wie ich später erfuhr – eine Lupe für dreifache Vergrößerung, sogenannte Brandauer Federn (das sind Spezialfedern für Lithographen) und ein Stück chinesische Tusche, alles Dinge, mit denen er dann winzige Kassiber schrieb. Ganze Briefe in Knopfgröße, die er seiner Mutter beim Besuch zusteckte irgendwie. Sehenswert!

Walter und ich bekamen ja leider lange nichts. Aus Dänemark was zu schicken, war verboten, und mit Hamburg kam die Sache nicht in Gang. Man war auf milde Gaben angewiesen, hier mal ein Häppchen von einem guten Freund, da mal ein Häppchen, wir aßen also im wesentlichen weiterhin Suppe und klitschiges Brot, und das in einer Zeit, in der sich um uns herum ein gewisses Wohlleben ausbreitete. – Später bekamen wir dann aber auch Pakete, was unseren Verwandten in Hamburg sehr zu danken ist.

Im Verfolg der Pakete ging das dann übrigens mit den Geschlechtsdingen los, dies »Miezeln«. Ein natürliches Bedürfnis, das sich da auf – notgedrungen! – unnatürliche Weise Bahn brach. In vielen Fällen mag es mit dem Wunsch nach körperlicher Nähe sein Bewenden gehabt haben, in andern, selteneren, kam es zu halb öffentlichen Exzessen, über die einem hinter der Hand ausführlich berichtet wurde. – Aktive Miezelei möchte ich mit mehr oder minder 20 Prozent ansetzen, wenn's hoch kommt, vielleicht irre ich mich. Einzelheiten hier zu berichten, das ist eine Angelegenheit, die ich mir versagen will. (Mancher mag ja auch schon'n Hack gehabt haben, bevor er in den Knast kam.)

Im dritten Jahr näherte sich Walters Gesundheit einem gewissen Tief. Das eintönige Essen und eine gewisse, mir abgehende Sensibilität mögen die Ursache für diesen Schwächeanfall gewesen sein. Ich bin der Meinung, er hat seine Widerstandskraft so'n bissel erlahmen lassen, sich gehen lassen, in gewissem Sinne, oder aufgegeben. Er sah erschreckend mager aus, grau im Gesicht und spitz und kam dann schließlich völlig auf den Hund.

(Ich selbst war übrigens nie ernstlich krank: einen linsenförmigen Auswuchs hatte ich zeitweilig auf dem Kopf, man konnte ihn hin- und herschieben. Der Arzt hat mir ein Tuch übergestülpt – in dem Tuch war ein Loch –, und dann hat er da zweimal hineingestochen und mir das weggemacht.)

Ich habe gesagt: »Walter, denk an Mutter«, und auch die anderen haben ihn bedrängt, aber das nützte nichts, er war in einer gewissen Obstinanz und absolut unzugänglich für Ermahnungen.

Jonny Fahlenbach hat sich da Verdienste erworben, das muß man wirklich sagen, er hat ihm von seinem Paket das eine oder das andere zugänglich gemacht, und auch ein Sektenmann ist hier zu nennen, klein, rundlich, Besitzer von Kiesgruben, der für sich lebte und nicht versuchte, seine Ideen zu verbreiten, der erschien auf der Bildfläche, der

schenkte ihm Zucker, den hab ich aufgelöst und ihm dann löffelweise eingeflößt.
Schließlich haben wir mit Hilfe von Subjella und den andern Rostockern Walter in das Lazarett geschafft. In einer Brottrage wurde er hinausgebracht, die Beine baumelten rechts und links herunter. Ein Bild des Jammers.
»Ob du ihn je wiedersiehst?« das dachte man.

39

»Ah, da kommt ja unser Schwerkranker!« sagten die Leute im Lazarett und stellten mir eine Schüssel mit Fleischsoße hin.
Ich rappelte mich aus der Brottrage auf und setzte die Schüssel an und trank, bis ich nicht mehr konnte.
Ein Arzt beugte sich über mich.
»Du mußt erstmal richtig zur Ruhe kommen«, flüsterte er, »dich bringen wir schnell wieder hoch.«

Ich kam auf eine Doppelzelle, die Pritschen weiß bezogen. Da lagen 15 Mann, Gelbsucht, Ulcus, Magenkrebs. Einer war so herzkrank, daß er kaum gehen konnte. Sie nannten ihn den »Eintänzer vom Pferdelazarett«, weil er so merkwürdig torkelte.
Einem andern hatten sie alle Zähne herausgerissen. Was seine Frau wohl dazu sagt, das bewegte ihn.
Unterm Fenster lag ein Blinder.
»Merkwürdig«, sagte der. »wenn mir mal einer die Zeitung vorlesen soll, dann heißt es immer, da steht nichts Besonderes drin.«
In jungen Jahren war er mal in Japan gewesen. Dort hatte er ein Erdbeben miterlebt. Immer wollte er davon erzählen, doch die andern hatten's schon zu oft gehört.
Der mit dem Magenkrebs war schon bald »jenseits von Gut und Böse«. Er hieß Städtler. »Daß man sowas nun nicht entläßt...« (Mißhandlung russischer Kriegsgefangener.) – Seine größte Sorge war der Stuhlgang. Conny Wartex, ein schwammiger Reporter, eingeliefert wegen Tbc-Verdacht, der riet ihm, er solle seinen Leib massieren, von rechts nach links, kreisend. Ja nicht umgekehrt, sonst schiebe er den Kotstrang wieder zurück.
»Wenn man nichts ißt, dann kann man auch nicht schei-

ßen«, sagte der Blinde. Das wurde für zynisch gehalten, und man warf ihm das vor.
Conny Wartex erzählte beeindruckende Erlebnisse. Imponierend, wenn er vormachte, wie Paul Wegener mit einem Schwert über die Bühne gegangen war. Damals, im Leipzig der zwanziger Jahre.
Studienfahrten durch Puffs, so ein bißchen wie Kisch, als rasender Reporter: Ein Staatsanwalt läßt sich, als Schuljunge verkleidet, von Nutten am Ohr ziehen.
»Jaja, das Leipzig der zwanziger Jahre.«
Der krebskranke Städtler schüttelte den Kopf: »Studienfahrten«, was das für komische Studien gewesen seien, wozu die wohl hätten taugen sollen.
»Du ärgerst dich wohl jetzt, daß *du* das nicht gemacht hast«, sagte Conny Wartex und feixte uns zu. (Später kam raus, daß er sich geschabten Kupferdraht mit Salbe auf die Brust geschmiert hatte, was beim Röntgen eine hübsche Verschattung ergab.)
Mein Kopfnachbar war »Dippel-Ing.«. Schmisse im Gesicht, Zuckmechanismus in Spezialsituationen. Angeblich Knochen-Tbc im Rückgrat. Wenn ihn der Arzt abklopfte, fuhr er exakt am 8. Wirbel zusammen: Ja! Da! . . . Oh, dieses Stechen! Das tat ja grauenhaft weh!
Jeden Abend bat er um Pillen, sonst könne er ja absolut nicht einschlafen. Und er verschmähte es nicht, »bitte-bitte« zu machen wie ein kleines Kind.
Eines Tages fiel ihm was unter das Bett. Flehend sah er sich nach mir um. Ich tauchte und fand ein Glasröhrchen voll mit Schlaftabletten: Knast will gelernt sein.
Die Jünglinge auf unserer Zelle, nette, muntere Burschen, lagen meist zu zweit in einem Bett, balgten sich oder schnäbelten wie Wellensittiche. Was sie eigentlich im Lazarett zu suchen hatten, war nicht zu erfahren, »Vegetabile Störungen des Nervensystems« vermutlich. Bei der Visite sprachen die Ärzte jedenfalls nicht mit ihnen über ihre Krankheiten. Da wurde immer wieder abgehorcht. (Ohne Stethoskop ging das in diesem Fall viel besser.)

Nachts war da ein heimliches Gemuschel ...

Das Fiebern und Pulsen besorgte ein Möbelfabrikant aus Gera. Waffenbesitz. Er brachte mir immer mal was mit, Kleinigkeiten: einen selbstgemachten Karamel-Bonbon oder eine Ecke Weißbrot, setzte sich zu mir und strich die Decke glatt.

»Dumm und gut«, sagte er, »das ist schlimm. Dumm, gut und humorlos, das ist entsetzlich.«

Gern erzählte er von seiner schattigen Villa, vom stillen dunklen Park. (Eigentlich sei das nur ein Garten gewesen, aber er habe sich nun mal angewöhnt, »Park« zu sagen.) Neben dem Arbeitszimmer – Nuß! – habe sich die Bibliothek befunden. Ibsen, Storm und Keller. In diese Bibliothek – Eiche! – könnten sie ihn seinetwegen gern einsperren, jahrelang. Die Frau stellt als kleine Zeichen des Zusammenhaltes: morgens, mittags und abends das Essen hinein (eine Art Hausarrest) und verpflichtet sich, nicht mit ihrem Mann zu sprechen. (Ab und zu eine Geste oder an bestimmten Tagen was Bestimmtes zu essen. Forellen zum Beispiel am 21. Mai. dem Hochzeitstag.) (Den Rhein runtergefahren bei herrlichem Sonnenschein.) Oder wenn's draußen stürmt, heiße Fliederbeersuppe wie auf der Stolper Baude im Riesengebirge 1928, wo man damals eingeschneit war und so lustig gefeiert hatte. Oder mal grünen Aal ... Gott, wie gern äße er jetzt mal grünen Aal ... (Hamburg 1934.) In der Bibliothek dann den großen Brockhaus von vorn bis hinten durcharbeiten und mit Ergänzungen versehen (Kurioses und Sonderbares!), das würde ihm direkt Spaß machen. Ob Dinkelsbühl nun 140 m über dem Meeresspiegel liegt oder nicht, das sei doch ganz egal, aber daß man unter altem Gemäuer meintwegen 30 Kinderschädel gefunden hat – *sowas* gehöre doch ins Lexikon. Oder selbst forschen: Dschingis-Khan, was mit dem losgewesen ist, die Goldene Horde oder Kaspar Hauser, das müsse doch rauszukriegen sein.

Er dächte, nach der Entlassung würde er am liebsten seine

Villa verkaufen (eigentlich sei es auch nur ein ganz normales Haus, aber er habe sich angewöhnt, »Villa« zu sagen ...) und aufs Land ziehen. In ein verlassenes Herrenhaus, die Säle mit Antiquitäten ausstatten und dort seine Studien treiben.

Er möchte nun wirklich gern nach Haus. Das könnte ich ihm glauben. Vier Jahre Knast, das sei entschieden zu viel. Sein Junge sei nun schon siebzehn (wenn er richtig rechne!), und der werde jetzt natürlich aufgehetzt: FDJ! Damit müsse man doch rechnen. Was? Der schwimme gewiß ab und davon. (»Lohnsklaverei«, wenn man das schon hört.) Einmal sei er spät abends nach Hause gekommen, von einer Gesellschaft, Wein getrunken, angeregt. Da sei er hinaufgestiegen, zum Jungen, ihn anzusehen, wie der schläft. Mit seiner Frau. Der Junge habe sich aufgedeckt gehabt, gänzlich.

»Schön isser ja nicht«, habe er da zu seiner Frau gesagt, so knochig und ins Kraut geschossen. Und seine Frau habe gesagt: »Nun ist er schon ein richtiger Mann.«

Nein, damit müsse man rechnen, daß der jetzt abrutscht ins andere Lager. Die Mutter allein sei nicht der richtige Halt. Und junge Leute brauchten einen Halt. Er habe sich das überlegt: Wenn er jetzt zu Haus wär, dann würde er abends mal den Jungen zu sich nehmen, Zigarette anbieten und ein vernünftiges Gespräch mit ihm führen, was der so denkt und ob er Kummer hat. Und ihn dann sachte so in *die* Richtung schubsen, wo man ihn hinhaben will.

Gott, wenn *er* an *seinen* Vater denke! Der habe ja nie Zeit gehabt – »Stör mich jetzt nicht« –, der habe immer bloß gearbeitet. Sei ja auch ein einfacher Mann gewesen, Kiefer und Fichte, sozusagen. – Tanne.

Er selbst habe sich dann weiterentwickelt zu Kirsche oder Rüster, um im Bilde zu bleiben. Habe sich sogar mit Kunstgeschichte befaßt, jawohl. Drei Semester studiert, dann aber nachgelassen, weil man im Studium die wirklichen Bedürfnisse ja doch nicht befriedigen kann. Statt irgend-

welcher interessanter Details an großen Bauwerken, veränderte Durchführung eines Querschiffs aus Gründen zahlenmystischer Eingebung zum Beispiel – statt solcher blutvollen Details trockene Übersichten und Theorien. Immerhin: »Form ist der höchste Inhalt«, dieses Schlüsselwort, das sei ihm haften geblieben und habe ihm schon viel genützt. (Das könne er mir sehr empfehlen.)
Kunst, wie habe er die geliebt, der Herzton aller menschlichen Geheimnisse werde in ihr vernehmlich gemacht. Oft sei er durch Museen gegangen: Bilder großer Meister flüchtig ankucken, nur im Vorübergehen, und hinterher sich fragen: was hast du gesehen? Wichtige Bilder wüchsen dann und entfalteten ihren Gehalt von selbst.
Leonardo stehe höher als Michelangelo und Michelangelo höher als Raffael, dieser süßliche Typus. Und: Grünewald sei Bach und Beethoven verwandt, aus dessen Bildern schlügen quasi Flammen! Wie mit Fanfaren gemalt. – Dürer sei mehr so'n kühler Bürger gewesen.
Ich sagte: ich hätte mal ein Bild gesehen, ein Stilleben mit Glühbirne, Kaktus und Inflationsbriefmarken.
»Soso.«
Einmal gab er mir eine auf Packpapier geschriebene Novelle: »Claudia«, selbstverfaßt. – Eine besondere Rolle spielte darin das Bildnis eines Mädchens im Samtkleid am Kamin. Die Gebärde dieses Mädchens sei zugleich ablehnend und ermunternd gewesen, las ich darin. (Ich studierte das unter der Decke, die andern durften's nicht sehen.)
Eine zweite Novelle, die er mir gab, weil ich gesagt hatte, »Claudia« sei mir auf besondere Weise sonderbar gewesen, handelte von deutschen Forschern, die auf Sumatra interniert sind. Irgendwie doppeldeutig, die ganze Sache, aber man wußte nicht recht, worauf's hinauslaufen sollte.
Das Erlebnis »Stacheldraht« sei ihm vortrefflich gelungen, sagte ich, was ihn zu freuen schien.
Ich meinte also, sagte er, ihm sei da etwas Typisches gelungen? Etwas, was für vieles andere stehen könnte?

Etwas zu Verallgemeinerndes?
Das freue ihn, jaja, das freue ihn, ehrlich gesagt. Dann sei seine Rechnung also aufgegangen. – Er stelle sich manchmal schon vor, wie das wäre, wenn er das draußen einem Verleger zuspiele. Vielleicht nicht offiziell hinschicken, dann bleibt es ja doch im Vorzimmer hängen, sondern auf dessen Schreibtisch schieben lassen durch einen Freund.
Der Verleger ordne dann die Blumen auf seinem Tisch, stecke sie zurecht, spiele mit dem Brieföffner: Gott, was mach ich jetzt? Und nehme das Manuskript gleichmütig zur Hand, wisse gar nicht, was das ist und was das soll, und blättere darin und lese zunächst nur oberflächlich, dann immer intensiver, vergesse schließlich alles um sich herum, greife abwesend zum Telefonhörer (weil's klingelt): Nein, jetzt bitte nicht ... Stehe dann schwer auf und gehe, alt geworden, hinüber in das Lektorat, wo all die eiskalten Germanisten sitzen, die vielleicht wissen, wieviel Romane Ina Seidel geschrieben hat oder Bonaventura, wer sich hinter diesem Namen verbirgt, aber von echter wahrer Dichtung keine Ahnung haben. Die wären dann alle ganz erstarrt: so ein herrliches Manuskript! Und wir Dussels haben das nicht geahnt! – Und sogar die Tippsen hörten auf zu tippen und kuckten denen über die Schulter.
So stelle er sich das vor.

Nachmittags war »Liegekur«, da lagen wir hinter dem Lazarett in der Sonne und schauten in den großen Ahorn hinein. Die Gesünderen gingen gemessenen Schrittes auf und ab, die Ärzte standen in der Tür, der Chirurg, der mit großem Geschick und illegal verkorkste Kriegsverletzungen wieder hinbog, und Krakow, der Apotheker, der aus primitivsten Materialien wirksame Medikamente zusammenbraute. – Der Posten auf dem Starenkasten, mit seiner Maschinenpistole, drehte uns den Rücken zu, der kuckte hinaus ins Land.
»Das macht der, weil er unser Elend nicht mitansehen kann«, wurde gesagt.

Ich döste vor mich hin.

Welch ein wönniglich Gefühl
durchströmet meinen Körper...

Ließ den kühlen Wind über mein Gesicht streichen und roch das Chlorophyll in zerriebenen Blättern. Schade, daß hier kein See war mit Seerosen und Trauerweiden.

Und trunken von Küssen,
tunkt ihr das Haupt ins
heilignüchterne Wasser.

Auch mal was schreiben, irgendetwas sehr, sehr Schönes, von einem jungen Menschen, der krank und an sich selbst verzweifelt aufs Land verschlagen wird, zu wogenden Kornfeldern, gelb gegen den blauen Himmel, zu einfachen Menschen, die das Brot noch brechen und wenig Worte machen. Ein Mädchen trifft er am Fluß, sie werfen Steine ins Wasser und gehen einen Waldweg entlang...
Oder irgend etwas ganz Finsteres aus dem Mittelalter: ein einsamer Kaufherr in seinem mit Butzenscheiben verglasten Erker. Das Haus unter ihm ist still und leer. Alle sind dahingestorben, und die Stadt ist düster und voll böser Ahnung...

Auf dem Liegehof ließ sich ab und zu Subjella sehn, zögernd übern Balken tretend, in weißer Häftlingsuniform, das mühsam erdiente Stethoskop in der Brusttasche. Erst nur von ferne äugend, links und rechts »sichernd«, dann langsam näherkommend: Man hatte ja schließlich eine Verantwortung für all die Kranken und durfte sich nicht leichtfertig einer Denunziation aussetzen.

Das Sprungbein und das Fersenbein,
die wollten in das Schiff hinein
und kriegten dreimal Keile
vom Würfelbein.

Wenn kein Zinker in der Nähe war, trat er nach letztem prüfendem Schnubbern rasch und entschlossen an mein Bett. Den Puls mal eben fühlen, nachgucken, was das da ist in meinem Ohr, und fragen, ob ich Schmerzen hab, und

mir zugleich die Wurstration unter die Decke schieben: »Aber laß das ja keinen sehen.« (*Seine* Wurstration, auf die er dann verzichtete: immer allemann.)
Er unterhielt mich mit tollen Geschichten, was sie im Labor für Dinger abzögen – aus allen möglichen Ingredienzen Likör brauen zum Beispiel –, und er gestand mir, er sei bedrückt, auf West I säß nämlich einer, der wär zum Tode verurteilt, mit Handfesseln an die Wand geschmiedet, den müßt er grade behandeln. Ein Hocker aus Stein und zwei Ringe in der Wand, weiter nichts. So warte der auf seine Hinrichtung.
Wie es meinem Bruder gehe und meiner Mutter, wie es der geht: Rostock, das sei doch was Verbindendes.
Gott! Wenn *er* an *seine* Mutter denke! Böse sei er gewesen und herzlos. Ob er das wohl je wiedergutmachen könnte? Immer so viel Schnaps getrunken und nicht geholfen beim Kartoffelbesorgen oder Brennholz-aus-der-Rostocker-Heide-Holen, obwohl sie ihn so herzlich und geduldig darum gebeten habe. Das schneide sich ihm jetzt in seine Seele ein.
Aber das sei vermutlich das Schicksal aller Mütter, was? Von ihren Söhnen schlecht behandelt zu werden? Was meinte ich? (Und er nahm die lila Sonnenbrille ab und pustete Staub weg.)
Draußen wolle er ein Kinderheim aufmachen, um sein Unrecht wiedergutzumachen: die von seiner lieben Mutter empfangene Barmherzigkeit weitergeben, denn nur im Tun könne sich Schuld erlösen. Und wenn sich dann eines dieser Kinder mal undankbar erweise, dann so still vor sich hinlächeln und daran denken, wie man selbst gewesen ist als junger Mensch.
Ob ich mich nicht beteiligen wollte an diesem Projekt? Kindern helfen? – Dick Ewers habe auch schon zugesagt.

Er gab mir psychiatrische Zeitungen zu lesen, alte Jahrgänge. Interessant die Kasuistik: Magersucht, und wieso insbesondere Mädchen daran erkranken und auf welch

merkwürdige Einbildungen Menschen kommen: nicht auf Pflasterfugen treten, zum Beispiel, sonst wird man mittendurchgerissen, oder Zahlenmystik, wie eine Sprache des Unheils, einem ständig drohend auf den Fersen.
Ein Sadist, der stundenlang Papier radiert und darin seine Befriedigung findet, und ein Masochist, dessen Sehnsüchte in der Vorstellung gipfeln, von einer Frau überfahren zu werden. (Versuche, in den Auspuff zu vögeln.)
Und daß es das auch im Zoo gibt: Geisteskrankheit. Die Eisbären im Zwinger, dauernd laufen sie von einer Ecke in die andere.
(Übrigens stand in den Zeitschriften auch etwas von einem Staatsanwalt, der sich als Schuljunge verkleidete und von Dirnen am Ohr ziehen ließ.)
Subjella gab mir sogar Papier und Bleistift und sagte: ich sollte mal mein ganzes Leben aufschreiben, da würde ich, wenn ich's intensiv genug täte, auf Merkwürdigkeiten stoßen. Irgendwelche frühen Erlebnisse, Kinderspiele vielleicht, mit einem Nachbarskind oder was weiß ich, die mir dann Aufschluß gäben über alles weitere.

Walter,
wenn er pupt, denn knallt er...

Wie abgefilmt müsse mein bisheriges Leben vor mir liegen, die Kindheit insbesondere und die Jugend, wie ein großer farbiger plastischer Film. – Wenn ich meine Kindheit aufarbeitete: dann würde ich auch schnell wieder gesund.

Nach zwei Monaten wurde ich Einseifer beim Friseur. »Arbeitstherapie«, wie Subjella das nannte. (»Wenn man richtig was zwischen die Finger kriegt, dann vergißt man seine Krankheit.«)
Der Friseur trug einen Spitzbart. Im Zivilberuf war er Staatsanwalt.
»Da merkt man doch gleich den Fachmann«, sagte ein dicker Pfleger zu mir, dem ich den Schaum auf die Stoppeln rieb. Er griff mir zwischen die Beine. Da konnte er sich dann allein einseifen.

Schön war es, wenn die Jungen aus meiner Zelle zum Rasieren dran waren. Vegetative Dystonie. Tausendschönchen, einer von ihnen, hatte schwarzes Haar und wunderbare Augen.
»Du bist zuerst dran«, sagten die zueinander, und das Tausendschönchen ging mit, wenn ich mir aus der Abwäsche warmes Wasser holte. »Ich halt dir die Tür auf.« Fünf kostbare Minuten allein: ich wußte gar nicht, daß er mich mochte.

Manchmal linste ich in die einzelnen Zellen hinein: was die Leute so machen, wenn sie sich unbeobachtet glauben: Nägel kauen oder auf- und abgehen und lange Geschichten erzählen, von der Front, von der Ari und »ratsch-bumm«, der russischen Pak. Oder: was die Frau zu Haus für Kuchen gebacken hat, *mit* Rosinen oder *ohne*, und daß Porree am besten wächst, wenn man in jedes Pflanzloch eine Prise Salz hineintut. Meistens merkten sie, daß sich da einer am Guckloch zu schaffen macht, und kamen dann auf die Tür zugelaufen und wollten einem sagen, daß sie noch Klopapier brauchen oder sowas, weil man ja nicht rauskann aus der Zelle und immer darauf angewiesen ist, daß sich jemand sehen läßt.
Ich kuckte auch in die Irrenzellen.

O du Falada, da du hangest...

Da saßen sie hinter ihren Sicherheitsgittern, pling-plong! die Stäbe verschieden gestimmt. Plöng! der da hinten noch wieder anders.

Wenn das deine Mutter wüßte,
Das Herz tät ihr zerspringen!

Die nickten vor sich hin, wiegten sich wie die Missionsneger in der Kirche, wenn man einen Pfennig reinsteckt. (*Sie* merkten *auch*, daß man reinguckt, sie wurden dann unruhig: wollte man ihnen rohes Fleisch an Spießen hineinstecken? Sie durch brennende Reifen springen lassen? Zirkus Sarrasani?)
Die letzte Zelle, am Ende des Ganges, war abgedunkelt.

Licht anknipsen: dort lagen Tote in Regalen, zwanzig, dreißig, je nach dem; Tücher über dem Gesicht.

Sei ohne Sorge:
Ich trage die Fahne.

Ein Arm hing runter.

Einmal wurden wir alle eingeschlossen: »Schnell! Schnell! Schnell! Da brachten sie eine Frau, die auf dem Transport nach Hoheneck Blinddarmentzündung bekommen hatte. Ich sah, wie sie die Bahre um die Ecke wurschtelten, dunkles Haar, die weißen Hände auf der Decke.

»Nun los! Nun geht doch in die Zelle!«

Wenn das nun meine Mutter gewesen wäre. Ob man mich dann auch weggescheucht hätte?

Nach drei Jahren klappte ich ziemlich ab, ich konnte nicht schlafen und nicht essen. Dieser furchtbare, stinkende Kaldaunenfraß. »Stellen Sie sich nicht so an«, wurde mir gesagt. (Daß ich eine schwere Magenoperation hinter mir hatte, berührte die Ärzte nicht. Ich wollt mich wohl drücken, meinten sie.) Dazu die wahnsinnigsten Kopfschmerzen. Ich sagte: »Kinder, wenn das so weitergeht: ich geh hier ein.«

Schließlich wurde ich aber doch beurlaubt und kam zu den Stoffputzern. Bei den Stoffputzern mußte man große Möbelstoffballen auf Webfehler untersuchen. Dafür hatten wir besondere Nadeln mit kleinen Klümpchen vorn, womit man die gerissenen Fäden besser fassen konnte. Ganze Muster stickten wir mit sehr feinen Nadeln wieder hinein. Das ging über die Augen, aber es war herrlich ruhig, weil man ja keine Maschinen hörte. Das machte mir Spaß.

Wenn wir nachts einmal Pause hatten, dann durften wir – wenn wir leise waren – im Hof auf- und abgehen. Die kühle aromatische Luft, ein ganz feiner Wind und diese Stille! – Frau von Heiking erklärte uns dann die Sternbilder, und da ging einem erst mal auf, wie klein man als Mensch ist und wie unwesentlich. Und man nahm sich vor, in Zukunft nicht so zu klagen und zu stöhnen, sondern sich aufzurichten: »Sub pondere surgo«, wie mein Großvater immer sagte. »Unter der Last richte ich mich auf.« Diese Zeit war schön, aber bald kam ich wieder in die Schneiderei.

In Hoheneck hatten wir auch eine Schweinemästerei, mit über 200 Schweinen. Dort regierte »Ella«, eine Erzgebirglerin. Ich kannte sie schon aus Sachsenhausen. In Sachsenhausen hatte sie im Revier für Geisteskranke gelegen und jahrelang verrückt gespielt. Wenn der russi-

sche Kommandant in Sachsenhausen die Baracken durchging, dann kletterte Ella wie ein Affe über die hohe Mauer, um ihn zu sprechen. Sie verlangte, daß im Hof der Irrenanstalt weißer Sand aufgeschüttet würde, damit sie sich sonnen könnte. Dabei klopfte sie dem Kommandanten auf die Schulter: »Und *das* sag ich dir ...« Wenn ihr nämlich etwas nicht paßte, kriegte sie Tobsuchtsanfälle und schrie und schlug alles kurz und klein. »Ja«, sagte der Kommandant, »nun beruhige dich man und geh man wieder zurück in deine Zelle. Den Sand kriegst du schon.«
Es dauerte gar nicht lange, da kam ein Lastzug und schüttete einen großen Haufen weißen Sand für Ella in den Hof des Irrenhauses.
In Hoheneck war sie natürlich vollkommen normal. Die Deutschen ließen sich nicht irreführen. Aber wenn sie ihre Touren kriegte, fing sie einfach an, ganz laut zu singen, und wenn's beim Rundgang auf dem Hof war.

Völker, hört die Signale ...

»Ella, halt den Mund!«, rief die Wachtmeisterin dann. Aber Ella sang weiter. Schließlich wurden wir hineingeführt, eine hinter der anderen, dabei wurde es so eingerichtet, daß Ella die letzte war. Sie wurde gleich in den Karzer gebracht. Stolz marschierte sie die Kellertreppe hinunter und schrie die »Internationale«. 21 Tage Karzer machten ihr gar nichts aus. (Die Karzer waren unter der Erde, die hatten keine Lüftung und gar nichts. Ein kleines Rohr kam aus der Erde, und da wa noch ein Sieb davor. Das war die einzige Luft, die man da unten kriegte. Im Karzer mußte man ja auch auf dem Fußboden schlafen, ohne Strohsack, und kriegte halbe Ration.) Wenn sie wieder herausgelassen wurde, dann ging sie beim ersten Spaziergang nicht mit herum, sondern suchte sich eine sonnige Ecke im Gefängnishof und machte Freiübungen. Dieser Naturmensch stand dann da, recht abgeblaßt und mager. Das war wundervoll.
Ella war vielleicht 35 Jahre alt und stammte vom Lande. Sie hatte ein Kind, einen Jungen. »Mei Gong«, sagte sie

immer (die Erzgebirgler sprechen ja so merkwürdig, sie sagen nicht »Jacke« sondern »Gacke«). »Mei Gong, mei Gong.«
Sie ist mal mit mir spazierengegangen, da hat sie auch von ihrem »Gong« gesprochen. Ich hab kein Wort verstanden, ich hab immer nur gesagt: Jaja. – Wenn die Erzgebirgler anfangen zu rappeln, dann kann man nichts verstehen. Einmal kam ein Bauer mit seinem Fuhrwerk in die Anstalt, der wollte wohl was abholen oder bringen, und diesen Bauern kannte Ella von draußen!
Sie ausgeschert aus der Spaziergangsreihe und immer neben ihm her.
»Ella! Hierherkommen!«
Ella ließ sich gar nicht stören: »Was macht mei Gong«, und redete mit Händen und Füßen: »Und grüß mei Gong, grüß mei Gong!«
Die Verwaltung gab ihr zuerst keine Arbeit, weil man Angst vor ihr hatte. Einmal kam in Hoheneck eine russische Inspektion. Da verlangte sie von einem Offizier, er solle dafür sorgen, daß sie Arbeit bekommt. Der Russe stand halb in der Zelle und sprach mit ihr – der deutsche Kommandant hielt sich etwas zurück und wollte nun wohl auch nicht so wie sie – da schülpte sie dem, ehe er sich's versah, das ganze Essen ins Gesicht und über die Uniform. Nie ist die Tür schneller zugeschlossen worden wie da!
Eines Tages war da ein Gekrache! Wir dachten, das halbe Gefängnis wird zertrümmert. Die Kalfaktoren rasten von Zelle zu Zelle: »Ella hat einen Tobsuchtsanfall! Ella tobt! Ella will arbeiten! Sie läßt sich das nicht mehr gefallen!« Es war direkt gegenüber von uns, wir kuckten durch ein kleines Loch im Spion und konnten alles gut beobachten. Acht Wachtmeister standen in weitem Bogen um ihre Zellentür herum, und sie schlug von innen mit einem Holzstiefel »rrrrum!« gegen die Tür. Plötzlich ein Gesplitter: die Frau hatte die Tür zerschlagen und kroch heraus! Die Wachtmeister stoben auseinander.
»So«, sagte sie, »da geh ich nicht wieder rein.« Sie wollte

nun arbeiten. Und tatsächlich, man gab ihr Arbeit, sie kam in den Schweinestall. Alles funktionierte, die Schweine gediehen prächtig. Sie kannte alle bei Namen, redete mit ihnen und tätschelte sie, trug die schweren Eimer mit Kartoffeln herum und fühlte sich in ihrem Element. – (Ein Eber hieß ausgerechnet »Robert«. »Robert wird wieder zu den Säuen geführt«, hieß es. Oh, entsetzlich! Ich mußte jedesmal lachen, wenn ich das hörte!)
Sie wurde auch von den Wachtmeisterinnen nur Ella genannt und keiner nahm sie ernst. Aber niemand wollte mit ihr auf der Zelle liegen, denn sie war Edelkommunistin und politisierte ständig.

Eines Tages kamen große Wagenladungen mit Wäschebeständen aus anderen Lagern. Ich wurde zum Sortieren bestimmt. Es waren wunderbare neue Sachen dabei: Kissenbezüge, Taschentücher, Unterhosen, Handtücher. Die Frauen zogen sich ganz aus und kleideten sich neu ein, infolgedessen fehlten natürlich sehr viele Stücke. Ich hatte meine zweite Garnitur längere Zeit nicht mehr aus der Wäsche zurückbekommen, mein Handtuch *stand* schon, so daß ich mich nicht mehr damit abtrocknen mochte.
Die Frauen sagten: »Du bist ja verrückt, nimm dir doch ein Handtuch, da ist ja so viel!«
Na, ich nahm mir eins, in meiner Not, klemmte es in mein Hosenbund, um es still und heimlich in den Gemeinschaftssaal zu schaffen. Als ich an der Wachtmeisterin vorbeiging, rutschte es mir vor ihren Augen aus der Hose heraus! Sie sah es, sagte aber nichts. Ich nahm es schnell wieder an mich und stickte meinen Namen hinein.
Weil natürlich sehr viel fehlte, kam eines Tages ganz unvorbereitet eine Razzia. Acht Wachtmeisterinnen erschienen im Gemeinschaftssaal: »Alles stehn und liegen lassen!« hieß es, »rein in den Waschraum!«
Dann wurden immer zwei Frauen herausgeholt, die mußten sich ausziehen und über jedes Stück Rechenschaft ablegen. Auch bei mir hieß es: »Ausziehen.« Ich hatte

dann nichts weiter an als meine Tennisschuhe und ein Unterhemd, das mir bis zum Bauchnabel ging. Die Wachtmeisterin holte meine Sachen und fand das Handtuch. Es stand mein Name darin, ich hätte gut sagen können: »Es ist meins!«

»Wo haben Sie das her?«, fragte die Wachtmeisterin, und ich Hornochse antwortete: »Aus den Lumpen.«

»Das ist Diebstahl.«

Ich führte zu meiner Entschuldigung an, daß ich in Not gehandelt hätte, außerdem nähme ich es ja nicht mit nach draußen, es bliebe ja im Gefängnis.

Eine Wachtmeisterin höheren Grades, die Hempel, kam und sagte: »Kommen Sie hier her!« Am Ende der Säle war immer so ein Podium, wo die Wachtmeisterin saß und uns beobachtete. »Wie heißen Sie? Wann geboren? – Wissen Sie, daß Sie gestohlen haben?«

»Ich habe nicht gestohlen«, sagte ich und ging in meiner Aufregung immer näher an sie heran, »ich möchte nochmals erklären...«

»Gehn Se zerick! Gehn Se zerick! Zwei Meter Entfernung!«

Aber ich war so aufgeregt, daß ich immer wieder an sie heranging. Hinten im Waschraum glotzten die anderen Frauen durch die Fensterscheiben und lachten sich tot über mich.

»Ham Se nicht gehehrt, Se solln zerick gehn!«

Drei Tage war ich wie krank, so deprimierte mich der Vorwurf, gestohlen zu haben.

»Nicht nur, daß ich im Gefängnis sitze, nun bin ich auch noch ein Dieb!«

Gottlob kam nichts danach. Wenn alle, die da aufgeschrieben wurden, Karzer hätten haben sollen, dann hätte das halbe Gefängnis hinein müssen.

Aber: »Sowas kommt von sowas her.« Warum macht man auch solche Sachen.

41

Im Oktober kam ein neuer VP-Arzt, den hatten sie sich aus Westdeutschland besorgt. Eine riesen Brille und Schuhe mit Kreppgummisohlen. Um zu beweisen, wie fortschrittlich er sei, warf er ein Drittel der Kranken raus.
Ich wog 120 Pfund, als ich das Lazarett verließ. 30 Pfund hatte ich zugenommen. 120 Pfund, das war mein höchstes Gewicht, die Hose saß mir ganz stramm.
Es wurde Zeit, daß ich wegkam, denn Krumreich war im Lazarett aufgetaucht mit seinem dicken glatten Kopf. Der nickte mir schon immer zu. Ob ich nicht Pfleger werden wollte, bei ihm auf der Station, ließ er mich fragen.
Das Tausendschönchen drängte sich noch einmal an mich. Noch ein letztes Mal. Als junger Hund, als junge Katze. Wie lange würde man an ihn noch denken müssen.

Ich zog nicht wieder zu Robert und Jonny, das ergab sich irgendwie von selbst. Scheidung in gegenseitigem Einvernehmen. Ich suchte mir einen Platz an der gegenüberliegenden Fensterseite, und zwar oben. Da hatte man keine Übermänner, die immer gerade dann ihren Strohsack aufschütteln, wenn man unten die Marmeladenbrote streicht.

Wie über Felder, über Seen
Der Adler ausgebreitet schwebt...

Ein herrlicher Platz mit einem weiten Blick über die Stadt. Am Horizont bewaldete Berge und zu Füßen die kreisenden Marschkolonnen der Spaziergänger, Carrés des hommes: wie aus den Bauernkriegen.
»Links, links, links, zwo, drei, vier... Vordermann! Seitenrichtung!« (Und die Nazis im Eimer, dieses Pack.)
Neben mir lag ein Schulmeister vom Lande: »Bei 45 Kindern, da regiert der Stock!« – Vergnügt pfiff er vor sich hin, die Frau hatte wieder einmal Zervelatwurst geschickt, oder

vielmehr: die Tochter, diese nette Deern, blond und blauäugig: ich sollt mir das Paket mal anschaun, wie nett die das gepackt hat, den Käse hier und da die Wurst, und den Zucker in einem Leinenbeutel und das Schmalz mit Bratensoße ausgebraten. »Hier, riech mal!« Und alles so ordentlich »geschlichtet«. Und er schnitt sich Wurst ab und »schob« sie »ein«, wobei er nicht nur seinen Mund aufriß, sondern auch die Augen.

»Und deine Mutter sitzt ebenfalls?« fragte er mich. (Das Messer in der Hand, mit dem Daumen die Schärfe prüfend.) Das müsse ja furchtbar sein, das Bewußtsein, die eigne Mutter unter den gleichen, so unmenschlich primitiven Umständen zu wissen... Wenn er nur an die Klogeschichten denke oder an die Monatssachen. – Ein Mann könne sich doch ganz anders helfen.

Daß ich den Kalender »Wild und Hund« kannte, das wunderte ihn, und das freute ihn. »Wild und Hund« mit Bildern von Geilfuß: angeschossene Treiber. Dann wär ich also auch an Natur interessiert? Wie er? – Nein, er müsse schon sagen, das freue ihn, das freue ihn aber sehr.

Jeden Morgen schrieb er mit Kreide ein gereimtes Rätsel auf das Seitenbrett der Koje und amüsierte sich, wenn Leute davor standen und das herauszukriegen versuchten.

Das erste doppelt
durch das zweite doppelt
ergibt das dritte
durch das vierte doppelt...

»Schön schwer, nicht?«, sagte er dann und hoegte * sich. Und sich das auszudenken: den richtigen Dreh herauszukriegen, erstens, daß das Rätsel auch Anreiz bietet zum Lösen, und zweitens, daß man die Flinte nicht gleich ins Korn wirft, wenn man schon mal angefangen hat zu raten, und daß man nicht gleich denkt: das schaffst du ja doch nicht, sondern Mut bekommt und Selbstvertrauen und an der Aufgabe – so minimal sie auch scheint – wächst!

* Plattdt.: schadenfroh sein.

Ganz schön schwer, das so hinzukriegen.
Natürlich merke er sich alle diese Rätsel (er tippte sich an den Kopf), die werde er später verkaufen, draußen, wenn er hier mal rauskommt, das Stück zu fünf Mark an eine Zeitung, irgendwo. So wie damals, in den zwanziger Jahren, als keine Anstellung zu kriegen gewesen war und man ewig auf der Warteliste stand. Gott, was hatte man damals für Arbeiten angenommen! Er sähe sich noch Säcke tragen, am Hafen! (In dieser Hinsicht brauchte mir vor draußen gar nicht bange zu sein. Wenn man nur arbeiten *will* – Arbeit findet sich immer.)
Schade, daß das Brett an der Koje nicht größer wär, gern hätte er noch Witze darauf geschrieben oder »Wissenswertes aus aller Welt«. Daß die Cheopspyramide 25mal der Kölner Dom ist und die Reichsautobahn 25mal die Cheopspyramide.
»Was da für Raummeter reingehen, das sind ja Milliarden!«
Oder Meteore. Alle 100 Jahre fallen zwei Millionen Tonnen Staub auf die Erde. also so und so viel Güterzüge voll, die, aneinandergereiht. soundso lang sind.
»Von Narvik bis Nettuno.«
Daß Bach und Händel im gleichen Jahr blind geworden sind und sich nie in ihrem Leben getroffen haben, außer mal in Halle oder wo, in einem Gasthaus, da habe aber jeder in 'ne andere Richtung gekuckt: *Zwei* Titanen an *einem* Tisch, das hätte ja auch nicht gut gehen können. (Reizvoll sich ein Gespräch auszudenken zwischen ihnen: »Wie geht's der Frau? Wie geht's den Kindern?« Von allem sprechen, bloß nicht von Musik.) Bach, der ja eigentlich »Meer« hätte heißen müssen, und Händel, der sein Testament unverständlicherweise auf Englisch unterschrieben habe. So eine Instinktlosigkeit! Als Deutscher!
Ich offerierte ihm, daß die Blutgefäße eines einzigen Menschen, wie Drops aneinandergereiht, dreieinhalb mal um die Erde gehn oder 12 mal, jedenfalls oft. daß die Katzen auf der Insel Man keine Schwänze haben, wie man die

Sandkörner am Ostseestrand zählen kann, und Ludwig XIV. mit seinen zwei Meter Dünndarm zuviel. (Das schrieb er sich auf.)
»Ich weiß nicht«, sagte er, »in diesen Zahlen erschließt sich mir im eigentlichen das, was Leben heißt, und zwar viel besser als in sonstwas für Systemen.« Wie die andere Seite des Stephansdoms in Wien aussieht, das war ihm unbekannt. Er würde sagen: später einfach mal hinfahren und sich ansehen das, was?

Neben ihm wohnten junge Leute mit höheren Zielen.

Mensch, sei kein Dummrian,
lern Sprachen durch Paustian.

Die schwärmten aus und sammelten Zahlen, Vokabeln und irgendwelche Fakten, die sie sich dann in ihre »Knastfibeln« schrieben und gegenseitig abhörten. (»*Das* hast du im Knast gelernt?«) Ganze Inhaltsangaben von Büchern, »Die Buddenbrooks« in Kurzfassung, »nacherzählt«. – (Was mit rausbringen, wenn man eines Tages mal entlassen wird, und sich fit halten. Keine Ruhe lassen dem Gehirn, sonst schläft's ein.)

Klio Meltertal
euer Urpokal.

Dieser Spruch, in dem alle Musennamen untergebracht sind, stand in fast jeder Knastfibel, ferner fanden sich darin sämtliche griechischen und römischen Götter, mathematische Formeln, und die Namen Anaximedes und Anaximander.
Einer von den jungen Leuten, ein verdrehter Nazi, der sich von seinem Nachbarn und Gesinnungsfreund zur Abhärtung in die Zehen beißen ließ, besaß eine drei Seiten lange Abhandlung über das Geldwesen, der hatte in der Zelle mal mit einem Bankdirektor zusammengesessen. Bei einem andern kam der Ritter »Kantropus« drin vor.
Phimosis, die Göttin des Engpasses, und »Sing man tau«*,

* Refrainzeile eines plattdeutschen Liedes: »Sing man weiter ...«.

der koreanische Außenminister: sowas konnte man da auch lesen.

Nachdem sie monatelang gesammelt hatten, wollten diese jungen Leute ihr Wissen gern mal einem größeren Kreise zugänglich machen, zyklisch zusammengefaßt und, wo Lücken klafften, aufs Wahrscheinliche hin ergänzt. Aus zwei von Schauspielern überlieferten Osterspaziergängen, die stark von einander abwichen, rekonstruierten sie z. B. einen dritten: Draußen als erstes den Faust aufschlagen!
Sie hielten einander Probevorträge, ob sich das eignet für die Allgemeinheit: »Was Wörter eigentlich bedeuten« (»Schrank«, wieso heißt es »Schrank«?) und eine Einführung in die Philosophie.
Lange redeten sie über den Unterschied von Zwang und Gewalt. Daß Zwang länger andauert als Gewalt, die nur mal zwischendurch angewendet wird. Und Selbstmord, ob das mutig oder feige ist. (Auf »Mut zur Feigheit« einigte man sich endlich.)
Hofmannsthal, wie der geschrieben wird, und E. T. A. Hoffmann (oder E. T. *Ha*?), Hofmannswaldau, den gibt's doch auch, und Hofmann von Fallersleben, wer das nun wieder ist. Hatte der nicht da auf Helgoland gesessen und die deutsche Nationalhymne verfaßt?

> ... wenn es stets zum Schutz und Trutze
> brüderlich zusammenhält ...

Man hatte es noch im Ohr, wenn dann so die Trommeln ansetzten zum letzten »Deutschland, Deu-heutschland, über a-hal-les ...« wenn das so über den Platz hallte, dieser 1000-Männer-Chor, das gehe einem noch heute in Schauern über den Rücken. Eigentlich schade, daß das nun perdu ist.
(Später mal eine Säule in Auftrag geben bei einem erstklassigen Bildhauer, eine Reliefsäule wie in Rom die Trajans-Säule, und in Spiralenform die ganze deutsche Geschichte darauf, deren Tragik und deren Größe.)
Ob ich nicht auch mal mitmachen wollte, fragten sie zu

mir hinüber, mich harmonisch ausbilden, von innen heraus und nach allen Seiten? Und dann Vorträge halten?
Der Schulmeister riet mir vom öffentlichen Auftreten sehr ab. Der hatte mal einen Vortrag gehalten und höhnische Zwischenrufe dafür geerntet: »Die Sonne als Kletterspecht«, so hatte der Vortrag geheißen, Himmelskunde war damit gemeint gewesen, daß die Sonne morgens beim Aufgehen scheinbar von Ast zu Ast klettere: das hatte er gesagt, und das hatte solche Heiterkeit erregt.

Manchmal waren die jungen Leute zu Späßen aufgelegt. »I schleck your pardon!« Man trat sich extra gegenseitig auf den Fuß, um das sagen zu können: I schleck your pardon. »Geistigen Dünnschiß« nannten sie das. »Lots Weib erstarrte zu Salzsäure« und: »Der Schein des Anstoßes.« – Oder Witze nach dem Motto: »Kommt ein Mann in'n Laden . . .« oder aus der 5. Kategorie.
Oder, etwas geistvoller: Trinonyme bilden, also: »Weihnachtsmännerschutz« oder »Eierstockschnupfen«. Nachts rüttelten sie einen wach, wenn sie noch so was gefunden hatten. Dann lachten sie, daß der ganze Saal wach wurde und alles »Ruhe!« schrie. (»Das sind doch wieder diese verdammten Intelligenzbestien!?«)
Woran ich mich beteiligte: bei Liedern mit gleicher Zeilenlänge Text und Melodie austauschen, z. B.: »Wohlauf Kameraden, aufs Pferd, aufs Pferd!« singen nach der Melodie: »Ich tanze mit dir in den Himmel hinein«, und umgekehrt. Das ging.
Das war sozusagen »*gut* doof«.

Schlimm trieben sie es mit einem Menschen namens Lurche. Dem redeten sie ein, er stamme aus einem Hugenottengeschlecht und heiße eigentlich *L'Ourché*. Frédéric L'Ourché. Der glaubte das und reagierte schließlich nur noch, wenn man ihn französisch rief.
Eines Tages sagten sie zu ihm: »Warum spielst du eigentlich nicht Schach? Du bei deiner Intelligenz müßtest doch

ein guter Schachspieler sein?« Und sie sprachen sich mit sämtlichen Schachspielern des Saales ab, die sollten ihn dauernd gewinnen lassen. Schließlich sah man Frédéric L'Ourché im Mittelgang gegen zehn Mann lässig simultan spielen. Die stellten ihm die Dame direkt vor die Nase: er sah sie nicht.

Es war gar nicht so einfach, gegen den zu verlieren.

Am Ende redeten sie ihm ein, er hätte eine wunderschöne Stimme. Und sie kriegten ihn sogar so weit, daß er abends solo sang.

Mutter,
du mußt um deinen Jungen niemals weinen ...

»Wenn ihr nicht still seid, dann singe ich nicht weiter«, sagte er, und wir bissen in die Decken.

Das gehe doch eigentlich nicht, sagte der Schulmeister, daß man mit einem Menschen so Schindluder treibe. (Aber *er* lachte auch.)

Ich hätte gern mal einen Film erzählt, Dick und Doof als Elektrohändler. Oder: »Die Wendeltreppe«. Einen Kriminalfilm. Ein Abartiger ist hinter mißgestaltenen Frauen her, und jedesmal wenn eine ermordet wird, heult die Musik so sonderbar auf. Und *wenn* sie heult, dann weiß man schon: jetzt geht's der Kleinen an den Kragen. (Der Hauptdarstellerin natürlich nicht: die ist stumm und findet durch den Schock die Sprache wieder.)

Oder sich was ausdenken, ganz was Mittelalterliches: Ein einsamer Beter geht durch die Stadt, schwarze Vögel streichen drüberhin: die Pest hat schon so viele hinweggerafft, und der Beter sinkt nieder im düsteren Dom, vorm goldenen, von flackernden Kerzen belebten Klappaltar: Für sich bittet er nicht, das Ausmaß seiner Schuld ist allzu groß, nein, er bittet für den einzigen Freund, der ihm geblieben ist und den es schon aufs Sterbelager geworfen hat. (Über seinem Bett die Vögel, aus Holz geschnitzt, stürzend, den Schnabel und die Krallen offen.) – Draußen vor der Stadt das Blachfeld, fahles, gelbes Licht. Verdorrte

Erde, ein einsam heulender Hund: das ist dann der Schluß.
Ich besorgte mir Papier vom Klominister (alte zerschnittene Gefängnisakten: »Der Sowieso bittet um Versetzung von den Faltschachteln zu den Scherzartikeln.«) und schrieb das ganze mittels eines Hölzchens und Kaliumpermanganats (zum Gurgeln!) jambenartig nieder und weinte über das, was ich da schrieb.
Die jungen Leute, denen ich es zeigte, kriegten ernste Gesichter und sagten: »Das geht einem ja ein wie Honigseim!«
Das wär ihnen aber sehr angenehm, daß ich mir so etwas Ernstes ausdächte. – Sonderbar, daß dieser mit Schuld beladene Mensch da nicht *selbst* stirbt, sondern dessen Freund, der doch offensichtlich ein edler Charakter gewesen sei. Das gäbe ja Stoff zu unerhörtem Nachdenken ... Und *was* das wohl für eine Schuld gewesen sei?
Geheimnisvoll und anregend, alles offenlassend.
Interessant.
Und ob ich dazu nicht ein Gegenstück schreiben wollte, oder das Ganze in ein Triptychon ausweiten: »Das Triptychon der schwarzen Vögel«, Teil 1: »Der Tod«, Teil 2: meinetwegen »Buße« und Teil 3: daß die dunklen Vögel auch mal wieder wegfliegen, sich in Glücksvögel verwandeln, und alles wendet sich zum Guten?
Drei dreiteilige Teile?
Sie selbst wollten dazu einen Chorgesang einstudieren und das Ganze an einem Sommerabend, wie in einer Besinnungs- oder Feierstunde, vor der Allgemeinheit abrollen lassen. Zurückhaltend, fest und dennoch eindringlich.

Aus »aktiven Liedertafelsängern« hatte sich ein kleiner Chor zusammengefunden.

Über die Heide geht mein Gedenken ...

Als ich sie zum ersten Mal hörte – es war ganz unerwartet, weil ich gar nicht ahnte, daß ein Chor im Saale existierte –, konnte ich gar nicht glauben, daß es sowas Schö-

nes gibt, und, obwohl sie schleifig und mit Tremolo sangen: mir schossen sofort die Tränen in die Augen, und zwar ganz automatisch.
An besonderen Tagen wurden sogar Gedichte dazu gesprochen.

Vom Baum des Lebens
fällt mir Blatt um Blatt . . .

Lied – Gedicht – Lied, so war dann die Abfolge. Ein thüringischer Student sprach die Verse in gut berechnetem Sing-Sang:

. . . . wie machst du satt,
wie machst du satt und müd,
wie machst du trunken?

Der dachte dabei an seine junge Frau, und die Zuhörer dachten auch an ihre Frauen und an ihre Mütter und muschelten sich ein ins warme Bett: wie war sie schön, die Welt, wie mußte man dankbar sein für jeden Tag. Und wie würde sie erst schön werden, die Welt, wenn man eines Tages wieder frei wär, im Gebirge über Täler schaute oder am Meer einsam in die anbrandenden Wellen.
Wie würde man sich dann an dieses Singen hier erinnern, und daran, daß es einem viel bedeutet hat.

42

Kopenhagen
17. August 1953

Lieber Onkel Richard!
Liebe Tante Gundi! Liebe Alle!
Gestern ist es spät geworden. Die Londoner Philharmoniker gastierten hier in Kopenhagen: Sowas darf man sich doch nicht entgehen lassen. Bruckners Siebente. Dieser Anfang – himmlisch! Ich pfeif ihn schon den ganzen Tag.
An und für sich ist Sven ja mehr für Beethoven. Aber Bruckner läßt er noch gelten und Brahms auch ein bißchen. Er will jetzt ein Tonband kaufen, das kann man hinten am Radio anschließen, und dann holt man einfach alles raus, was einem gefällt: ganze Symphonien oder Vorträge. Sven will sich dann eine Tonbandbibliothek einrichten, möglichst alles vollständig. Er wälzt Prospekte und rechnet, ob wir uns das leisten können.
Bei Euch hat sich ja allerlei ereignet. Ich kann mir denken, daß es schwer ist, Hamburg zu verlassen. Aber Schwamm drüber! Lat Schiet rieten! * In Wiesbaden ist es doch auch schön, und in der Baracke konntet Ihr nicht ewig wohnen. (Wie habt Ihr das bloß so lange ausgehalten?)
Walter war ja auch mal in Wiesbaden, er schrieb damals ganz begeistert. Warum ist er nur nicht dort geblieben? Er hätte sich und uns viel Kummer ersparen können. – Hoffentlich findet Ihr da unten eine schöne Wohnung; wenn man sich wohlfühlt in seinen vier Wänden – das bedeutet ja doch eine ganze Menge: Tür zuschließen und sich selbst und seiner Familie leben.
Wir haben jetzt zwei große und zwei kleine Zimmer, W. C. mit Brause und eine kleine Küche. Zur Stube gehört ein schöner Balkon, wo im Sommer meine Geranien sprießen.

* Plattdt.: Laß alles laufen!

»Das Gemüse«, wie Sven sie nennt. Außerdem ist hier eine Gaswaschmaschine und eine Trockenschleuder für Gemeinschaftsgebrauch. Das macht das Waschen sehr leicht und schnell. Bei drei Kindern, die sich dauernd im Dreck suhlen, ist das wichtig! Der einzige Nachteil, wir wohnen jetzt in einem neuen Stadtteil, wo wie doll und verrückt gebaut wird, lauter große Blöcke. Aber vorläufig ist es noch recht frei hier rundherum und ideal für die Kinder zum Spielen.
Jeden Dienstag abend gehen Sven und ich zur Ehepaartanzstunde, es macht viel Spaß. Montis, die Schweizer, sind auch mit von der Partie. Hinterher wird immer noch ein wenig zusammengesessen und geklönt.
Sven macht außerdem Französisch in der Abendschule, und ich besuche einen Zuschneidekurs.
Die Zeit rast, man weiß kaum, wo die Tage bleiben. Ich muß noch eine Menge Puppenzeug nähen für meine Drei, denn zum Kaufen reicht das Geld nicht bei den heutigen Preisen. Spirituosen sind so gut wie unerschwinglich. Wenn Herr Monti, der Schweizer, nicht ab und zu was besorgte, würden wir ganz trocken stehen. (Er verdient erstklassig und fährt einen riesen amerikanischen Wagen.)
Sagt bitte Hartmut Dank für seinen lieben langen Brief und für die Bilder. Anbei ein Foto seiner ollen Kusine. – Wenn er nun ein Motorrad hat, dann soll er doch mal hochrutschen mit seinem »Hirsch«. Aber seine Freundin mitbringen, sonst wird Sven noch eifersüchtig!
Sven ist jetzt in die Zentrale versetzt worden, man ist sehr zufrieden mit ihm. Wenn er nun noch französisch kann, dann ist er mit seinen drei Sprachen allen andern haushoch überlegen.
Schöne Grüße und Dank für alles, was Ihr in der Rostocker Angelegenheit unternommen habt.

Eure Ulla + Sven + eins, zwei, drei.
PS. Onkel Richard geiht datt woll jut?
(Puh! Plattdütsch hab ich ganz verlernt.)

43

Mein Nachbar erzählte oft von seiner Dorfschule.

Nach l, n, r – das merke ja –
schreib nie tz und nie ck.

Ein Fachwerkhaus mit Linden davor und grüngestrichener Pumpe. Wie mal ein Ferkel durch die Klasse gelaufen ist, und daß die Gänse des Nachbarn immer auf die Treppe gemacht haben. Daß Hühner gar nicht so dumm sind, wie sie tun – dumme Tiere gäb's ja überhaupt nicht, jedes sei so klug, wie es sein muß (eine lange Geschichte von seinem Hahn) –, und daß Schweine nur ein einziges Jahr brauchen, um schlachtreif zu werden. »Eichelmast!« Seine Sau sei mal von einem wilden Keiler gedeckt worden, auf der Waldweide: die Ferkel dann alle gescheckt.

Wie Gänse genudelt werden – die Füße auf ein Brett nageln und dann einen Trichter in den Schnabel stecken und immer gib ihm! – und bloß keine Ziegen halten, Ziegen sind mäklig. Genau wie Enten. Bloß keine Enten. Schafe ja und Gänse, ohne weiteres, aber keine Ziegen: »Die Kuh des armen Mannes«. Und im Winter der Gestank!

Ja, die Schulmeisterei. Er wisse noch, wie er seine erste Stelle angetreten habe, am Ende der Welt! 1924 zu Fuß von der Bahnstation: in dichtem Schneetreiben, den Rucksack auf dem Rücken mit Unterwäsche plus Geige. – (Und 1944 seine Frau da wieder weg, genau 20 Jahre später, auf den Tag! auch bloß mit'm Rucksack, das Kind an der Hand, doch das nur nebenbei.)

»Nach 'ner guten Stunde, ich denk schon, ich hab mich verlaufen, da seh ich endlich 'n paar Lichter, ich drauf zu. So hingeduckte Häuser, die Dächer tief heruntergezogen, ganz wie auf dem Bild von dem, ich weiß nicht wie der heißt« – ihm läg das auf der Zunge –, wo auch so dunkle

schwere Dächer drauf zu sehen sind, und vorne dann ein Wanderer, einsam und allein.
Gleich rein ins erste beste Haus, und ausgerechnet bei der dicken Schneiderschen gelandet: so 'ne Maschine. Die eine Pfanne aufs Feuer gekriegt, Speck und Eier: »*Sie* sind der neue Schulmeister?« und ihn so abtaxiert. Und hinterher 'n *warmen* Schnaps.
Das sei der richtige Anfang gewesen. Eine herrliche Zeit! Die Schneidersche, wenn er an die noch denke ...
In der Lehrerausbildung hätten sie scharf ranmüssen. Blumen bestimmen, Kommasetzung und Kopfrechnen wie aus der Pistole geschossen.
»Das 1 × 13, kannst du das?«
Und jeder habe drei Märchen auswendig können müssen.

Zieh mich raus! Zieh mich raus!
Ich bin schon lange braun!

Und

Rucke di – guck!

Die Sache mit dem Blut im Schuck.
Frau Holle sei sein Lieblingsmärchen, das habe er den Schulanfängern Jahr für Jahr erzählt und dann malen lassen, d. h. den Brunnen in der Mitte, als Bindeglied zwischen oben und unten, der Unterwelt also, und, sonderbar, wie die Kleinen das immer wieder hingekriegt hätten. Als ob die eine Ahnung hätten von dieser Dualität oder wie man das nun nennen soll.
»Man muß eben eindrucksvoll erzählen, dann hören sie auch zu.«
Oder: »Duks, sagten die Tiere ...«: »Das Waldhaus«, ein Märchen, das seine Fühler bis in die Kyffhäuser-Sage vorstrecke.

Fliegen die Raben immer noch um den Turm?

Darüber habe er seine schriftliche Arbeit angefertigt. Alles hänge zusammen wie so ein großes Wissensgeflecht, man müsse nur den richtigen Faden zu fassen kriegen, dann könne man alles aufribbeln.
Meinen Bruder sah ich jetzt seltener. An der Pinkelrinne

erkundigte er sich bei meinen Nebenleuten, was ich so machte. Ob ich lustig sei? oder bedrückt? ob ich mal irgendwas gesagt hätte? Sie sollten mal ein Auge auf mich haben, manchmal mache er sich rechte Sorgen: mein Nachbar, dieser Steißtrommler da: ob das der rechte Umgang sei?

Ihm widerstrebe es irgendwie, sich mir aufzudrängen.

Hin und wieder kam er aber doch an meine Pritsche, nicht ohne einen konkreten Anlaß allerdings, beispielsweise, um mir die dürftigen Briefe zu zeigen, die er von Onkel Richard bekam: »*Wir* müssen uns *auch* vieles versagen« (sowas stand da drin).

Da ich ja auf der oberen Pritsche lag, sah ich dann nur seinen runden ostelbischen Kopf und seine Hand, wie er sich da festhielt an dem Griff: »Nun, mein Walter?« Ich sähe ja nicht gerade gut dem Dinge aus, mager und durchsichtig – es werde wohl Zeit, daß man endlich nach Hause komme. Meinte ich das nicht auch? Was?

Ob er mir mal eine neue Version seiner beruflichen Zukunft unterbreiten dürfe? Ja? Sollte er mal zu mir auf die Pritsche kommen? – Na, es gehe vielleicht auch so. Da unten stehe er ja gut und trocken. – Fürs erste sage er nur: Nu – tri –a.

Vielleicht rufe dieses Wort in mir ja doch den einen oder den anderen Gedanken wach, vielleicht an frühere Tierparkbesuche in Barnstorf, vorn rechts neben dem Bärenzwinger, wo damals der Mann die Brotkanten mit Kunsthonig verteilt hatte – die Bären waren ja wie wild gewesen – neben diesem Bärenzwinger also, rechts, die schwarzen Füchse, diese Nutrias.

Sei er denn mit dem Dummbeutel geschlagen, Onkel Karl in Hamburg die Kastanien aus dem Feuer zu holen und sich für ihn abzurackern mit der Herstellung eines zweifelhaften Brause-Produkts? Oder sei er denn allen Ernstes vom Wahnsinn umjubelt, ein Lokal aufzumachen? »Aquarium-Bar«? Mit Betrunkenen herumzusitzen und sich deren Seelenergüsse anzuhören? So benaut sei er immer noch

nicht, auch nicht nach fünf Jahren Knast, nein. Sich sowas auszudenken oder, schlimmer noch, das eines Tages in die Tat umzusetzen oder umsetzen zu wollen – das seien Alfanzereien reinsten Wassers.
Nutrias – zu Füchsen habe er sich schon immer hingezogen gefühlt, dieser scharfe Geruch. Und einen großen Vorteil hätten diese Tiere den Betrunkenen gegenüber: sie redeten nicht.
Reinicke Fuchs: »Malepartus«, vielleicht nenne er eines Tages gar sein eigenes Haus danach, wer weiß? Und jeder, der da reinkuckt, kriegt 'n paar vor'n Latz, Kommunistengesocks oder Leute von der Heilsarmee.
Er komme *doch* mal eben hoch, sagte er, und achtete nicht darauf, daß ich das Täfelchen mit den Rilke-Sonetten – »Rühmen, das ist's« – nur ungern zur Seite legte und auch nur zögernd Platz machte. Er zeige mir jetzt den Entwurf seines Hauses, wie er sich das vorstelle, da würde ich staunen!
Er setzte sich dichter an mich ran, als nötig gewesen wäre, und zeichnete den Grundriß auf, in L-Form. Ob ich schon was merkte? Nein? Alter Schleef? Da könne man genau noch so ein zweites L drankleben, von der andern Seite, spiegelbildlich: hier Robert und hier Walter Kempowski, »dein Haus also *hier* und mein Haus *da*, ja? Verstahnevous? Château des frères?«.

Hunden und Frauen ist der Zutritt
strengstens untersagt.

Ich könnt mein Haus genau nach dem gleichen Grundriß dagegen anbauen, dann wär das ein U. – In der Mitte ein schmaler Bibliotheksgang, der die beiden, natürlich völlig in sich abgeschlossenen Bereiche – »jeder muß die Tür hinter sich zumachen können« – trenne. »Und die Bibliothek benutzen wir dann gemeinsam, und *hier* ist sogar der Einbau eines Kamins möglich«: er sähe uns schon sitzen (Malepartus!), einen guten Rotwein trinken und immer mal wieder – traun! – die Buddenbrooks.
Und wenn ihm jemand querkomme in seinem eignen

Hause, dann würde er sich nur an die Tür stellen und: »Bitte!« sagen. Rausschmeißen also. Schlicht und einfach. – Er freue sich schon auf diesen ersten Rausschmiß.
Aber er sehe schon, er rede wieder viel zu viel: »Gaffe nicht in der Stadt hin und wider und laufe nicht durch alle Winkel ...«, er wolle nun mal seinen Sabbel halten. Hauptsache: nicht heiraten. Das wolle er mir sagen: nicht heiraten. Nicht sein Herz an etwas hängen, was sich schließlich und endlich als ein Groschengrab entpuppt.

Als er weg war, legte der Schulmeister das Rätsel zur Seite, an dem er grade arbeitete, schob sich ein Stück Zervelatwurst zwischen die Zähne und sagte: es ginge ihn ja nichts an, und er wolle sich auch nicht in unsere Angelegenheiten mischen, aber Nutrias, das wären keine *Füchse*, das wären *Ratten*. Und eh ich da was unternähme, sollte ich mir die ganze Sache erstmal eiskalt durch den Kopf gehn lassen. Mit sowas sei schon mancher reingefallen. Sein Dorfnachbar zum Beispiel, zwar nicht mit Nutrias, aber mit 'ner Hundezucht. »Dies Gekläffe den ganzen Tag! Und dauernd den Tierarzt auf dem Hof«.
Nee, davon sollt ich man die Finger lassen. Er leckte das Wurstmesser ab. Wenn das eine so bequeme und einträgliche Sache sei, wie mein Bruder meinte, dann würde das doch von Nutria-Zuchten wimmeln in der Welt!

Jonny stand auch manchmal in der Nähe und kuckte aus dem Fenster.

Children let that be a warning,
never do it in the morning.

Extra auf meiner Seite stand er, so, als ob er drüben bei sich nicht hätte kucken können. (Vielleicht bestände ja doch noch eine Chance, daß ich längsseits käm: nun ist alles wieder gut ... Hat sich eingesetzt für mich, alles Üble von mir abgehalten, und das ist nun der Dank: man wird kaum mehr beachtet. Warum nur? Oh, warum?)
Wenn er sein Paket bekam, schickte er mir jedesmal durch

seine Leute einen beeindruckenden Obulus: ein Viertel Speck oder ein großes Stück Topfkuchen, gelb und das Papier durchfettend. Seine Leute kuckten mich dann immer sehr vorwurfsvoll an, als ob ich irgendwas kaputt gemacht hätte.

(»Hat die Crew verlassen und sahnt hier noch ab ...«)

Dann mußte man sich also bedanken gehn, und Jonny wartete schon darauf, im eben fertiggewordenen Rollkragenpullover, die selbstgeschneiderten Pampuschen an den Füßen, und mein Bruder, der wartete dann auch, die Brille blank geputzt. Der Bettlakenhimmel mit den blauen Sternen hing herab.

Ob ich nicht sähe, wie behaglich sie es hätten, wurde dann gefragt, und ob ich mich noch daran erinnerte, wie gemütlich das damals gewesen sei, als die ganze Crew noch beisammen gewesen war, und ob es denn angehe, daß ich wirklich diesen kleinkarierten Sonderling da, diesen Arschpauker und Sonnenblumenzüchter, Kindsverderber und Beamtenscheißer, ihnen, den Freunden (gütig und verständnisvoll!), vorzöge, ohne jede Hemmung? Ob ich denn gar nicht mal an Mutter dächte?

Aber Angebote, wieder zurückzukehren in den Schoß der Freunde, wurden nicht gemacht. Das hatte man aufgegeben. »Wer nicht will, der hat schon«, war das Motto.

»Man kann niemand zu seinem Glücke zwingen.«

Als ich ihnen eines Tages eröffnete, daß ich draußen vielleicht mal Lehrer werden will, Lehrer auf dem Lande, da sagte Jonny: »Wie kommste denn uff dett schmale Brett? Anderer Leuts Kinder erziehen?«

Robert ließ sich zurücksinken mit seiner blanken Brille und sagte nur: »Gottsdonner.« *Das* hätt ihm grade noch gefehlt.

44

Ab 1951 durfte man in Hoheneck auch Zeitungen abonnieren, und zwar die »Tägliche Rundschau«. Komischerweise – wir haben Tränen darüber gelacht – durften politische Gefangene keine Zeitung haben. Wir waren aber doch alle in einem Saal, da konnte man sich doch ohne weiteres eine Zeitung pumpen, und es war doch klar, daß man das tat!
Im September 1953 lasen die Frauen in der Zeitung große Register von Männern, die aus russischen Straflagern heimkehrten. Diese Register hätte die Verwaltung man lieber herausschneiden sollen, denn die Frauen hatten ja Zeit, die setzten sich hin und studierten diese riesen Listen und entdeckten, daß sehr viele Hauptagenten, die 1946/47 als Schwerverbrecher nach Rußland geschickt worden waren, nun als »Soldaten« entlassen wurden. (Wohl um zu vertuschen, daß so viele Kriegsgefangene dort zugrunde gegangen sind.) Die Hauptagenten wurden also entlassen, und die kleinen Handlanger, die bei uns saßen mit ihren 10, 12 oder 15 Jahren, sollten weiterbrüten!
Kurz vorher war im Kirchensaal eine Versammlung gewesen. Die Operativin (eine Art politischer Kommissar für die Anstalt) hatte eine Rede gehalten. Sie hatte gesagt, es solle nun ein besserer Kontakt zwischen der VP und uns Gefangenen zustandekommen, es würden regelmäßig Versammlungen anberaumt werden, in denen sie uns politisch etwas schulen und aufklären wollten, damit wir eines Tages nicht wie neugeboren, ganz unwissend, draußen in der Welt stünden, sondern auch wüßten, wie weit alles fortgeschritten wär. Und wenn uns irgend etwas nicht klar sei, dann brauchten wir uns nur bei der Operativin zu melden, sie würde uns jederzeit Rede und Antwort stehen.

Nun kamen diese Heimkehrerlisten in der Zeitung, und die Frauen – außer sich! – baten um eine Sprechstunde bei der Operativin. Aber sie wurden nicht vorgelassen. Die Frauen reichten noch einmal ein – es erfolgte wieder nichts. Eines Tages – wir machten gerade unsern Rundgang – da kam die Operativin über den Hof. Lexi Wiese trat aus dem Kreis der Spaziergänger heraus (was streng verboten war) und bat die Operativin um eine Unterredung: die Frauen hätten schon zweimal darum gebeten, es sei ihnen abgeschlagen worden, und das, obgleich die Operativin doch extra betont habe, die Gefangenen dürften sich, wenn sie etwas auf dem Herzen hätten, jederzeit an sie wenden.
Die Operativin schnauzte sie wahnsinnig an. Ob sie nicht wisse, daß es verboten sei, aus der Reihe zu treten ... !
Ja, aber wie sollte man die Operativin sonst erreichen?
Sie sei nicht zu sprechen, Lexi Wiese solle gefälligst in die Reihe treten und weitermarschieren. Wenn sie nicht gehorche, komme sie in den Bunker.
Daraufhin war helle Empörung. Und wie es eigentlich kam – am nächsten Morgen war in der ganzen Anstalt bekannt: Wir essen nicht. Hungerstreik. Es war, als ob dieser Gedanke wie ein Funke übersprang.
»Kaffeeholer 'raus!« hieß es, und stillschweigend standen zwei Frauen, die zum Kaffeeholen bestimmt waren, auf, holten den Kaffee und die Tabletts mit Margarine und Brot, aber keiner teilte aus. Es wurde kein Kaffee getrunken, und es wurde nichts gegessen.
Die Wachtmeisterin fragte: »Warum teilen Sie das nicht aus?«
»Wir essen nicht.«
Mittags hieß es: »Suppe holen!«
Die Essenholer gingen hinaus, holten die Kübel und setzten sich hin. Keiner faßte seine Suppe. Die Wachtmeisterin tobte, holte Verstärkung und zwang die Stubenalte, mit ihr von Tisch zu Tisch zu gehen. Wir mußten unsere Schüsseln hinreichen, es wurde uns Suppe aufgefüllt, wir saßen vor unserm dampfenden Essen – keiner aß.

»Warum essen Se nich?«
»Wir essen nicht«, hieß es nur.
»Sie soll'n aber essen!«
»Wir essen nicht.«
Die ganze Suppe wurde den Schweinen gegeben. (Man war so aufgeregt, man hatte ja gar keinen Hunger.)
Am nächsten Tag mußten wir alle zum Appell antreten. Es wurde gefragt:
»Woll'n Se heute essen?«
»Nein!!« rief die ganze Korona.
»Nu, es is Ihre eigne Schuld, wenn Se nich essen woll'n, denn bringen wir eben erst gar nichts.«
»Nein, wir essen nicht.«
Daraufhin kam Befehl, wir hätten in unseren Unterkünften zu bleiben, wer nicht äße, könne auch nicht arbeiten. Dann geschah weiter nichts, von deren Seite nicht und von uns aus auch nicht, und wir warteten.
Einmal am Tag wurden wir gefragt, ob wir Rundgang machen wollten.
»Jawohl.«
Wir gingen langsam, ohne ein Wort zu sprechen, einzeln, zwei Meter Abstand, die Hände auf dem Rücken. (Alle hatten sich weiße Kragen umgebunden oder ein weißes Handtuch als Schal, das war das Zeichen, daß wir zusammenhalten wollten.)
Uns in den Sälen konnte man ja nicht so streng beobachten, aber die Gefangenen in den Zellen wurden aufmerksam kontrolliert, damit eine Verständigung unmöglich wär. Die Wachtmeister gingen dauernd von Spion zu Spion.
Sobald es dunkel wurde, stellte sich bei uns im Schlafsaal eine Frau hinter einen Pfeiler beim Fenster – um nicht gesehen zu werden – und rief mit verstellter Stimme:
»Zellenhaus!«
»Jaaa!«
»Es wird noch nicht gegessen, der Hungerstreik dauert an!«

»Jaaa! Wir essen nicht!«
Die ganze VP stand auf dem Hof, um herauszukriegen, *wer* da rief, denn den Anführer der Meuterei hätten sie natürlich liebend gern gehabt, aber es gelang ihnen nicht.
Nach einigen Tagen kam eine Kommission aus Berlin. Mehrere Offiziere gingen von Saal zu Saal und hielten uns einen großen Vortrag, wir sollten doch vernünftig sein und wieder essen, so lange zu hungern wäre ja gesundheitsschädlich und überdies: wir würden gar nichts damit erreichen, im Gegenteil, sie könnten uns ja künstlich ernähren ... (1 200 Frauen künstlich ernähren! Da konnte man ja nur lachen.) – Im übrigen, meinte der eine Offizier, würden ernste Erwägungen vom Russen geführt, ob sie uns nicht alle entlassen sollten. Aber wenn wir uns *so* benähmen, dann würde das natürlich aufgesteckt werden ...
Daraufhin meldete sich eine von den Frauen und fragte, ob sie wohl »als Mensch zu Mensch« mit dem Offizier sprechen könne.
»Selbstverständlich«, meinte der, »kommen Sie vor.«
Die Sprecherin war eine kluge Frau, die erstklassig reden konnte. Sie war draußen Referentin am Rundfunk gewesen. Er solle sich mal in die Lage der Frauen versetzen, meinte sie, niemand wisse, wessen Gefangene wir eigentlich wären, nirgends sei eine klare Auskunft über unser Schicksal zu erhalten. Die Frauen hätten zu einem Mittel wie dem Streik greifen müssen, um überhaupt einmal einen verantwortlichen Mann zu Gesicht zu bekommen. Sie hätten in den Zeitungen gelesen, daß die Gefangenen in Rußland alle nach Hause gingen, und in den Listen hätten sie die Namen von vielen Hauptagenten entdeckt, die damals wegen der Schwere ihres Vergehens nach Rußland geschickt worden seien, die leichten Fälle aber säßen hier und müßten weiterbrummen ... Wir wollten jetzt endlich Klarheit haben über die Aussichten, überhaupt einmal wieder nach Hause zu kommen ...
Ein Wort gab das andere, es kam alles zur Sprache, und der Herr versicherte uns, es würde eine Großaktion ein-

geleitet werden, wir sollten vernünftig sein und wieder essen, er würde selbst noch »mit Moskau« die Sache besprechen.

So ähnlich wurde in allen Abteilungen geredet, und daraufhin aßen wir wieder.

In unserem Saal hatte die VP inzwischen eine Großrazzia veranstaltet. Das unterste war zu oberst gekehrt. Himmel, nein! Wie sah es aus. Als ob die Russen da gehaust hätten. Die Schränke umgekippt. Sogar an die Pakete waren sie gegangen, hatten die Lebensmittel ausgeschüttet, so daß die Stubenalte die einzelnen Mettwürste ausrufen mußte. Natürlich war auch vieles verschwunden, es gibt ja immer Elemente, die so eine Situation ausnutzen. Die Polizei selbst hat uns auch Sachen weggenommen, Seife, Kämme, Waschlappen, all das, was wir als Prämie fürs Arbeiten bekommen hatten. Es hieß: »Die brauchen keine Kämme.«

An einer Schranktür hing ein Plakat: In Anbetracht des Hungerstreiks könne die Anstalt es nicht verantworten, daß wir gleich wieder an die Arbeit gingen. Wir hätten drei Tage Schonzeit mit leichter Ernährung. Wir bekamen nur Haferflocken, »damit sich der Magen wieder an warme Ernährung gewöhnt«.

Als die drei Tage herum waren, ging es dann wieder an die Arbeit.

Der Anstaltspfarrer aus Berlin – ein ganz wunderbarer Mann – ließ mich jedesmal, wenn er kam, zu sich rufen, um mir Grüße von den Jungen aus Bautzen zu bestellen. Kurz nach diesen Ereignissen kam er und fragte mich so etwas nach dem Hungerstreik aus. Da sagte ich ihm nur – er kuckte mich mit ernsten und etwas belustigten Augen an –: »Herr Pastor, so etwas Erhebendes hab ich noch nicht erlebt. Und wenn es *Wochen* gedauert hätte ...« Ich hätte das gut noch länger aushalten können. Man hatte ja vor Aufregung gar keinen Hunger. Es war deshalb so erhebend, weil man merkte: alles zog an einem Strang.

45

Nach einer gewissen Zeit hatte ich das Herumsitzen gehörig satt, dies Drohnenleben, ich meldete mich »in« Arbeit, wie es hieß. Jonny war schon weg, der war in der Küche, und die Gruppe, in der wir lebten, hatte sich gelichtet. Was lag näher, als daß man auch den Absprung gesucht hätte? Sonne, frische Luft?
An sich wollte ich ja mit Walter gemeinsam gehen, aber der hatte andere Interessen. *Der sang*! Jawohl, der sang.

Drauß ist alles so prächtig,
und ich fühl mer so wohl...

sang er im Knast, und man bedenke das. Aus voller Brust. Er zog es vor, auf dem Saal zu bleiben und Sing-Sang zweifelhaftester Art zu betreiben.
Ich sagte zu ihm: »Walter, du verkommst hier! Du mußt mal frische Luft unter die Flunken kriegen, Sonne!« Hat alles nichts genützt. Des Menschen Wille ist sein Himmelreich! so sagte man ja wohl, aber mich hat das traurig und ratlos gemacht, denn ich fühlte mich doch in gewisser Hinsicht für ihn verantwortlich. Als älterer Bruder?
So kam es, daß wir getrennt wurden, und Walter schien darüber nicht unfroh zu sein. Nicht, daß er es zeigte, so schlau ist er immerhin, aber, nachdem wir uns verabschiedet hatten, wie er dann wegging, wegstrebte geradezu, das ließ doch tief blicken: aufatmend, möchte ich sagen. »Erleichtert flog der Vogel fort.« Und daß er sich am Fenster sehengelassen hätte, als ich dann über den Hof geführt wurde. Kein Gedanke.
Selbst seinem Nachbarn, diesem zweifelhaften Schulmann da an seiner Seite, fiel das auf. Der schüttelte den Kopf. Und an der Tür paßte er mich ab und sagte, er wolle ein Auge auf Walter haben, was ich sehr ehrenwert finde, von diesem Mann.

Der allererste Akt meiner Tätigkeit vollzog sich übrigens noch auf dem Saale selber. Da wollte man wohl pröben, ob wir es ernst meinten mit dem Arbeitswillen, denn der Anwärter harrten viele. Man gab uns also Bindfäden, die wir entknoten durften, und als die Vorräte eines Tages erschöpft waren, kriegten wir Tüten mit Senfkörnern, man nennt das glaub ich: »mit Besatz«, also mit Verunreinigungen. Der Inhalt dieser Tüten wurde auf den Tisch geschüttet, und dann durften wir mittels kleiner Holzstäbchen die sauberen Senfkörner von den Sandkörnern trennen. Also, ich bin mir vorgekommen wie beim Aschenputtel: die guten ins Töpfchen, die schlechten ins Kröpfchen, aber wir waren dankbar, denn das war ja immerhin eine Beschäftigung.

Zweiter Akt: Holzplatz. Wir wurden gefragt, ob wir nicht Lust hätten, auf dem Holzplatz zu arbeiten.

Holzplatz, das bedeutete: frische Luft; ich wär doch ein Tölpel gewesen, wenn ich da nicht zugegriffen hätte. Die Holzleute, das muß ich allerdings sagen, die gaben uns zuerst die übelste Arbeit, die wollten wohl testen, wer geeignet sei, da weiter mitzumachen. Opitz, der hier übrigens auftauchte, dieser Studienrat, der mit Walter mal was gemoscht hat, Opitz also und ich, wir haben uns ein bißchen zusammengeschlossen, und wir ließen uns nicht unterkriegen, und daß wir da durchgehalten haben, das zahlte sich auch aus, denn wir haben nachher so'ne ruhige Kugel geschoben, daß das nicht zu sagen ist. Meist haben wir die Stapelhölzer gelegt, d. h., diese kleinen Vierkanthölzer, die zwischen die Bretter kommen, damit das Holz richtig austrocknen kann. Eine absolut angenehme Tätigkeit.

Hin und wieder wurden wir allerdings zu Hilfe geholt, wenn die Tischler ihre Küchenschränke verluden. Und wenn zwei solche Dubasse aufeinandergebunden sind, dann ist das ein ziemliches Gewicht, und ich bin da sehr ins Schwitzen gekommen, das war manchmal gar nicht schön, ekelhaft war das sogar, ausgesprochen widerlich. Aber immerhin, auch das haben wir überstanden.

Es war eigentlich erstaunlich, wie Opitz, dieser Philologe, da zugriff. Als er sich damals auf dem Saal mit Walter befaßte, hab ich ihn immer für ziemlich überkandidelt gehalten, versponnen und weltfremd, in einem Wolkenkuckucksheim befindlich. Sich mit Lyrik zu befassen und daraus irgendwelche Verbesserungen für das Leben abzuleiten – ich stand dem skeptisch gegenüber. Man hatte ihm dann ja auch übel mitgespielt, der hat ein ganzes Jahr auf Einzelhaft gelegen, unten auf WEST I, feucht und duster, und einzig und allein aus dem einfachen Grunde, weil er sich um junge Menschen gekümmert hat und die rauszureißen versuchte aus ihrer Lethargie, was ihm doch sehr zu danken gewesen wäre. (Jugendverhetzung nannte man das.)
Nein, den Opitz habe ich nachher als ganz in Ordnung eingestuft.
Über Philosophie habe ich mit ihm allerdings nicht gesprochen. Das Seiende und das Nichtseiende. Aber ich habe an den Mann eine angenehme Erinnerung, weil er ein ruhiger Zeitgenosse war, ohne jeden Harm und ohne Ärger. Und, nicht zu vergessen, es war ein gebildeter Mensch, und es ist ein großer Vorteil in so einer Situation, wenn man einen Mann mit Verstand und Bildung bei sich hat.
(Sicherlich hat man selbst auch eine gewisse Wechselwirkung ausgeübt.)
Eines Tages sagte er zu mir: »Um dich mache ich mir überhaupt keine Sorgen, du wirst immer deinen Mann stehen.« Woraus er das schloß, das weiß ich nicht, jedenfalls ist es mir haften geblieben.

Es war ein herrlicher Sommer, auch ohne Bezahlung. Man konnte mit einem Material umgehen, das sauber war und vom Geruch her wohltuend. Dann: dauernd frische Luft und: man stand auf großen Bretterstapeln und konnte über die Mauer kucken. Der Blick, der sich sonst doch stets und ständig an der Mauer brach, der war plötzlich bis an den

Horizont hin möglich. Und – das kam noch hinzu – man wurde ja relativ in Ruhe gelassen. Man konnte frei arbeiten, ohne Norm oder ähnlich unerquickliche Sachen.

Dann kam der schöne Herbst. Da draußen der Wald, das Tal, wo die Spree floß, die Überreste der Autobahnbrücke. Oft hab ich über die Mauer gekuckt und hab beobachtet, wie die Enten sich zum Ziehen zusammenschlossen, diese Wildenten da.

Das war eigentlich ganz schön.

Leider wurde es dann kalt. Herbst, ich meine, das ist ja dann die Jahreszeit, die einen direkt ins Haus hineinscheucht. Man sehnt sich nach Geborgenheit und Ruhe, nach Familie, die mehr oder weniger »traut« um einen Tisch herumsitzt. Die Frau mit Handarbeiten beschäftigt, Ocki, dieses sonderbare Geknütere, klick-klick, nicht wahr? Und dann heißer Kakao und Buttersemmel, die man eintaucht, daß die Fettkügelchen auf dem Kakao herumschwimmen.

Knurz und gut – als es unwirtlicher wurde, war ich dann froh, daß mich einer von Jonnys Crew in die Inventarverwaltung holte. An sich hätte ich lieber tischlern gelernt, ehrlich gesagt: Schränke machen oder Regale. Das wäre eine Fertigkeit gewesen, die einem auch späterhin zugute gekommen wäre, draußen. Aber: Inventarverwaltung, das war auch nicht zu verachten. Das war ein ganz exklusiver Verein. Nette Leute: komm ich heut' nicht, komm ich morgen, ohne jede Hinterfotzigkeit, tutig und hilfsbereit, Rostocker darunter, zum Teil mir schon von draußen her bekannt. So zum Beispiel: Stauer Kolbe, ein netter, braver Mensch, mit dem ich draußen so manche Transaktion vom Stapel gelassen hatte, zuverlässig und verschwiegen wie ein Grab, für den der Knast ja direkt eine Wohltat gewesen sein muß (draußen immer ein wenig angedüselt...), Leute also, mit denen man sich auf Anhieb verstand.

In der Inventarverwaltung hatten wir die Aufgabe, die ganze Anstalt aufzunehmen: Jede Wandarmatur, jeden Schemel in der Zelle, jedes Klappbett, alles.

Ich kam dadurch in jede Unterkunft, in jede Werkstatt, praktisch alles hab ich da gesehen. WEST I, die Karzeretage, wo die Kalfaktoren herumbrüllten, düster, feucht und kalt. Kalfaktoren mit Lustknaben, Krumreich, dieser Übelmann, zwielichtige Wesen und hinter den Türen die lebendig Begrabenen. (Walter hat dann da gesessen, später, sehr zu meinem Kummer.)
Sogar die Tobsuchtszellen im Lazarett hab ich zu sehen bekommen, mit Primitivausstattung: gemauertes Klo, und, nicht zu vergessen: die Idylle des Bauhofes – um das andere Extrem zu erwähnen –, wo man sich so eine Art Gartenlaube gebaut hatte, mit Blumen vor den Fenstern, und ein beschauliches Dasein führte, sehr schön.
In der Küche, wo ich Messer aufschreiben mußte und Hackebeile, wurde ich zur Seite genommen und bekam Frikadellen zugesteckt! Jonny Fahlenbach ist da zu nennen. Eine angenehme Überraschung. Und im Kesselhaus, da war der junge Spunt, der immer so unmotiviert lachte, dem ich auf der Zelle mal Englisch beigebracht hatte. Der sagte: »Komm Robert«, und setzte mir eine Schüssel Brühe vor. Daumendick schwamm da das Fett obendrauf. Davon hätt man ja 'ne ganze Woche leben können.
Ich kann von mir behaupten, daß ich jeden Raum der Anstalt betreten habe, und das ist weiß Gott nicht jedermann vergönnt gewesen. Unter einem Schein des Rechts bin ich dann ja auch mal bis zu Walter vorgedrungen. – Der wunderte sich gar nicht, daß ich da ankam. »Hier, Walter, dein Bruder!« wurde gerufen, und ich wurde ihm zugeführt. Keine Reaktion, kaum daß er aufblickte von seinem Kram – ein sonderbarer Mensch. Kopfschüttelnd ging man davon und voller Sorge, daß er vielleicht schlappmachen könnte: Lyrik und Gesinge, wie sollte ihm das nützen, wenn er da zusammengebrochen wäre, Tbc bekommen hätte oder was weiß ich? Ganz zu schweigen von der Zukunft, draußen. Aber, ich denke gerade – er hat aus dieser Zeit ja auch Nutzen gezogen, »klingenden«, wie man wohl behaupten kann. Die Gespräche mit den Menschen, die Be-

sinnung auf sich selbst: eine Art Inkubationszeit für seine Bücher mag das wohl gewesen sein. Jeder Bandwurm braucht ja auch eine gewisse Zeit, um »flügge« zu werden, wenn dieser häßliche Vergleich gestattet ist.

Im November 53 wurde ich ins Materiallager versetzt, in einen Keller, wo von Ölfarbe bis zur Schneiderschere alles Material lagerte, das in der Anstalt gebraucht wurde. Zuerst bekam ich einen Schreck, denn der Keller lag unter Haus 3, in dem die Tbc-Kranken dahinsiechten, ihr Husten und Röcheln war bis auf den Hof zu hören. Aber dann stellte sich heraus, daß ich nicht vom Regen in die Traufe gekommen war, sondern umgekehrt. Es wurde also noch besser, als es ohnehin schon war.

Im Materiallager waren wir zu sechst, Rudi Reibach, dieser nette, umgängliche Mensch als Boß, und einige Erzgebirgler, Glasbläser von Beruf, die gut erzählen konnten von ihrem Handwerk: wie man Engelshaar macht, beispielsweise, diesen Christbaumschmuck. Aber ich habe natürlich auch so meine Beobachtungen gemacht. Warum organisiert man sich beispielshalber einen *ganzen* Eimer Haferflocken bei den Tbcern, wenn man mit der *Hälfte* auch ausgekommen wäre?

In diesem Keller haben wir es uns gemütlich gemacht. Das kann ich wohl sagen. Eine Oase des Friedens. Unser Büro war mit rötlichem Steinholzfußboden ausgestattet und immer sauber gebohnert. Jeder hatte einen Schreibtisch mit Schublade, den Aschpapst obendrauf. In der Mitte stand ein gemeinsamer Tisch zum Mittagessen mit silberner Gabel und silbernem Löffel – (jawohl! 800 gestempelt, absolut zweifelsfrei) – und Porzellangeschirr, auf dessen Boden ulkigerweise noch Hakenkreuze eingebrannt waren. – Teller hatten wir also und nicht mehr diese komischen Kummen, aus denen man als normaler Sterblicher seinen Fraß zu löffeln gezwungen war.

Das Anstaltsessen wurde durch illegale Zugaben veredelt: Manchmal rief unser Wachtmeister in der Lazarettküche an, da saß sein Freund Felix: »Was gibt es heute bei dir zu essen?« Und dann durfte ich mit Eimern bewaffnet in die Lazarettküche gehen, und da wurde mir dann Fleischklößchensuppe eingefüllt. (Auf die Eimer hatten wir natürlich Deckel gelegt, der Neider gab es viele.)

In bescheidenem Umfang konnte man sogar privaten Neigungen frönen. Hans Habersack, ein Kunstmaler, der auch zu unserer Crew gehörte, hat da die herrlichsten Bilder gemalt, mit Staffelei und allen Schikanen. Sogar auf die Volkspolizei hat das seinen Eindruck nicht verfehlt, und das will schon was heißen. Mit diesen Bildern dekorierten wir die Wände. Seeleute, die am Kai stehen und sehnsüchtig in die Ferne kucken, oder wunderbare Landschaften mit Wasserfällen und Bergen (das wäre was fürs Haftmuseum gewesen! Mit primitivsten Mitteln wahre Kunstwerke). Sowas würde ich mir heut noch hinhängen. Jederzeit, jawoll.

Ich für meine Person las viel, und zwar Bücher, die ich mir aus der früheren Anstaltsbibliothek besorgte, beispielsweise: Frenssen: »Jörn Uhl« (das war so'n Reedereifritze) und Wilhelm Busch: »Max und Moritz«.

Mancher gibt sich viele Müh'
mit dem lieben Federvieh ...

Das hab ich teilweise auswendig gelernt: vielleicht kannst du das draußen ja mal gebrauchen – aus dieser Einstellung heraus. Und in der Tat: mittels dieser Verse verblüffe ich zeitweilig auch heute noch meine Umwelt. Die denken dann, ich wäre ein Gedächtniskünstler.

Unser Leben gestaltete sich allmählich zum Wohlleben. Allein der Blumenschmuck vor unsern Fenstern! Wir züchteten Culeus, diese wunderbaren Blattgewächse, von innen dunkel-lila über Rötlich ins Gelbe gehend. Die ganzen Fensterbänke standen voll. Man sah gar keine Gitterstäbe mehr, man sah bloß Blumen. Neulich hab ich die nochmal wieder gesehen, auf meinem morgendlichen Weg zur Bank. – Ganze Blumentöpfe hatten wir da vor unsern Fenstern stehen.

Es war da so gemütlich und angenehm, daß wir uns sogar

sonntags regelmäßig zur Arbeit meldeten. »Unaufschiebbare Aufräumungsarbeiten« mußten gemacht werden, zu denen wir angeblich sonst nicht kamen. Das heißt, wir haben also Skat gespielt. Weg von der Zelle, das war unser Bestreben. Warum in seinem Käfterchen herumsitzen, wenn man sich mit einem Schein des Rechts auf seinen Arbeitsplatz begeben kann, wo man dann die Möglichkeit hat, seinen Privatinteressen nachzugehen?

Ja, es ging uns gut. Hinsichtlich der Ernährung ging es uns sogar so gut, daß wir aus den Nähten platzten. Habersack, der Maler, hatte schließlich eine richtige »Freundin«. Dauernd saß er am Kellerfenster, um den jungen Mann zu sehen, auf den sein Auge gefallen war (eine ganz unscheinbare Type, unter uns gesagt). Ich hab mich dann wie ein Drehorgelmann danebengestellt und hab gesungen:

> Es waren zwei Königskinder,
> die konnten nicht zueinander ...

oder wie das heißt. Und der hat sich vielleicht geärgert!

46

Ein Brief

Kopenhagen
3. Oktober 1953

Lieber Onkel Richard!
Liebe Tante Gundi!
Liebe Alle!
Ich sitze hier auf der Terrasse und erhole mich von gestern. Puh! Ha! Wie ist es spät gewesen. Nach dem Bridge sitzt man immer noch und sitzt und sitzt. Herr Monti, der Schweizer (*Italo*-Schweizer, Gott sei Dank), ist immer so rasend komisch, wir biegen uns vor Lachen. Ein Humor, wie wir ihn in Deutschland nicht kannten. In Deutschland ist ja immer alles so tierisch ernst!
Die Kinder blühen, wachsen und gedeihen, es ist herrliches Wetter, sie laufen jetzt grade durch den Garten und machen einen Heidenlärm dabei. Alle drei Minuten kommt so ein kleiner Frosch hier an und heult mir die Ohren voll. Karen ist ein richtiger Junge, man muß sie ständig im Auge behalten, sonst geht sie über alle Zäune, jeden Tag kommt sie mit kaputten Knien nach Haus.
Es ist sehr nett von Dir, daß Du das Pakete-Schicken an Robert übernimmst, das muß ich immer wieder sagen. Herrlich auch, daß Onkel Karl Walter übernimmt. Wenn *ich* das alles machen sollte und von hier aus ... (Es käme doch auch noch Zoll dazu!) Und wer weiß, wie diese Leute da drüben auf die dänische Sprache reagieren?
Herr Cornelli hat es nun endlich aufgegeben, uns mit seinen Briefen zu bombardieren. Er scheint in den Westen übergewechselt zu sein. Lübeck?
Vor Cornelli haben wir also Ruhe, aber neuerdings schreibt uns dauernd eine Frau aus Wismar. Sie besuche ihren Sohn alle Vierteljahr in Bautzen, und der sei mit Walter zusammen. Ob ich irgend etwas zu bestellen hätte, fragt sie.

Auf sowas läßt man sich am besten gar nicht erst ein. Am Ende ist das eine Falle. Sven sagt auch: gleich wegschmeißen diese Briefe oder verbrennen. Vermutlich gibt es hier in Dänemark doch auch Spitzel, und wer weiß, was uns daraus noch erwächst?
Die Frau aus Wismar hat geschrieben, Walter möchte mal Schinken oder Gänsebrust haben, darauf hätte er solchen Appetit. – Das finde ich nun wirklich etwas übertrieben. *Wir* essen doch *auch* keine Gänsebrust. Die können wir uns doch gar nicht leisten.
Sven macht jetzt einen Buchbinderkurs. Er ist ja sehr aktiv. Man muß sich wundern, was er für Interessen hat. Man kommt sich so dumm und klein vor! Leider meldet sich wieder mal sein Rheuma, das hatte er ja schon in Rostock. Wenn er mal nicht mehr ist, dann kann ich mir bloß als Klo-Frau Geld verdienen, denn *ich* kann ja überhaupt *nichts*.
Am Donnerstag sind wir zu einem riesigen Banquet eingeladen von Sven's Firma. Es ist in diesen Tagen ein internationaler Spediteurkongreß, und da ist am Donnerstag ein Festabend in einem sehr eleganten Restaurant. Es wird sicher todschick. Ungefähr 700 Leute aus fast der ganzen Welt. Sehr aufregend und spannend, hoffentlich nicht langweilig!
Doch nun Schluß. Eben kommt die Lütte hier schon wieder heulend an, Karen hat sie wieder mal geboxt. Nun muß ich also aufstehen und Ruhe stiften. Die Lehrerin meint, man müsse sowas sich selbst regulieren lassen, aber das ist doch wohl ein bißchen zu ideell.
Deine Ulla, + Sven + eins, zwei, drei.

47

Im Sommer 1953 kam Robert »in« Arbeit. Jonny hatte ihm das besorgt.
»Mein Walter«, sagte er, »kalt Blut und warm Untergewand.« Ich sollt mich senkrecht halten und nicht nachlassen. Familientränen traten in seine Augen, und wie immer, hielt er meine Hand ein wenig lange: Komme Zeit, komme Rat, auch für mich würde sich was finden. Sobald es angängig sei, hole er mich nach. Doch, doch, er hole mich nach! Da könnte ich noch so viel abwehren: Er hole mich nach. Da gebe er mir Brief und Siegel. Dann klingelte der Polizist mit den Schlüsseln und führte ihn ab.
Der Schulmeister wollte wissen, ob ich jetzt recht traurig wär? So verkehrt wär mein Bruder ja eigentlich gar nicht. Eigentlich doch eine ganz lustige Type? – Schleierhaft sei es ihm, weshalb ich so selten mit dem zusammen gewesen sei, als Bruder, in *so* einer Umgebung? Robert habe so vernünftige Ansichten – mal abgesehen von der Sache mit den Nutrias – er wär direkt neugierig, wie der sich draußen macht. Er glaube: gut.
(Bei mir wär ihm das nicht so klar. Ich müsse mich noch tüchtig nach der Decke strecken.)
Die jungen Leute sagten, wenn ich mal Rat und Hilfe brauchte, dann könnt ich mich ruhig an sie wenden. Sie wären immer für mich da. Das wär nämlich nicht richtig, einen Menschen so hängen zu lassen im luftleeren Raum, mit seinem ganzen Kummer. Alles Lernen und alles Studieren sei doch umsonst (also das, was *sie* hier jetzt schon jahrelang täten), wenn man nicht Augen und Ohren habe für des Mitmenschen Leid. – Es sei doch wohl so, daß ich es schwer nähme, meinen Bruder ziehen zu lassen? Oder? »Das ist dir doch wohl nicht egal?«
Am Vortragsleben nahmen sie nicht mehr teil. Sie hatten

sich von der Öffentlichkeit zurückgezogen. Irgendwelche Intrigen waren am Werk gewesen. »Ohne uns«, war die Devise. Gern würden sie der Allgemeinheit dienen, aber aufdrängen täten sie sich nicht. (Im Grunde sei die Masse es gar nicht wert, daß man sich für sie aufreibe und sie zu heben suche.)
Als ich mich auch nach 14 Tagen noch nicht an sie gewendet hatte, um Rat und Hilfe oder was weiß ich, da trat zwischen uns eine gewisse Entfremdung ein: So oft hätten sie sich nun um mich bemüht, und ich hätte nicht dergleichen getan. Da dürfte ich mich nun nicht wundern, wenn ich abgestoßen würde, wie Wasser von Ölpapier.
Das Maß war voll, als ich mal äußerte, daß ich draußen nur noch Weißbrot essen wollte. Das sahen sie als Zeichen von Dekadenz an. Und als ich dann noch sagte, ich würde meiner Frau später auf keinen Fall beim Abwasch helfen, schnitten sie mich tagelang.
»Du wirst dich noch ganz schön umstellen müssen«, sagten sie. Und der Schulmeister sagte: er fände es traurig, daß ich im ganzen Saal für hochmütig und arrogant gehalten würde. (Sein erster Eindruck, sein *allererster* sei anscheinend doch nicht so verkehrt gewesen, da habe er gedacht: schau an, was für ein Bürschchen.)

Das Vortragswesen krankte an Nachwuchsmangel. Leute von einiger Potenz hatten sich längst verausgabt (»Meine Erlebnisse als Bankkaufmann in Persien«), die waren ausgequetscht und ausgedörrt. Es fehlte an frischem Blut. Immer häufiger meldeten sich Existenzen zu Wort, die eigentlich nichts Besonderes zu bieten hatten.
Einen vorübergehenden Auftrieb erhielt das Kulturleben durch das Aufhängen eines Fragekastens. Jeder habe doch bestimmt was auf dem Herzen, und: Wer gebe nicht gern Auskunft?
Was eine Untiefe ist oder eine Binsenwahrheit, das waren typische Fragen, sowas wollten die Menschen wissen.
Einmal die Woche verlasen Oberschüler oder Studenten

diese Fragezettel. Sie riefen zur Beantwortung auf und ordneten das darauffolgende Palaver.

»Bitte, nicht so durcheinander!«

Demokratie müßten wir erst noch lernen. – Notfalls wurde abgestimmt: Ob den Haag oder Amsterdam die Hauptstadt Hollands ist: wer ist dafür? wer ist dagegen? Stimmenthaltung?

In Zweifelsfällen sprang Eckstein ihnen bei, ein Studienrat aus Leipzig, klein von Wuchs, aber äußerst kregel. Er wußte, wie man Chodowiecki ausspricht und daß »Karat« was mit den Früchten des Johannisbrotbaumes zu tun hat. Zuweilen unterliefen ihm jedoch arge Schnitzer. Margarine hänge mit Marginalien zusammen, mit Dingen also, die mehr am Rande liegen, meinte er. Und »verballhornen« bedeute: Jemandem verbal die Hörner aufsetzen. (Glaube er jedenfalls.)

Lebhaft wurde Auskunft über Intimes erbeten. Ob es eine Penisfraktur gebe zum Beispiel, das erweckte reges Interesse, und was ein Spanischer Kragen ist. Hier ließ sich Medizinstudent Riedel hören. Er zeigte uns die erogenen Zonen des menschlichen Körpers, was insbesondere ältere Männer interessierte, erklärte 36 verschiedene Positionen und sagte: wenn man seine Frau so recht von Herzen lieb habe, dürfe man ruhig mal ein bißchen pervers sein. Die folgenden Spielarten sexuell abnormen Verhaltens gälte es zu unterscheiden... (Hier kam dann auch der Staatsanwalt mal wieder vor, der sich von Nutten am Ohr ziehen ließ.)

Für das Onanieren empfahl er den »Kronengriff«, und man sollte nicht an eine Frau denken dabei, sondern an sich selbst, die eignen Gliedmaßen gernhaben und immer davon überzeugt sein, daß man selbst auch schön ist und gut gewachsen.

Übrigens war er der merkwürdigen Ansicht, auch der Mann habe die Regel. Wenn man alle Schöpfungsdaten von Schiller oder Goethe mal auszähle – draußen wolle er das machen –, die Tage also, an denen sie ihre berühm-

testen und großartigsten Werke hervorgebracht hätten, dann käme man auf Intervalle, die denen der weiblichen Periode nicht unähnlich seien.
Ob man Nahrungsmittel auch von hinten zu sich nehmen könne? fragte ich ihn.
Das war ihm nicht bekannt. Aber er könne sich denken, daß es geht. Warum nicht?

Der Schulmeister richtete einen Harmonielehrekurs für Interessierte ein: Kuckucksterz und Feuerwehrquarte. Wir summten Quinten, bis uns der Kopf brummte, *reine* Quinten: er stellte sie ein wie mit einer Mikrometerschraube. Wenn man ganz »dran« war, hatte das eine hypnotische Wirkung. Die Saalinsassen hörten auf zu murmeln und horchten, wie wir leiser wurden.

Es geht hurtig durch Fleiß.

Weil der Schulmeister jedoch ganze Noten als Kuchen bezeichnete, den man halbieren und vierteln kann, schrumpfte die Hörerzahl rasch; von sechzig überlebten sieben. Ich gehörte zu den allerletzten und wäre wohl auch abgesprungen, wenn er mich nicht ständig aufgestachelt hätte. Wo ich mich auch verbarg, auf dem Klo oder im Saalbüro, er spürte mich auf und sah mich ernst an.
»Wenn man einmal etwas angefangen hat, dann muß man es auch zu Ende führen«, sagte er. Das sei keine Art, hier nachzulassen und die Flinte ins Korn zu werfen. »Reiß dich doch am Riemen!« Mir schwämmen noch sämtliche Felle fort!
Er habe als junger Mensch auch mal eine »pflaue Pfase« gehabt, und da habe er sich klargemacht, daß das Leben einem nichts, aber auch gar nichts schenke.

Wer immer strebend sich bemüht,
den können wir erlösen ...

Aber so eine zähflüssige Trägheit wie bei mir – das sei ihm noch nicht vorgekommen. Ob ich denn gar kein Gefühl für Anstand hätte? Er meine es doch nur gut mit mir, denke: dieser junge Mensch *hat* nichts, *ist* nichts ... (Denn so sei das doch wohl, das müsse ich mir immer vor Augen halten, ich *sei* ja überhaupt *nichts.* Schule rausgeflogen, Lehre abgebrochen und Papas Geldbeutel auch nicht mehr da ...)

Er in meiner Lage würde jetzt bimsen, was das Zeug hält. Sein alter Lehrer (nun schon lange her), der habe ihm ein Rezept verraten: wenn man mal so gar keine Lust habe, dann müsse man einfach: buller mei! sagen. Das sei griechisch und heiße: ich will. – Er sage immer: buller mei, und dann gehe es wieder. Wenn ich noch ein, zwei Jahre säße und alle Quellen planmäßig ausschöpfte, dann könnte ich vielleicht die vertane Zeit wieder einholen.

Um mich anzuregen, trieb er mit mir Formenlehre. Daß der 1. Satz einer Symphonie meist ein Allegro sei, als festlich sprühender Anfang, der zweite Satz dann nachdenklich, düster, fragend, das erklärte er mir. Wenn *er* mal eine Symphonie schreiben würde, dann würde er den 3. Satz als einen Totentanz konzipieren. Die ganze menschliche Gesellschaft müsse an einem vorüberziehen.

Hüt dich, schön's Blümelein.

Schauerlich! Er würde das so überzeugend machen, daß alle Hörer wie erstarrt dasäßen und hinterher sagten: Jawoll! Genauso ist es.

Einige Vormittage verwendete er darauf, mit mir eine zweistimmige epische Musik zu improvisieren. Jeder singsangte seine Lebensgeschichte, orientalisch-monoton dahin, und bei gewissen Vorkommnissen näherten wir uns zu scharfer Reibung: die beizubehalten war nicht ohne Reiz.

Mein Mädel hat einen Rosenmund,
Und wer ihn küßt, der bleibt gesund.

Ich sang dann auch im Chor mit. Die alten Voriges-Jahrhundert-Chöre und die ganz alten: Palestrina. Da dachte man: Jetzt liegst du schon im Grab.

Mit der Zeit war der »humane demokratische Strafvollzug« ingang gekommen. Das war ganz angenehm. Alle Vierteljahr durfte sogar Besuch empfangen werden.

Einer schrie in der ersten Minute alles heraus, kaum daß seine Frau – sie war 300 km gefahren, um ihn eine halbe Stunde sprechen zu können – »Guten Tag« gesagt hatte.
»Tbc!«, rief er. »Tbc! Alles voll Tbc! Und keine Vitamine, das hält ja kein Mensch aus!«
Sie solle der Welt draußen sagen, daß wir unaussprechlich litten.
Frau und Wachtmeister bemühten sich gemeinsam um den Rasenden. Dann ging's ab in den Karzer. (Die Frau fuhr weinend heim.)
Die Häftlinge, die als erste Besuch bekamen, wurden von den Knastrologen noch geschont. Die wurden nicht befragt »wie's war«. (»Hast du gesehen?: Der hatte ganz verweinte Augen ...«)
Aber bald bestürmten sie jeden, der vom »Besuchsempfang« zurückkam, und verlangten neueste Amnestieparolen, die dann auch immer prompt geliefert wurden.
»Es geht aufwärts, Freunde, es geht aufwärts!«
In Restaurants und Zügen machten sich die Angehörigen miteinander bekannt, und in den Briefen waren eigenartige Grußformeln zu lesen. Häftlinge schlossen sich in die Arme: ihre Frauen hatten sich gefunden.
Von Zeit zu Zeit zeigten sich – kaum auszumachen – sommerliche Kleider am fernen Waldrand, drüben in der Nähe der gesprengten Autobahnbrücke. Es wurde mit Tüchern gewinkt.
Dort drüben mußte auch irgendwo der »Karnickelberg« liegen, von dem alle Knastrologen raunten, das sei die Stelle, wo Tausende von Toten lägen.
»Das wird später alles mal exhumiert«, sagten sie, »von einer UNO-Kommission ...«
An Stelle sehnlichst erwarteter Ehefrauen kamen leider auch Scheidungsanwälte. »Meiner lieben Frau zum zehnjährigen Hochzeitstag«, dieser Spruch blieb ungestickt. Die Scheidung kam dazwischen.

Für die zahlreichen Saaldichter war Besuch ein auswert-

bares Erlebnis: Die Tür, die sich zunächst einen kleinen Spalt öffnet, die in Tränen erstickte Mutter, ihre verhärmten Hände, kleine zerdrückte Blumen.
Das Gitter war jedoch vorherrschendes Motiv dieser Dichtungen. Es wurde »Netzwerk« oder »Silberzaun«, »Stahlsieb« oder »Drahtgeweb« benannt.

Du Blau des Himmels,
das du mir
von queren Stäben
viergeteilt,
und wieder auch
von sieben Vertikalen
so zerhackt,
daß nun die Welt
an Flächen zweiunddreißighaft
elend geschändet ...

Einer versuchte, das Gitter gar als Schneidzeug eines Fleischwolfs zu beschreiben, durch das sich seine Seele preßt.
Ich sah die Gitter überhaupt nicht.
Ich blickte hinüber zu den tschechischen Bergen, die mal grau und mal blau, manchmal auch gar nicht zu sehen waren. Ich malte sie auf Packpapier, mit einem Hölzchen, das ich in Kaffee tauchte. – Das sollt ich lieber lassen, wurde ich gewarnt. Das könnte mir leicht als Vorbereitung zum Fluchtversuch ausgelegt werden.
Wenn der Schulmeister Besuch erwartete, ging er vorher nicht zum Friseur. »Nun grade nicht!« Seine Frau würde ja sonst einen völlig unzutreffenden Eindruck bekommen. Bartstoppeln – in Grenzen – wären symptomatisch für »Knast«. Und irgendwie müsse man ihr doch bieten, was sie erwarte und worauf sie sich einstelle: Knast, also eine Vorstellung von Verlies und Ketten. Daß man dann nicht federnd vor sie hintritt wie ein Adonis, sondern mitgenommen von der Summe des Leides, das man in all den vielen Jahren getragen hat und das die andern tragen – das sei doch selbstverständlich. Irgendwie erwarteten die Angehö-

rigen das doch, und dem müsse man auch Rechnung tragen. Was sollten die denn sonst zu Haus erzählen?
Wenn er wiederkam, pfiff er vergnügt vor sich hin und lief zu seinem Freund, der Dunkhase hieß, und erzählte ihm alles. Gott, die Deern, wie hatte sie sich herausgemacht, und die Frau so tüchtig, so tüchtig. Die sei jetzt Kantinenwirtin in einer Schuhfabrik, jeden Tag 240 Essen. Das zu organisieren! Sowas hätt er ihr nicht zugetraut, alles, was Recht ist, sowas hätt er nicht für möglich gehalten. (Nebenbei gesagt, er denke eben, wenn er rauskomme, dann erledige sich wohl die Frage seiner Fußbekleidung nun von selbst, was?)
Abends genehmigte er sich ein großes Stück Zervelatwurst. Die Schneide seines Messers mit dem Daumen prüfend, beschrieb er mir, wie schwer es seine Frau gehabt habe: die vielen Kriegsjahre allein auf dem Dorfe, im großen Lehrerhaus, und dann die Flucht, das 10jährige Mädchen an der Hand, durch Schnee! und Eis! Und dann der schwere Neuanfang, kein Dach überm Kopf, und dann sei *er* auch noch gekommen, verhungert und krank, aus Kriegsgefangenschaft und gleich 'ne 45-Mann-Klasse vorn Dassel.
»Bei 45 Kindern? Da regiert der Stock!«
Ja, ja! Ich sollt mir das nicht so leicht vorstellen. Seine Falten, die er im Gesicht habe, die kämen nicht von nichts und wieder nichts. Da könnte jede einzelne einen Roman erzählen.
Eines tat ihm leid: die Sache mit der Schneiderschen. Nach der Hochzeit hätte er gleich Schluß machen sollen mit der. Seine Frau, jung, naiv, hätte davon nicht das Geringste geahnt. So und so oft habe er sich vorgenommen, Schluß zu machen, aber bei der Schneiderschen – so 'ne Maschine! – habe man immer so schön abladen können. Wenn er der mit seinen Problemen gekommen sei, dann habe die immer nur gelacht: »Ihr Studeerten!« und gleich 'ne Flasche hergekriegt.
Er müsse sich jetzt vorsehen, daß er sein Schuldgefühl

nicht zu deutlich zeige. Er sei absichtlich kurz angebunden beim Besuch, ja unfreundlich, damit ja kein falscher Eindruck entstünde. Frauen nutzten das aus, wenn der Mann sich eine Blöße gibt. Die vermasselten sich alles selbst.

Zu Weihnachten 1953 verfertigten die Erzgebirgler des Saales aus Papier die sonderbarsten Vögel, Sterne und Ketten für den Weihnachtsbaum, den die Verwaltung uns in diesem Jahr spendiert hatte. Der Saalälteste besorgte Trokkenfarbe, mit der wurde das gefärbt.
Dr. Klaas sah ihnen zu. Er murmelte immer wieder: »Das glaubt ja kein Mensch ... solche Kunstwerke, aus nichts und wieder nichts.« Er ließ sich zeigen, wie man das macht, diese Sterne falten, und hielt die unter seiner Hand entstandenen Gebilde voll Scheu und Stolz ans Licht

Harfentöne lind und süß
wehn mir zarte Lüfte her

Das mitbringen nach *draußen* ... künden davon, daß es in der Welt auch noch was anderes gibt als materielles Interesse. Die Erlebnisse und Erkenntnisse der Knastweihnacht hinüberleuchten lassen in die freie Welt, daß sie davon neuen Antrieb bekommt ...?

Der Schulmeister traf umfangreiche Vorbereitung für einen Praßnick größten Ausmaßes. Aus Brotkrümeln, Marmelade und Buttercreme matschte er sich eine Torte zurecht. Obendrauf einen Tannenbaum aus Eipulver: »Weihnacht 1953«. Das Eipulver hatte ihm seine Frau geschickt oder – vielleicht? – seine Tochter, die süße Deern, schon so groß und so ordentlich, soll später mal studieren, Kunstgeschichte oder Medizin. In seinem Paket hatten sogar Tannenzweige gelegen, vom Wachhabenden leider mit rascher Bewegung unter den Tisch gefetzt. (Diese Unmenschen. Vor nichts schreckten die zurück.)
Schwierig war es, den Puderzucker herzustellen, den man für die Buttercreme brauchte. Da mußte gewöhnlicher Kristallzucker zwischen zwei Schüsseln zerquetscht werden, ein

infernalisches Geräusch. Das hörte man im ganzen Saal. Die Torte wollte der Schulmeister nachmittags zu sich nehmen. Für abends plante er einen Wurstsalat. Die gute Zervelatwurst wurde in Würfel geschnitten und mit Zwiebeln und Knoblauch zu scharfer Paste zerstampft. Immer wieder probierte er, ob es so auch richtig sei: Finger ablekken ... nein, noch eine kleine Prise Salz.
Ob Jonny, den ich doch so gut kennte, aus der Küche nicht etwas Pfeffer schicken könnte? Ob der das täte?
Zu Haus mal einen Tomatensalat mixen mit Essig + Öl. Oder *Obst*salat mit Bananen! Apfelsinen! Und einen Schuß Rum!
Unmenschliches Pack, diese Vopos, uns nicht mal eine Apfelsine zu Weihnachten zu geben. Das hatten doch sogar die Nazis getan. Und mitten im Krieg.

Ich hatte ein kleines Buch mit Sinnsprüchen zusammengestellt.

Mensch sein ist schwer!

Es würde schwierig sein, es genau zu Heiligabend dem Tausendschönchen rüberzuschicken. (Dick Ewers, oben, auf der Ambulanz.) Wie dumm, damals, im Lazarett, das nicht ausgenutzt zu haben, daß man sich »hatte«.

In der Kirche knallten die Heizungen. Neben dem Altar standen zwei große Weihnachtsbäume, mit richtigen Kerzen bestückt, die richtig brannten. Zwei Polizisten saßen daneben mit Gummiknüppel auf dem Schoß.
»Daß *das* nun sein muß – jupp die Geige ...«, sagten die Knastrologen. Das sei doch eine Provokation größten Ausmaßes. Was wohl der Pfarrer *dazu* sagte.
Alle Häftlinge meinten immer, sie seien schuldlos, sagte Pfarrer Schubert dann, das sei, so wie er es sähe, unser Hauptproblem. Wir müßten die Schuld annehmen und *stellvertretend* leiden für die anderen, draußen, die man nie erwischt.
Wir sollten den Zusammenhang sehen zwischen unseren

Mauern hier und der Mauer um das Getto von Warschau. Und: Noch nie habe er soviel Haß gesehen wie in dieser Anstalt. In jedem Gespräch, aus jedem Mund, immer wieder dieser glühende Haß. Er bäte uns, abzulassen davon. Hier sitzen und abzulassen vom Haß, das wär eine große Chance, die wir stellvertretend für die Menschen draußen wahrnehmen müßten. Nur so könnte unser Leiden fruchtbar werden für die Welt. *Gleich* sollten wir anfangen damit, vom Haß abzulassen. In unseren Wachtmeistern zum Beispiel, in denen sollten wir den Nächsten sehen, das wär doch eine Aufgabe, die den Einsatz lohnte.
Hier ging ein Ruckeln durch die Gemeinde. Hatte der Pope da oben tatsächlich gemeint, wir sollten diese Untermenschen da, die da direkt neben ihm, den Gummiknüppel in Vorhalte, Wache hielten, »lieben«?
»Tuet wohl, so euch hassen ...« Das war doch wohl nicht so wörtlich zu verstehen, das konnte man doch wohl kaum, hic et nunc, auf unsere Verhältnisse übertragen, heute, hier und jetzt.
Gottlob kam nun die Orgel an die Reihe, »Frieda, wo kommst du her«, die schwemmte das Kopfgeschüttel fort, ein Chor trat in Aktion, er sang das »Reis«, und zwar dermaßen zart, daß ältere Häftlinge schon die Hand hinters Ohr legten.
Und dann quoll es auf, das alte Lied, rauh und schleppend:

Stille Nacht, heilige Nacht ...

Ja, es gab sie noch, die deutsche Weihnacht. So leicht war sie nicht totzukriegen.
Kasler mit Grünkohl gab es dann, und alle 400 Saalinsassen gaben sich die Hand und wünschten sich »Gesunde Weihnachten«. Beileibe keine »Frohe Weihnachten«, denn froh könne man hier »hinne« ja nicht sein.
Zu mir kamen die jungen Leute. Sie wollten sich wieder versöhnen mit mir. Wenn ich mal Rat und Hilfe brauchte, dann könnt ich mich ruhig an sie wenden, sie wären immer für mich da. (Ich müßte doch auch mal an die Zukunft denken und mir Perspektiven erarbeiten, nach denen ich

später alles ausrichten könnte. Sie hätten da jetzt einen Zipfel in der Hand, der sei des Nachdenkens wert.)

Der Schulmeister hatte links neben sich den Wurstsalat stehen und rechts neben sich den Rest der selbstgemachten Torte. Auf dem Schoß die Fotos seiner Lieben.

Den Stollen, den es von der Verwaltung gegeben hatte, den würde er vielleicht doch lieber erst morgen essen, was?

48

Ein Brief

Kopenhagen
4. 1. 1954

Liebe Alle!

Nun sind Weihnachten und Neujahr mit all den freien und faulen Tagen wieder einmal überstanden, und das alltägliche Leben geht wieder seinen Gang. Da war eine Menge nachzuholen, mit Waschen, Saubermachen etc., und nun erst komme ich zum Schreiben. Ich bin mit Energie und Arbeitswut geladen, um alles zu schaffen, was auf mich zukommt, aber manchmal ist man doch am Ende! Die Männer kommen nach Haus und wollen immer alles arrangiert haben und denken nicht, daß uns das reinewegs zum Halse raushängt.

Vielen Dank für Eure Weihnachtsgrüße und für die Bücher. Ich kann mir denken, daß Gollwitzer viel gelesen wird. Sven sagt allerdings, die Deutschen sollten lieber etwas mehr an Auschwitz denken. – Wir hatten sehr viel Spaß, die Kinder tanzten um den Weihnachtsbaum herum, und, wie immer hier in Dänemark, gab es traditionell Milchreis mit Zimt und Zucker. Ich hatte für meine drei Lütten und für den Großen die gleichen Pullover gestrickt (weiß und braun, dazu schwarze Akzente, norwegisches Muster). Nun warten wir auf Schnee, um die neuen Pullover und die Schier einweihen zu können. Das wird ein stolzer Augenblick: fünf waschechte Schileute – jedenfalls, was die Aussteuer angeht.

Man denkt an solchen Tagen verstärkt an Zuhause, und der Gedanke, daß Mutti in einem Gefängnis sitzt, kommt einem dann besonders kalt über. Vier Jahre sind es nun schon! Wie war sie immer lieb, und was hat sie alles ausgehalten! Wenn man selbst Kinder hat, merkt man das erst, und wie wird es einem gedankt!

Wir wollten nach dem Fest ja eigentlich mit Herrn und

Frau Monti nach Oslo zum Holmenkollen, aber leider steht es um die Ehe nicht zum besten. Sie ist wohl sehr heißblütig, und er geht ziemlich seiner Wege. Die dauernde Kabbelei ist nicht zum Aushalten! So ist das: zuerst gefallen einem die kleinen Schwächen des anderen, nachher hängen sie einem zum Halse raus. Am letzten Dienstag waren wir im Königl. Theater und hörten Beethovens »Fidelio«, sehr schön. Sven lauert jetzt, ob es mal im Radio kommt, damit er es aufs Tonband nehmen kann. Die Fünfte und die Siebte hat er schon.
Für den Winter hat Sven sich zu Turnierungsbridge angemeldet. Ich hätte auch Lust, fühle mich aber nicht dygtig genug dazu, und eine Nervenplage soll es ja nicht gerade sein, da habe ich sonst schon genug am Hals.
Ich denke, er wird sich auch ohne mich amüsieren.
Mutti schreibt, Onkel Karl möchte ihr doch bitte mal das Kapital plus Zinsen angeben. Ob Du so nett bist und Dich mal erkundigst? Wieviel Prozent rechnet er ihr zu? Da muß sich doch schon allerhand aufgesummt haben? Eigentlich ja herrlich!
Schöne Grüße an Euch alle, besonders an Hartmut, zu dessen Verlobung ich alles Gute wünsche!
Ulla + Sven + 1, 2, 3

V. Teil

Entlassungen gab es ja so gut wie nie. Wir hatten alle mehr oder minder unsere 25 Jahre, und das galt ... T. Sch.

Mein Freund ist nach einem halben Jahr nach Hause geschickt worden, obwohl er genau so viel oder so wenig gemacht hat wie ich. Beim Russen hatte man immer den Eindruck, die haben einen Papagei, der zieht ab und zu mal eine Karte aus'm Kasten ... W. W.

Noch nicht einmal die Leichen haben sie rausgelassen. Die toten Häftlinge wurden innerhalb der Anstalt beerdigt ... P. L.

1950 haben die Russen Tausende von Internierten heimgeschickt. Das waren ehemalige Nazis, Kreisleiter und HJ-Führer. Vorm Tor wartete schon der Stasi, der hat sich gleich seine Opfer ausgesucht. Die haben dann noch hohe Freiheitsstrafen gekriegt, und 50 oder 60 sind sogar zum Tode verurteilt worden ... R. N.

1951 zogen die Deutschen lauter junge Burschen zusammen, 16–17jährige, Werwolf oder sowas. Die haben sie hübsch eingekleidet und ins Torhaus geschafft. Da haben sie ihnen schöne Reden

gehalten, daß sie nun in die Freiheit kommen usw., und daß sie sich bewähren sollen. Und dann hieß es plötzlich: Sachen wieder abgeben, alle wieder zurück, die Aktion ist abgeblasen...
M. F.

Wenn's nach den Scheißhausparolen gegangen wär, dann wären ja jede Woche welche entlassen worden. – »Also Jungs, nächste Woche geht's los!« hieß es immer, und wer nicht dran glaubte, der kriegte 'n paar in die Fresse... J. F.

Ohne die Entlassungslatrinen hätte das keiner ausgehalten. Wenn wir vorher gewußt hätten, daß wir so lange sitzen müssen, dann hätten sich viele 'n Strick genommen... N. F.

Ich bin, nach 7 Jahren, gegen 2 Tonnen Buntmetall eingetauscht worden. Das ist mir heute noch peinlich. K. M.

49

Im letzten Winter war es in Hoheneck furchtbar. Ich saß wieder auf der Zelle. Es wurde nicht geheizt, wir froren wie die Schneider. Meine Hände waren blau vor Frost. – Dann hieß es: Die Wasserpumpe geht nicht mehr, es ist kein Wasser da. Um uns überhaupt waschen zu können, nahmen wir auf dem Hof Schnee in unsere Arbeitsschürzen. Den Schnee tauten wir oben mit den Händen auf. Wir stanken durch die Rippen, denn man konnte kaum mal ein Paar Strümpfe oder einen Schlüpfer in dem Schneewasser auswaschen.
Im Januar kam plötzlich eine große Kommission, eine Menge Tippfräuleins waren dabei, mit Schreibmaschinen und Akten. Ganze Kavalkaden von Offizieren gingen durch die Anstalt.
»Das bedeutet sicher Entlassung!« sagten die Frauen.
»Och, Kinder«, sagte ich, »es ist Anfang des Jahres, das ist doch immer so, die machen Inventur . . .«
»Nein, nein, jetzt gehen die Entlassungen los.«
Dann wurden Frauen zu Verhören geholt. Zum Teil dauerte das sechs bis sieben Stunden! Vollkommen vernichtet kamen sie zurück, sie durften nichts sagen. Aber es sickerte durch, daß man sie zu Spitzeldiensten gezwungen hatte. Wenn sie sich bereit erklärten, für die Russen zu arbeiten, würden sie sofort entlassen, hatte man ihnen gesagt. Einige Frauen haben auch zugesagt. Eine, die ich später einmal wiedertraf, war halb am Verrücktwerden. Die hat sich am nächsten Tag gemeldet und hat gesagt, sie möchte ihr Ja zurücknehmen. Aber die Russen haben sie bloß ausgelacht. Sie solle das mal überschlafen. Sie könne, wenn sie jetzt entlassen würde, ruhig sechs bis acht Wochen in Erholung gehen. Dann aber müsse sie sich melden, dann würde sie es besser haben als alle anderen, würde glänzend bezahlt wer-

den und gute Verpflegung bekommen. Dies sollte sie aber bedenken: Und wenn sie nach Australien flüchtete, man würde sie *überall* finden und von überall herholen . . .

Mitte Januar hatte ich Nachtschicht. Eines Tages wurde meine Zelle aufgeschlossen.
»Kempowski!«
Ich fuhr aus dem Schlaf, nannte Namen, Geburtsdatum und Strafmaß, wie man das ja immer tun mußte, und in strammer Haltung.
»Ziehen Sie sich an und kommen Sie schnell mit! – Schnell, schnell!«
Ich hinaus aus dem Bett, in fliegender Hast, Uniform angezogen, Kopftuch umgebunden. Dann zur Wache. Dort standen eine Menge Frauen, die warteten schon stundenlang. »Kinder, was ist denn bloß los?«
»Wir werden aufgerufen, wir werden entlassen!«
»Ach«, sagte ich, »das ist ja Unsinn!«
»Ganz bestimmt, wir werden entlassen!«
Die Wachtmeisterin, die uns beaufsichtigte, war die Liebenswürdigkeit selbst.
»Bleiben Sie da drinnen schön an der Tür stehen«, sagte sie, »und antworten Sie korrekt. Und – nicht wahr? – benehmen Sie sich recht ordentlich und anständig.«
Als ob wir das nicht von selbst gewußt hätten!
Als ich drankam, blieb ich an der Tür stehen und meldete mich wieder wie so ein Soldat, Hacken zusammenschlagen und so weiter. (Daß man sich da nicht gekrümmt hat vor Lachen!) »Strafgefangene Kempowski, 10 Jahre wegen Mitwisserschaft.«
»Kommen Sie etwas näher.«
Am Tisch saßen eine Oberwachtmeisterin und zwei fremde Herren in VP-Uniform. Schreibpapier und Akten lagen herum.
»Wohin gingen Sie, wenn wir Sie jetzt entlassen würden?«
»Tja«, sagte ich, »*wohin* würd ich gehen? Ich weiß es selbst nicht.«

»Sie haben doch zuletzt in Rostock gewohnt!«
»Ja«, sagte ich, »aber meine Wohnung ist futsch, ich hab ja keine Bleibe.«
»Aber Sie haben doch Bekannte –«
»Woher soll ich wissen, ob die noch da sind? – Aber ich kann ja eine Adresse angeben. Wenn ich entlassen werden sollte, und die Leute sind nicht mehr da – ich muß mich ja doch anmelden bei der Polizei –, dann wissen Sie ja, wo ich geblieben bin!«
Da muschelten und munkelten sie: Sollen wir das machen, sollen wir das nicht machen ...
»Naja, gut, geben Sie eine Adresse an.«
Da nannte ich Cornelli in der Prinzenstraße. Der fiel mir als erster ein.
Eine andere aus meiner Zelle wurde auch noch hinuntergerufen. Die dritte nicht, das war eine Frau, deren Mann noch in Bautzen saß.
Das nächste war, daß alle verfügbaren Kräfte in die Schneiderei gestopft wurden. Die laufenden Aufträge sollten noch fertiggestellt werden. Wir mußten in den eiskalten Schneidereiräumen wie wahnsinnig arbeiten. Es war, als ob wir im Freien saßen, wir legten uns alles, was wir fertig genäht hatten, über die Knie, weil wir vor Kälte schlotterten.
Am Freitag, dem 16. Januar 1954, wurde meine Zelle aufgeschlossen. Ich wurde aufgerufen. Schnell sprang ich aus dem Bett. »Packen Sie alle Ihre Sachen, aber fix, fix, fix. Sie werden in einer Stunde geholt! Vergessen Sie nichts, Sie kommen nicht wieder zurück.«
Ich knotete meine Sachen zitternd vor Aufregung in die große Decke: Um Himmels willen, hab ich auch nichts vergessen ...? Dann kletterte ich auf mein Bett und kuckte auf den Gefängnishof. Alle waren aufgeregt, denn man hörte, daß überall Leute aufgerufen wurden. Die Frauen standen an den Fenstern. Ich winkte mit dem Arm. »Tante Kempi! Tante Kempi!«, riefen sie von drüben. Und ich winkte: »Frei, frei! Ich komm 'raus.«

Oh, da schrien sie: »Tante Kempi wird entlassen, Tante Kempi wird entlassen!«
Um 10 Uhr waren sie zu mir gekommen, in »einer Stunde« würde ich geholt, hatte es geheißen. Bis 3 Uhr saß ich dann noch zwischen meinen Packenelchen. Dann war es endlich soweit. Ein kurzes Händeschütteln. Aus.

Das Parterre im Zellenhaus war über Nacht leergemacht worden. Immer drei Frauen, die entlassen werden sollten, kamen in eine Zelle. Ein Auspacken der Sachen lohnte nicht, wir lungerten da herum. Um 22 Uhr wurden dann die ersten Zellen aufgeschlossen. Immer zehn Frauen wurden zur gleichen Zeit geholt. Auf dem Flur standen VP-Offiziere, die flüsterten, man solle ganz leise sein; jetzt würden wir nochmals alle durchsucht, und wenn in unserm Gepäck oder an unserm Körper irgendwelche Schriftstücke – sogenannte Kassiber – gefunden würden, käme eine Entlassung nicht in Frage. Diese Untersuchung fand in einem ehemaligen Wirtschaftsgebäude statt. An einem großen Tisch saßen eine Volkspolizistin und eine Gefangene. »Alles ausziehen und hinlegen!« Nun wurde aussortiert, was Anstaltseigentum und was privat war. Das Anstaltszeug wurde auf einen Haufen geworfen, Unterhosen, Unterhemden, Schlafdecken, Taschentücher und Strümpfe, was man so hatte. Dann ging's ins Bad. Anschließend wurden wir ganz neu eingekleidet. Ich habe mir aber meine eigenen Sachen geben lassen. Ich wollte von denen nichts geschenkt. Ich zog also meinen karierten Mantel und das blaue Kleid mit den 3 Knöpfen an. (Zum Kotzen!) Einen Hut hatte ich nicht.
Im Verwaltungsgebäude bekamen wir Verpflegung für einen Tag: ein halbes Brot mit Leberwurst bestrichen, fürchterlich. Danach erhielten wir 10 Mark für die Fahrt; das übrige Geld, das uns noch aus der Schneiderei zustand, sollten wir per Post bekommen. (Ich warte heut noch drauf!)
Als wir da noch so stehen, kommt eine Wachtmeisterin

und sagt: »So, Kempowski, Sie haben hier zwei Ringe und eine Brosche ...« *Das* hatte ich ganz vergessen! Ein seltsames Gefühl war es, die Sachen wieder in die Hand zu nehmen, den alten Erbring (ein Chrysopras mit Saphiren), den ich noch von meiner Mutter hatte, die »Runen«-Brosche und den Ehering. Es war, als ob man sich selbst wiederkriegt. –

Dann hielt uns der Kommandeur eine Ansprache: wir wüßten ja nun, wie es zugeht, wenn man sich nicht anständig beträgt, wir würden aber jetzt wie jeder Bürger in der DDR behandelt, bekämen Arbeit und Wohnung. – Er wünschte uns alles Gute und meinte, wir sollten uns vorsehen mit allem, was wir sagten und täten, damit wir hier nicht wieder landeten.

Naja.

Als zweimal zehn Frauen beisammen waren, wurden wir hinausgeführt – mittlerweile war es 2 Uhr geworden (2 Uhr nachts!). Draußen standen ein Omnibus und ein Lastwagen mit Plane. Die Älteren sollten in den Omnibus, die Jüngeren auf den offenen Wagen steigen (es war Januar). In Begleitung der VP fuhren wir nach Stollberg, dort wurden wir in den Zug nach Leipzig gesetzt.

In Leipzig hatten wir Aufenthalt. Wir gingen in den Wartesaal und riefen: »Eine Tasse Kaffee her, eine gute Tasse Bohnenkaffee!« Und dann bestellten wir uns alle ein Würstchen mit Kartoffelsalat. Wir hatten ja aber nur 10-Mark-Scheine, und als wir bezahlen sollten, streikte der Kellner. Er nahm uns die 10 Mark nicht ab, weil er kein Wechselgeld hatte.

»Sie können uns auf den Kopf und auf die Beine stellen, das tut uns leid, wir haben alle nur 10 Mark.«

Da wurde er wütend!

»Wenn Sie wüßten, wo wir herkommen«, sagte ich da, »dann würden Sie sich anders benehmen.«

»Wo kommen Sie denn her?«

»Das werden wir Ihnen grade noch erzählen. Haben Sie nicht Radio gehört oder Zeitung gelesen? Kucken Sie mal

in die Zeitung, dann werden Sie vielleicht wissen, was hier in der Nähe los ist.«
Ich ging dann zu irgendeinem Mann – wer sitzt da schließlich nachts in den Wartesälen – und fragte, ob er mir 10 Mark wechseln könne.
Der dachte wohl, ich wollte sonst was von ihm, er brüllte mich an, ich sollte machen, daß ich wegkäm! Er hätte kein Kleingeld.
Dann kam aber ein anderer Herr auf uns zu und sagte: »Ich kann Ihnen helfen, kommen Sie her, ich tausche Ihnen das Geld ein.«
Die anderen, die am Tage danach durch Leipzig kamen, *die* sind gefeiert worden! Da haben die Passanten Obst- und Keksstände förmlich geplündert, um den Frauen das in den Schoß zu schütten! In den Zügen wurden sie gefeiert und umarmt, es soll ganz fabelhaft gewesen sein.
Wir waren ja die ersten, da wagte das wohl noch keiner.

Dann standen wir auf dem Bahnsteig umher wie die verlorenen Hühner, von allen angestarrt. Ich sagte schließlich: »Kinder, wir müssen nun mal nachsehen, wann der Zug überhaupt fährt.«
»Der Zug steht schon da«, hieß es, »der fährt in fünf Minuten ab.«
Unser Trupp fuhr in Richtung Norden. Wir sangen Lieder und malten uns aus, wie das wird: wieder mal in einem schönen Bett schlafen und die Tür von innen zumachen. »Uns soll noch mal einer kommen«, sagten wir.
Dann bröckelte unser Trupp so langsam auseinander, hier stieg der eine aus, dort der andere. Zuletzt war ich die einzige, die noch bis Rostock fuhr. Nach 12 Stunden Fahrt, nachmittags gegen 4 Uhr kam ich in Rostock an, Bahnsteig 3, von da aus waren wir früher immer nach Warnemünde gefahren.
»Rostock«, ich hör noch, wie das durch den Lautsprecher kam: »Alles aussteigen, der Zug endet hier.« Wahnsinnig mecklenburgisch.

Und dann stand ich da nun vor dem Bahnhof, nichts weiter bei mir als die kleine Wandertasche, die mir mein Mann mal geschenkt hatte, als wir in den Harz fuhren 1939.
Ich schlenderte durch die Bismarckstraße, es lag Schlackerschnee, alles war dunkel und unfreundlich, die Häuser verkommen, Gartengitter fort, Vordergärten zertrampelt, ein Anblick zum Weinen. Paulstraße, Schlachter Timm, alles genau noch so wie damals. Und da drüben das Haus Nr. 90, Dr. Krauses Sonnenbrause. Ich kuckte hinauf zu unserer Wohnung: da hatte ich ja nun nichts mehr zu suchen.
Beim Drogisten fragte ich, ob er wohl einen Waschlappen hätte? – Nein. – Einen Kamm? – Nein. – Eine Zahnbürste? – Ja, die könnt ich bekommen. Obwohl wir all die Jahre da gekauft haben, tat er so, als ob er mich nicht kennt.
Na, dachte ich, nun wirst du mal sehen, ob Cornelli da ist. Mir klopfte das Herz, als ich vor dem Haus in der Prinzenstraße stand. Ich klingelte, es kam kein Mensch. Ich klingelte nochmal.
»Oh«, sagte ich so leise vor mich hin, »nun ist er nicht da. Wo sollst du hin?«
Ich klopfte und klingelte immer wieder, bis schließlich eine Untermieterin erschien.
»Ist Herr Cornelli wohl zu Hause?«
Da kuckte die mich von oben bis unten an und sagte: »Herr Cornelli, der wohnt hier nicht mehr, der ist im Westen.«
Ich muß wohl ein ziemlich entgeistertes Gesicht gemacht haben, denn das junge Mädchen wurde sehr freundlich und erzählte mir, daß Cornelli schon vor einem Jahr weggezogen sei, und zwar nach Lübeck. – Und sie zeigte auch, als ob sie das beweisen wollte, auf das abmontierte Türschild. (Das war mir gar nicht aufgefallen.)
Da fiel mir *Silbi* ein, die nach langer Irrfahrt wieder in Rostock gelandet war. (In der Not frißt der Teufel Fliegen!) »Nun läßt du es drauf ankommen«, dachte ich. All diese ekelhaften Streitereien, diese fürchterlichen Erb-

schaftsgeschichten ... Es mußte ja mal ein Strich drunter gezogen werden, das war ja höchste Zeit.

Seufzend ging ich also über die Reiferbahn, und in der Graf-Schack-Straße gleich neben Dr. Josephi, den die Nazis damals im Nachthemd durch die Straßen gejagt hatten, da klingelte ich dann, schweren Herzens, auf einen hysterischen Ausbruch gefaßt.

Zuerst erkannte sie mich nicht, aber dann fielen wir uns in die Arme: »Grethel!«, rief sie, und wir weinten beide. »Komm rauf, komm schnell rauf.«

Bei einer starken Tasse Bohnenkaffee fragte ich sie dann ganz schüchtern, ob es ihr sehr unangenehm wäre, wenn ich erst mal bei ihr bliebe? (Wo sollte ich denn hin!) Und da sagte sie: »Aber Grethel! Du bleibst auf jeden Fall bei mir.« Und ich kann wohl sagen, sie hat mich rührend aufgenommen und war herzensgut zu mir, obwohl sie selbst doch auch 'ne Menge durchgemacht hatte.

Ich werde ihr das nie vergessen.

50

Wiesbaden
Richard de Bonsac 18. Januar 1954

Liebe Ulla-Nichte!
Ich hatte schon geahnt, daß Eure liebe Mutter, unsere Grethe-Schwester, bald wieder frei sein würde. Dennoch war das Telegramm eine große, freudige Überraschung, die mich und uns alle tief ergriffen hat. Zwar hatten wir immer an sie gedacht und für sie gebetet und haben für sie getan, was in unseren schwachen Kräften stand, aber damit haben wir ihr schweres Los doch nur sehr wenig erleichtern können.
Nun steht sie all den Problemen gegenüber, die das Leben für uns hier draußen bereit hält. Das wird nicht immer leicht sein! Aber sie ist frei, und die Freiheit ist das größte Gut. Sie muß versuchen, das, was an Schwerem hinter ihr liegt, zu vergessen und der Freiheit, die vor ihr liegt, ein kleines Lächeln der Hoffnung zu zeigen. Wenn wir ihr dabei helfen, wird ihr das gelingen. »Gebt mir den Grund, auf dem ich fest Fuß fassen kann! Dann will ich die Welt aus den Angeln heben!« hat der Weise von Syrakus ausgerufen. Der unerschütterliche Glaube ist dieser Grund, die Festigung und Läuterung, die sie durch ihn in dieser schweren Zeit erfahren hat, der Glaube, welcher Berge versetzt und die Welt überwindet.
Es erhebt sich nun die Frage, was werden soll. Ich denke, Grethel wird bald in den Westen überwechseln.
Es wird gut sein, wenn wir uns schon jetzt darauf einstellen. Ich habe Karl in Hamburg geschrieben, ob er für eine vorläufige Bleibe sorgen kann und alles ein bissel organisiert. Er ist ja findig, und Hanni hat auch immer gute Ideen. (Von hier unten ist das alles viel schwerer, und

wir sind ja man selbst noch brandneu.)
Willst du nicht, auf Verdacht, nach Hamburg fahren und Deine Mutter dort erwarten? Du könntest Dir bei der Gelegenheit ein Konzert anhören, das Rita in der Vivaldi-Gesellschaft gibt. Das wäre doch mal eine Gelegenheit, die Verbindung zwischen den Kusinen wiederaufzufrischen? Ich lege einen Prospekt ein, für alle Fälle. Rita hat ja glänzende Kritiken. Fleiß und Ausdauer machen sich eben bezahlt.
Herzliche Grüße, auch an Sven,
Dein Onkel Richard.

Für das Konzert hat sie sich extra eine Barock-Geige gekauft, ein köstliches Instrument. Da wo die Wirbel sind, ist ein geschnitzter Engelskopf.

51

Im Januar 1954 wurden 2000 Häftlinge amnestiert, darunter Opitz, der mir müde zuwinkte, und Helm Feghelm, den sie trugen.

Der gestirnte Himmel über mir,
das moralische Gesetz in mir
und WESTFALEN.

(»Ein feiner Kerl geblieben und sauber durch die Zeit hindurchgegangen.«)

Auch Dick Ewers ging nach Hause und die Haubenlerche – wenn er nur einen einzigen Tag geschwiegen hätte – und Subjella: immer übern Balken rüber. Das Stethoskop mußte er dalassen.

Kurz danach bekam ich den ersten Brief von meiner Mutter: auch sie war frei.

Das Paketeschicken könne sie erstmal noch nicht übernehmen, schrieb sie, sie müsse erst Grund unter die Füße kriegen. Es wär alles etwas anders, als wir uns das so vorstellten.

(Der Rest des Briefes war eingeschwärzt.)

Ich stellte mich ans Fenster, um Robert zuzuwinken: »Mutter ist frei!« Aber der achtete nicht auf meine Gesten, sondern ruderte mit den Armen und signalisierte: »Mutter frei!«

(Etwas Gut-dem-Dingeres als diese Nachricht gäb's ja überhaupt nicht, nun wolle man gut und gern noch länger sitzen.)

Im März wurde endlich die Bibliothek eröffnet. »Antreten zum Bücherempfang!« Fortan wurde unterschieden zwischen Büchern, die man draußen, und solchen, die man drinnen gelesen hatte. Der Knastlektüre wurde ein geringerer Bildungswert zugeschrieben.

»Das hab ich *draußen* schon gelesen«, hieß es.
Es waren gute Sachen darunter. Eine Schrift über modernes Bauen zum Beispiel, aus den zwanziger Jahren, von einem Menschen namens Fix oder Fox (»Meiner lieben Frau«). Schreibtische aus Beton schlug er vor und: elektrische Leitungen sollte man getrost *sichtbar* verlegen, deren brauche man sich nicht zu schämen. Es war aber auch viel Scholochow dabei (der blieb meist liegen) und Kurella, der die NWD als eine Art Bahnhofsmission beschrieb, die dem Menschen den rechten Weg weist.
Mit den jungen Leuten tauschte ich die zugeteilten Bände aus. Wir lasen mit rasender Geschwindigkeit, weil wir sie nur eine Woche behalten durften. Ich überflog auf diese Weise mehrere Shakespeare-Dramen, Tolstoi und die »Genesis« von Harnack.
»Klare Sache und damit hopp!«, diesen wohlbekannten Schnack fand ich in »Krieg und Frieden« – (das mußte also auch mein Vater mal gelesen haben, vielleicht *vor*gelesen, meiner Mutter, abends, wenn wir schon schliefen ...) – und das schöne Wort »verbumfeit« bei den Brüdern Grimm.

Mein Kopfnachbar haßte alle Intelligenzler, der war Former von Beruf. Zuerst hatte ich »Farmer« verstanden und dann »Vormann«. Und weil ich immer wieder fragte: »*Was* bist du?« haßte er auch mich.
Einmal wollte ich ins »Purgatorium« hineinschauen, das er gerade geliehen hatte.
»Junge, geh scheißen«, sagte er da und legte sich das Buch unters Kopfkissen. »Du hast dicke Augen.« – Er selbst las es nicht, und andere sollten es auch nicht lesen.

Für die täglichen Arbeiten, Strümpfewaschen, Knöpfeannähen, Essenholen, hatte ich jetzt einen Mann. Der war aus Löbau. Wegen seines verbrannten Gesichts – Nase wie ein Totenkopf – wollte niemand neben ihm liegen.
»Hast du nicht noch was zu tun für mich«, fragte er drei-

mal am Tag. (Schnell was hingeben, sonst erzählt er einem womöglich noch wie, wann und wo er verwundet worden war.)
Immer wieder nahm ich mir vor, einmal einen ganzen Tag lang liegen zu bleiben und nichts zu tun: die große Trauerweide am Unterwall, deren Zweige ins Wasser hingen. Schwäne und ein Zaun aus Baumstämmen, blankgewetzt von Kindern, die die Schwäne fütterten ... Einen ganzen Tag »auf'm Sack« liegen und den Eisenträger ankucken, der, direkt über mir, die weißgekalkte Decke hielt. Draußen würde man das nicht mehr können, den lieben Gott einen guten Mann sein lassen, da würde man sich rühren müssen. (»Du wirst dich noch ganz schön umkucken!«) Aber immer wieder wurde man am Bein gerüttelt und gefragt, wie »Treppengeländer« auf Englisch heißt, oder: ob man die Marmeladenschüssel schon abgegeben hat.
Wenn man mal eine halbe Stunde Hindösen schaffte, dann war das schon viel.
Oder man mußte sich erheben, weil ein Polizist auf den Saal kam und Privatfilzungen vornahm, von Pritsche zu Pritsche ging, als müsse er nach Läusen oder Flöhen suchen; vielleicht fände er ja ein Vokabelheft oder eine illegale Nadel: Das hätte er melden können, und dann wäre er belobigt worden.
Oder der Schulmeister fing an, nach Wurst riechend wie eine Karbidlampe, Schulratsgeschichten zu erzählen, unbehagliche Schulratsgeschichten, die auf die Dauer schwer zu ertragen waren: Daß Schulräte gern unangemeldet kämen, zum Beispiel, das hätten Schulräte so an sich; und zwar meist ausgerechnet dann, wenn man die Nacht vorher durchgesoffen hat und sich grade mal einen leichten Tag machen will. (»Kinder, malt euch selber!«) Die Schulräte röchen das, daß man nicht so ganz auf'm Damm ist, und blieben dann stundenlang und examinierten die Kinder von hinten bis vorn, ob man ihnen auch was beigebogen hat, das kleine Einmaleins und: an, auf, hinter, neben ... Die verlangten schriftliche Vorbereitungen (»Didaktische

Vorbesinnung«) und schnüffelten alle Akten durch und mäkelten daran herum, oft im Beisein der Kinder. »Jawoll! Da stell dich man schon drauf ein!« Bei ihm sei mal einer bis auf den Dachboden gekrochen, um die Diktathefte der letzten Jahre durchzuprüfen. Da zähle nicht, was man sonst noch alles tut fürs Dorf, Orgel spielen, Gesangverein in Gang halten und bei der Geflügelzählung mitmachen: »Warum haben die Buben so dreckige Finger?« heiße es dann, und: »Wollen Sie die Zaunlatte nicht endlich mal ersetzen lassen? Die fehlte doch schon das letzte Mal ... Wie sieht denn das aus!«
Wie beim Barras, so ungefähr.
Immer wieder erzählte er vom Schulrat, und was es da für Typen gäb. Und daß sie es auf junge Lehrer ganz besonders abgesehen hätten, die könnten sich noch nicht so wehren. – Wenn man vorher Wind von der Inspektion bekomme – manchmal warnten einen die Nachbarkollegen –, dann sei es ratsam, alle »geistig Minderbemittelten« nach Hause zu schicken, und zwar hinten raus durch die Küche oder durch den Stall, damit sie dem Schulrat nicht doch noch begegneten.
»Ein Drittel ist immer Ausschuß, damit mußt du rechnen. Die müssen ord'lich was zwischen die Hörner haben.«
Wie's tapfere Schneiderlein hüpften die Dummen hinten raus, während vorn der »Eber« durch die Türe tritt, mit Zwicker und mit dickem Bauch.

Was meine Zukunft anging, da war er sehr skeptisch. »Und, sage mal, du hast noch nicht einmal das Abitur? – Nein? Das mußt du dann ja *auch* noch nachholen. Junge, Junge, Junge.« Erst Abitur und dann studieren, das sei aber ein ganz schöner Stremel. »Da mach dich man auf was gefaßt. Stell dir das bloß nicht so leicht vor. Auf der Abendschule gelten ja ganz andere Maßstäbe...« Da müßte ich Aufsätze schreiben über Minna von Barnhelm und den Prinzen von Homburg. »Mit Disposition!«
Die Prüfer auf der Abendschule machten sich einen Jux

daraus, Steißtrommler in spe durchfallen zu lassen: »Wann war der Spanische Erbfolgekrieg?« Ich sollte lieber angeben: Industriekaufmann, wenn ich nach meinen Berufsvorstellungen gefragt würde. Auf keinen Fall: Lehrer. Vor »Industriekaufmann« hätten sie Respekt.

Seine Tochter, diese liebe Deern, die habe es ja nun, das Abitur. Und die wende das auch an; nicht Schulmeisterei wolle sie betreiben, sondern Kunstgeschichte. *Die* studiere *Kunstgeschichte*. Wie das alles so gekommen ist, mit der Gotik und mit der Renaissance.

Mehrmals täglich ließ er die Hose herunter. Über sein Geschlechtsteil hatte er eine Art Däumling gezogen, vorn mit Watte drin. Immer wieder mußte er nachsehen, ob das auch richtig sitzt.

»Gibst du mir mal eben diese Binde da?«

Meistens grade, wenn man sich ein Schmalzbrot strich.

Um Ruhe zu haben, war es immer noch am besten, man mischte sich ins Kalkutta-Gewühl des Mittelganges, in die ewige Prozession tagaus, tagein, und ströperte mal hierhin und mal dahin.

> Deitsch und frei woll'n mir sei,
> und da bleib'm mir auch dabei,
> weil mir Erzgebirgler sei!

Die schnoddrigen Berliner, die labbrigen Sachsen, die droenigen Mecklenburger. Seltene und lang belauschte Exemplare aus Schwaben und Bayern. (Daß das nun auch Deutsche waren...) Zu bedauern, diese Leute, daß die hier in der Ostzone gelandet waren. Das war einem schon fast peinlich.

Hinein ins Gewühl – das Geschiebe und Gestoße... Stimmengewirr aus jeder Richtung: Der babylonische Turm: Jahrtausende haben sie daran gebaut, und er stürzt noch immer nicht ein.

Vielleicht doch nicht aufs Land, sondern lieber nach Hamburg gehen? Anonym bleiben im 5. Stock? Alles aus-

nutzen, was einem die Großstadt bietet: Kino, Theater, Konzert? – Was soll man auf dem Lande anfangen, wenn man allein ist? Dem Hund die Hand auf den Kopf legen oder Klavier spielen, die ganze Nacht?
Manchmal bedauerte ich jetzt, daß mein Bruder nicht mehr da war, mit dem hatte man immer so gut plauschen können.

In den entferntesten Winkeln entdeckte man immer noch Leute, mit denen sich ein Gespräch lohnte, und sei's auch nur zur eigenen Erheiterung.
So zum Beispiel: ein Mensch, der eine Nadel erfunden hatte, bei der man den Faden nicht einzufädeln braucht. Gleich daneben ein Briefträger aus Oschatz, ein Fachmann für Gerüche. Jedes Haus habe einen anderen Geruch, sagte er, nach Essen oder nach Klo. Frischgewaschene Wäsche, Abfall, ganz komische Sachen, Kinderwindeln, oder im Keller steht ein Faß mit angesetztem Sauerkraut. Manche Gerüche kämen einem ganz vertraut vor, andere fremd und feindlich. – Überall rieche es anders. Meistens aber nach »Milljöh«.
Oder ein Generalvertreter von Birkenhaarwasser aus Indien, der lange unter Brahmanen gelebt hatte. Zum Abschied hätten sie ihm ein Bild geschenkt, und an seinem Geburtstag, Jahre später, habe ihm das eine Auge auf dem Bild leicht zugezwinkert. Da hätte er das Bild herumgedreht und hinten, unter der Pappe, einen Brief gefunden mit einer wichtigen Weisheit.
Jeden Abend erzählte er solche Sachen, und wenn man ihn dazu aufforderte, brabbelte er indisch vor sich hin, und alles hing gebannt an seinen Lippen. (Von Telekinese erzählte er auch: wenn Leute sterben, in fernen Welten, dann bleibt die Uhr plötzlich stehen, bei der Mutter zu Hause, und die weiß dann: nun ist der Junge tot.)
Zoroaster, ob er den kenne, fragte ich ihn, und die »Türme des Schweigens«? Nein, das war ihm unbekannt. Und daß in Tibet sich die »haute volaute« der Welt versammle in

höhlenartigen Klöstern, das wußte er auch nicht, er habe überhaupt jetzt sehr wenig Zeit, und er müsse mich schon bitten, ein andermal wiederzukommen.

Mit Willkowski, dem flaumigen Oberschüler, den ich noch von Opitz her kannte, tauschte ich auch mal Bücher. Lukács gegen Gottfried Keller. Mit seiner Mieze, einem feinen blassen Kind, das überaus gelenkige Glieder hatte, bewohnte er eine sonnige Zweierkoje. Wie in einer tibetanischen Jurte hockte man da. Während er der Mieze die Hand ins Hosenbein steckte, erklärte er mir lang und breit, wie sein Buch über Bautzen beschaffen sein werde, das er draußen sofort schreiben wolle. Kein fortlaufender Text, sondern mehr so Schlaglichter, von innen heraus erhellt. Zum Beispiel, daß einer einsam ist, obwohl er inmitten von 400 Menschen lebt. Oder das Problem des Denunzianten: Ohne Schuld schuldig, an einem einzigen gültigen Fall. Er sei, was Ideen beträfe, bis zum Bersten gefüllt und leide darunter, nichts davon nach Hause tragen zu können (ganze Bücher habe er im Kopf!) – aber vielleicht erahnte ich die Fülle seiner Gedanken, und das sei dann ja auch was wert. – Er habe hier einen Verlagskaufmann kennengelernt: ein Buch über Bautzen loszuwerden, das sei überhaupt kein Problem. Die Leute im Westen, die gierten ja danach. »Was hältst du von dem Titel ›Gitterdämmerung‹?«

Das bunte Licht, das in die Kirche fällt,
ist bunt für den nur, der's für Buntes hält.
Der and're aber in der Ecke dort,
der sieht die Nacht und wünscht sich fort.

Ob ich nicht auch fände, daß seine Texte, seit er seine Mieze kenne, an Farbe gewonnen hätten?

Genauigkeit hätte es ihm angetan; Doppeldeutigkeit und mikroskopische Genauigkeit. Flaubert habe sich auf dem Fußboden gewälzt, wenn ihm ein Wort nicht eingefallen sei. So gehe es ihm auch. Neulich erst: »riechen« und »duften« – und kein Wort dazwischen. Zum Wahnsinnigwerden! Manchmal denke er, dies alles hier, dies entsetzliche Elend

– mehr seelisch als körperlich, wenn man mal von all den Tbcern absähe – dem sei nur filmisch beizukommen. Die Kamera, so stelle er sich vor, müsse drei Stunden lang von Koje zu Koje fahren und Schicksal für Schicksal segmenthaft anreißen: Gesprächsfetzen, Gesten oder auch bloß Typen. Einzelne Gesichter: abgrundtief Abgründiges enthaltend, oder Heiterkeit bewahrt habend, diesen »süßen Vorgeschmack des Todes«.

Im Zentrum seines Bautzen-Projekts, als statisches Element, könne er sich eine Männerfreundschaft denken, die übers Geistige hinaus ins Kreatürliche vorgedrungen sei – zwei Menschen: einsam in der Einsamkeit.

Die Mieze wurde von anderen Überlegungen bewegt: Im Westen gäb's doch sicher eine riesen Haftentschädigung: zehn Mark pro gesessenen Tag oder mehr. Was? Eher mehr. Zusätzlich Urlaub in Südamerika und einen Sanatoriumsaufenthalt von beliebiger Dauer. Und eine Rente, denn so ziemlich jeder habe hier »hinne« doch einen Knacks bekommen.

Willkowski zog die Hand aus seinem Hosenbein. Der vertrat die Ansicht, Geld sei nicht so wichtig. Er wäre draußen schon zufrieden mit irgendeinem kleinen Posten, Bahnbeamter am Schalter oder sowas. Nur Zeit zum Dichten müßte er haben, das sei Hauptbedingung.

Hinaus, hinauf, in weite Luft!
Für den gibt's Stimme nur, der ruft.

Die Erfahrung, die er mit hinausnehme, sei doch auch bares Geld. Und das sprachliche Feingefühl. »Meinst du das nicht auch?« (Er faßte seine Mieze wieder um.)

Aber die Mieze sagte: »Unter 1000 Mille fang ich gar nicht erst an.« Umsonst hätte er hier nicht so lange gesessen, das müßten die ihm tüchtig büßen. (Ich dächte bestimmt genauso, »was, Walter?« Ich sei kein so'n weltfremder Dichterling.)

Als Willkowski dann mal »austreten« ging, beugte sich die Mieze – »gestatte bitte« – über mich: Eben mal den Zuckerbeutel graderücken. Dann fingerte er an mir herum:

»Du mußt dir mal ein neues Halstuch verschaffen«, fuhr mir in den Rockkragen und blitzschnell auch ins Ohr. Dann drückte er mich nach hinten, daß wir nebeneinander lagen und unsern Atem rochen. – Er habe *wohl* bemerkt, daß ich neulix bei der Zählung so komisch gekuckt hätte. »Was ist das hier für eine Wooling«, hätte ich gesagt und ihn gestreift.
(Seine Finger zippelten von einer erogenen Zone zur andern, und bevor Willkowski noch um die Ecke kam, war es auch schon geschehen.)

Einen freien Kopf hatte ich, als ich wieder zu dem Schulmeister auf die Pritsche stieg.
Der erhob sich von meinem Kopfkissen, auf das er sich immer setzte, wenn ich nicht da war, und fragte, wo ich denn so lange gewesen sei?
»Junge, Junge, wie siehst du bloß aus? So grau und schwindsüchtig ... Du machst mir doch nicht schlapp?«
Er habe noch vergessen zu erzählen, daß die Schulräte manchmal mit den Pastoren gemeinsame Sache machten, wenn ihnen irgendein Lehrer nicht passe. Das wär ein richtiges Hasentreiben. Ein Nachbarkollege sei mal im Nachthemd schreiend auf die Dorfstraße gelaufen, so schlimm hätten die's mit ihm getrieben.
Und finanziell sei es auch nicht gerade dicke, das wär ein großer Nachteil des Schulmeisterberufes. Das bißchen Land, was man meist noch nebenbei habe, zum Schweinemästen oder Schafe halten, reiche hinten und vorn nicht. Am besten, man heirate eine reiche Bauerstochter, die brächte ordentlich was mit. »Das sind die besten Lehrersfrauen!« Als Junglehrer sich schon mal umsehen nach sowas, beim Schützenfest, von der Theke aus oder durch das Fenster, und aufpassen, daß man keinem in die Quere kommt. Da hätt's schon wüste Schlägereien gegeben. Die lauerten einem nachts auf, wenn man die dunkle Dorfstraße nach Hause tappt. Oh, oh, da könnt er mir böse Sachen erzählen, noch und nöcher. – Am besten wär's: eine

ganz Unscheinbare nehmen, da gäb es keinen Streit. Die Unscheinbaren seien froh, wenn sie einen abkriegten und daß sie rauskämen aus dem Stall, die zierten sich nicht lange: einfache Hausmütterchen mit breitem Becken und guten Kochkenntnissen, schlicht, solide. »Je dümmer, desto besser«, das habe auch Konsequenzen im Bett(!).
Es gäb ja auch Dörfer, wo es weniger gewalttätig zugeht, vielleicht hätte ich Glück. . ., aber meist sei allerhand gefällig. Das Faustrecht herrsche da. (Und er ließ mich hinter seinem Ohr eine Verknorpelung ertasten.)
Wenn ich schon mal in eine Rauferei geriete – und das wär praktisch gar nicht zu vermeiden –, *dann* gleich richtig zuhauen, als erster, und so brutal wie's nur irgend geht. Dann vergehe denen der Appetit.

Unangenehm war, daß er häufig in seinem Paket rumgrabbelte wie in einer Schmuckschatulle (hier das Schmalz, und da der Zucker) und dazu halblaut etwas vor sich hinmurmelte: »Merkwürdig . . . da war doch noch . . . war da nicht noch . . .!« Und mich so von der Seite ankuckte.

Die ersten Tage in der Freiheit hab ich sehr genossen. Ich lag auf der Couch in Silbis kleinem Wohnzimmer (die Rostocker Aquarelle und die entzückenden Birkenmöbel!) und schaute auf das Pendel der Uhr. Draußen schlugen die schwarzen Zweige an das Fenster. So, dachte ich, das hättest du erstmal hinter dir. – Silbi war ganz reizend zu mir. Sie konnte ja nett sein, wenn sie wollte; als junges Mädchen im Kurpark von Bad Oeynhausen, was haben wir da für Spaß gehabt!

O lilala, o lulala, o Laila!

Das hat sie da bei einem Wettbewerb gesungen, und die Herren waren wie wild hinter ihr her. Wenn die eine entsprechende Ausbildung gehabt hätte, dann hätte aus der was werden können. Hatte eine entzückende Stimme und eine niedliche Figur. Jammerschade. Ganzen Tag Bonbons gefressen und nie zu ordentlicher Arbeit angehalten.

Nach zwei, drei Tagen, als ich wieder zu mir gekommen war, ging ich dann schon mal für Silbi einkaufen. Das gute alte Rostock, verkommen und schäbig! O Kinder, nee. Diese Trümmer, trostlos. Die Läden leer, die Menschen grau und ohne Lebensfreude. Am Markt die schönen alten Giebelhäuser abgebrochen und die Jakobi-Kirche – das war ja überhaupt das Dollste – bei Nacht und Nebel in die Luft gesprengt. Ich habe so an meinen Mann denken müssen, wenn der das erlebt hätte, seine gute alte Heimatstadt. – Dem hätte es das Herz gebrochen.

Bekannte sah ich wenig. Bei Max Müller traf ich Frau Geheimrat Öhlschläger: »Nein, Frau Kempowski«, sagte die und schlug die Hände über dem Kopf zusammen, »wie sehen Sie bloß aus!« Man selbst merkte das nicht so, aber die Jahre hatten natürlich ihre Spuren hinterlassen.

Die Leute da drüben waren ja überhaupt rührend. In den WIENER MODEN hab ich mir eine Bluse gekauft, und als es ans Bezahlen ging, packte mir dies Fräulein Dibbersen, das ich noch aus der Vorkriegszeit kannte, eine Garnitur mit ein. Ich sag: »Die hab ich gar nicht gekauft.«
»Das weiß ich«, sagt sie da, »die schenk ich Ihnen.«
Ich ging auch mal in unsere alte Wohnung, das heißt zu Beckers, den Nachbarn unter uns. Die hatten zwar mehr Schiß als Vaterlandsliebe und ließen mich auch kaum rein vor lauter Büxenbebern, aber am nächsten Tag hatten sie sich besonnen, da brachten sie mir doch noch so allerhand, was sie »sichergestellt« hatten, Wäsche und Bücher. – »Die Welt vor 100 Jahren«, in dieses Buch hatten sie, wie ich nachher erst bemerkte, ihren Namen reingeschrieben: »Die Kempowskis kommen ja doch nicht wieder«, haben sie wohl gedacht.
Dann ging die Ämterrennerei los, ohne das geht es ja nicht. Ich mußte eine Wohnung haben, bei Silbi kriselte es schon. Als älterer Mensch braucht man seine vier Wände, besonders Silbi, die so impulsiv und emphatisch ist und sich immer alles Mögliche einbildet: »Grethel, du läßt überall deine Strümpfe herumliegen!« Und im Klo hat sie meine Augensalbe aufs Glasbrett geknallt. –
Die Bezirksälteste in der Neuen Wallstraße war ganz nett, die sagte, wenn ich Geld haben wollte: sie würd mir was vorschießen, und wenn ich irgendetwas auf dem Herzen hätte, dann sollt ich zu ihr kommen, sie würde mich beraten und mir helfen.
Sie gab mir auch verschiedene Zimmer auf. Eins lag in der Altstadt, unten am Hafen, ein finsteres, halb verfallenes Loch. Und wenn man aus dem Fenster kuckte, sah man auf einen furchtbaren Hinterhof, lauter Gerümpel und Trümmer, keine Sonne. – Die Inhaberin war eine Polin, sprach nur gebrochen Deutsch. Wenn man Wasser haben wollte, mußte man immer durch ihr Zimmer gehen. (Das war natürlich Absicht: die sollte mich bespitzeln.)
Ich sagte also zur Bezirksältesten, wenn sie mir nur *solche*

Zimmer anbieten könnte, dann dankte ich. Ich verlangte nichts, aber das Zimmer müßte wenigstens abschließbar sein und ein bißchen Sonne haben. Ja, sagte sie, und: sie wolle alles für mich tun, was in ihren Kräften stünde, ich sollte auch selbst mitsuchen.

Ich horchte also herum und bat auch die Pastoren mir zu helfen, aber immer, wenn ich kam und meldete, dort und dort wär eine Wohnung frei, dann hieß es: »Ach, *die* Wohnung – über *die* wissen wir Bescheid, die muß der Werftarbeiter Soundso haben, das ist schon festgelegt, der hat schon gesagt, wenn er nicht bald eine Wohnung bekommt, dann haut er ab.« – Und so ging es weiter.

Also fragte ich die Bezirksälteste, wie das wohl sei, meine ganze Verwandtschaft wohne in Hamburg, ich hätte sie seit zehn Jahren nicht mehr gesehen. Sie könnte sich wohl denken, daß ich nach der langen Trennung gerne einmal wieder mit ihr zusammenträfe. Auf der anderen Seite könne Sie sich aber wohl auch vorstellen, daß ich auf gar keinen Fall irgendwelchen Anstoß bei der VP erregen möchte, ich hätte von Polizei und Gefängnis genug. Wenn es nicht möglich sei, daß ich einen Interzonenpaß bekäme, dann ließe sich's nicht ändern, dann führe ich eben nicht. (Ich wollt ja auch den Jungen keine Schwierigkeiten machen! Das hätte noch gefehlt!)

»Nein«, sagte sie da, »wir haben jetzt den Neuen Kurs. Selbstverständlich können Sie Ihre Verwandten in Hamburg besuchen. Sowie Sie Ihren Personalausweis haben, gehen Sie damit zum Interzonenamt, dort bekommen Sie einen Paß, und mit dem Paß können Sie nach Hamburg fahren. Wenn Sie dann wiederkommen, wird sich alles geregelt haben. Und Arbeit gibt es hier mehr als genug.«

Also: ich mir einen Interzonenausweis besorgt, zum Bahnhof gelaufen, eine Karte nach Hamburg gekauft und abgedampft, das war eins.

Nachher hat Silbi mir erzählt, sie hätte mir verheimlicht, daß alle zwei Tage, manchmal sogar jeden Tag, ein Volkspolizist dagewesen ist und sich nach mir erkundigt hat.

Am Tage meiner Abfahrt – ich hatte um 7 Uhr das Haus verlassen – sind sie sogar mit zwei Mann gekommen und wollten mich zur Arbeit holen. Zur Bewährungsarbeit.
»Wissen Se denn, wo die war?« hat der eine Volkspolizist gesagt.
»Ja, natürlich.«
»Schlimm, nicht?«
Silbi hat ihn nur von oben bis unten angekuckt und hat die Tür zugemacht. So ein Kerl.

53

Wenn ich heute gefragt werde: Wie war es im Knast?, dann pflege ich zu antworten: »Ich habe drei Beerdigungen gespart.«
Scherze dieser Art erlaube ich mir, weil es wohl kaum Menschen gibt, die sich in den Komplex, der mit Bautzen zusammenhängt, hineinversetzen können. Aber Spaß beiseite; wenn man heute so an den Knast zurückdenkt, und das tut man natürlich – und nicht nur einmal! –, dann ist das Bild, das man da im Kopfe hat, aus dieser Zeit und von dieser Zeit, ganz zwangsläufig verschoben, und zwar nach der einen Seite sowohl als nach der andern Seite.
Daß es *verlorene* Jahre sind, voll Widerwärtigkeiten und Schmutz, steht fest. Daß es aber auch *interessante* Jahre waren, das steht genauso fest. (Wenn auch auf einem andern Blatt.) Wenn ich bloß an dieses Konglomerat von Menschen unterschiedlichster Natur denke! Wo wird einem das noch einmal in dieser Zusammensetzung geboten? Eine Erlebnisfülle, die ihresgleichen sucht. Und dann die vielen interessanten Gespräche, dies und das, und pi-pa-po.
Der Blick fürs Wesentliche ist jedenfalls enorm geschärft worden, und Lebenserfahrung hat man erworben, die einem anderswo wohl kaum zuteil geworden wäre.
Andererseits: Als ich entlassen wurde, war ich 32 Jahre alt, 32. Nicht wahr, das ist ein Alter, in dem man für gewöhnlich seine Position in der Gesellschaft eingenommen hat. Alle meine Altersgenossen hatten das zu dieser Zeit. Die verfügten längst über einschlägige Mercedes-Erfahrung. Als *ich* dann in den Westen kam, ging es mir doch wie dem Hasen in Buxtehude: »Ick bün all dor!« Alles besetzt, nur noch die billigsten Plätze frei. Ich mußte ganz von vorn anfangen, und das war weiß der Himmel nicht leicht. Zu meinem Trost stelle ich mir manchmal vor, was aus

mir geworden wäre, wenn ich nie im Knast gesessen hätte. Zu fragen ist, ob ich dann je in den Westen gelangt wäre. Ich weiß es wirklich nicht. Erst nach der Entlassung hatte man doch den richtigen Drall, erst dann ist man sofort entjägt. In Rostock wäre ich jetzt Ritzenschieber bei der Straßenbahn. Das steht ohne weiteres fest. Oder ich säße längst in einer Heilanstalt. Von daher gesehen, muß man die Gefängniszeit auf jeden Fall als einen Gewinn verbuchen. Sie hat den letzten Anstoß gegeben, der östlichen Welt ein für allemal den Rücken zu kehren, und zwar nachdrücklich.

Abgesehen von der zunehmenden Sorge über die berufliche Zukunft waren die letzten Jahre in Bautzen – ganz im Gegensatz zu den ersten – durchaus annehmbar, besonders die Zeit im Materiallager. Dort zu arbeiten, das hätte ich noch lange ausgehalten. Wochenlang haben wir da doch allein gehaust! Morgens haben wir den Schlüssel vom Glaskasten geholt, sind abmarschiert und sind runtergestiegen in unsere Kemenate und haben von innen den Riegel vorgeschoben. Aus! Da konnte keiner rein! Selbst die VP mußte klingeln. Und das tat sie auch, denn jeder hatte seine kleinen Wünsche, die wir alle mehr oder weniger erfüllten. (Draußen gab es ja noch immer nichts.) Nägel, zum Beispiel, oder dies oder das. »Haben Sie nicht mal 'ne Wäscheleine für mich?« Man wäre doch mit'm Dummbeutel geschlagen gewesen, wenn man da »nein« gesagt hätte. Eine Hand wäscht doch die andere.

Nein, es war erträglich. Jedenfalls für uns.

Nebenan, in Haus IV, wohnten und arbeiteten die Schuhmacher, nette, umgängliche Leute, mit denen wir oft zusammengesessen haben. Die haben sich im Winter mit dem Fang von Krähen beschäftigt. Da hab ich zugekuckt. Aus Holz hatten sie sich Rahmen gemacht und aus Bindfäden kleine Schlingen. Dann haben sie Speckschwarte aus den Paketen genommen zum Anfüttern dieser Tiere. Und es kamen auch wirklich Krähen herbei, und die verfingen sich beim Hüpfen. – Drei Krähen hat man auf diese Weise gefangen, denen wurde der Hals umgedreht, die wurden ausgenommen, abgefiedert, und dann 'ne Pfanne her und auf den Kanonenöfen gebraten. Ja. Aber das blieb natürlich nicht verborgen, der Wachtposten vom Starenkasten hatte nichts Eiligeres zu tun, als das zu melden. Es kam eine große Untersuchung, und die Leute wurden bestraft. Die Humorlosigkeit feierte Triumphe: man hätte ja den Krähen eine Mitteilung ans Bein binden können, so wurde argumentiert, und sie wieder fliegen lassen ... Völliger Unfug natürlich, denn wer sollte diese Krähen draußen fangen? Wer sollte denn wissen, welche Krähe ausgerechnet einen Zettel am Bein hat? Und was sollte auf diesem Zettel stehen? Nein. Hier feierte Humorlosigkeit Triumphe. Sozialistische Humorlosigkeit, und zwar allerreinsten Wassers. Einmal haben wir mit den Schuhmachern ein solennes Fest gefeiert. Ihr Boß wurde 50 Jahre alt. Sie hatten eine Hufeisentafel aufgestellt mit weißen Bettlaken als Tischtücher und mit Lichtern, ich weiß gar nicht, wo sie die her hatten. Es wurde groß getafelt. Vorher hatten diese fixen Burschen Tonkrüge mit Marmelade, Brot und Zucker angesetzt und im Gebälk verborgen. Und diese obergärige Scheiße wurde dann gekippt, gluck-gluck-gluck. Alle waren duhn davon, jawoll! Das war wie so ein Logenabend, möchte ich sagen. Und als Höhepunkt etablierte sich eine Drei-Mann-Kapelle mit Blasinstrumenten aus Pappe und Pergamentpapier, als ob sie auf'm Kamm bliesen, so hat sich das angehört, und da hatte man tatsächlich den Eindruck, daß man auf'm Tanzboden wär.

Rosamunde! Laß mich dein Herzliebster sein...

Es war wie ein Rausch, der über die Leute kam, wer von denen wird sich heute noch daran erinnern?

Mein ganzer Kummer war, daß Walter da oben im Saal nach allen Regeln der Kunst verkam. Der saß da nun schon fünf oder sechs Jahre, sah aus wie's Leiden Christi, völlig bleich und mager. Und eines Tages schien es mir dann an der Zeit, ihn da wegzuholen, gegen seinen Willen. Nach Monaten der intensivsten Kunkelei hab ich ihn in Arbeit bringen können, und zwar in einen lukrativen Exklusiv-Posten, denn sonst hätte er mir diesen Eingriff wohl kaum verziehen. Als Schneider an einer elektrischen Nähmaschine – das wäre nicht gegangen. Er wurde also Schreiber in der Sattlerei, hatte da sein eigenes Bu-re-au hinter irgendwelchen Schränken, vom gewöhnlichen Volk aufs angenehmste getrennt, konnte sich da sogar Kartoffeln braten auf einem Leimkocher: Alles sehr schön.

Schnell hat er sich daran gewöhnt, sehr schnell. Man sah ihn bald in gebügelter Hose herumlaufen, kleidsamem Jackett und chargenmäßig geschnittenem Haar. Flanierte auf und ab und besuchte seine Freunde in Küche und Wäscherei.

Ab und zu besuchte er auch mich. Wir saßen dann zusammen in einer Ecke und klönten wie in alten Zeiten: weißt du dies noch, weißt du jenes. Still, beschaulich und dankbar, daß man sich ohne Maske zeigen konnte und sich nicht zu verstellen brauchte wie den andern, den Fremdlingen gegenüber. (Man saß da sehr schön, konnte den ganzen Hof übersehen und den Volleyball-Platz, wo sich kräftige Menschen kunstvoll abreagierten.) Walter erzählte von seinen Sattlern, die ihn recht verwöhnten, und ich habe sicher auch so manches zu seiner Erheiterung beigetragen, durch Schnäcke und possierliche Geschichten. – In gewissen Grenzen fand dann hier auch wieder eine Annäherung zwischen uns statt, und jene Entfremdung, die vermutlich durch allzu langes Zusammenglucken verursacht war, die wich.

Aber – wenn man so herausgehoben ist aus der Masse – den normalen Häftlingen ging's natürlich sehr bescheiden –, dann bleibt es nicht aus, daß sich Neider finden. Man wird zur Zielscheibe von Klatsch und Tratsch, und die Phantasie der Leute findet reichlich Nahrung. In unserem Fall trat Krumreich, dieser Finsterling, neben dem Walter vor Jahren mal auf der Pritsche gelegen hatte, in Aktion. (Jetzt von der VP mit einem Kontrollposten in der Lagerleitung versehen.) Er behauptete, Walter habe einen »christlichen

Ring« gegründet, völlig aus der Luft gegriffen natürlich, denn so christlich ist Walter nun auch wieder nicht.
Die VP glaubte einer solchen zwielichtigen Type natürlich alles, und Walter kam logischerweise in Einzelhaft, und zwar für längere Zeit.
Erfreulicherweise gelang es mir, den Hauptkalfaktor da unten auf der Strafetage zu begöschen. (Pferdemüller war's, der altbekannte.) Mittels mancher Zigarette brachte ich ihn dazu, Walter Kalypnon-Tabletten zuzustecken, die ihn tagelang in einen Dämmerzustand versetzten, durch den er das triste Leben der Einzelhaft dann leichter ertragen hat.

54

Im März 1955 kam ich in die Sattlerei. Da half kein Betteln und kein Flehen. Da hieß es: Knien! Reitende Boten, ausgesandt ins Lazarett (»Immer diese Magenschmerzen, oh, der Druck, der Druck«), kamen zu spät. Ein bieder aussehender Polizist holte mich und sagte: »Na, nun freuen Sie sich wohl, Grabowski, daß Sie aus dem Affenstall hier rauskommen?«

Nein, ich freute mich nicht.

Der Schulmeister, der sich grade kleine Läppchen zwischen die Zehen schob, gegen faulenden Schweiß, half mir packen.

Einerseits bedaure er meinen Fortgang, sagte er, irgendwie hätten sich zwischen uns so etwas wie familiäre Beziehungen entwickelt, andererseits: nun könne sein guter Freund, Alfred Dunkhase aus Apolda, mit dem er in der Präparandenanstalt zusammengewesen sei, endlich neben ihn ziehen – er stand auf und winkte ihn heran –, so lange warte der schon drauf.

In der Sattlerei wurden Patronentaschen für die ungarische Armee hergestellt. »Süß!« schrien die Sattler, als ich in die Werkstatt trat. Sie warfen mir Kußhändchen zu, und einer nahm mich auf den Arm. »Das ist unser neuer Schreiber«, sagte Roth, der Sattlermeister, dessen Augen durch eine Plusbrille wunderlich vergrößert wurden.

Mit seinen zerstochenen, vom vielen Arbeiten verhornten Fingern zeigte er mir die Bücher, die ich künftig zu führen hätte. Den Unterschied zwischen »Inventur« und »Inventar« kannte ich ja schon, da gab es keine Schwierigkeit, und ob man zuerst falzen oder heften muß, das lernte ich schnell.

Patronentaschen herzustellen für die ungarische Armee,

das gab den politischen Häftlingen manche Probleme auf. »*Dafür* bin ich doch nicht in den Knast gegangen . . .« Das konnte man ja eigentlich mit seinem Gewissen nicht vereinbaren. »*Dafür* setz ich mich hier doch nicht hin. . .« Einer weigerte sich tatsächlich. Wie ein bockiges Kind stand er vor den Polizisten. Arbeitsverweigerung: Der kam gleich in den Karzer. Jedesmal, wenn man seine Tür öffnete, rief er: »Hoch lebe der humane demokratische Strafvollzug!«
Es sei doch ein Unterschied, sagten die Polizisten, ob man für eine Friedensarmee, die dem Volke dient, Patronentaschen anfertigt oder für die imperialistischen Kriegstreiber.

Wenn am Straßenrand der Schlehdorn blüht,
muß ich fort, weil es mich dann in die Ferne zieht. . .

Die Sattler sangen den ganzen Tag. Ohne Singen ging es nicht. Ohne Singen konnte man absolut keine Patronentaschen für die ungarische Armee herstellen. Das sahen auch die Polizisten ein, die zuerst wütend dagegen angegangen waren.
»Uns piept die Lunge«, wurde gerufen, wenn sich wirklich mal einer sehen ließ. Oder »uns piept der Hylus«, je nach dem. Man wollte endlich mal wieder eine wummern.
Mit Schränken, in denen Feilen, Messer und Aalen hingen, war mein Büro vom Werkraum abgeteilt. Ich saß hinter einem großen Schreibtisch, der sogar den Polizisten Respekt einflößte. (»Haben Sie mal 'n Augenblick Zeit?«) Rechter Hand, auf dem Fensterbrett, ein Leimkocher, der sich zum Rösten von Brot oder zum Kartoffelbraten eignete.
Auf dem Schreibtisch standen manchmal Blumen. Scheele, ein kleiner Kerl mit lustiger Nase, brachte sie vom Rundgang mit hoch. »Du bist 'ne richtige Mieze«, sagte er und holte sich einen Stuhl, damit er mich in Ruhe betrachten konnte.
Die andern hielten sich etwas auf mich zugute. Ich war für sie eine Art Luxus, den sie sich leisteten. Ein kostbarer

Windhund. »Der hat Schule besucht.« Aber mit meinem Gang waren sie nicht zufrieden. Ich ginge breitbeinig wie ein Bauer, sagten sie. Das müsse anders werden. Für »ihren Kaufmann« (wie sie sich ausdrückten) wünschten sie sich einen anderen Gang.
Eines Tages war mein Kippentabak verschwunden. Ich hatte ihn in meinem Schreibtisch aufbewahrt. Wütend suchten sie nach dem Dieb. Der hatte die Ehre des Kommandos befleckt.
»Was soll bloß der Kempowski von uns denken?«

Jede freie Minute benutzte ich, um unter irgendeinem Vorwand im Anstaltsgelände herumzulaufen. (Meistens in Lazarett-Nähe, weil da das Tausendschönchen manchmal aus dem Fenster sah.) Mit der »Sattlerei«-Binde am Ärmel kam ich überall durch. Zur Gärtnerei, wo Hermann und Paule, die beiden Berliner aus der Feghelm-Zelle, Zwiebeln steckten.

> Auf, auf! sprach der Fuchs zum Hasen,
> hörst du nicht die Hasen blasen?

(Die hielten zusammen wie ein altes Ehepaar.) Oder zur Lebensmittelbaracke. Hier saßen die Herren vom Industrieklub und fragten, wie's einem gehe und was die Kunst mache. (Die schöne, frische Luft: Das Herz in Ordnung noch und die Verdauung auch.)
Zur Tarnung trug ich ständig eine Mappe unterm Arm. Das sah überzeugend aus. Die Binde am Ärmel und die Mappe unterm Arm, das genügte, kein Posten hielt mich an: »Das ist der Schreiber von der Sattlerei.« Wenn man an der Küche vorbeiging, mußte man allerdings wegkucken, sonst öffnete sich da ein Fenster, und Jonny winkte. Ich sollte immer reinkommen, er schnitt immer gerade Fleisch, und der Wachtmeister war immer gerade nicht da. Aber wenn man dann drin war, in der Küche, dann war da plötzlich doch ein »Bulle«, und der tat dann aus Spaß ganz streng, als ob er 'ne Meldung schreiben will!
Einmal traf ich Jonny vorm Lazarett. Wir mischten uns

unter die Neuzugänge, die da auf Bänken saßen und ängstlich auf ihre erste Untersuchung warteten. (»Wo bist du her?« – »Aus Güstrow!«) Die weiße Uniform stand Jonny gut (weiß mit grünen Streifen), seine Hose knarrte auf der glatten Bank. Tommy Dorsey und Jimmy Dorsey, daß das Brüder sind, bestätigten wir uns und: Ob ich mich noch erinnerte an die lustige Crew? An Saß, der immer Ehrenbezeugungen gemacht hatte? Nun ja auch schon tot, Tbc, der arme Kerl. Das waren noch Zeiten gewesen.
»Bist 'n janz Schlimma«, sagte Jonny dann, weil ich wieder mal nach Tausendschönchen Ausschau hielt, das diesmal auf sich warten ließ, »bist'n Beesa«.

Einmal mußte ich im Torhaus eine reparierte Pistolentasche abgeben. Ich gelangte bis in das Zimmer, das durch einen Tresen in zwei Teile geteilt ist: jenseits des Tresens, das war: *Draußen*.

Das kannst du nicht ahnen,
du munteres Rehlein du...

Als ich noch so dastand mit meiner leeren Pistolentasche, kam ein Mädchen herein (es war das einzige Mädchen, das ich in all den Jahren sah): sonderbar proportioniert, aber durchaus korrekt. Sie brachte einen Rucksack voll Strümpfe, die in der Anstalt gestopft werden sollten.
Okapis und Gürteltiere, mal überlegen, was es noch so alles gibt. Und Ameisenbären, die gibt's doch auch?

Ab und zu traf ich mich mit meinem Bruder. Bei dem war's gemütlich, da konnte man rauchen. (»Robert, dein Bruder ist da!«) Da wurde die Tür hinter einem abgeschlossen. Und wenn wirklich mal ein Polizist kam, dann versteckte man sich hinter Lederabfällen oder ging durch einen unterirdischen Gang zu den Schustern hinüber.
Gleich nach der Entlassung wolle er Leuchtturmwärter werden, sagte mein Bruder, das war sein unwiderruflich letzter Entschluß. Als Leuchtturmwärter könne er die Erfahrungen der Haft mit denen der Schiffsmaklerei ver-

binden, und er zweifle keinen Augenblick daran, daß man ihm einen solchen Posten anvertrauen werde.
»Die wären ja mit'm Dummbeutel geschlagen, wenn sie's nicht täten.« Und: Er habe schließlich keine Lust, mit andern Leuten seines Alters um einen Posten in der Wirtschaft zu rangeln. Sei er denn blöd?
Die Kabine da oben auf dem Leuchtturm, die würde er sich schon gemütlich einrichten, das könnt ich ihm glauben! Alles mit Mahagoni täfeln und unter das Fenster einen bequemen Sessel stellen. Die Schiffe beobachten, die da so vorbeikommen, Passagierdampfer, Tanker und Kriegsschiffe. Kieler Sprotten essen, diese kleinen Dinger in den Spankästchen, oder mal 'n Bückling. Und Pfeife rauchen, schön beschaulich: Preßtabak. Ein Eckchen abschneiden, zwischen den Händen rubbeln, bis er wolkig aufblüht. »Weißt du eigentlich, daß der hydraulisch gepreßt wird?« Eine Pfeifensammlung anlegen und in aller Ruhe auswählen: so, jetzt rauch ich mal die lange, wo fast 'n ganzes Pfund Tabak in den Kopf reingeht. Und dann durchs Fernglas kucken, was da wieder angeschwommen kommt, und wenn's ein Schiff aus Rostock ist, mal kurz die Fahne dippen, oder lieber nicht die Fahne dippen, denn Rostock, ehrlich gesagt, was hätte man denn noch groß mit Rostock zu schaffen? Weniger als nichts, würde er sagen. Weniger als nichts...
Also nicht die Flagge dippen, eher das Gegenteil tun, die Gardine zureißen oder den Abfalleimer ausschütten, nach hintenraus, und mit Aplomb. (»Bin ich denn euer Popanz?«)
Als Leuchtturmwärter habe man wenigstens seine Ruhe. Und wenn ihm Quasselleute kämen, mit dummen Reden, dann würde er die gar nicht erst reinlassen bzw. rauf, er würde hinterm Fenster stehen und abwinken: Leider! Geht nicht! Zu viel zu tun! Schnauze voll! – Und sich gleich 'n Schnaps eingießen, »Brennevin«, und ein Buch herkriegen, Jules Verne: In 80 Tagen um die Erde. »Gentlemen, hier bin ich.«

Außerdem erledige sich mit einer solchen Tätigkeit ja auch das leidige Weiblichkeitsthema. Heiraten, das heiße bekanntlich, die Pflichten verdoppeln und die Rechte halbieren. Er sei doch nicht vom Wahnsinn umjubelt und schaffe sich 'ne dicke Vettel an, die einem das Bier zuteilt! Allein schon der Gedanke, daß man deren Büstenhalter dann bezahlen muß...

»Mit Busen kannst du mich jagen...«

Ganz was anderes wär es, wenn man ein stilles Menschenkind fände, bescheiden und bereit, sich auch mal was sagen zu lassen, nett anzusehen, freundlich und bildsam. Aber wo gäb's denn so was? Hasch mich, ich bin der Frühling: man denkt, das ist die Richtige, und dann entpuppt sie sich. Ganz abgesehen von den Drüsendingen, vom Geschlechtlichen also. Ein viehischer Trieb zur Stillung viehischer Begierde, so habe Schiller das ja wohl mal ausgedrückt, und Schiller, der sei doch wohl bekanntermaßen ein gescheiter Mann, nicht wahr? Das möcht *er* jedenfalls meinen.

So redete er und zeichnete mir auf, wie er das gemeinsame Haus verändert habe, das Haus, das wir beide uns dann bauen müßten: nicht in Form eines »U«, *natürlich* nicht, sondern wie ein »H«. »H« wie »Haus«, das läg doch auf der Hand. In einem H habe man doch viel mehr Platz als in einem U, warum solle man sich denn freiwillig bescheiden? Einschränken? Er? Wieso denn eigentlich? Nach all dem?

Ob ich recht dankbar wär, nun endlich Arbeit zu haben?, fragte er mich auch. Und ob ich mir wohl denken könnte, wer das auskalfatert hat?

Ich wär doch noch immer sein lieber Bruder? Das wüßt ich doch? Was? Alter Delf? Alter Schleef? – Und hier: der letzte Brief von Mutter. O Jegerl ja, wenn er an Mutter denke...

Zu bestimmten Tageszeiten schaffte Tausendschönchen schmutzige Wäsche in die Wäscherei. Dann lief ich rasch hinüber, damit ich ihn nicht verpaßte! (»Ich muß mal

eben zur Verwaltung.«) Die gute Jacke anziehen und schon vorher peilen, ob die volle Wäschetrage vor der Lazarett-Tür steht.
Zuvor mußte der Hausmeister bestochen werden, sonst kam man nicht hinein in die Wäscherei. Man gab ihm eine Zigarette oder opferte 10 Minuten und ließ sich Witze erzählen, die man über die Gebühr belachte, was er mit Wohlwollen vergalt. – Dann kam das Tausendschönchen anmarschiert, und schon von ferne wurde gelacht oder abgewinkt: Alles Scheiße wieder mal ... Am Hausmeister vorbei und husch auf den Dachboden, wo ein Mann namens Keller saß, der da die Socken sortierte. Der drückte ohne weiteres ein Auge zu.

Im August wurde ich plötzlich »abgelöst«, am 9. August, und ganz aus heiterem Himmel.
»Packen Sie Ihre Sachen, Sie kommen nicht wieder zurück«, sagte der Polizist, aber er ließ mir eine halbe Stunde Zeit, ich konnte auf dem Hof sogar noch eine Zigarette rauchen.
»Mich haben sie abgeschossen...«, sagte ich zu meinem Rauchnachbarn. »Ich komm hier weg!«
Der Nachbar sagte gar nichts, sondern rückte von mir ab. Beim Reingehen sagte er: »Den Kempowski haben sie abgeschossen, der kommt hier weg ...«
Ich war schon richtig tot und lief doch noch herum.

Und dann ging's nach Hamburg, mein liebes gutes Hamburg. Mir wurde ganz anders, als ich in Wandsbek an meinem Elternhaus vorüberfuhr. Das Haus selbst ja kaputt, aber der große schöne Garten. Als Kinder hatten wir hinten auf dem Komposthaufen gestanden und den Zügen zugewinkt: 1914, als der Krieg ausbrach, den vielen, vielen Soldaten und später dann dem »Fliegenden Hamburger«. Auf dem Hauptbahnhof dachte ich: Na? Ob dich hier wohl einer abholt? – Dann blieb mir aber doch die Spucke weg: alle meine Kusinen waren gekommen, gestiefelt und gespornt, der Größe nach geordnet, jede mit'm Blumenstrutz in der Hand. Hätt bloß noch ein Transparent gefehlt: WILLKOMMEN IN DER HEIMAT! Oder eine Fahne. Sogar die Nichten und Neffen waren aufmarschiert, die ich nur als Babys kannte, jetzt groß und schlank gewachsen, gutaussehend – so richtig dieses Edle der Bonsacs. Alle ein bißchen verlegen, sie wußten ja nun nicht...

Ich kriegte also das heulende Elend; so von der Familie aufgefangen zu werden, nach all den Jahren, das hatte ich nicht erwartet. In Hoheneck hatte ich schon immer gesagt zu den Kameradinnen: »Ihr habt es gut, auf euch warten eure Männer, aber ich – wo soll ich hin?«

Und nun *so* ein Empfang.

Hanni sah ja nun, wie's um mich stand, die sagte: »Also Kinder, fahrt mal alle schön nach Hause, mein Grethel muß sich erst einmal besinnen.« Diese gute Seele.

Und quasi durch einen Hinterausgang gelangten wir ins Freie – die Passanten kuckten ja schon alle! – und da stand Karl mit seinem Wagen, der fuhr uns dann nach Rahlstedt. (Ich ohne Hut, mit meinem schäbigen Mantel!)

»Jetzt ruhst du dich erstmal schön aus, Grethel«, sagte Karl, »und dann sehen wir gemeinsam zu, wie du alle

deine Sachen hier in Ordnung bringst.« Ich sollt meine Freiheit genießen und mir über den Behördenschiet keine Sorgen machen.
»Dat treckt sick all na'n Liev.« *
Als wir dann da saßen und Kaffee tranken und eine von diesen herrlichen westdeutschen Zigaretten rauchten – Hanni hatte einen Topfkuchen gebacken, mit Lebenslicht, wie bei einem Geburtstag –, da zeigte Karl immerzu auf meinen Teller, es wär Post für mich gekommen. Ich sag: »Post? Für mich?« und zieh einen Briefumschlag unterm Teller hervor und mach ihn auf, und da sind da 300 Mark drin! Gutes westdeutsches Geld! – Die ganze Verwandtschaft hatte das zusammengebracht, damit ich erstmal was unter den Füßen hätte. Manchem wird's sauer geworden sein, denn denen ging's noch ziemlich klötrig, wie ich bald erfuhr.

Die nächsten Tage bin ich immerlos durch die Straßen gebummelt. Hamburg – es war ja wie im Paradies. Man ging wie ein Träumender umher, die übervollen Schaufenster und die schönen Autos alle, die glitten so lautlos dahin, und abends die vielen, vielen Lichter. Ich denk manchmal heute so: warum können sich die Leute nicht darüber freuen? Warum sehen sie nicht all das Schöne, warum genießen sie es nicht? – Statt dessen immer dies Gedibber.
Ich fuhr dann auch zu Ursel und Sven nach Dänemark. Den Paß kriegte ich im Handumdrehn. (In der Ostzone hätt ich ja warten können, bis ich schwarz geworden wär!) »Herrlich!« sagte ich zu dem Beamten, und der lachte.
Dänemark, das war wieder so eine Steigerung: Jetzt wachst du gleich auf, dachte man, und sitzt wieder auf der Zelle. Meine drei lütten Mädels, ich hatte sie ja noch nie gesehen!
Morgens hab ich im Bett gefrühstückt, und die drei immer

* Plattdt.: Das zieht sich alles zurecht.

um mich rum. »Mormor«, sagten sie zu mir, das heißt: Großmutter. Zu süß! Wie hab ich das genossen. All die vielen Jahre hatte man sich darauf gefreut, und nun war es Wirklichkeit.
Sven machte mit uns die herrlichsten Autotouren, immer an der Küste entlang: das Meer, oh, da atmete man auf. Ich mußte vorn sitzen, und er erklärte mir die ganzen Schlösser und Villen, wem die gehört haben und wer da wohnt. Ich mußte so an meinen Mann denken, der machte das auch immer, wenn wir spazieren gingen, früher in Rostock, der zeigte dann mit dem Spazierstock auf die Häuser, oh, das ist mir manchmal direkt peinlich gewesen, denn da wohnten doch noch die Leute, und die kuckten womöglich aus dem Fenster. (Er sprach ja auch so laut und immer so wahnsinnig mecklenburgisch!)
In einem wundervollen Restaurant haben wir dann gegessen, drüben die schwedische Küste, und die großen Dampfer, wie die da so hin- und herfuhren. Alles fiel von einem ab, man war ja wie erlöst.

Aufenthaltsgenehmigung, Flüchtlingsausweis, Renten: Ich mußte dann ja leider die Ämter belaufen. Das verdarb mir mein Glück so'n bißchen. Ich hab damit tatsächlich ein Dreivierteljahr zugebracht, kaum zu glauben. Man wurde von Pontius zu Pilatus geschickt und mußte immer sehr auf dem Qui vive sein, sonst schmierten die einen an. – Wenn es Schwierigkeiten gab, dann sagte ich Karl Bescheid, der kannte jemand auf der Sozialbehörde, irgendeinen höheren Menschen, den rief er dann an, und dann ging auf einmal alles sehr schnell.
Beim Wohnungsamt zum Beispiel, da wollten sie mich übers Ohr hauen. Die dachten wohl, die Alte kann uns viel erzählen. Da haben sie mir viel zu wenig Punkte angerechnet. Ich hätte schon über 80 Punkte haben müssen und kriegte grade 50.
»Naja«, sagte ich zu dem Beamten, »wenn meine Söhne kommen, die kriegen dann ja auch Punkte, dann wird's

wohl glücken mit 'ner Wohnung.«
»Nee«, sagte der, so'n ganz Dicker, »die kriegen keine Punkte. Die gehören ja zur Familie, und da kriegt nur einer die Punkte.«
»Na«, sagte ich, »dann können wir uns ja in'n Kantstein legen und mit Zeitungspapier zudecken, dann sind wir ja gut aufgehoben.«
Da brüllte der mich an! »In der Bundesrepublik braucht keiner im Kantstein zu liegen. Wenn Sie nicht wissen wohin, dann müssen Sie ins Lager gehen!«
Schließlich kam irgendjemand auf die Idee: Gott, Richards Baracke, die steht ja leer, die könnte man doch wieder aufmöbeln.
Briefe wurden hin- und hergeschickt. Zuerst hieß es: Aber Grethel kann doch nicht in der Baracke wohnen... (Sie sah auch wirklich scheußlich aus.) Aber schließlich rückten Handwerker an aus Karls Fabrik, und die stopften die Löcher, stellten einen neuen Ofen auf, Wasserleitung, und elektrisch Licht. Alles wurde sauber geweißt und angemalt, und schließlich war das ganz manierlich.
Drei kleine Zimmer hatte ich dann, eine Kochecke und eine Dusche. Von meiner Kusine Hedi aus Fehlingsfehn bekam ich wunderbare Mahagoni-Möbel. Die hatte sie noch von ihrer Mutter stehen.
Und dann die vielen Päckchen, die ich im Laufe der Jahre in den Westen geschickt hatte (wie so ein siebter Sinn!) alle noch unausgepackt. Was war da alles drin! Nein! Das ganze Silber, Tischwäsche, Bettbezüge und ich weiß nicht, was noch alles. Die schönen Badelaken, Indanthren, oh, so wundervoll.
Leider gab es noch ein paar unerfreuliche Auseinandersetzungen mit Karl wegen der Erbschaft. Ziemlich unerquicklich, aber das haben wir dann auch gut durchgestanden.

Wenn ich mich auf den Hocker stellte und das Gesicht dicht an das Fenster preßte, konnte ich (flach an der Blende vorbei) ein Stück vom Wirtschaftshof sehen.

Es nimmt mich wunder
und tut mir fast leid...

Von links die breughelschen Essenträger mit ihren steifen Marionettenschritten, Holzkübel voll dampfender Suppe an Stangen auf den Schultern. Rechts die Spaziergänger, die sich zur Rauchpause anstellten. Der Geruch drang bis zu mir.

Die Sattler sah ich da stehen mit ihrem vogelköpfigen Meister Roth (»Wir können uns doch auf dich verlassen?«) und den Oberschüler Willkowski, im Schneidereikommando. Mit seiner Mieze war er auseinander.

Von hier aus sah ich auch den Zug der Alten und Krüppel, wenn sie zum Baden geführt wurden, und das Tausendschönchen sah ich, wie es in die Wäscherei ging, gefolgt von Jonny aus der Küche:

Would you come into my cabin
would you come into my cage?

der hatte wohl auch grad was zu tun da.

Morgens machte ich Gymnastik (sonst rostet man ja ein): Mit den Füßen anfangen, mit dem Kopf enden, von unten nach oben. (Ja nicht umgekehrt!) Zum Schluß Grimassen schneiden: Angst vor maskenhaftem Aussehen.

Danach Gedichte repetieren.

Wie herrlich leuchtet mir die Natur...

Und das große Einmaleins. Und Geschichte, wie alles so gekommen ist, mit den Königen und Kaisern, und daß man alles im Zusammenhang sehen muß: englische und japanische Reichsgestaltung. Zwei Monarchien und doch ganz anders irgendwie.

Nachmittags Englisch: »After seven years, suddenly I was captured and put in strong isolation...« (»Meine sehr verehrten Damen und Herren.«) Man habe gedacht: Jetzt hast du alles hinter dir, und dann sei's erst richtig losgegangen. Jetzt schon üben, daß man das flüssig erzählen kann, wenn die Reporter von der NEW YORK TIMES einen umlagern und auf einen eindringen. Daß man dann nicht rumstottert und die Leute sagen: was will der Kerl bloß? (Und dann das schreckliche Wort: »Lauter!«)
Daß man alles gut überstanden hat, weil man sich nicht gehen ließ – der Mensch hält ja vieles aus –, das muß man ihnen sagen, und dann muß man ihnen erklären, daß Glück was mit »gelinc« zu tun hat, und Leid, was das ist, muß man ihnen auch erklären. (Das fällt einem dann schon ein.)

Nachdem ich einige Tage geschmort hatte, wurde ich zum ersten und zum letzten Mal zu einem Verhör geholt. Ich war direkt neugierig, was sie mir vorwerfen würden. Der Wachtmeister führte mich wortlos den Gang entlang an Zellen mit rotem Punkt vorbei, in denen Ausbrecher saßen – sie hatten einen Tunnel gegraben und waren im Moment des Auftauchens entdeckt worden (drei Tote) –, und am Karzer, aus dem hin und wieder Klagelaute zu hören waren.
»Hoch lebe der humane demokratische Strafvollzug!«
Ein Keks essender, nach Rasierwasser riechender sogenannter »Fürsorge-Offizier« wollte mich vernehmen. Er hatte die Beine übereinandergeschlagen wie Palmström und strich sich das Kinn. (»Wieder so ein junger Mensch, der Fehler über Fehler gemacht hat: sieht die herrliche Zukunft nicht und vermasselt sich alles, aber auch alles...«) Er entfaltete sich und zeigte mir ein Schiffsmodell, das Häftlinge gebastelt hatten. Wie mir das gefällt, fragte er, und ob ich nicht auch der Meinung bin, daß das hier eine gute und solide Arbeit ist: alle Einzelheiten stimmen, und die dreifache Lackschicht platzt nicht so leicht wieder ab!

Nun zur Sache. Nun mal überkommen mit den Brötchen. Er habe erfahren, daß ich zum »Christlichen Ring« gehörte. Wenn ich ihm jetzt flink meine Hintermänner-Leute nennen würde, dann würde er sich persönlich für mich verwenden und, wer weiß ... Na, versprechen könne er natürlich nichts, aber, ich könnt mir schon denken, was für mich dabei herausspringt. Ich brauchte die Namen meiner Hintermänner nicht zu *nennen*, das verlangte er absolut nicht von mir, er könne verstehen, daß ich da Hemmungen hätte. Als aufrechter Marxist verachte auch er den Denunzianten. Aber – er würde mir jetzt langsam ein paar Namen vorlesen, und ich brauchte bloß zu nicken oder den Kopf zu schütteln. Das sei doch einfach, nicht?

»Geben Sie sich einen Ruck und lassen Sie von diesen Brüdern ab.«

So wie ich jetzt da vor ihm säße, böte ich ja ein jammervolles Bild, ich sollte am Frieden mitarbeiten, und zwar schnellstens.

»*Nein*? Sie wollen nicht am Frieden mitarbeiten?«

Nun gut. Zur Beförderung meiner Aussagefreudigkeit wäre es vielleicht ganz nützlich, wenn er mich für eine Stunde oder zwei in den Stehkarzer sperre. Was meinte ich dazu? Vielleicht helfe das ja.

Er ging hinter den Schreibtisch, nahm seinen feinen Füllfederhalter heraus und machte auf glattem Papier eine Eintragung. (Die Fingernägel auch mal wieder polieren.) Ja, so war es richtig.

»Kempowski mit ›i‹ oder mit Ypsilon?«

Punkt.

Und dann führte er mich höchstpersönlich auf die fünfte Etage (»Wir können auch anders.«). Er ging vor mir die Treppe hinauf, daß ich die kleinen Lederriemen sah, mit denen er die Schäfte seiner Stiefel an den Waden befestigt hatte, schloß den Stehkarzer auf und zeigte mir das Käfterchen, eng wie eine Besenkammer. – »Nun? wie wär's?« und preßte mich hinein.

»Nehmen Sie den Kopf zur Seite, sonst kriege ich die Tür

nicht zu.« (Illegal zu arbeiten, wo kommen wir denn da hin. Und auf wohlmeinende Worte nicht zu reagieren, wo man sich doch solche Mühe gibt...) »Wer sich uns entgegenstellt, der wird zerquetscht.«
Er klingelte mit den Schlüsseln, sagte dem Wachtmeister was und ging fort.

Ich nahm mir vor, nicht daran zu denken, wie lange ich hier stehen muß, machte mich ganz leicht, schloß die Augen und ließ die Bilder kommen, wie ich das bei Opitz gelernt hatte: Halte mich sauber, spricht das Buch: steinerne, unendlich in sich verschlungene Gottheiten, Stufenpyramiden mit gewaltigen, der Sonne zugewandten Tempeln, auf denen Mädchen mit wehenden Schleiern stehen und winken.
Dann kolorierte Herzen im Schlund des Gottes Quetzcoatl: Blutverkrustete Priester mit Obsidianklingen vor den sich aufbäumenden Opfern. (Frauen waren es, denen sie das Herz herausschnitten, ganz wider alle Regel).

Der Wachtmeister, der mich herausholte, kuckte nach, ob ich hineingepinkelt hätte in den Stehkarzer – das passierte vermutlich öfter –, und brachte mich in meine Zelle zurück. »Das kommt davon, wenn man sich beim Besuchsempfang schlecht benimmt«, sagte er beim Zuschließen, gänzlich unorientiert, denn ich bekam ja nie Besuch.

Dann hatte ich Ruhe.
Ich wanderte nun auf und ab, sechs Schritte hin, sechs Schritte her, 15 km pro Tag.

Geblüht im Sommerwinde,
gebleicht auf grüner Au...

Wer war Erasmus von Rotterdam? Wer Hieronymus im Gehäus? – Mal nachzählen, wie viele Märchen man kennt, und das Einmaldreizehn üben.
Immer auf und ab. Von der Tür zum Fenster und vom Fenster zur Tür, wie die Eisbären das tun, im Zoo. Auch

mit geschlossenen Augen. Vielleicht wird man ja mal blind, auf- und abgehen, das kann man dann schon.
Was hat man alles im Knast gelernt? Feuermachen ohne Streichholz, Fassaden klettern (aber da muß eine Ecke sein), Blumen sticken mit einer Nadel aus Draht und mit Fäden, die man sich sonstwoher zupft. Später mal, auf der Mönckebergstraße in Hamburg, auf einen Herren zugehn und sagen: »Sie haben so ein herrliches Grün im Hemd, darf ich mal einen Faden zupfen?« Und ihm dann erklären, daß man sich von überallher Farben holen und daraus die erstaunlichsten Sachen sticken kann.
Das »Ave verum«, das kannte man ja noch vom Saal. Die zweite Stimme singen und sich die andern dazudenken.

... natum de Maria virgine ...

Und sich vorstellen, daß man das in einer Kirche singt und daß unten jemand sitzt, den das tief erschüttert, der dann zusammenknickt und weint, weil er sein ganzes Leben vor sich abrollen sieht und all die Fehler, die er gemacht hat – nie zu korrigieren.
Die Stiefel vom Schuster holen, nicht lockerlassen, nun schon aus Spaß, und die Uhr vom Uhrmacher, da auch nicht lockerlassen.
Und das Geld bei den Amerikanern in Wiesbaden, das letzte Gehalt, die 159 Mark. Und wenn sie's schon anderweitig verbucht haben, dann mit der Faust auf den Tisch schlagen und: »Aha!« rufen. Und: »Ihr habt wohl damit gerechnet, daß wir alle verschütt gehen? Ihr habt uns wohl schon aufgegeben!«
So laut brüllen, daß sie aus den Nebenzimmern gelaufen kommen und fragen: »Was ist denn bloß los?« und guten amerikanischen Kaffee kochen und Fotos zeigen, die sie in Bautzen gemacht haben, mit einer Fernrohrkamera vom Dach des Nachbarhauses: Die schlurfenden Spaziergänger, lange, breite Kolonnen, müde und entkräftet, und an der Klärgrube, gleich neben der Bäckerei, wo mal das Laufgitter mit den Küken stand, da sitzt einer und macht sich die Schuhe zu, ein kleiner schmächtiger Mensch in

einem unförmigen Viehhändlermantel ... Oder Bilder von der »Liegekur« auf dem Lazarетthof, unterm großen Ahorn.

Lang und schön, ein Mohrenknabe ...

Der Posten auf dem Starenkasten: vielleicht war der es, der einen da fotografiert hat. Der hat nur so getan, als kucke er nicht hin. – Oder ein Foto, auf dem das Tausendschönchen mit Jonny zusammen zu sehen ist, wie sie gerade in die Wäscherei hineingehen, und man denkt: Das war eigentlich nicht sehr schön.

Immer auf und ab.
Auf alle Fälle die Uhr vom Uhrmacher holen, das nicht vergessen. Nun schon aus Spaß.

Und wenn man dann Lehrer auf dem Lande ist, in einer halb verrotteten, winzigen Schule (ein Fachwerkhaus mit Linden davor und grüngestrichener Pumpe), die Holzschuhe der Kinder auf der Diele, der Größe nach geordnet: Dann erstmal erforschen, was sie schon wissen, davon ausgehen: Inventur. Und dann allmählich »Gas geben« und ihnen erzählen, wie alles gekommen ist und wo wir landen werden, wenn's so weitergeht. Sie hinter die Dinge schauen lassen, plötzlich, durch irgendeine kleine nachdenkliche Wendung.
Türen öffnen in unvermutete Bereiche und ihnen zeigen, daß dahinter noch wieder Türen sind, die Gänge freigeben mit andern Türen, offenen oder festverschlossenen. Einen Turm aus Spitzbogen und Rundbogen an die Tafel zeichnen, die Pfeiler so, als kämen sie von oben herab. Dunkelheit, Geruch nach Xylamon: »Düdelüht!« Immer höher bauen den Turm, und in der Krypta weißgekalkte Wände. Mal vorsichtig dran kratzen: Fresken dahinter, die Heilige Elisabeth, der Brot zu Rosen wurden, oder Jonas, wie der grade an Land gespuckt wird.
Daß es Türme gibt mit Buckel, die dem Winde trotzen, und schiefe Türme. Daß fast jeder Turm ein bißchen schief

ist: Unregelmäßigkeiten wie im menschlichen Gesicht. Die schöne und die häßliche Seite, das böse und das gute Auge. Und der Charakter des Menschen, daß der auch nicht immer klar und ebenmäßig ist, daß es da so manches zu verbergen gibt.
Daß selbst der gutwilligste Mensch oft Fehler macht, vor denen ihm graust. Fehler, die er sich, wenn alles normal gelaufen wäre, selbst nie zugetraut hätte. Mystisches Dunkel, direkt neben Klarheit und Wahrheit.
Abgründe und Kloaken.

Die Urzelle. Irgendwo muß das Leben ja hergekommen sein. Daß es tausend Arten Bäume gibt und auf jedem Baum Millionen Blätter und keins dem andern gleich.
Und mal alle Vögel aufzählen: Amsel, Drossel, Fink und Star. Der Star, dieser Clown unter den Vögeln. Und die Amseln, im Sommer, abends, wenn die Linden noch vom Regen quellen: dieses Glucksen der Amseln in den Gärten.
Und daß der Eichelhäher in jeder Sprache einen extra Namen hat, in jeder Sprache der Welt, und daß *alle* Vögel in *allen* Sprachen extra Namen haben. Und nicht nur die Vögel, sondern auch die Pflanzen und Insekten.
Ein in die Wolken getürmtes Labyrinth, und immer noch wird dran gebaut. Längst vergessene Gewölbe, in denen nur die Tropfen hallen und lichte Säle, in denen Sonnenstrahlen auf Altären blinken. Und wenn man rausschaut, schwindelt's einem: tief unten fahren Schiffe!
(*Schwarze* Vögel. Man weiß, was das bedeutet, aber man glaubt es trotzdem nicht. Man denkt: das wird vorübergehn, und *das* muß man dann büßen.)

Es ganz still werden lassen in der Klasse, nur das Kratzen auf dem Papier und das Eintauchen in die Tintengläser, dieses feine Quietschen. Ihnen sagen, woraus Lakritze gemacht wird, und ihnen zeigen, wo Antofagasta liegt. Und wenn einer Unsinn macht, dann den Kopf schütteln, kaum merklich, aber lange.

Ihnen Sätze beibringen, die man auch von hinten lesen kann:

Ein' Ledergurt trug Redel nie.

Und Frau Holle zeichnen lassen, die Oberwelt und auch die Unterwelt, und den Brunnen dazwischen, in den man hineinfällt, und ihnen sagen, daß man da unten auch leben kann, wenn man's richtig anstellt, daß da auch Brot gebacken wird und gar nicht mal so schlechtes.

Epilog

Im März 1956 wurde ich vorzeitig entlassen, am 7. März um sechs Uhr dreißig, genau nach acht Jahren.
Ich fragte den Polizisten, der die Amtshandlung leitete, ob ich mich von meinem Bruder verabschieden dürfte.
»Nein. – Woher wissen Sie überhaupt, daß Ihr Bruder hier sitzt?«

Baden, einkleiden, warten. Im Torhaus bekam ich den Entlassungsschein und zehn Mark auf die Hand. Ich hätte mich auf dem kürzesten Weg aus der DDR zu entfernen, stand auf dem Schein.
Eigentlich hatte ich gehofft, noch einen Gang durch die Stadt machen zu können, das mittelalterliche Bautzen, aber daraus wurde nichts. Ich wurde in einem Vorkriegs-BMW zum Bahnhof gebracht. (Merkwürdig klein die Anstalt von draußen, das lag wohl an der Mauer, die jetzt alles verdeckte.) Der Fahrer raste, als täte er mir damit einen Gefallen.
Auf dem Bahnhof kaufte mir der Kommissar die Karte. Er brachte mich an die Sperre, gab mir einen Schubs und sagte: »Los! Hauen Sie ab! – Worauf warten Sie noch? ... Machen Sie's gut.« Der Fahrer drückte mir die Hand. Hatte der Tränen in den Augen?

Die lange Fahrt durch Sachsen und die Altmark: Kiefern, an einer Seite von Schnee beweht.
In meinem Abteil ein Mann mit SED-Abzeichen, der einem andern Mann mit einem andern Abzeichen einen Ausweis zeigte und ihm erklärte, was für eine enorme Befugnis er habe, seit er im Besitze dieses Papieres sei. (Draußen ein Güterzug mit Panzern. Gleich zählen und drüben melden ...)

Es, es, es und es, es ist ein harter Schluß ...

Im Zugfunk Kinderchor. (Den konnte man nicht abstellen.)

In Schwanheide kamen Vopos. Mein Papier wurde unter die Lupe genommen. Nach einer unruhigen halben Stunde hatte ich es wieder.

Dann fuhr der Zug über die Grenze. Ich stellte mich auf den Gang und versuchte sie zu sehen, diese Grenze.

»Nie wieder«! schwor ich mir. »Nie wieder gehst du dahin zurück.« Aber – das hatte ich schon mal geschworen.

In Büchen stieg ich aus, um mich irgendwo zu melden. »Ich komme eben aus Bautzen«, sagte ich zu einem Zollbeamten.

»Und wo wollen Sie hin?« antwortete der.

»Nach Hamburg.«

»Na, denn fahren Sie doch hin, nach Hamburg.«

Im Taxi nach Wandsbek. Ich käm aus Bautzen, sagte ich dem Mann, heut früh hätt ich noch in der Zelle gesessen. Ob er nicht'n bißchen langsamer fahren könnte, ich wollt das jetzt genießen, daß ich nach Hause komme.

»Richtig in der Zelle?« fragte er, aber langsamer fuhr er nicht.

Der Wagen hielt in der Bärenstraße. Da wartete meine Mutter in ihrem alten Mantel. In dem hatte sie früher immer Milch geholt.

Wir weinten beide, und der Taxifahrer ging um sein Auto rum und sagte: »Das ist ja direkt erschütternd.«

Das Werk von Walter Kempowski

TADELLÖSER & WOLFF. Roman. 1971
UNS GEHT'S JA NOCH GOLD. Roman. 1972
EIN KAPITEL FÜR SICH. Roman. 1975
AUS GROSSER ZEIT. Roman. 1978
SCHÖNE AUSSICHT. Roman. 1981
HERZLICH WILLKOMMEN. Roman. 1984
HUNDSTAGE. Roman. 1988
MARK UND BEIN. Roman. 1992
HEILE WELT. Roman. 1998
LETZTE GRÜSSE. Roman. 2003
ALLES UMSONST. Roman. 2006

HABEN SIE HITLER GESEHEN? Deutsche Antworten. 1973, Neuausgabe 2012
HABEN SIE DAVON GEWUSST? Deutsche Antworten. 1979, Neuausgabe 2012

IMMER SO DURCHGEMOGELT. Erinnerungen an unsere Schulzeit. 1974
UNSER HERR BÖCKELMANN. 1979
KEMPOWSKIS EINFACHE FIBEL. 1979
HERRN BÖCKELMANNS SCHÖNSTE TAFELGESCHICHTEN. 1983
HAUMIBLAU. Pfenniggeschichten für Kinder. 1986
DER AMRE KÖNIG VON OPPLAWUR. Ein Märchen. 1994
WELTSCHMERZ. Kinderszenen fast zu ernst. 1995
DAS ECHOLOT. Ein kollektives Tagebuch. Januar und Februar 1943. 1993
DAS ECHOLOT. FUGA FURIOSA. Ein kollektives Tagebuch. Winter 1945. 1999
DAS ECHOLOT. BARBAROSSA '41. Ein kollektives Tagebuch. 2002

DAS ECHOLOT. ABGESANG '45. Ein kollektives Tagebuch. 2005
CULPA. Notizen zum Echolot. 2005
DER ROTE HAHN. Dresden im Februar 1945. 2001

PLANKTON. Ein kollektives Gedächtnis. 2014

BLOOMSDAY '97. 1997

SIRIUS. Eine Art Tagebuch. 1990
ALKOR. Tagebuch 1989. 2001
HAMIT. Tagebuch 1990. 2006
SOMNIA. Tagebuch 1991. 2008
WENN DAS MAN GUT GEHT! Aufzeichnungen 1956–1970. 2012

LANGMUT. Gedichte. 2009

UMGANG MIT GRÖSSEN. Meine Lieblingsdichter – und andere. 2011

Das Werk von Walter Kempowski erscheint im Hardcover bei KNAUS und im Taschenbuch bei btb und im Penguin Verlag.

Der Abschluss der »Deutschen Chronik« von Walter Kempowski

In seiner sogenannten Deutschen Chronik schildert Walter Kempowski die Geschichte seiner Familie vom Kaiserreich bis in die 1960er-Jahre der Bundesrepublik. In *Herzlich willkommen* wird Walter nach acht Jahren Haft im Zuchthaus Bautzen in den Westen entlassen – ohne Ausbildung, ohne Ziel und Geld. Er beginnt sein Studium, aber die Jahre in Bautzen haben ihre Spuren hinterlassen.